THEA C. GREFE

Eine Prise Marrakesch

AF177931

THEA C. GREFE

Eine Prise Marrakesch

ROMAN

blanvalet

Sollte diese Publikation Links auf Webseiten Dritter enthalten,
so übernehmen wir für deren Inhalte keine Haftung,
da wir uns diese nicht zu eigen machen, sondern lediglich auf
deren Stand zum Zeitpunkt der Erstveröffentlichung verweisen.

Penguin Random House Verlagsgruppe FSC® N001967

1. Auflage
Copyright © 2020 by Thea C. Grefe
Dieses Werk wurde vermittelt durch die Literarische Agentur
Thomas Schlück GmbH, 30161 Hannover
Copyright © der Originalausgabe 2020 by Blanvalet in der
Penguin Random House Verlagsgruppe GmbH,
Neumarkter Str. 28, 81673 München
Copyright © dieser Ausgabe 2021 by Blanvalet in der
Penguin Random House Verlagsgruppe GmbH,
Neumarkter Str. 28, 81673 München
Redaktion: Andrea Stumpf
Umschlaggestaltung und -motiv: www.buerosued.de
KW·Herstellung: dm
Satz: Uhl + Massopust, Aalen
Druck und Bindung: GGP Media GmbH, Pößneck
Printed in Germany
ISBN 978-3-7341-1060-3

www.blanvalet.de

Die Welt ist ein Buch.
Wer nie reist, sieht nur eine Seite davon.

Der Halaiqi

Ein guter Erzähler lässt seine Zuhörer mit den Ohren sehen, hatte Großvater gesagt, wenn er sein Publikum mit Saladin und Sindbad dem Seefahrer unterhielt, mit Liebesabenteuern, die zu Tränen rührten, und mit wahren Geschichten, durch die Vergangenes ebenso vorstellbar wurde wie Neues oder Fremdes. Was für ein Glück, dass er das Erzählen einst von ihm erlernt hatte! Einem begnadeten Fabulierer wie Großvater, Allah schenke seiner Seele Frieden, und auch ihm, seinem Schüler, folgte und vertraute man. Und so sollte es sein. Menschen brauchten Geschichten, und er, Abderrahim El Moukouri, einer der letzten Geschichtenerzähler Marrakeschs, würde nicht aufhören, sie zu erzählen.

Wie sonst sollte man eine Welt ertragen, in der Denken und Fühlen von Hetze und Technik zurückgedrängt wurden und Worte zu bloßen Mitteilungen schrumpften, begraben unter Fakten? Wenn man dann noch die Flut an Ablenkungen heutzutage bedachte wie diese kitschig bunten TV-Serien, in Ägypten produziert und in allen arabischen Ländern ausgestrahlt... Erkannte denn niemand die Säulen aus Styropor, die bemalten Pappen, aus denen die angeblichen Villen bestanden, oder die künstliche Üppigkeit der Gärten? Und erst die falschen Tränen, das vorgetäuschte Glück – störte sich niemand an solch verlogenem Schein?

La illah illalah[1], so lange er konnte, würde er dagegenhalten! Schon Großvater war davon überzeugt gewesen, dass Erzählungen wie Tinte in Löschpapier tief in die menschliche Seele eindrangen.

Er strich seine *djellabah* glatt und richtete den *chêche*, dann begab er sich zu seinem angestammten Platz. Die Schatten der Koutoubia-Moschee dehnten sich, die Trommeln der maurischen Tänzer brachten die Luft zum Pulsieren, und über den Garküchen stiegen erste Dampfschwaden in das sanft violette Glühen des Sonnenuntergangs. Es war die richtige Zeit. Und wie an vielen Abenden, wenn sich die Sonne zur Ruhe begab, wenn an den Ständen Lampen aufflammten und Familien und Müßiggänger auf der Suche nach Unterhaltung und Gesellschaft über den *Djema el Fnaa* schlenderten, entzündete er auch heute seine Laterne, stellte sie vor sich auf den Boden und erwartete sein Publikum.

Allah sei Dank kamen immer noch genügend Leute zusammen, um sich von seinen Geschichten verzaubern zu lassen. Manche unterbrachen ihren Weg nur für kurze Zeit, bevor sie wieder in Geschäft und All-

[1] Für Erläuterungen zu den einzelnen Fremdwörtern und Redewendungen siehe Glossar am Ende des Romans.

tag eintauchten, andere aber blieben. Sie lauschten, folgten seinen Worten und Gedanken und kamen zur Ruhe. Ihm waren sie alle willkommen, besonders natürlich diejenigen, die seine Erzählkunst mit klingender Münze entlohnten.

Und Allah sei Dank fanden sich nicht nur die Alten ein, die bereits alle Facetten des Lebens kannten, die gern innehielten, über das Gehörte nachsannen und sich mit dem Nachbarn austauschten. Auch Junge, von denen die meisten ziellos herumgeschlendert waren, traten wie zufällig näher. Sie stießen sich mit den Ellenbogen an, grinsten halb verlegen, halb gönnerhaft und alberten herum. Doch auch ihre Stimmen wurden leiser, sie schalteten ihre Smartphones auf stumm und wandten sich ihm zu.

»Bismillah, meine lieben Freunde. Die Rosen beginnen zu blühen, und wie immer zu dieser Zeit treffen Menschen aus aller Herren Länder bei uns ein«, begann Abderrahim. »Aus der ganzen Welt strömen sie herbei und bestaunen die Schönheiten unserer Stadt. Anstatt sich jedoch mit geweiteten Sinnen an ihnen zu erfreuen, halten sie vor Palästen, vor prachtvollen Mosaiken und Teppichen ihre Kameras an Stangen in die Höhe, lächeln gekünstelt und fotografieren sich selbst.«

Er machte es vor.

»Einzig Allah, der Allwissende, vermag so etwas zu begreifen. Dabei sind sich doch die Menschen im Wesentlichen gleich, oder etwa nicht?«

Übertrieben zupfte er an seinen Haaren, den Ohren und zeigte auf Mund und Augen.

»Ich meine grundsätzlich. Gut, manche haben andere Haut- und Augenfarben als wir und sprechen fremde Sprachen, aber im Prinzip? Wir alle haben Träume, wir lachen und weinen, kennen Hoffnung und Angst, wir ehren Vater und Mutter und lieben unsere Frauen und Kinder – und wenn die Stunde gekommen ist, sterben wir. Alle. Menschen sind gleich. So war es und so ist es, zu allen Zeiten.«

Zustimmendes Murmeln und Nicken.

»Nur deshalb fühlen wir mit den anderen, erkennen ihre Nöte, wissen, was in ihren Herzen vorgeht, und lernen daraus, ohne selbst zu leiden. So ist unser Leben letzten Endes eine Abfolge vieler Leben, vieler Entscheidungen und Konsequenzen, die uns formen.«

Auf den Gesichtern der Zuhörer machte sich Ratlosigkeit breit. Nicht alle Menschen grübelten so leidenschaftlich gern über die menschliche Natur wie er, daher schwenkte er rasch auf das heutige Thema ein.

»Was nun meine Geschichte angeht, dazu ließe sich vieles anmerken. Manche von euch werden sie anzweifeln, doch so wahr mir Allah helfe: Sie hat sich genauso zugetragen, wie ich sie erzähle. Ich werde von Menschen berichten, wie jeder sie kennt, Menschen, die Hoffnung, Leid und Angst erleben und sich bemühen, das Richtige zu tun. Denn stehen wir nicht alle eines Tages vor dem Allmächtigen, der unsere Taten auf der Waage der Gerechten prüft? Und wenn uns auch das Leben Wunden schlägt und niemand die Prüfungen vermeiden kann, die er uns schickt, bemühen sich die meisten von uns doch, anständig zu bleiben, und zwar ebenso in Zeiten des Überflusses wie in solchen der Not. Mag uns also auch nicht alles gelingen, so gewährt uns Allah in seiner Gnade doch Tag für Tag die Möglichkeit, uns neu zu bewähren. Aber«, mahnend hob er den Finger, »vergessen wir nicht: Es gibt auch die anderen! Ich werde also ebenso von Menschen erzählen müssen, die andere unterdrückten, um sich selbst groß und wichtig zu fühlen. Besonders von einem Mann, der die Mehrung seiner Macht und seines Reichtums über alles stellte und dessen Weg buchstäblich Leichen säumten, werde ich sprechen. Schon immer frage ich mich: Fürchten solch gierige Menschen nicht die Stunde ihres Todes, die doch für jeden unweigerlich kommt?«

Touristen reckten die Hälse und spähten über die Schultern seiner Zuhörer. Er sah ihre fragenden Gesichter: ein Zauberer, ein Prediger, eine beginnende Rebellion? Keine Attraktion durfte man verpassen! Ach, nur ein Alter, der in seiner unergründlichen Sprache zu Einheimischen redete? Wie es wohl wäre, überlegte er, auch diese Fremden mit seinen Geschichten zu unterhalten? Doch wer von ihnen verstand schon Arabisch, von Tamazight und anderen Berbersprachen ganz zu schweigen? Und selbst wenn – würden sie wegen irgendeiner rätselhaften Geschichte den Anschluss an die eigene Reisegruppe verlieren wollen? Lieber ließen sie sich von ihren Guides zum nächsten Programmpunkt auf ihrer Liste treiben.

Er seufzte, wandte sich wieder dem größer werdenden Kreis seiner Zuhörer zu und blickte in ihre erwartungsfrohen Gesichter. Einige waren lederbraun und zerklüftet wie das Gebirge, andere hell und glatt, manche weich und rund, manche hager, und wieder andere wirkten krank oder sorgenvoll. Nur die Jungen sahen stark aus, und die Überzeugung, über alle Fragen des Lebens bereits bestens Bescheid zu wissen, leuchtete in ihren Augen. Und doch hingen auch sie an seinen Lippen. *Al hamdullillah*, alles war, wie es sein sollte.

Er räusperte sich. »Lasst euch sagen, meine lieben Freunde: Gegenwart und Zukunft entstehen aus der Vergangenheit. Vieles von dem, was heute geschieht, versinkt schon morgen in den Schatten des Gestern und noch früherer Zeiten. Andere vergangene Ereignisse aber sind wie Tore. Wir öffnen sie, gehen hindurch und erkennen, dass das Vergangene dahinter immer noch in uns ist. Noch Jahre, sogar Jahrzehnte später wiegt es so schwer, dass wir sein allmähliches Vergessen nicht hinnehmen wollen oder können. Von solchen Begebenheiten wird nun die Rede sein, *inshallah*.«

Weit breitete er die Arme aus, und das letzte Gemurmel erstarb. Sogar das Knattern der Mopeds, die grellen Trompeten der Schlangenbeschwörer und die Tambourine der Tänzer schienen leiser zu werden.

»Denn kein Mensch steht für sich allein, wir alle sind Teile eines größeren Ganzen. Heute und an den kommenden Abenden werde ich also von Hassan und seiner Familie erzählen. Einst war sie im fruchtbaren Tal des Draá ansässig, schlichtete im Namen des Sultans Streitigkeiten und sprach Recht. Für dieses Amt wurde man von den Bewohnern der Region erwählt. Starb ein *caïd* oder konnte er sein Amt aus anderen Gründen nicht mehr ausüben, einigte man sich auf einen seiner Söhne als Nachfolger, der sich dieser Pflicht beugte und dem Sultan Treue schwor. Heißt es nicht: Vertraust du dem Vater und dem Großvater, so vertraue getrost auch dem Sohn? Jedenfalls urteilten alle Caïds dieser Familie gerecht, und ihr Wort wurde befolgt. Es waren angesehene Männer.«

Er hob die Hände und ballte sie zu Fäusten. »Doch sie hatten einen Neider, einen Widersacher, der keine Skrupel kannte. Er kam aus den Bergen und besaß Macht, aber – Allah sei es geklagt – kein Gewissen. Auch Ehre bedeutete ihm nichts, erst recht nicht Gerechtigkeit. Für ihn zählten allein Reichtum und Einfluss. Nun, vielleicht wäre für die Caïd-Familie trotzdem alles glimpflich ausgegangen, hätten sich nicht eines Tages drei *djinn* auf die Seite dieses Mannes geschlagen. Wie wir wissen, nehmen Djinn, diese von Allah aus rauchlosem Feuer erschaffenen Wesen aus dem Zwischenreich, jede gewünschte Gestalt an, selbst die von Tieren oder Gegenständen, doch meistens wirken sie im Verborgenen. Wie wir weiterhin wissen, gibt es unter ihnen einzelne von freundlichem Gemüt, in der Regel aber stiften sie Unfrieden, quälen die Menschen, führen sie auf Irrwege und verbreiten Angst.«

Mit schmerzlich verzogenem Gesicht rang er die Hände.

»Wie, so frage ich, kann man sich ihrer erwehren?

Mit Wahrheit und Anstand und mit Allahs Hilfe, sagt ihr? Inshallah, wer weiß? Es handelt sich um wahrhaft starke Gegner. Jedenfalls nahm das Unheil seinen Lauf, als der letzte Caïd aus Hassans Familie besagtem Mann die Gefolgschaft verweigerte. Gottes Wille geschieht, la illah illalah, so war es und so ist es für alle Zeiten. Hört also meine Geschichte: *Kan hatta kan*, es war einmal ...«

Les Almohades

Aus der alten Hotelküche drang der Duft von Kreuzkümmel und Minze. Soeben war sie fertig geworden, jetzt schützte sie die für Ahmeds Garküche am Djema el Fnaa vorgekochten Speisen rasch mit sauberen Tüchern und schloss die Deckel der Wärmekisten. Ahmed würde später am Abend die Spezialitäten am Stand unter den Augen seiner hungrigen Kunden zu Ende garen.

Ein paar Kartoffeln und Zucchini hatte sie zurückbehalten, und sobald der Bote die Behälter abgeholt hatte, würde sie daraus das Abendessen für Aziz, Lahzen und sich zubereiten. Vermutlich ahnte Ahmed, dass sie sich gelegentlich an den Lebensmitteln bediente, die jeden Tag frisch geliefert wurden, aber noch nie hatte er darüber ein Wort verloren. Wobei sie ja bloß kleinste Mengen abzweigte, und das auch nur, wenn es nicht anders ging. Mit den Angestellten der Büros im neuen Haus dagegen hatte sie eine klare Abmachung getroffen. Die Leute besorgten alles Notwendige, und sie bereitete daraus ihr berühmtes Lammcouscous, wovon sie zusätzlich zu ihrem Lohn eine ordentliche Portion erhielt.

Neben besten Zutaten benötigte man für ein gutes Couscous vor allem Können. Und Geduld. Couscouskörner rollen, Fleisch versäubern, die spezielle Gewürzmischung zubereiten – alles in allem eine aufwendige Sache. Sie wusste, dass einige bereits versucht hatten, ihr Rezept zu kopieren, jedoch reumütig wieder zurückgekehrt waren. Gut so. Der Kleine wuchs ja so schnell, und auch Lahzen brauchte hin und wieder ein Stück Fleisch. Seine Arbeit war schwer.

Hinter der Mauer hupten Autos und Mopeds, regierten Krach und Gestank. Doch der Lärm der Stadt drang nur wie fernes Meeresrauschen bis hierher in den Garten, in dem außer Vogelstimmen höchstens noch das Gemecker der Ziege zu hören war.

Dem Schild aus vergilbtem Milchglas neben der ehemaligen Auffahrt fehlten Buchstaben, zudem war es im dichten Pflanzenwuchs kaum zu finden. Aber das machte nichts, schon längst hielt niemand mehr Ausschau nach dem alten Grandhotel. Vom ursprünglichen Les Almohades existierten ohnehin nur noch der Haupttrakt und ein Seitenflügel. Hier, auf der Rückseite, ähnelte das Gelände mit den uralten Obstbäumen und Palmen und den kaum noch erkennbaren Wegen und Wasserrinnen eher einer vergessenen Insel.

Die alte Köchin trocknete ihre Hände ab, strich eine Haarsträhne zurück unter das Kopftuch und seufzte. »*Habibi*, geh und sieh nach, wie viel Milch die Ziege für dich hat«, sagte sie.

»Und wenn sie keine hat, Oum Zouzou? Heute früh war es kaum ein Becher voll.«

»Sie wird alt und nutzlos wie wir.« Erneutes Seufzen.

»Dabei habe ich es ihr gestern extra noch mal erklärt.«

»Was denn?«

»Dass ich ihre Milch brauche, damit ich wachse.«

»Wie groß willst du denn einmal werden?«

»Wie ein Baum! Dann hacke ich Feuerholz für dich und stapele es gleich hinter der Küchentür.«

»Inshallah. Geh jetzt. Schau, ob die Hühner Eier gelegt haben und bring Minze mit. Für die Eier nimm den Korb.«

»Ist gut.«

Der Junge stürmte die paar Stufen hinunter in den Garten. Im letzten Tageslicht leuchtete sein helles Haar, er war barfuß und trug geflickte Hosen, doch wie alle Kinder hüpfte, rannte und sprang er.

Warum hüpften eigentlich nicht alle Menschen? Das sah lustig aus, außerdem machte es viel mehr Spaß als immer nur einen Fuß vor den anderen zu setzen. Oum Zouzou und Onkel Lahzen waren alt, bei ihnen konnte er es verstehen. Onkel Lahzen kam ohne seinen Stock ja kaum noch bis zu seinem Gartenhäuschen, und an manchen Tagen hatte auch Oum Zouzou Mühe, die Treppe zu ihrem Zimmer im ersten Stock, wo sie beide schliefen, hinaufzusteigen, aber die anderen? Im Vorbeilaufen gab er dem Schaukelbrett am alten Gummibaum einen Schubs. Vielleicht sollte er eine kleine Runde schaukeln? Doch er sprang weiter, schwenkte seinen Korb und sang »Minze, Eier und Milch« vor sich hin.

Die beiden Alten auf den Stufen hinter der Küche lauschten auf die sich entfernenden Geräusche.

»Und?«, fragte sie.

Der alte Lahzen antwortete nicht.

»Bei Allah, ich ertrage dein Schweigen nicht! Sprich: Was hast du erreicht?«

Lahzen sah sie nicht an. Müde bewegte er den Kopf von einer Seite zur anderen. »Ich bekam sie nicht einmal zu Gesicht. *Lâlla* Fatima habe heute keine Zeit, hat man mir ausgerichtet.«

Sie seufzte tief auf. »Ach! Wo sie doch fast jedes Geheimnis kennt ...«

Beide starrten auf den Boden.

»Was, wenn Allah uns morgen zu sich ruft?« Sie ließ den Kopf sinken, seufzte und rang die Hände.

Lahzen, seit undenklicher Zeit Hüter von Haus und Garten und noch älter als die Köchin, nickte müde.

Wie oft hatten sie sich schon den Kopf zermartert, was mit dem Kleinen, der offiziell nicht existierte, geschehen sollte, wenn sie ihn einmal nicht mehr schützen konnten? Und wie oft hatten sie mit der Frage gerungen, ob und unter welchen Umständen man ein gegebenes Versprechen brechen durfte, und wie mit diesen eindeutigen Anordnungen umzugehen sei? Die heutigen Verhältnisse waren doch ganz anders als vor sechs Jahren …

Auch jetzt kam Zouzou mit dieser Frage. »Und wenn wir seine Anweisungen missachten und uns doch an Sîdi Karim wenden?«

»Seine« – damit war Sîdi Mohammed gemeint, den beim Namen zu nennen Zouzou möglichst vermied. Sie kannten ihn schon sein ganzes Leben und wussten, wie selbstsüchtig er dachte und handelte. In den letzten Jahren war er zudem streng geworden, forderte Gehorsam im Namen Allahs, hielt die Gebetszeiten und den Ramadan ein und führte Koranverse im Mund. Und Sîdi Karim? Nie ließ er sich blicken. Man munkelte von einem Fluch.

Lahzen spreizte abwehrend die Finger. »Am Baum des Schweigens wachsen die Früchte des Friedens, und nur dort. Außerdem haben wir es geschworen.« Er ließ die Hand wieder sinken.

Im Grunde teilte er Zouzous Vorbehalte gegenüber Sîdi Mohammed, doch als Familienvorstand war dessen Wort nun mal Gesetz. Zouzou, die das Dilemma so gut kannte wie er, fing dennoch immer wieder davon an.

»Aziz ist ein lieber und guter Junge, an ihm ist kein Fehler. Und so gelehrig, wie er ist – er wäre jedem Vater ein Trost!«

»Still, dass die Djinn nicht auf ihn aufmerksam werden.«

Erschrocken schlug sie die Hand vor den Mund.

Laut rief sie: »Oh, was ist unser Aziz doch für ein ungezogener Bengel! Er ist faul, achtet die Alten nicht und macht sich immerzu dreckig!«

Lahzen musste lachen. »Morgen bringe ich zwei Eier ins Hamam und frage, ob wir uns ausnahmsweise auch ohne Bezahlung reinigen dürfen.«

»Ist gar kein Geld mehr da?« Früher hatte man ihnen regelmäßig Lohn gebracht, zwar wenig genug, aber sie waren zurechtgekommen. Irgendwann jedoch war der Bote ausgeblieben. Seither bereitete Zouzou Gemüse und andere Speisen für Ahmeds Garküche vor, das brachte etwas ein. Und als Sîdi Mohammeds Haus am hinteren Ende des Parks gebaut wurde, hatte er ihnen gelegentlich ein paar Scheine zugesteckt.

Damals hatte er sie aber vor allem über den Jungen ausgehorcht. Zunächst beiläufig und so, als sei es nicht wichtig, dann aber hatte er fast täglich vorbeigeschaut, und seine Fragen waren drängender geworden. Inzwischen kam er nicht mehr, Allah sei Dank. Ob er die Geschichte, die sie ihm aufgetischt hatten, geglaubt hatte? Jedenfalls war das Haus fertig, und Sîdi Mohammed ließ sie in Ruhe. Manchmal, so erzählten die Mieter, verbrachte er Stunden in seiner Wohnung im obersten Stockwerk. Sie war groß und leer, kein Bett, kein Tisch, nichts, und niemand konnte sich vorstellen, was er dort tat. Doch ihm gehörte das Haus, also konnte er machen, was er wollte.

Lahzen schüttelte den Kopf. »Ich hab den Altkleiderhändler so weit heruntergehandelt, wie es ging, denn mit zerlumpten Kleidern konnte ich schlecht fahren, das weißt du. Und dann das Billett für den Bus … Allah, der Weg in die *palmeraie* ist lang, zu Fuß schaffen ihn meine mürben Knochen nicht mehr.« Er seufzte. »Zurück ließ mich der Chauffeur neben sich im Auto mitfahren, al hamdullillah.« Er seufzte erneut.

Auch Zouzou seufzte. Ach, das Alter! Wie sollte das alles bloß enden?

Wieder einmal dachte sie an die beiden Briefe in ihrer Truhe. Der eine, der in dem großen Umschlag, enthielt Formulare mit offiziellen Stempeln, der andere war von Hand in blauer Tinte geschrieben. Natürlich hatten sie beide Briefe geöffnet, schließlich mussten sie wissen, wie es weitergehen sollte, aber die fremden Schriftzeichen konnte nicht einmal Lahzen entziffern. Also hüteten sie die Schreiben seit nun schon bald sechs Jahren und schwiegen, wie sie es einst versprochen hatten. Irgendwann aber würde der Tag kommen, an dem Schweigen sinnlos wurde. Was dann? Alles dem Schicksal überlassen? La illah illalah, Gottes Wille geschieht. Ein besonders tiefer Seufzer entfuhr ihr.

Lahzen, der ihr Seufzen deuten konnte, legte seine Hand auf ihre. In einem waren sie gleicher Meinung: Was auch immer geschah, Sîdi Mohammed durfte nie von diesen Briefen erfahren. Schlimm genug, dass er von dem Jungen wusste.

Verbunden in einträchtigem Schweigen hingen sie ihren Gedanken nach. Die letzten Farben vergingen in der Dämmerung, und ab und zu seufzte einer von ihnen.

Als er hörte, dass Aziz zurückkam, richtete sich Lahzen auf und machte ein freundliches Gesicht. Zouzou jedoch, die immer noch ein Letztes sagen musste, zischte: »Ich will nichts Schlechtes reden, über niemanden, auch nicht über Lâlla Fatima, Allah, der in mein Herz sieht, weiß das. Aber ist er denn nicht ihr eigen Fleisch und Blut?«

Klara

Einige Passagiere blickten aus dem Fenster, andere lasen, die meisten dämmerten jedoch im gleichförmigen Dröhnen des Flugzeugs vor sich hin. Noch eine knappe Stunde. Klara griff nach ihrer Zeitschrift und suchte das Horoskop. Skorpion, Aszendent Löwe – es hieß, dahinter stecke eine warmherzige und gutmütige Person, die ihre Stärke gern nutzte, um sich für andere einzusetzen. Außerdem wurden Skorpione als Menschen dargestellt, die Herausforderungen geradezu suchten.

Alles in allem klang das sympathisch, wobei sie natürlich nicht wirklich daran glaubte. Seitdem dort oben andauernd Astronauten rumkurvten, tat das ja wohl keiner mehr. Sie nahm sich den kurzen Text dennoch erneut vor.

Mit Ausnahme von einigen Tagen Mitte des Monats sah es für sie ziemlich rosig aus. »Sie sind mit sich selbst im Reinen, daher nehmen Sie Missgeschicke mit Humor. Zwischen dem 11. und dem 22. sorgt allerdings ein Mars-Quadrant für Spannungen, in dieser Zeit kostet alles mehr Kraft als sonst.«

Es war ein Dreizehnter gewesen, an dem es gekracht hatte. Wieder hörte sie Alains kalte Stimme, sah ihn vor sich, wie er mit seiner überlangen Anrichtezange auf sie gedeutet und von ihr gefordert hatte, auf der Stelle die Haare abzuschneiden, sonst... Einen Moment lang hatte sie nicht gewusst, was er wollte, die anderen aber offenbar wohl, jedenfalls hatte in der Küche plötzlich spannungsgeladene Stille geherrscht. Dann hatte auch sie begriffen, sich auf dem Absatz umgedreht und die Tür hinter sich zugeknallt. Dabei hatte sie doch gerade erst bei ihm zu arbeiten begonnen. Aber jetzt konnte er sie mal!

Die dreizehn war eine echt üble Zahl.

Für den restlichen Monat sagten die Sterne keine weiteren Turbulenzen voraus. »Ab dem 23. wandert Mars in die harmonische Waage, und Sie finden kompetente Unterstützung für anstehende Projekte.«

Na bitte. Projekte standen allerdings zurzeit nicht an, stattdessen warteten Sightseeing und Kochabenteuer in Marrakesch auf sie. Sie stopfte die Zeitung in die Tasche des Sitzes vor ihr.

Sie freute sich darauf, jawohl. So ein erster Platz bedeutete nämlich was, besonders bei der Konkurrenz! Und falls es jemals was wurde mit ihrem eigenen Catering-Service. Im Moment sah es danach allerdings nicht aus. Sie biss sich auf die Lippen. Dabei hatte sie sich fest vorgenommen, nicht länger über verpasste Chancen zu grübeln, und auf keinen Fall wollte sie an Alain denken.

Alain am Pass, seine stoppelkurzen Haare und die blütenweiße Kochjacke – bei dem Weiß blieb er, auch wenn andere angesagte Köche längst cooles Schwarz und lässige Basecaps trugen – und seine absolute Konzentration auf die Teller, die er gerade anrichtete, Alain, der weder Zerstreutheit noch Verzögerungen duldete, sein Grand Menue, durchkomponiert bis ins letzte Detail …

Sechs Monate Lehrzeit hatte er ihr angeboten, sechs Monate, in denen sie ihm und seiner Küchencrew über die Schulter schauen und dadurch ihren bisher eher hobbymäßig betriebenen Partyservice auf solide Beine stellen konnte. Was für ein Angebot! Besonders wenn man bedachte, dass er mit seinem ersten Stern rechnete.

Jeden Tag konnte ein Gourmetinspektor im Restaurant sitzen, unerkannt, anspruchsvoll und unglaublich einflussreich. Je nachdem, ob sein Daumen rauf oder runter zeigte, entschied es sich: Absturz oder Aufstieg des Küchenchefs, *première ligue* oder Bedeutungslosigkeit. Was war dagegen schon das bisschen Catering oder ein erster Platz in einer Fernsehshow? Spielereien. Spannend zwar, wie alles Neue, aber verglichen mit Alains Kochkunst doch läppisch.

Alain – wie sich Arndt seit seiner Zeit in der französischen Schweiz nannte – war ehrgeizig, vor allem aber war er ein begnadeter Koch. Das hatte sich herumgesprochen. Und seitdem in einer der großen Lifestyle-Zeitschriften ein Bericht über sein Kochkonzept, diese spezielle Mischung aus Highend und Regionalität, und über das »urige Städtchen«, in dem sich die Herzogstube befand, erschienen war, stand das Telefon kaum noch still.

Neben seinem sensationellen Seeteufel umfasste das aktuelle Grand Menue Brokkoli mit Johannisbeeren, Bohnen mit Pistaziencreme, gefolgt von einer Côtelette von der Taube mit Erbsencreme auf einem scharfen Confit von Tamarinde und Langpfeffer und abgerundet von einer Auswahl an Desserts und Käse. Hinzu kamen neun erlesene Zwischengerichte, Minihäppchen nur, doch jedes einzelne ein Gedicht. Manches wurde in speziellen Gläsern serviert, anderes auf extra breiten Löffeln, das Nächste kam zwischen papierdünnen, gerösteten Brotscheiben daher ... Alles musste sich voneinander abgrenzen in Textur, Duft und Geschmack. Dazu wurde jeder Gang von dem jeweils perfekt abgestimmten Wein begleitet, den Alains Sommelier auswählte und dekantierte. Höchstes Niveau also.

Insgeheim hatte sie sich manchmal gefragt, ob die Gäste Alains Kreationen genossen und wirklich Freude an seinen exklusiven Speisen empfanden oder ob sie vor allem im Luxus schwelgen wollten? Aussprechen würde sie das aber nicht. Perfekte Produkte und ihre hochprofessionelle Zubereitung sollten eine Selbstverständlichkeit sein, forderte jedenfalls Alain, niemand sollte so etwas als Luxus ansehen.

Als sich die Gelegenheit zu dieser Schnupperlehre ergab hatte sie in der Spedition natürlich sofort unbezahlten Urlaub genommen. Chef, Disponenten und Fahrer mochten noch so sehr jammern, eine solche Chance kam nicht wieder. Nicht für sie, nicht in ihrem Alter und nicht in ihrer Situation. Bald war Schluss mit halben Sachen, hatte sie gedacht. Bis zum Dreizehnten.

Oh, war sie sauer, immer noch! Dabei mochte sie Alain. Kennengelernt hatten sie sich, als ihre Spedition Alains neue Küchenausstattung geliefert und sie die Sachen gemeinsam auf Vollständigkeit überprüft hatten. Kurz darauf waren sie sich auf dem Wochenmarkt begegnet, am Stand der Apfelbäuerin, wo sie sich über Goldparmäne und Gravensteiner unterhalten hatten und über den fast verschwundenen Geschmack anderer alter Obst- und Gemüsesorten. Sie hatten über Kochtechniken wie Dampfgaren und Niedrigtemperatur geredet, über Flambieren, das er »abfackeln« nannte, und waren irgendwie zu keinem Ende gekommen. In der Rückschau kam es ihr vor, als hätten sie seither nicht mehr aufgehört mit ihrer Fachsimpelei und Diskutiererei.

Als Chef war er anspruchsvoll, fast verbissen, privat aber verstanden sie sich blendend. Manchmal flirteten sie sogar ein bisschen, doch obwohl ihr dabei das Herz flatterte, war es nichts Ernstes. Das fehlte gerade noch! Sie war einfach gern mit ihm zusammen, mehr nicht.

Wichtig war, dass Alain verstand, was sie mit »dem Geschmack von früher« und mit »Kochen mit Seele« meinte, dass sie gemeinsam über Kohlsorten aus Großmutters Garten ins Schwärmen geraten konn-

ten, über den Schmelz von luftgetrocknetem Kno-
chenschinken, der erst im Mai angeschnitten wurde,
»wenn der Kuckuck rief«, wie man im Norden sagte.
Allein seine Wortwahl, wenn er Duft und Aroma beinahe vergessener Erdbeer- oder Tomatensorten beschrieb, präzise und zugleich poetisch – wunderbar.
Dass jemand wie er ihre Armen Ritter, die sie aus frischen Brioches zubereitete, köstlich fand, oder ihre
Quarkbällchen – mehr Anerkennung ging nicht. Es
hatte auch nicht lange gedauert, bis sie sich daran ge-
wöhnte, dass er sie lieber mit Claire anstatt mit Klara
anredete. Eigentlich klang Claire ziemlich hübsch,
selbst wenn er daraus oft genug Drama-Claire
machte, mal wegen ihrer notorischen Unpünktlich-
keit, mal, weil man ihr Lachen bis vorn im Restaurant hörte. In Wahrheit mochte er sie.

Angeblich mochte er sogar ihre wilde Mähne, trotz
seines Lamentos, eines Tages werde jemand eines
ihrer roten Ringelhaare auf dem Teller finden und
er gezwungen sein, sich unter falschem Namen um
eine Stelle bei McDonald's zu bemühen. Abschneiden, forderte er daher regelmäßig, mindestens bis
zu den Ohren. Dazu grinste er und strich über seine
eigenen Stoppeln. Klar, dass sie das jedes Mal zurück-
wies, ebenfalls grinsend. Ein Spiel, hatte sie gedacht.
Und dann das!

Sie war nach vorn zum Pass geeilt, mit Zwiebel-
melonen im Kupfertöpfchen, Alain hatte aufge-
schaut und auf eine Locke gedeutet, die unter ihrer
Haube hervorgekrochen war. »Abschneiden, auf der
Stelle.«

»Wie bitte?«

Fünf Melonenkügelchen an Pfefferzwiebeln setzte er auf den Teller, nicht vier, nicht sechs, exakt fünf, dann hatte er das Gericht zum Servieren freigegeben und sich zu ihr gedreht.

»Du hast mich verstanden. Abschneiden, oder du gehst.« Diesmal hatte kein Lächeln in seinen Augen gestanden.

»Linker Hand sehen Sie die schneebedeckten Berge des Hohen Atlas«, drängte sich eine Durchsage zwischen ihre Gedanken. »Bitte schnallen Sie sich wieder an, stellen Sie Ihre Sitzlehnen gerade und klappen Sie die Tische hoch. Wir haben den Sinkflug eingeleitet und werden in zwanzig Minuten auf dem Menara-Airport von Marrakesch landen. Dort ist es jetzt 16:30 Uhr und die Temperatur beträgt sommerliche 25 Grad.«

~

Klaras feine Arme Ritter

Zutaten

2 Brioches

3–4 Eier, schaumig verquirlt

¼ l Sahne

¼ l Milch

1–2 EL feiner Backzucker

1 Vanilleschote

je 1 kleine Prise gemahlener Sternanis und Ingwer

1 Messerspitze gemahlener Zimt

Butter zum Ausbacken
Puderzucker und Zimt zum Bestäuben

Zubereitung
Vanilleschote auskratzen, mit Zucker, Sternanis,
Ingwer und Zimt in die Sahne-Milch-Mischung geben, verquirlte Eier hinzufügen.
Frische Brioches in fingerdicke Scheiben schneiden
und 3–5 Minuten in der Eier-Sahne-Milch-Mischung
einweichen.
Butter in einer Pfanne auslassen und darin die ge-
tränkten Briochescheiben von beiden Seiten knusprig goldbraun braten. Noch heiß mit einer Mischung
aus Zimt und Puderzucker überstäuben und warm
servieren.

Gut dazu: Ahornsirup.

~

Charlotte

Was hatte sie sich nur dabei gedacht, Hals über Kopf
das Ticket nach Marrakesch zu buchen? Und ausgerechnet im Flughafenshop eine Kamera zu kaufen?
Das tat man doch nicht! Zumindest sie nicht, impul-
siv waren andere. Und doch saß sie jetzt neben einer
unbekannten Frau im Taxi und ließ sich durch diese
fremde Stadt zu irgendeinem Hotel fahren.
 Diese Klara war ihr schon im Flugzeug aufgefal-

len, kein Wunder bei der roten Mähne, den zahllosen Sommersprossen und dem unbefangenen Auftreten. Sie selbst hielt sich lieber im Hintergrund. Sie mache nichts aus sich, so nannte Paul das.

Der Fahrer hatte Schilder mit ihren Namen in die Höhe gehalten. »Wir wohnen im gleichen Hotel? Das ist ja großartig!« Lautes Lachen und ein herzhafter Händedruck. »Hallo! Ich heiße Klara. Bist du auch zum ersten Mal in Marrakesch?«

Sie hielt wenig vom lässigen »Du«, das Nähe suggerierte, wo keine sein konnte, und hatte gezögert. Dann aber hatte sie sich zu: »Ja, das erste Mal. Ich bin Charlotte« durchgerungen und höflich gelächelt.

Über breite Straßen ging es vorbei an Shopping-Malls, Palmen und fremd aussehenden Häusern, und sie fühlte sich, als sei sie ausgesetzt worden. Aber war es nicht schon immer so gewesen? Sie geriet leicht aus dem Konzept, und für Neues benötigte sie viel mehr Zeit als andere Leute. Bestes Beispiel: der Auftritt dieser Verena neulich, auf den sie erst mit Verzögerung reagiert hatte. Sie wusste schon länger von dieser Beziehung, die irgendwann, wie andere zuvor, im Sande verlaufen würde, doch plötzlich stand die Frau vor der Tür.

Paul war in Asien. Kam sie auf seine Veranlassung? Aus welchem Grund, worin bestand der Nutzen für ihn? Kosten, Risiko, Nutzen, in solchen Kategorien dachte Paul doch. Oder wollte er sie demütigen? Nein, das war nicht sein Stil. Diese Verena musste aus eigenem Antrieb aktiv geworden sein.

Jedenfalls hatte sie – groß, perfekt geschminkt,

blond, vermutlich in den Dreißigern und mit selbstbewusstem Auftreten – Pauls und ihr Anliegen ohne eine Spur von Verlegenheit vorgetragen, so als handele es sich um ein Businessprojekt. Bevor sie es aus einem anwaltlichen Schreiben erfahre, wolle sie sie lieber persönlich darüber informieren, dass Paul demnächst die Scheidung einreichen werde, hatte sie gesagt. Unmittelbar danach beabsichtigten sie zu heiraten. »Man wird schließlich nicht jünger, nicht wahr? Und irgendwann ist es für Kinder zu spät. Sie wissen schon, die biologische Uhr.« Hahaha. Ach ja, und um die Trennung auch offiziell in Gang zu setzen und für die Akten zu dokumentieren, werde sich demnächst eine auf Antiquitäten spezialisierte Firma melden, um Pauls kostbare Porzellansammlung in sein Penthouse zu überführen. Ihr Besuch diene auch der Vorbereitung dieser Maßnahme.

Sie hatte tatsächlich »überführen« gesagt, als handele es sich um einen Verstorbenen. Andererseits ging es ja um tote Dinge, insofern…

Diese Verena hatte noch viel geredet, bevor sie endlich gegangen war. Und sie? Sie sah sich wieder im Haus herumgehen, als ginge sie über Eis. Paul und diese Verena – das Bilderkarussell in ihrem Kopf war nicht zu stoppen.

Irgendwann hatte sie vor Pauls Vitrine gestanden. Punktgenaues Licht, das auf Schäferinnen, Musikanten und Blumenmädchen lag, sie in Szene setzte, ihre Farben hervorhob… Ihre Hände hatten die Vitrine geöffnet und nach einer Meißner Tänzerin gegriffen, einem anmutigen Kunstwesen, das mit erhobenen

Armen und wehendem Kleid mitten in der Drehung eingefroren schien. Es fiel ins Nichts und zerbrach. Danach fassten sie nach einer Schwalbe, die sich in die Luft zu schwingen schien, hoben sie hoch, höher, bis der Vogel kippelte, von den Fingerspitzen glitt und neben den Resten der Tänzerin zersplitterte...

Die Scherben erfüllten sie mit Genugtuung. Doch je länger sie sie angestarrt hatte, desto kindischer war sie sich vorgekommen. Paul liebte diese Meißener Figurengruppen aus dem neunzehnten Jahrhundert, in seinen breiten Händen wirkten sie besonders zerbrechlich und zart. War es das, was ihm daran gefiel? Sie hatte sie nie gemocht und dennoch mehr als zwanzig Jahre mit ihnen gelebt.

Sie hatte die Reste zusammengekehrt und in eine Schachtel gefüllt. Es gab Fachleute, die alles restaurieren konnten. Dann hatte sie in großer Eile, damit sie es sich nicht noch anders überlegte, auch die restlichen Figürchen zwischen Luftpolsterfolie und Zeitungspapier in Kartons verpackt und nach draußen vor die Haustür geschoben, bereit zur »Überführung«. Sollten die Antiquitätenleute damit machen, was sie wollten, Hauptsache, sie war das Zeug los. Eine Verena würde jedenfalls nicht nach Belieben über sie bestimmen! Danach hatte sie die Vitrine geputzt und ihre alten Fotoapparate darin arrangiert. Vorübergehend...

Und dann? Dann diese Reise. Unerreichbar sein, mindestens für eine Woche, gewissermaßen als Schutzmaßnahme, das war ihr sehr vernünftig vorgekommen.

Mit Paul musste sie natürlich reden. Das würde sie auch, selbstverständlich würde sie das, allerdings erst, wenn sie sich stark genug fühlte. Vorläufig fühlte sie sich eher wie gerade noch mal davongekommen.

Alain

Endlich war auch Martin gegangen, als Letzter, allerdings erst, nachdem er wortreich erklärt hatte, wie es zu diesem bedauerlichen Missverständnis überhaupt hatte kommen können. Als bedeutete das jetzt noch etwas.

Martin war extrovertiert, ein typischer Vertreter des Service, im Gegensatz zur eher zugeknöpften Küchencrew, und hatte mit seiner Vermutung einen Riesenwirbel ausgelöst. Am meisten schien er sich jetzt allerdings über sich selbst zu ärgern, darüber, dass er persönlich den vermeintlichen Inspektor umsorgt hatte, unauffällig, aber natürlich ganz besonders aufmerksam. Und dann der Schock, als der Gast die Rechnung mit Kreditkarte begleichen wollte!

Robert Kugler hieß der Mann und war kein Tester des Guide Gourmet. Die kamen inkognito und zahlten bar, ausnahmslos. Dieser Kugler war nichts als ein harmloser Herr, der sich ein gutes Essen gegönnt hatte. Wie hatten die Jungs gefeixt und Martin aufgezogen! Dessen Blamage jedoch war ein Klacks gegenüber dem Umstand, dass der dringend benötigte Gourmetstern nun weiterhin in unbestimmter Ferne lag.

Er schloss die Restauranttür ab, löschte die Lichter und tastete sich im Schein der Straßenbeleuchtung zurück in die Küche. Die Außentüren? Abgeschlossen. Das Licht vor dem Haus und im Hof? Aus. Alles in Ordnung. Er mochte diesen abendlichen Kontrollgang, der ihm das Gefühl gab, die Sache im Griff zu haben. Normalerweise.

In der Küche, dem Herz der Herzogstube, surrten Kühlaggregate, im Licht der grünen Notbeleuchtung schimmerten Edelstahlflächen, Kochstationen, Spülen und Regale. Sämtliche Kellen und Paletten hingen an ihrem Platz, nach Größe sortiert und einsatzbereit, daneben die Kasserollen, Pfannen und Siebe, Bleche und Messer. Alles griffbereit, alles bestens.

Erfolg ist eine Diva, hatte sein einstiger Lehrherr gemahnt. Ja und, half das jemandem weiter? Der einstmals prämierte Küchenchef mit eigenem Laden jedenfalls hatte selbst den Schwanz eingezogen und kochte inzwischen für eines dieser Convenience-Unternehmen, die Küchenstümper mit Mittelklasseprodukten belieferten. Tüte öffnen, Inhalt erhitzen und servieren – zack, alles fertig in fünfzehn Minuten. Erfolg ist eine Diva? Was für ein Schwachsinn!

Er atmete tief durch und massierte sich den Nacken, doch der Knoten im Bauch blieb. Seine Gedanken sprangen von der nächsten Bestellliste zum angeblichen Tester, von unbeantworteten Mails und ungeöffneten Briefen zum Onlinekredit, den er sich vor nunmehr acht Monaten besorgt hatte. Dreißigtausend, viel Geld. Und doch hatte er damit lediglich die dringendsten Rechnungen bezahlen können.

Im Internet hatte das Angebot, das sich explizit an Selbstständige zur »Überbrückung finanzieller Engpässe zwischen Auftragseingang und abschließender Zahlung« wandte, seriös geklungen. Ein Makler für Privatkredite warb mit »Finanzierung auch bei mäßiger Bonität«. Andere Kreditnehmer, die unter anderem die »komfortablen Laufzeiten und günstigen Zinsen« hervorhoben, bewerteten ihn gut. Passt, hatte er gedacht und den Vertrag abgeschlossen. Drei Monate Luft, mehr brauchte er nicht, hatte er gedacht. Schön wär's!

Jetzt war die erste Rückzahlungsrate fällig, viereinhalb Tausend, plus Zinsen. Damit verstehe man keinen Spaß, hatte der Makler ihm damals deutlich zu verstehen gegeben. Und woher das Geld nehmen, wenn die Bank auf stur schaltete?

Er schwitzte, griff nach einem Küchentuch, trocknete Stirn und Nacken. Er hatte Angst. Angst, erneut zu versagen. Dabei war er sich seiner Sache diesmal so sicher gewesen! Und die ersten Monate waren ja auch hervorragend gelaufen. Seine Leute waren gut, wussten, worauf er hinauswollte, und strebten dasselbe Niveau an wie er. Und die Gäste, die Wochen im Voraus gebucht hatten, überschlugen sich mit Lobreden auf seine Küche. Zuhauf hatte er in letzter Zeit Begriffe wie »bemerkenswert«, »erlesen« und »erstklassig« gehört, mehr ging kaum!

Und jetzt? Immerhin war am Wochenende der Laden noch regelmäßig voll. Warum kam er dennoch nicht voran?

Der Seeteufel mit Pfefferzwiebeln kam ihm in den Sinn und die Seeigelzungen – waren solche Gerichte doch zu extravagant? Ihre Grundkosten jedenfalls waren enorm. Für die nächste Woche stand daher hauptsächlich Geflügel auf dem Plan, natürlich vom Biohof, in bester Qualität und doch zu akzeptablen Preisen. Außerdem musste man die Leute an Poularde, Perlhuhn und Täubchen nicht erst heranführen, das kannten sie. Und die Zwischengerichte?

Er liebte es, sich gewagte Kreationen auszudenken und genoss die Verblüffung der Gäste, wenn sie die Häppchen kosteten. Ihre Entwicklung und Herstellung erforderte viel Zeit, Zeit, die ihm an anderer Stelle fehlte. Aber hauptsächlich sie standen für Können und Erfindungsgabe und bewiesen, dass seine Hoffnungen auf einen Stern keineswegs illusorisch waren.

Er dachte an den Termin bei der Bank. Würde sie sich auf seinen neuen Darlehensantrag einlassen? Was, wenn nicht? Immerhin war er auch mit den Hypothekenzinsen in Verzug, die Notwendigkeit der erneuten Kapitalaufstockung sollte er also überzeugend begründen können. Geld, Geld, immer nur Geld ...

Den Fremdkredit von vor acht Monaten würde er natürlich verschweigen, zum Glück ging das, da der ohne Schufaeintrag über eine andere Bank lief. Davon abgesehen, was wussten Bankmenschen und Steuerberater in der Provinz schon von den Anforderungen eines Spitzenrestaurants? Ihr Sachverstand reichte doch über Gewinn und Verlust, Zins und Abschreibung kaum hinaus. Wahrscheinlich würde ihm auch dieser Banktyp wieder mit Kostenersparnis kommen. Ja, ginge es stattdessen um Expansion, würde sein zusätzlicher Finanzbedarf garantiert wohlwollend geprüft werden, schließlich war Wachstum das Zauberwort schlechthin in Bankenkreisen, überall auf der Welt! Seine Schweizer Erfahrungen damals hatten ihm das mehr als deutlich gemacht. Wer dort auch nur in den Verdacht mangelnder Zahlungsmoral geriet oder, wie in seinem Fall, gar mit dem Gerücht einer Privatinsolvenz zu kämpfen hatte, konnte bei keinem Banker mehr etwas ausrichten. Sobald man mit einem solchen Mühlstein am Hals bei einem von ihnen anklopfte, sprachen sie vom Anlegervertrauen, das sie nicht enttäuschen dürften und von Sicherheiten, und hielten einen auf Distanz, als bestünde Ansteckungsgefahr.

Wie viele Jahre war er danach auf Kreuzfahrtschiffen um die Welt gefahren, acht oder zehn? Lange Schichten, strenge Organisation, jeden Tag Tausende von Tellern, dazu die Hitze und Enge unter Deck und Arbeiten bei jedem Seegang. Andererseits wurde ordentlich gezahlt, alles war organisiert, Eigenverantwortung ein Fremdwort, Privatsphäre allerdings auch. Man musste sich um nichts kümmern und kam kaum zum Geldausgeben. Ideal in seiner Lage, hatte er gedacht, zumindest übergangsweise, und irgendwann aufgehört, die Jahre zu zählen. Als er sich endlich aufgerafft hatte, nach Deutschland zurückzukehren, verfügte er dank der gut angelegten Ersparnisse über ein annehmbares Polster. Mit diesem Kapital im Rücken hatte er sich für die Herzogstube entschieden, für die ländlich-kulinarische Diaspora mit Großstadtnähe. Von hier aus konnte es nur aufwärts gehen. Hatte er gedacht.

Vorhin hatte er aus Claires alberner Schlemmerzeitschrift eine fett umrandete Kleinanzeige gerissen. »Leben Sie Ihren Traum« stand da und »Soforthilfe« und »Ob Überbrückungskredit oder Gründerdarlehen – schnell und günstig ohne Schufa! Träumen Sie nicht Ihr Leben! Rufen Sie gleich an!« Kein Name, keine Homepage, stattdessen Mailadresse und eine Telefonnummer mit Frankfurter Vorwahl… Also ein zweiter Onlinekredit, falls die Bank nicht mit sich reden ließ? So richtig wohl war ihm bei dem Gedanken nicht.

Vielleicht hätte er Claires Idee, die Räume über dem Gastraum in ein kleines Hotel für Wanderer und fahruntüchtige Gourmettouristen umzuwandeln, nicht gleich als kompletten Blödsinn abtun sollen? Schnuckelig, hatte Claire es genannt… Bei dem Wort standen ihm wieder die Horrorgegenstände vor Augen, die er bei der Übernahme des Hauses aus sämtlichen Ecken entfernt hatte, die Duftpotpourris, Wandteller und gestickten Blumenbilder, und es schüttelte ihn. Andererseits boten heutzutage viele Gastronomen Zimmer an. Sicheres Einkommen bei geringem Aufwand, verglichen mit den Kosten der Küche, hieß es unisono in der Branche. Zudem standen die Stockwerke über dem Restaurant tatsächlich leer, abgesehen von den beiden Räumen, die er selbst als Wohnung nutzte.

Suiten gehobener Kategorie könnte er sich ja vorstellen, doch mit hochwertiger Ausstattung brauchte er keinem Bankmenschen zu kommen, nicht bei den aktuellen Zahlen. Könnte er vielleicht mit der Wiederbelebung des alten Küchengartens hinter dem Haus punkten? Auch so eine Idee von Claire, und keine schlechte, wenn man dem Experten glaubte. Schon nach der ersten Begehung hatte der Kreisheimatpfleger von einem schützenswerten Gartendenkmal gesprochen, sogar von staatlichen Fördertöpfen, die man anzapfen könnte. Doch positive Auswirkungen eines solchen Projekts spürte man frühestens in ein, zwei Jahren. Dann wären frische Produkte in Bioqualität aus eigenem Anbau, noch dazu aus einem historischen Garten – neben dem allgemeinen Imagegewinn – vermutlich Pluspunkte für heikle Guide-Gourmetinspektoren, aber bis dahin…

Der Steuerberater hatte dagegen von einem soliden Finanzierungskonzept gesprochen und bei der örtlichen Genossenschaftsbank vorgefühlt. Damit hatte er seine Befugnisse zwar eindeutig überschritten, andererseits schien er auf Interesse gestoßen zu sein. Vielleicht kam ja etwas Gutes dabei raus?

Er selbst hatte nun mal absolut keinen Schimmer von Marketing und dem ganzen Kram, wollte nicht lavieren und rechnen. Er wollte kochen, und zwar nicht Mittelklasse oder Fine-Dining-mäßig, sondern in bester Qualität! Und er wollte Claire zurück, zusammen mit ihr war alles leichter. Wie ein trotziges Kind war sie davongerannt!

Normalerweise war sie nicht empfindlich, das machte den Umgang mit ihr ja so angenehm. Gut, er hatte sie vor versammelter Mannschaft gemaßregelt, aber musste sie deshalb gleich beleidigt sein? Er hatte doch auch kein Theater gemacht, als sie in dieser unsäglichen Kochshow mit seinem Namen geprahlt hatte. Claire war einfach zu emotional, und dann das mit ihren Haaren …

Ja, gut, womöglich hatte er übertrieben, aber wenn, dann ging das auf das Konto des Steuerberaters! Der hatte ihm am Vormittag mit seinem Gerede den letzten Nerv geraubt. Ein Gourmetstern sei ja schön und gut, davon könne jedoch niemand abbeißen, hatte er gesagt, und ob er eigentlich wisse, was Verzugszinsen bedeuteten, dass bald Quartalsende sei und das Finanzamt höchst ungern warte? Außerdem seien da die unbezahlten Rechnungen und die Gehälter, und das Konto sei abgrundtief im Minus, und wenn man nicht aufpasse, drohe die Insolvenz, und so fort.

Er drehte das Wasser auf und hielt den Kopf unter den Strahl.

Beinahe hätte er dem Steuerberater von dem Onlinekredit erzählt, schon um ihm zu beweisen, dass er bereits vor Monaten um die Misere gewusst hatte. Der Mann aber war längst woanders gewesen und hatte von preiswerteren Lieferanten und Personalabbau gesprochen.

Er richtete sich wieder auf und rubbelte Kopf und Gesicht trocken.

Personalabbau? Sollte er etwa Jens kündigen, einem trotz seiner Jugend begnadeten Poissonnier? Wie er mit wenigen schnellen Schnitten die rötlichen Zungen eines Steinseeigels zum Vorschein bringen konnte, nur mit seinem *coupe-oursin*, einer Art Schere. Roh, mit Couscous, mariniertem Fenchel und einem reduzierten Sud aus Meerwasser, Fischfond und Olivenöl erinnerten sie an Tage am Meer und waren jeden verdammten Stern wert. Aber was diese Seeigel kosteten! Sie wurden im Mittelmeer gesammelt, via Paris per Overnight-Kurier angeliefert, und Jens zahlte er auch fast dreitausend im Monat. Auf einen wie ihn konnte er jedoch nicht verzichten, und auf Seeigel ebenfalls nicht.

Er füllte ein Glas mit Wasser, gab einen Spritzer Angostura und Zitrone hinein, schwenkte die Mischung kurz und trank das Glas in einem Zug leer. Wie Claire, wenn sie zu viel Süßes genascht hatte.

Claire. Ihm lag eine Menge an dieser Frau, die so herzhaft lachen konnte, die sich weder um Trends scherte noch aufhörte, nach neuen Wegen zu suchen, und die außerdem loyal war. Gesagt hatte er ihr das allerdings noch nie.

Sie würde sich schon beruhigen, hatte er jedenfalls gedacht, aber nun war sie seit Tagen von der Bildfläche verschwunden. Offenbar hatte sie seinen Anpfiff wörtlich genommen. Manchmal ging es mit ihm durch, der Druck und all das, aber das müsste sie doch längst wissen.

Und falls sie sich nicht von selbst beruhigte? Verlieren wollte er sie auf keinen Fall.

Er wählte ihre Nummer. Und was sollte er sagen? Irgendetwas Nettes, dass sie ihn missverstanden habe, dass er ein Idiot sei, dass es ihm leidtue, dass er sie vermisse und wann sie sich sehen könnten.

Nichts, nur die Mailbox. Er legte auf. Jetzt fehlte sie ihm fast noch mehr als zuvor.

Und nun? »Träumen Sie nicht Ihr Leben...« Er schob die Anzeige in die Hosentasche.

~

Alains Pfefferzwiebeln mit Melone

Zutaten
    1 Stück Wassermelone ohne Kerne
    1 weiße Zwiebel
    1 EL Olivenöl
    1 EL Limonenöl
    Pfeffer aus der Mühle, Salz

Zubereitung
    160 g von der Melone in Kugelform ausstechen oder in Würfel schneiden. Die Zwiebel fein würfeln, in kochendem Salzwasser etwa 20 Sekunden blanchieren und kalt abschrecken. In Oliven- und Limonenöl anschwenken, mit Pfeffer und Salz kräftig abschmecken. Die Melonenstücke dazugeben und zugedeckt etwa 5 Minuten behutsam erwärmen. Warm zu Fisch servieren.

~

Karim

Natürlich liebte er seine Mutter. Früher hatte er sie auch gern besucht und dem neuesten Familienklatsch gelauscht, in letzter Zeit jedoch… Ja, er als einziger ihrer Söhne hatte keine Familie, und ja, er arbeitete zu viel, und ja, er musste auf sich achten. Auf ihn, ihren Jüngsten, der ohne Vater aufgewachsen war, hatte sich schon immer ihre Zuwendung konzentriert, und daran hatte sich bis heute nichts geändert.

Nach Lâlla Fatimas endlosem Lamentieren lechzte er nun nach einem Espresso im Café France, nach unverbindlichem Geplauder und dem Trubel des Djema el Fnaa. Er winkte einem Taxi.

Lâlla Fatima, Mittelpunkt der Familie Aït El-Kharaoui, lebte zurückgezogen in der Palmeraie, dem ältesten Villenviertel der Stadt, war aber immer noch bestens informiert. Ob er wisse, dass Kadisha, Mohammeds älteste Tochter, demnächst Mutter werde, mit Allahs Hilfe, und was er von dem neuen Wohnquartier halte, das Mohammeds und Rashids Schwiegersöhne in Sîdi Ghanem, dem neuen Stadtviertel, planten? Wie sich das große Solarprojekt in der Wüste mit dem schönen Namen »Noor« entwickele, was er zum Betragen des Königs, Allah halte seine schützende Hand über ihn, sage, der ohne Sicherheitsleute im offenen Luxusauto durch die Stadt kurvte, und ob man das alte Grandhotel nicht vielleicht doch renovieren könne? Nicht einmal ihr zuliebe? Warum nicht? Wieso unmodern? Früher sei es doch so wunderbar gewesen, ein Juwel der Stadt, mit Gästen aus aller Welt, damals, nach dem Krieg...

Solche Erinnerungen endeten stets in sentimentalem Geseufze. Über kurz oder lang fasste sie sich jedoch wieder und wandte sich der Gegenwart zu. Sie zeigte ihm auf dem Smartphone Bilder von Töchtern befreundeter Familien und pries ihre Herkunft, ihre Schönheit und Herzensbildung, oder sie äußerte sich überschwänglich über die Ehefrauen seiner Brüder und deren wohlgeratene Kinder. Allerdings, und wie er wisse sehr zu ihrem Leidwesen, alles Töchter. Allah sei Dank, alle seien gesund, aber eben leider keine Söhne...

Das war ihre Art, ihm ihren Wunsch nach einem Enkelsohn mitzuteilen. Zwar gab es im erweiterten Familienclan ein paar Söhne, männliche Vertreter seien jedoch eindeutig unterrepräsentiert, scherzten auch die Brüder manchmal, nur um gleich darauf voll Stolz von ihren Töchtern zu erzählen. Zu solchen Gesprächen hatte er nichts beizutragen. Mit seinen siebenundvierzig Jahren war er wieder allein.

Natürlich bedrängte Mutter ihn nicht, die Zukunft liege ohnehin in Allahs Hand, wie sie nicht müde wurde zu betonen. Wollte sie dennoch etwas Bestimmtes erreichen, erging sie sich in Gleichnissen und Andeutungen, untermalt von Scheintränen und Seufzern. Das gehörte zum Spiel.

Alle spielten dieses Spiel, Familienmitglieder ebenso wie Freunde. Immer ging es darum, demjenigen, der einem nahestand, zu helfen, indem man ihn dazu bewegte, das zu tun, was man selbst für das Beste hielt. Bevormundung oder Anteilnahme? Jedenfalls allgemein üblich. Er wollte jedoch am liebsten in Ruhe gelassen werden.

Mutters Anspielungen im Ohr dachte er an die vergangenen drei Jahre, leere Jahre, und daran, dass er das Vertrauen in ein wohlwollendes Schicksal verloren hatte. Sein Leben teilte sich auf in davor und danach, das konnte er nicht ändern. Wie aber sollte er das jemandem wie Mutter begreiflich machen? Also war Schweigen besser.

Er sah auf die Stadtmauer, auf die Büsche, die dank der neuen automatischen Bewässerung jetzt prächtig gediehen, auf geschwungene Bogenlampen und als Riesenpalmen getarnte Antennen für den flächendeckenden Mobilfunkempfang. Stolz empfand er bei diesem Anblick nicht, wohl aber Befriedigung über die gelungenen Veränderungen.

Marrakesch als Gastgeber der Weltklimakonferenz der UNO müsse sich der Welt als moderne Großstadt präsentieren, hatte der König verfügt, und sofort war eine Art Goldgräberstimmung ausgebrochen. Sämtliche infrage kommenden Firmen hatten sich um Aufträge beworben, darunter Unternehmen aus Casablanca und Fes, sogar ein namhafter französischer Konzern. Vor allem dem guten Ruf seiner Familie und dem seiner Firma war es zu verdanken, dass man ihm die Gesamtplanung übertragen hatte. Die meisten Stadtplanungsprojekte gingen ohnehin bereits seit Jahren über seinen Schreibtisch, auch als Berater oder Gutachter war er gefragt, daher war diese Entscheidung nur logisch gewesen. Dennoch hatte es natürlich Gerede gegeben. Man hatte von Abhängigkeiten gesprochen, vom Wohlwollen des *makhzen*, der privilegierten königstreuen Elite, und dem Schmiermittel, das das System am Laufen hielt. Doch mit dem Groll der unterlegenen Konkurrenz konnte er umgehen.

Natürlich gab es diese alle Institutionen durchdringenden Verflechtungen. Das Hin und Her der Gefälligkeiten und Zuwendungen von Geschäftsleuten und alten Familien, dieses Geben und Nehmen trieb nun einmal die Vorgänge in der Stadt voran, und zwar von alters her. Als Außenstehender konnte man da nur zusehen.

Die UNO-Konferenz hatte eine Fülle neuer Aufgaben mit sich gebracht und überwältigend viel Arbeit. Schon immer hatte er viel gearbeitet, damals aber hatte er danach gegriffen wie nach einem Rettungsring.

Alles musste auf den neuesten Stand gebracht werden, alles. Pittoresk, malerisch, charmant – solche Begriffe galten nichts mehr, jedenfalls nicht in der Nouvelle ville. Neue Straßen mussten geplant und gebaut und alte verbreitert werden, außerdem waren Parkanlagen zu erneuern und Plätze mit Springbrunnen anzulegen. Moderne Shopping-Malls aus Glas, Beton und Neon entstanden, auch Flughafen und Bahnhof wurden generalüberholt, von der Sanierung der Kanalisation ganz zu schweigen. Und schließlich die Konferenzgebäude und die riesige Zeltstadt aus eleganten, orientalisch anmutenden Königszelten. Zeitgemäß und luxuriös mussten sie in Ausstattung und Ausführung sein, außerdem natürlich nachhaltig, schließlich sollten sie auch künftigen Großereignissen dienen. Für all das liefen die Fäden in seinem Büro zusammen. An wie vielen Tagen er sein Handy keine Sekunde aus der Hand gelegt hatte! Zum Schluss aber hatte sich Marrakesch von seiner schönsten und modernsten Seite präsentiert.

Inzwischen war die Konferenz Geschichte und Lâlla Fatima zückte bei jeder Gelegenheit wieder ihr Smartphone, um ihn mit Fotos möglicher Ehekandidatinnen zu plagen.

Erneut empfand er die allzu bekannte Leere.

Charlotte

Hupen, drängeln und jede Lücke nutzen, Autos, Pferdekutschen, Mopeds, Eselskarren und Fußgänger im Gewimmel … zu viel! Viel zu viel von allem.

Sie wandte den Blick ab, hielt sich an der Kameratasche auf ihrem Schoß fest. Das Allerneueste, hatte der Verkäufer gesagt, und dass man mit einer Nikon nie einen Fehler mache. Aber warum überhaupt eine neue Kamera, und warum gerade jetzt? Das alles lag doch hinter ihr. Hatte sie zumindest gedacht. Und nun? Was kam als Nächstes?

Paul hatte nie von Scheidung gesprochen. Erst

recht nicht, seitdem er der Politik zuneigte und verstärkt Umgang pflegte mit Staatssekretären und Managern aus der Finanzwelt. Solche Männer vertraten konservative Werte und hielten viel von Ehe und Familie, zumindest ließen sie es so aussehen. Paul wohnte jedoch schon seit langem in seinem Penthouse in der Stadt, aus vorwiegend praktischen Gründen, wie er sagte, zum Beispiel wegen der Nähe zum Flughafen. Dennoch kümmerte er sich um sie, besser gesagt, um ihre gemeinsamen Angelegenheiten. Damit hatte sie sich eingerichtet. Jeder führte sein Leben, sie gingen zivilisiert miteinander um, und mitunter kam er sonntags sogar zu Besuch. Während er Schreibkram erledigte, bereitete sie das Essen zu und berichtete von einer Ausstellung oder ihrem aktuellen Übersetzungsauftrag. Im Gegenzug erzählte er von Konferenzen und Geschäftsabschlüssen und von seinen Reisen.

Paul kam viel herum, erlebte, sah und hörte allerhand. Ihre Tage dagegen verliefen immer gleich: Schwimmen, Tai-Chi, Garten, Übersetzen, hin und wieder der Besuch einer Ausstellung oder eines Konzerts. Innerhalb dieser Routine fühlte sie sich sicher.

Gelegentlich erzählte er sogar von seinen Liebschaften. Nicht im Detail, natürlich nicht, und als er das erste Mal von so einer »sehr, sehr guten Freundin« gesprochen und seine Erfolge im Bett angedeutet hatte, war ihr die Luft weggeblieben und sie hätte ihn am liebsten geschlagen. Als er das merkte, hatte er unverblümt erklärt, er brauche die Bewunderung seiner Freundinnen ebenso wie geschäftliche Erfolge. Ehrlich war er, oh ja, bis hin zur Grobheit. Aber durch Feingefühl hatte er sich ja noch nie hervorgetan. Er sei eben Realist, war seine Rechtfertigung. Inzwischen ließen sie seine Geschichten kalt. Zumindest hatte sie das angenommen.

Wie sie auch davon ausgegangen war, dass sie sich nie trennen würden. Schon deshalb würde sie niemals erfahren, ob nicht vielleicht doch noch etwas anderes existierte, so etwas wie echtes Miteinander oder eine Art intuitives Verstehen …

In jungen Jahren hatte sie versucht, mit dem Schicksal zu handeln, es gar zu bestechen. Wenn sie auf dieses verzichtete oder jenes tat, erfolgte die erhoffte Wendung zum Besseren. Doch ob man – im übertragenen Sinn – die Fugen von Gehwegplatten mied oder nicht, das Leben ließ sich auf keinen Kuhhandel ein. Schwarz-Weiß statt Pastell, harte Kontraste statt weich gefilterter Bilder, so war es nun einmal, alles andere waren Kinderträume. Dennoch hatte irgendwann dieses unterschwellige Warten begonnen, dieses Hoffen, dass da draußen jemand war oder dass irgendetwas Aufregendes geschah. Auf wen oder was sie wartete, hätte sie nicht sagen können, nur, dass noch etwas kommen musste, das diese Leere ausfüllte.

Draußen zogen Palmen vorbei, himbeerrote Häuser und glänzende jadegrüne Mauerkronen. Der Fahrer gab Gas, bremste, gab wieder Gas, hupte, hing halb aus dem offenen Fenster und brüllte etwas. Dann drehte er sich zu ihnen um, gestikulierte und lachte schallend. Klara neben ihr schien das lustig zu finden.

Sie klammerte sich an die Tasche. Die neue Kamera, die Wechselobjektive, der Laptop, das Programm zur Bildbearbeitung – schlecht war die Ausstattung nicht. Aber hatte sie ernstlich vor, wieder zu fotografieren? Seit Jahren hatte sie das nicht getan, nicht einmal einen Gedanken daran zugelassen. Und jetzt? Sie müsste bei null anfangen, heutzutage ging ja alles digital, damit aber hatte sie keinerlei Erfahrung. Wenn sie dagegen an ihre Dunkelkammer dachte – wie hatte sie die geliebt! Dieser Geruch von Entwickler und Fixierbad, die Nuancen der Belichtungszeiten mit ihren feinen Effekten, die Abgeschiedenheit… Lange vorbei. Und jetzt also Neuland? Was bezweckte sie mit der Kamera? Schließlich war sie keine Hobby-Knipserin. Das war sie nie gewesen, im Gegenteil… Sie verstand sich nicht mehr, ihre Reaktionen in den letzten Tagen am allerwenigsten.

Das Porzellanausräumen hatte gut getan, erinnerte sie sich, und auch, dass es sich geradezu befreiend angefühlt hatte zu handeln, ohne zuvor abzuwägen. Dabei war Zupacken überhaupt nicht ihre Art. Aber es vereinfachte und machte die Dinge leichter, eindeutig.

So gesehen war ihr der Marrakesch-Flyer, den sie zwischen den alten Zeitungen entdeckt und über dessen Slogan »Zauber in labyrinthischen Gassen« und farbstrotzende Fotos sie die Nase gerümpft hatte, womöglich zur rechten Zeit in die Hände gefallen.

Karim

Er trank Espresso, lauschte dem müßigen Geplauder der Freunde und beobachtete nebenbei das Treiben von Touristen, Wasserverkäufern und Händlern, diesen Tanz aus Annäherung und Ausweichen, aus Faszination, Abwehr und Verführung. Meistens bereitete ihm der Trubel auf dem Djema el Fnaa Vergnügen, heute allerdings ermüdete er ihn, daher verabschiedete er sich bald wieder. Er schlenderte über den Platz, wich Luftballon- und Eisverkäufern aus und schlug einen Bogen um Akrobaten und Schlangenbeschwörer. Einzig ein alter Geschichtenerzähler mit seinen großen Gesten konnte ihn fesseln.

Halaiqis und ihre Geschichten gab es seit jeher. Früher verkürzten ihre Erzählungen die monatelangen Karawanenreisen, später brachten sie sie in Cafés oder hier auf dem Platz unters Volk. Auch er hatte ihnen schon oft gelauscht, in den letzten Jahren jedoch nicht mehr. Hatte es nicht sogar geheißen, sie seien inzwischen verschwunden? Umso mehr freute es ihn, diesen Alten umringt von Zuhörern anzutreffen. Vermutlich kannte längst alle Welt seine Geschichten, und zwar in sämtlichen Variationen, doch oft waren gerade wohlbekannte Erzählungen besonders beliebt. Vertrautes gab Halt.

Er trat näher.

»… Kan hatta kan, es war einmal im Frühling des Jahres 1930. In den Bergen schmolz der Schnee und füllte Zisternen und Speicher mit frischem süßem Wasser. Als nun überall das Viehfutter grünte, die neugeborenen Lämmer herumsprangen und das Land Aufbruch atmete, verließ in mondloser Nacht ein noch bartloser Jüngling namens Hassan das Haus seines Vaters. Auf versteckten Wegen – und unter heimlichen Tränen, das will ich nicht verschweigen, aber wohlversehen mit dem Segen seines alten Vaters – musste der Junge seine Heimat verlassen, das Tal des Draá, wo ihm Gefahr für Leib und Leben drohte. Der junge Hassan, einzig überlebender Sohn des alten Caïd, hatte mehr als einmal erfahren müssen, wie nach seinem Leben getrachtet wurde, wie Nachbarn zu Feinden wurden und wie sich Vater, Onkel und Brüder vergebens bemüht hatten, dem *Pascha* Einhalt zu gebieten. Einige verschwanden in seinen Kerkern. Pascha El Glaoui nämlich besaß nicht nur die Macht dazu, er gehörte auch zu jenen Menschen, die Freude daran haben zu zerstören. Er säte Zwietracht, zettelte Stammesfehden an und spaltete Dörfer und sogar Familien, bis sie zugrunde gingen. Dann brachte er die Bergwerke, Mühlen und Ländereien der Unterlegenen an sich, sodass er immer reicher und mächtiger wurde. Sicher kennt ihr Dar el Bacha, seinen riesigen Palast mit den hohen Mauern und unüberwindlichen Toren? Verlassen und leer steht er heute da, und es heißt, demnächst werde dort ein Museum eingerichtet, zum Zeichen, dass sich die Zeiten von Grund auf geändert haben, Allah sei Lob und Dank. Dennoch atmet das Anwesen bis auf den heutigen Tag Willkür. Ich gestehe, selbst jetzt, Jahrzehnte nach dem Tod seines einstigen Besitzers laufen mir immer noch Schauer über den Rücken, wenn ich in der Medina daran vorbeigehe.« Es schüttelte ihn sichtlich.

Natürlich wusste Karim einiges über El Glaoui, auch wenn über jene Zeit nur zögernd gesprochen wurde. Niemand hielt sich gern mit unangenehmen, womöglich gar tragischen Ereignissen auf, lieber sah man das Schöne im Leben, es war schwer genug. Er trat einen Schritt näher.

»La illah illalah, Gottes Wille geschieht. Der junge Hassan also hatte Unrecht und Leid mit ansehen müssen. Sein Vater – krank am Körper, aber klar im Kopf – fürchtete um das Leben seines Jüngsten, war er doch längst zu schwach, um ihn schützen zu können. Er flehte Hassan an, sich in Sicherheit zu bringen, damit wenigstens der letzte seiner Söhne überlebte. Schweren Herzens beugte sich Hassan, verließ das liebliche Tal des Draá und wanderte nach Osten, weiter und immer weiter. So rettete er sein Leben.«

Kein sagenhafter Märchenkönig, sondern ein junger Berber auf abenteuerlicher Flucht? Das war neu. Für heute gab es keine Termine mehr, also warum nicht eine Weile lauschen?

Der Halaiqi drehte eine Runde im Kreis seiner Zuhörer, nickte und lächelte zufrieden, da er ihre ungeteilte Aufmerksamkeit spürte.

»Die Jahre von eher geringem Belang überspringe ich. Nur so viel: Weit war Hassan herumgekommen und viel Neues hatte er gesehen und erlebt in dieser Zeit, darunter Gutes, aber auch Schlechtes. Und obwohl er sich nach den Plätzen und Orten seiner Kindheit sehnte, führten ihn seine Reisen über Algier und Kairouan weiter nach Osten, bis nach Alexandria und an den Nil, wo er sich am Karawanenhandel beteiligte. Überall studierte er fremde Bräuche, machte Geschäfte und lernte die Menschen kennen. Schließlich war aus dem Jungen ein Mann geworden, sogar ein wohlhabender Kaufmann, das kann man sagen, fand doch im Laufe der Zeit so mancher Dirham den Weg in seinen Beutel, Allah sei Dank«, erzählte der Alte weiter.

Er breitete die Arme aus, als wolle er die ganze Welt umfassen, und sah seine Zuhörer an. Kurz streifte sein Blick auch Karim. Dann fielen seine Arme kraftlos herab.

»Doch nichts bleibt, wie es ist. Zu jener Zeit nämlich herrschte im fernen Europa, in L'Allemagne, ein Diktator, der behauptete, das deutsche Volk sei auserwählt, sich die ganze Welt zu unterwerfen! Ist das zu glauben? La illah illalah, Allah allein kennt die Wahrheit, doch diesem Menschen und seiner Gefolgschaft saßen Teufel in den Köpfen. Wie sonst hätten sie einen der schlimmsten Kriege anzetteln können, die die Welt je erlebt hat? Überall Flugzeuge, der Tod regnete vom Himmel, Panzer überrollten Häuser, Felder und Menschen, und von Europa bis ins ferne Asien schlugen sich Soldaten die Köpfe ein, Deutsche, Italiener, Engländer und Franzosen, selbst hier an unseren Mittelmeerküsten! Von überallher kamen sie, sogar aus Amerika und dem fernen Australien, um die deutschen djinn niederzuringen. Aber

Kanonen- und Gewehrkugeln unterscheiden nicht zwischen Freund und Feind, das ist ihr Wesen. Wie viel Blut, wie viele Tote! Ich frage euch, wie lange dauert es, bis die Toten vergessen sind? Es dauert so lange, bis es niemanden mehr gibt, der sich noch an sie erinnert. Einzig Allah, der Allwissende, weiß, wie viele Familien diese Splitter auf ewig in ihren Herzen tragen!«

Der Alte murmelte ein Gebet, man sah ihm die Erschütterung an.

Seine Familie war zum Glück verschont geblieben, dachte Karim, wenn man von allgemeinen Einschränkungen absah und davon, dass wegen des Krieges Vaters Familie aus Algerien vertrieben worden war. Einst waren die Berge der *Kabylei* ihre Heimat gewesen ...

»Kehren wir zu unserem Hassan zurück. Allah sei Dank gelang es ihm, diesem Irrsinn auszuweichen, und sein Ansehen mehrte sich noch. Vielleicht, weil er Armen spendete, Schwache schützte, Freunde großzügig bewirtete und niemanden übervorteilte, wer weiß? Doch obwohl er seinen Geschäften nachging und seine Tage ausgefüllt waren, ließen ihn die Erinnerungen nicht los. Als nun die Kämpfe geendet hatten, war Hassan länger fort von den Ufern des Draá, als er einst dort gelebt hatte, und das Heimweh plagte ihn so sehr, dass der Schlaf ihn mied. Wer kennt das nicht? Der kleinste Kiesel aus dem Bach vor dem eigenen Haus hat nun einmal größeren Wert als zehn Brocken eines fremden Flussbettes.«

Erneut schritt der Halaiqi den Kreis ab, legte hier und dort die Hand auf eine Schulter.

Karim beobachtete die Gesichter der Umstehenden.

»So ist es«, nickten die Alten.

»Ja, wirklich, genau so ist es«, sagte auch der Geschichtenerzähler, sah ins Unendliche und kratzte seine Bartstoppeln. Die Jüngeren hingegen waren offenkundig anderer Ansicht. Sie raunten sich fremde Städte- und Ländernamen zu, ferne Sehnsuchtsorte, an die sie sich wünschten. Wenn sie könnten, wie sie wollten... Eines Tages würden sie aufbrechen.

Der Alte stieß einen tiefen Seufzer aus und fuhr fort: »Allah führt in die Irre und leitet recht, wen er will. Hassan jedenfalls schloss sich einer Karawane mit Ziel Marrakesch an, und am Abend eines milden Frühlingstags im Jahr 1945 näherte sich die Karawane unserer schönen Stadt und nahm Quartier in einer ihrer Karawansereien. Ja, damals existierten sie noch, die Herbergen mit wehrhaften Mauern und starken Toren und mit ausreichend Platz für Mensch, Tier und Waren aus fernen Ländern. Ebenso zogen zu dieser Zeit noch die Karawanen des Fernhandels herum, gab es starke Maultiere und Kamele für den Transport der verschiedensten Dinge. Damals konnte nämlich längst noch nicht jede Wüsten- oder Gebirgspiste von Lastwagen gemeistert werden. Heutzutage dagegen? Spaziergänge!«

Seine wegwerfende Handbewegung illustrierte, was er meinte.

»In dieser allerersten Nacht unter Marrakeschs

Dächern, als sich Hassan, zufrieden, seinem gelieb-ten Draá-Tal wieder nahe zu sein, zur Ruhe begab, schlich sich ein Djinn in seinen Traum. Ihr kennt das: Nachts kriechen die Geister aus ihren Verste-cken. Auch die Nettesten unter ihnen spielen dann verrückte Melodien oder stellen wer weiß was an, um uns vom Schlafen abzuhalten. Sie sind einfach nicht gern allein.«

Nicht nur Karim, auch die Männer vor und neben ihm hoben unwillkürlich eine Hand und spreizten ihre fünf Finger. Fünf, die magische Zahl, der altbe-währte Abwehrzauber, man wusste ja nie…

»Hassans Djinn war ein im Grunde freundlicher Geist. Und doch hockte er wie ein Fels auf Hassans Brust, machte sich extra schwer und schimpfte: ›Bist du nun ganz besonders mutig oder ganz besonders dumm?‹

Hassan schlug im Schlaf mit den Armen, erwachte aber nicht.

›So also hältst du dein Verspechen, du nichtsnut-ziger Hohlkopf? Warum bist du zurückgekommen?‹ Der Djinn verpasste ihm Ohrfeigen und zog ihn an den Haaren. ›Hattest du deinem Vater nicht ge-schworen, dich zu retten?‹

Hassan wand sich, doch es gelang ihm nicht, die Schläge des Djinn abzuwehren.

›Du machst es mir wahrlich nicht leicht, aber ich habe nun mal eine Schwäche für Einfaltspin-sel. Mein Name ist Jalid, und da gerade sonst nichts los ist, kümmere ich mich eben um dich‹, fuhr der Djinn fort. ›Das Wichtigste: Hüte dich vor neugierigen Augen und Ohren und vor geschwätzigen Zungen, und ganz besonders hüte dich vor den Schergen des Paschas. Hörst du mir zu? Merk dir gefälligst meine Worte!‹

Ein Ruck an den Haaren, ein paar letzte Ohrfeigen, dann ließ der Druck auf Hassans Brust nach, und er sank in einen abgrundtiefen Schlaf. Am nächsten Morgen brannten seine Wangen, und in seinem Kopf hallten die Warnungen des Djinn wie vielfältige Echos. Und wie das so ist nach schwerer Nacht wusste er nicht zu sagen, ob er die Schläge und Worte nur geträumt oder wirklich erlebt hatte.«

Der Alte zuckte die Achseln.

»Natürlich kannte Hassan alle möglichen Geschichten. Zum Beispiel erinnerte er sich gut daran, was sich die alten Frauen nachts am Feuer zuraunten, wenn sie glaubten, die Kinder schliefen. Wer je einen Djinn mit eigenen Augen sah, werde unweigerlich den Verstand verlieren, hatten sie gesagt. Schon damals hatte er sich gefragt, wie das möglich sein sollte, da Djinn doch unsichtbar waren? Sie jedoch hatten sich die Namen von närrisch gewordenen Toren zugeflüstert, hatten Fenster und Türen mit weiß gekalkten Handabdrücken geschützt, sich vor Fremden gehütet und den Töchtern der Schlangenbeschwörer nicht in die Augen gesehen. Zu spaßen war mit den Djinn nicht.«

Er wandte sich an den Nächststehenden.

»Du weißt es, ich weiß es, wir alle wissen es: Sie schleichen sich ein in die Träume der Schlafenden und sorgen für Kummer und stiften Verwirrung. Manche von ihnen besitzen sagenhafte Kräfte. Haben sie sich erst einmal jemanden zum Quälen ausgewählt – wobei es nicht nur Einzelne oder einzelne Familien treffen kann, sondern mehrere Generationen, wie wir noch hören werden –, ist es mit ein wenig Milch in den Ecken der Zimmer oder dem heiligen Koran unter dem Kopfkissen nicht mehr getan! La illah illalah, so war es damals und so ist es bis auf den heutigen Tag, auch wenn einige das nicht wahrhaben wollen. Jedenfalls wusste unser Hassan das alles. Neu war ihm allerdings, dass Djinn menschliche Namen tragen. Wie auch immer, Jalids Rat schien ihm vernünftig. Also kleidete er sich in Lumpen, streifte durch die Stadt und lauschte auf das Gerede in den Moscheen, Hamams und Kaffeehäusern. Er bemerkte die Unruhe in den Augen der Männer, sah, wie sie über die Schulter schauten, bevor sie den Mund auftaten, vernahm ihre vorsichtigen Äußerungen, und ihm wurde klar, dass der Pascha in der Zwischenzeit zwar älter, keineswegs aber milder geworden war, im Gegenteil.

Den Franzosen jedoch, die eigentlichen Herren im Land, war El Glaoui von großem Nutzen. Als gewiefter Taktiker zeigte er der Welt zwei Gesichter, das des Kämpfers und das eines geschliffenen Diplomaten. Als solcher ging er den Franzosen ums Maul – manche sagen auch, er kroch ihnen in den – ihr wisst schon. Jedenfalls reiste er nach Paris und nahm an Konferenzen teil, sogar nach England lud man ihn ein. Auf der anderen Seite spann er wie eh und je seine Intrigen, log und betrog, hetzte Leute gegeneinander auf oder ließ sie in seinen Kerkern verschwinden. Er setzte seine Interessen durch und regierte mit dem Schwert. Schon längst wagte niemand mehr, sich ihm zu widersetzen, auch die letzten freiheitsliebenden Berber in den Bergen hatten ihre Gegenwehr aufgegeben. Wo er mit harter Faust herrschte – nicht nur hier im Süden, sondern im Großteil des Landes! – wagte niemand mehr, Unruhen anzuzetteln. All dies kam den Franzosen zupass, und so ließen sie ihm freie Hand.«

Der Alte murmelte etwas, das wie eine Verwünschung klang, und Unruhe kam unter den Umstehenden auf. »La illah illalah. Aber wie ging es mit unserem Hassan weiter, fragt ihr euch sicher. Zunächst fand er heraus, dass Allah, allmächtiger Herr über Leben und Tod, schon vor Jahren ein Einsehen mit seinem armen Vater gehabt, ihn von allen Leiden des Körpers und der Seele erlöst und zu sich ins Paradies geholt hatte.« Halblaut murmelte der Geschichtenerzähler einen Totensegen.

Karim fühlte einen Druck in der Brust und verschränkte die Arme.

»Diesen Tag verbrachte Hassan in der Moschee. Versunken in Erinnerungen kamen ihm Vaters Worte in den Sinn, die er ihm einst mit auf den Weg gegeben hatte. ›Die Welt gehört dem, der handelt‹, hatte er gesagt, und ›Allah liebt Menschen, die ihr Leben formen. Sei also klug und mutig und gehe deine Schritte voller Zuversicht. Aber denke nie an den gesamten Weg, der vor dir liegt, denke nur so weit du ihn absehen kannst, und dann erst denke einen

Schritt weiter. Doch mach es dir auch nicht zu leicht und angenehm, denn Bequemlichkeit frisst Ziele.‹ Mit solchen und ähnlichen Ermahnungen des Vaters im Kopf verging Hassans Tag des Gedenkens. Und als er wenig später erfuhr, dass der Pascha sich die *kasbahs* der Familie und ihre fruchtbaren Ländereien im Tal des Draá tatsächlich unter den Nagel gerissen hatte, verspürte er zwar ein heißes Brennen in der Brust, doch gelang es ihm, seinen Zorn niederzuringen. Was hätte er auch tun können? Etwa sich zu erkennen geben und das Eigentum der Familie zurückfordern? Schon am nächsten Tag wäre er tot gewesen! Einen wie El Glaoui konnte er nicht bezwingen, das hatte schon sein armer Vater erkannt. Ihm blieb nichts, als auf Gerechtigkeit durch Allah zu hoffen. Das Einzige, was ihm zu tun blieb, war, dem Rat des Vaters zu folgen und mit Mut und Klugheit seine Schritte zu planen. Noch kannte er den Weg nicht und auch nicht das Ziel, aber mit Geduld und Allahs Hilfe würde er es finden.

Die Mahnung des Djinn im Kopf und gekleidet wie ein Bettler verrichtete er alsbald jede Arbeit. Für kleines Geld oder kaum mehr als ein Stück Brot und ein hart gekochtes Ei auf die Hand reinigte er die Öfen der Hamams, transportierte schwere Kupferkessel zum Schmied, schleppte stinkende Häute zum Färber und machte sich auf andere Weise nützlich. Er schlief in einem bescheidenen Winkel, wich den Spähern des Paschas aus, sprach wenig, hörte zu und vertraute niemandem. So wurde er alsbald mit Marrakesch bekannt. Was sage ich? Zwar plagte ihn von Zeit zu Zeit noch das Heimweh nach dem Draá-Tal, doch zugleich lernte er unser schönes Marrakesch mit seinen prachtvollen Bauwerken lieben. Wir kennen unsere Stadt, wissen, sie ist schmutzig und strahlend zugleich, und das war sie auch zu Hassans Zeiten, doch damals wie heute schlägt ihr Zauber Menschen in ihren Bann.

Erinnert euch, Hassan war weit gereist, hatte in Sîdi Oqbars heiliger Moschee in Kairouan gebetet, hatte die Grabmäler berühmter Marabouts besucht, sogar die römischen Ruinen in Libyen und die Pyramiden in Gizeh hatte er bestaunt, und auch die himmelhohen Wehrtürme der Kasbahs im Süden waren ihm vertraut. Jedoch luftige, weitläufige Paläste, mit denen frühere Sultane und Kaufleute die Stadt geschmückt hatten, Paläste von einer Schönheit, dass einem vor Entzücken das Herz aufging, waren ihm neu. Besonders aber staunte er über die eleganten Hotelanlagen, von den Franzosen aus Beton und gebrannten Ziegeln errichtet und höchst komfortabel ausgestattet. Sie gefielen ihm so sehr, dass er beschloss, eines Tages selbst in einem solchen Palast zu leben.«

Einige der Zuhörer lächelten nachsichtig, andere sprachen von Luftschlössern und der Ungeduld junger Männer, Karim aber lauschte seltsam angespannt.

Klara

Schon zuvor hatte Alain ihr Rufschädigung vorge-
worfen, weil sie beim Fernsehdreh sein Restaurant
namentlich erwähnt hatte. Was war er doch für eine
Mimose, sie hatte es doch nur gut gemeint. Als sie
später gemeinsam mit der Crew die Sendung in der
Mediathek anschaute, hörte sie zumeist freundliche
Kommentare, auch nett gemeinte Witzeleien, teil-
weise hatte sie sogar echtes Interesse gespürt, jedenfalls war die Stimmung locker. Bis Alains Worte fielen: »Jeder macht sich auf seine eigene Art zum
Affen.« Das also hielt er von dem Kochwettbewerb?
Immerhin hatte sie den ersten Preis gewonnen, zudem war YourTV 24 einer der anspruchsvolleren Pri-
vatsender und »Hot & Cool« schon wegen der knapp
bemessenen Zeit ein harter Wettkampf. Das alles
zählte jedoch offenbar nichts, nur ihre Haare …

Im Radio lief eine arabische Popnummer mit Gei-
gen, Trommeln und merkwürdig jammerndem Gesang. Der Taxifahrer klopfte den Takt dazu und gab
in einem Kauderwelsch aus Arabisch, Englisch und
Französisch den Fremdenführer. Obwohl sie lediglich Bruchstücke verstand, nickte sie von Zeit zu Zeit.
Charlotte, die im selben Hotel wohnte, saß stocksteif
neben ihr.

Unverdrossen quasselte der Fahrer, lachte, schlän-
gelte sich durch den Verkehr, gewährte niemandem
die Vorfahrt und wechselte ständig die Spur. Zu Kar-

ren und Kutschen hielt er minimalsten Abstand, und vor gelben Ampeln beschleunigte er, ebenso wie die anderen Autofahrer. Hielt sich hier überhaupt irgendjemand an Verkehrsregeln? Außerdem kannte er anscheinend jeden Zweiten auf der Straße, zumindest hupte und winkte er in einem fort, brüllte Grüße aus dem offenen Fenster und lachte, als amüsiere er sich prächtig. Der Verkehr wurde dichter, je näher sie der in rötliches Licht getauchten Stadt kamen, bis sie in einem Kreisel zwischen Autos, Bussen, Kutschen und Mopeds steckten. Was für ein Gehupe! Und dennoch zeigte niemand den Vogel oder hob die Faust.

Dem Fahrer gefiel das Durcheinander. »Pas de problem«, rief er. »Marrakesch ist wie Paris!« Im Rückspiegel strahlte sein Gesicht.

»Wie Paris?«, entfuhr es ihr.

Auch Charlotte sah auf. »Das wäre natürlich eine Erklärung.«

»Oui, vraiment! Marrakchis sind wie Fische im Wasser, zack, hierhin, zack, dorthin, schnell, schnell, wie in Paris. Aber wir sind in Allahs Hand, uns passiert nichts!«

»Ja dann! Ich dachte schon, hier wären alle lebensmüde«, raunte sie Charlotte zu.

Charlotte zwinkerte, sie zwinkerte zurück. Das Eis war gebrochen.

»Ich bleibe übrigens eine Woche, und du?«

Eine Woche Marrakesch. Eine Woche ohne Schwägerin und pubertierenden Neffen, ohne Alltagskram und schlechtes Wetter – und ohne Alain. Nicht schlecht. Allerdings auch ziemlich weit weg von der eigenen Catering-Firma ...

Und was war mit dem Horoskop? Vielleicht sollte sie sich auf etwas Neues einstellen? Die Voraussagen für die nächsten Tage würde sie jedenfalls daraufhin besonders gründlich prüfen. Dann würde man schon sehen.

Karim

Ein Palast? Der erbaute sich nicht im Handumdrehen oder ohne Komplikationen, das wusste er nur allzu gut.

»Urteilt nicht vorschnell«, mahnte der Alte. »Hassan war zwar fasziniert von der neuen Bauweise, auch war er gesegnet mit einer lebhaften Vorstellungskraft, dennoch schwebte sein Kopf mitnichten in den Wolken, im Gegenteil. Ihr zweifelt? So vernehmt, dass er angesichts der ungebrochenen Macht des Paschas vorsichtshalber seinen ehrenwerten, von den Vorfahren ererbten Namen verschwieg.«

Der Halaiqi nickte bedeutsam.

»Jalid, sein Djinn, hatte ihm eindringlich dazu geraten. Allein auf Allah vertrauen genüge nicht, schließlich habe der Pascha einst geschworen, die, wie er es bezeichnet hatte, aufsässigen Caïds des Südens wie vergiftete Wucherungen auszumerzen. Hassan jedenfalls – wie ich schon sagte: Ein Träumer war er nicht! –, Hassan jedenfalls nannte sich hinfort nach seiner Großmutter. Sie entstammte ursprünglich einem Dorf im Norden Algeriens, aus der Kabylei, wohin nicht einmal der Arm des Paschas reichte. Eines Tages besuchte Hassan also das Hamam, legte die Lumpen ab, ließ Bart und Haare stutzen und erwarb unter seinem neuen Namen – Hassan Aït El-Kharaoui – ein Grundstück vor den Mauern der Stadt.«

Karim zuckte zusammen.

Hassan Aït El-Kharaoui – redete dieser alte Erzähler etwa von seinem Großvater, von seiner Familie? Wie konnte er es wagen! Familie war eine geschlossene Einheit, ein Haus ohne Fenster und für Außenstehende tabu! Dieses Gerede musste aufhören, auf der Stelle!

Er schob die Umstehenden beiseite und drängte sich nach vorn.

Der Alte bemerkte die Unruhe. Er sah ihm entgegen, während sein Arm nach Westen wies, dorthin, wo sich das Les Almohades befand, und er fortfuhr: »Eines Nachts hatte er sich im Schutz der Dunkelheit dort aufgehalten, hatte den Katzen und Zikaden gelauscht und war dem Weg des Mondlichts gefolgt. Plötzlich hatte er gewusst, er war am Ziel, dies war sein Platz. Hier, vor den Toren unserer Stadt, würde er sesshaft werden und seinen eigenen Palast erbauen, mit Allahs Hilfe.«

Gerade noch rechtzeitig besann sich Karim, wich zurück und murmelte Entschuldigungen. Mit welchen Argumenten sollte er den Alten aufhalten? Was immer er sagte oder tat, die Leute würden es nicht verstehen, es ihm sogar übel nehmen oder verdächtig finden, wenn er die Geschichte jetzt beendete. Es sei denn, er erklärte alles ausführlich. Das aber würde die allgemeine Aufmerksamkeit erst recht auf seine Familie lenken. Sollte er den Halaiqi also gewähren lassen? Obwohl ihn niemand in der Runde zu erkennen schien, fühlte er sich unbehaglich. Er hasste es, Aufsehen zu erregen.

Es war dunkel geworden, ringsum flackerten die Lichter, und Düfte von Gegrilltem zogen über den Platz. Die Zuhörer hingen nach wie vor an den Lippen des Halaiqi, niemand telefonierte oder plauderte mit dem Nachbarn. Genau, wie es sein sollte... Er würde Abdul herschicken, der alte Portier war gewitzt. Er würde den Hintergrund dieser Geschichte herausfinden und sie dem Alten notfalls abkaufen, das war sicher nur eine Frage des Geldes.

»Er bekam es günstig«, erzählte der Halaiqi inzwischen weiter. »Das Grundstück war zwar groß, jedoch von Disteln überwuchert, zudem interessierte sich außer ihm niemand dafür. Eine halb verfallene Hütte stand darauf, zum Glück auf solidem Fundament. Darin schlug er sein Lager auf. Sodann ließ er einen Brunnen bohren, grub die Erde um und setzte erste Bäume. Harte Arbeit, die seine Muskeln kräftigte, seinen Djinn jedoch anödete. Um nun nicht nur die Hände, sondern auch den Kopf zu beschäftigen, studierte Hassan Abend für Abend die Architektur der französischen Hotels«, erzählte der Alte.

»Man erbaute sie aus Kalk und Zement, aus Stahl

und gebrannten Ziegeln, und Hassan erkannte, welche Möglichkeiten diese Baustoffe boten, und war fasziniert. Zugleich wuchs – sehr zum Verdruss des Djinn! – mit jedem umgegrabenen Meter Boden, mit jedem gepflanzten Baum Hassans Liebe zu diesem Flecken Erde. Und ebenso wuchsen und reiften seine Pläne.«

Gebetsrufe erklangen. Sie kamen wie aus dem Nichts, schwollen an und verwehten. Vom Turm der nahen Koutoubia verkündeten sie Allahs Lob, andere Moscheen rund um den Djema el Fnaa fielen ein, und nach und nach übertönten sie den Geschichtenerzähler.

Zögernd verließ Karim die Menschenansammlung. Jahrelang hatte er keinen Gedanken an das alte Grandhotel der Familie verschwendet, und nun drängte es sich an einem Tag gleich mehrfach in seinen Kopf? Irgendwann hatte er sich zumindest schon mal einige Unterlagen dazu aus dem Archiv kommen lassen, war bisher aber noch nicht dazu gekommen, sie durchzusehen. Unberührt lagen sie in seiner Suite.

Er beschleunigte seinen Schritt, eilte über den Platz und durch die vertrauten Gassen der Medina, ohne nach rechts oder links zu schauen. Erst vor dem Tor seines Stadthotels Riad Dar Saïd blieb er stehen und wartete, dass sich sein Atem beruhigte, bevor er den Türklopfer betätigte.

Abdul öffnete.

»Kennst du den Halaiqi auf der Ostseite des Djema el Fnaa, gegenüber vom Café France?«, fragte er.

Abdul verneinte.

»Dann erkundige dich. Ich muss alles über ihn wissen.«

Der Portier sah ihn fragend an.

»Alles, verstehst du? Und *yallah*, geh gleich! Vor allen Leuten spricht er über meine Familie, erzählt von den Aït-El Kharaouis, als seien sie – ach, ich weiß nicht! Beeil dich, es ist wichtig.«

»Allah, was fällt dem Kerl ein? Bin schon unterwegs! Sollte ich vielleicht etwas Geld mitnehmen, Sîdi?«

Auch Abdul wusste, wie man jemanden zum Schweigen brachte. »Erkundige dich zuerst, dann sehen wir weiter.«

Abdul verließ das Haus. Er blickte ihm nach. War es richtig abzuwarten?

Youssef, sein altgedienter Empfangschef, überreichte ihm einen Brief. »Das wurde für dich abgegeben.«

Mit dem Schreiben in der Hand eilte er nach oben, sank in einen Sessel und schloss die Augen. Wie erhofft hatte er die Dachterrasse für sich allein. Hier, in seinem Stadthotel mitten in der Medina fühlte er sich wohl. Hier waren seine Leute, die sich um alles kümmerten, Gäste kamen und gingen und sorgten für Abwechslung, er konnte sich zurückziehen und war doch nicht allein. Und vor allem: Nichts erinnerte hier an Rabia. Wenn möglich verbrachte er daher die Nächte in der kleinen Suite im zweiten Stock. In seinem großzügigen Appartement, einst liebevoll von Rabia eingerichtet, fühlte er sich fehl am Platz. Rabia – so etwas erlebte man nur einmal.

Er zwang seine Gedanken zurück zum Geschichtenerzähler. Hätte er ihn nicht doch zum Schweigen bringen müssen? Immerhin ging es um Lâlla Fatimas Vater, den Begründer der Familie und Erbauer des Grandhotels. Was der Halaiqi bisher erzählt hatte, hatte ihm allerdings recht gut gefallen.

Die Freunde kamen ihm in den Sinn und dass ihn ihr müßiges Geplauder schon nach wenigen Minuten angeödet hatte. In letzter Zeit langweilte er sich schnell. Früher hatte er keine Launen gekannt, damals, als er noch eine Zukunft vor sich gehabt hatte. Jetzt krochen nachts die Geister aus ihren Verstecken, hatte der Alte gesagt...

Er öffnete den Brief, überflog die wenigen Zeilen, dann las er noch einmal. Räuspern und kratzige Stimme, und daraus machte der Arzt gleich Krebs? Was für ein Wichtigtuer! Er konnte ihm gestohlen bleiben und alle anderen Ärzte gleich mit! Nur seiner Mutter zuliebe hatte er sich untersuchen lassen, und nun diese Schwarzseherei? Was sollte das heißen: »vorläufige Diagnose, vorbehaltlich der Ergebnisse einer Biopsie, möglichst zeitnah«? Die Überschriften im angehefteten Merkblatt sprachen von Larynx-Karzinom, von verschiedenen Stadien, von möglichen Therapien und Heilungschancen.

Wut stieg in ihm auf. Plötzlich taten sie, als seien sie allwissend, die Herren Mediziner! Damals jedoch, als es um das Wichtigste in seinem Leben, im Leben eines Mannes überhaupt gegangen war, um die Geburt seines ersten Sohnes und das Leben seiner Frau, hatten sie von Schicksal gesprochen und von Allahs unergründlichem Willen. Falsche Entscheidungen, und dann nichts als Worthülsen? Sie waren schuld, dass Rabia nicht mehr an seiner Seite war, dass sein Sohn tot war, sie allein!

Ausgerechnet während der Entbindung hatte der Tod zugeschlagen. Statt eines neuen Lebens gab es plötzlich zwei Herzen, die nicht mehr schlugen, nie mehr, sämtlichen Apparaten, Spritzen und Infusionen zum Trotz. Wie konnte etwas so Unvorstellbares geschehen, heutzutage, bei dem angeblich hohen Standard der Medizin? Niemand wusste eine Antwort. Stattdessen gab es holperige Erklärungsversuche, und natürlich das Gerede der Dienstboten. Hinter vorgehaltener Hand tuschelten sie von einem Fluch, der, so glaubten sie zu wissen, auf der Familie laste. Anders sei das alles gar nicht zu begreifen, schließlich sei bereits Lâlla Fatimas Mutter einst kurz nach deren Geburt gestorben. Niemand durchschaute Allahs Ratschluss.

Monatelang hatte er nicht gewusst, wie er den Schmerz ertragen sollte, hatte ihn die Frage nach dem Warum umgetrieben, hatte er sich mit der Suche nach Erklärungen gequält und alle möglichen Ärzte befragt. Und jetzt kamen sie ihm mit einer derart windigen Verdachtsdiagnose? Er wischte sich über die Augen. Dann knüllte er den Brief zusammen und versenkte ihn tief in der Hosentasche.

Rabia – in letzter Zeit entglitt sie ihm. Lange hatten sie sich gekannt, die entfernte kleine Cousine und er, der ältere Verwandte, wie man sich eben kennt innerhalb einer großen Familie. Rabia hatte sich schon früh zu ihm hingezogen gefühlt, hatte sie ihm später gestanden, doch als er sie endlich ebenfalls wahrnahm, hatte sie ihre Gefühle zu verbergen gewusst. Wie jede Frau wollte auch sie erobert werden. Und jetzt?

Manchmal erinnerte er sich überdeutlich an den Schwung ihrer Augenbrauen, hörte ihre flinken Schritte und den Klang ihres Lachens, an anderen Tagen aber blieb sie fern. Während der Schlussphase der Konferenz war ihm dies zum ersten Mal aufgefallen. Damals hatte er es auf Überlastung zurückgeführt und überall Fotos aufgestellt, doch genützt hatte es nichts. Ihr Bild verblasste, und oft – viel zu oft! – verschlug es ihn in Bars und Clubs oder ins Casino. Bei Tanz und Musik wurde nicht gegrübelt, beim Roulette spielte man und trank und versank nicht in Gedanken, und die Nächte vergingen wie im Flug. So manches Mal hatte Abdul ihn dann die Treppe hinaufgeleiten müssen.

Er hörte fremde Stimmen, Koffer rollten über die Fliesen des Innenhofs. Neue Gäste? War der Riad denn nicht ausgebucht? Zum Glück wussten seine Leute, was zu tun war.

Die meisten standen schon so lange in Diensten der Familie, dass sie praktisch dazugehörten. Familie war die Basis für alles. Ihr Zusammenhalt und ihre Loyalität waren das Fundament, und ihre Traditionen besaßen mehr Kraft als irgendetwas sonst. Sagte Mutter.

Vorhin erst war die Sprache darauf gekommen und auf ihre Kindheit und dass sie selbst ohne Mutter aufgewachsen war. Sie hatte von einer gewissen Zouzou erzählt, einer Hotelköchin, und von einem, den sie liebevoll Onkel nannte, von früheren Zeiten im alten Grandhotel und von Schatten, die darauf lagen. Präzisiert hatte sie diese Schatten nicht.

Die alten Baupläne fielen ihm ein. Er sollte sie endlich hervorholen und mit Mutter besprechen. In letzter Zeit drifteten ihre Gedanken immer häufiger in die Vergangenheit ab, dabei war das Grandhotel schon seit Jahren geschlossen und vergessen. Es bedeutete weder ihm noch den Brüdern etwas, allenfalls war es eine Art Kapitalreserve, für Mutter war es hingegen Teil ihrer Lebensgeschichte. Und nun wurde in aller Öffentlichkeit über ihren Vater geredet – was sie wohl davon hielte, wüsste sie davon?

Die Stimmen vom Empfang wurden lauter.

Charlotte

»Ausgebucht? Das kann nicht sein. Hier, Buchung und Zahlung, beides bestätigt!« Neben ihr wedelte Klara mit ihren Papieren. »Sehen Sie? Übernachtung, Frühstück, drei Abendessen im Haus, alles im Voraus bezahlt!«

Sie hatte ähnliche Unterlagen in der Hand, hielt sich aber zurück. Sie betrachtete die Fliesen, die Laternen mit buntem Glas und das Wasserbecken im Hof, auf dem Rosenblätter schaukelten, das Orangenbäumchen und die Arabesken des Treppengeländers. Wohin sie auch sah, überall gab es poliertes Messing und Kupfer, überall geschnitztes Zedernholz, bunte Mosaike und Stuck. Authentische Handwerkskunst oder Touristenkitsch? In jedem Fall zu viel. Viel zu viel von allem, und irgendwie doch auch schön. Dabei bevorzugte sie eigentlich gedämpfte Farben und die klare Formensprache der klassischen Moderne ...

Einer der beiden Angestellten in weißem Gewand – laut Namensschild Concierge Youssef – blickte konzentriert auf den Computerbildschirm, tippte auf der Tastatur, durchforstete irgendwelche Dateien und fand doch nichts, weder ihre Buchung noch die Klaras. Er bitte um Geduld, sicher werde sich alles aufklären, *pas de problem*, sagte er. Er sprach Deutsch mit französischem Akzent, was recht hübsch klang. Seine Erscheinung hätte allerdings eher in ein vergangenes Jahrhundert gepasst als hinter ein modernes Gerät wie den Computer.

Ein älterer Mann mit rotem Fez auf kurzen grauen Locken betrat das Haus, stellte sich als Abdul, der Portier, vor, winkte nach Erfrischungen, erkundigte sich, ob dies ihr erster Besuch in Marokko sei und versprach ebenfalls baldige Klärung.

Sein dunkles, von tausend Fältchen durchzogenes Gesicht mit den schwarz glänzenden Augen würde sich hervorragend für eine Porträtstudie eignen, schwarz-weiß natürlich, das war ihr das Liebste, war es zumindest früher gewesen. Und während Klara mit ihm verhandelte, durchdachte sie erstmals seit langer Zeit Sujet, Lichtführung und Bildausschnitt.

Ein Kellner brachte Mineralwasser, rückte das Besteck auf der im Hof bereits eingedeckten Tafel zurecht und schob Stühle gerade. Zehn Gedecke zählte sie. Eine Köchin spähte aus einer der hohen Seitentüren und verschwand wieder. Zurück blieben Schwaden würziger Gerüche. All die Formen und Farben, die Düfte, das Licht, das Durcheinander auf den Straßen, all das war laut, aufdringlich … Weshalb nur war sie hier?

»Ist das nicht zauberhaft?« Klaras Augen strahlten. »Und nach dem Durcheinander draußen kommt es mir hier fast unwirklich ruhig vor. Hast du online gebucht?«

»Über ein Reisebüro, die können das.« Sie blickte nach oben. Man würde unter Sternen speisen? »Dort hat man mir auch dieses Hotel empfohlen.«

»Ich hab die Reise gewonnen. Eine Woche Marrakesch, inklusive Flug, Hotel und so weiter. Der erste Preis in einem Fernsehwettbewerb. Toll, nicht wahr? Kennst du YourTV?«

»Du hast die Reise gewonnen? Gratuliere.« Ein Mann kam die Treppe herunter, trat an den Computer. Groß, schlank, dunkel, selbstbewusst und modern gekleidet.

»Danke! Ja, großartig, nicht? Man sollte doch davon ausgehen können, dass solche Leute wissen, wie man eine Reise bucht. Chaos kann ich selbst!« Wieder dieses herzhafte Lachen.

Sie beobachtete den Mann. Er trug schwarze Jeans,

ein schwarzes Poloshirt und Slipper aus cognacfarbenem Leder, am Handgelenk glänzte eine goldene Uhr, und sein kurzes, schwarzes Haar war von grauen Strähnen durchzogen. Eine attraktive Erscheinung. Wie er so am Computer stand, sich Listen vorlegen ließ und die Einträge mit denen auf dem Bildschirm verglich, strahlte er Autorität aus. Auf einmal schien er ihren Blick zu spüren. Er blickte hoch, nickte ihr zu und lächelte. Überrascht erwiderte sie das Lächeln.

»Wieso wartet am Flughafen ein Fahrer auf uns, wenn keine Buchung vorliegt?«, überlegte Klara halblaut.

»Stimmt, das ist unlogisch.«

»Hoffentlich tauchen unsere Reservierungen wieder auf. Ich selbst bin zwar groß im Improvisieren, doch bei anderen hasse ich das.«

Offenbar wollte Klara sich unterhalten, und sie tat ihr den Gefallen. »Was war das denn für ein Wettbewerb, den du gewonnen hast?«

Während Klara erzählte und sie angemessen reagierte – »Köchin bist du? Interessant. Und deine Armen Ritter machten das Rennen? Wie originell!« –, behielt sie den Empfangstisch im Auge. Der schwarz gekleidete Mann war es gewohnt, Entscheidungen zu treffen, das sah man, außerdem schien es das Leben gut mit ihm gemeint zu haben.

Jetzt kam er zu ihnen herüber. »Mesdames, herzlich willkommen im Riad Dar Saïd. Mein Name ist Karim Aït El-Kharaoui. Bitte verzeihen Sie das Durcheinander, inzwischen haben wir immerhin eine Vermutung, woran es liegen könnte. Es gab Störungen im Netz, leider ausgerechnet in diesem Teil der Altstadt, wodurch sich anscheinend Fehler in unsere Daten geschlichen haben. Das gilt jedoch nicht für unsere Buchhaltung, dort arbeitet man zum Glück noch in bewährter Manier. So konnten wir feststellen, dass die Zahlungen für Ihren Aufenthalt tatsächlich eingegangen sind.«

Seine Stimme klang dunkel und rau. Warum fiel ihr ausgerechnet jetzt Paul ein?

»Wir sind untröstlich«, fuhr der Mann fort. »Vor allem, da wir bis auf eine kleine Familiensuite – zwei Zimmer mit gemeinsamem Bad – tatsächlich ausgebucht sind. Dabei sind Gäste für uns Geschenke Allahs! Ich schlage daher vor, Sie geben uns etwas Zeit, und wir richten diese Suite für Sie her. Oder ist es Ihnen lieber, wenn wir in einem anderen Hotel Zimmer…?«

Sie hörte Klara sagen: »Danke, nicht nötig, wir nehmen die Suite gern. Hier ist es so schön! Das ist dir doch recht, Charlotte? Wir werden uns bestimmt vertragen. Ich bin sowieso die meiste Zeit verplant.«

Kurz darauf bezogen sie die beiden Zimmer mit dem dazwischenliegenden Bad im zweiten Stock.

Sie packte den Koffer aus, stellte sich unter die Dusche, und als das Wasser sanft über Kopf, Schultern, den gesamten Körper rann, schloss sie die Augen. Die vielen neuen Eindrücke, und dazu diese immer gleichen Fragen und Überlegungen, die sie auch hier wieder bedrängten… Selbst hier ging es wieder um ihr Scheitern, und um Paul, neuerdings auch um seine Verena, und immer wieder auch um Vater. Hörte das denn niemals auf?

Jetzt hatte sie auch noch eine neue Kamera gekauft. Hatte sie das Kapitel denn nicht abgeschlossen, war sie irgendwo auf halber Strecke stecken geblieben? Hatte sie überhaupt je irgendetwas zu Ende gebracht? Wohin sie auch schaute, nichts als Scheitern, Fragmente und Bruchstücke in ihrem Leben. Wie und wann hatte das angefangen? Mit Mutters Tod oder schon davor mit ihren Klinikaufenthalten, oder sogar noch früher? Vielleicht schon damals, als Mutter zuerst in Reimen gesprochen, dann jedes Wort, das in Hörweite fiel, wiederholt hatte. Oder als sie nach der Operation niemanden mehr erkannt hatte, nicht einmal ihr Kind. Elf war sie damals gewesen.

Vater hatte die Krankenhauszeiten ihrer Mutter stets als Kur bezeichnet. Angeblich hatten sie einmal zusammen ihr Grab besucht, doch daran hatte sie keine Erinnerung. Vater mied das Thema, und sie stellte keine Fragen. Aber gab es das nicht in jeder Familie, Tabus, hinter denen man sich schützte?

Nach außen hin war alles in Ordnung. Sie machte keinen Ärger, tat im Gegenteil, was sie konnte, um Vater zu gefallen und seine Erwartungen zu erfüllen. Das war ihre Aufgabe, und da er präzise Vorstellungen hatte, war sie einfach zu erfüllen. Im Internat war sie gut aufgehoben, und zu Hause sorgte die Haushälterin für Kontinuität. In den Ferien gab es Reiten, Tennis, Segel- und Malkurse, und alles war gut. Wie hätte sie darüber sprechen können, dass sie sich unvollständig fühlte und ohne Halt? Wem hätte sie davon erzählen sollen?

Selbstverständlich ging Vater von einem glänzenden Abitur aus, weiter dachte er jedoch nicht. Nie hatten sie zum Beispiel darüber gesprochen, ob sie in seiner Firma anfangen, eines Tages vielleicht sogar seine Nachfolge antreten sollte, auch die Wahl ihrer Studienfächer hatte ihn nicht interessiert.

Und dann war Paul in ihr Leben getreten. Sein Lachen, seine Statur, die breiten Schultern und Hände, und seine Pläne – alles an ihm war konkret, lebendig und stark. Er war sechs Jahre älter und wusste genau, was gut für sie war. Und dann dieser Augenblick, als er seine Hände um ihr Gesicht gelegt und sie geküsst hatte – als gäbe er ihr ein Versprechen. Sie war so glücklich. Ihre Rettung. Hatte sie gedacht.

Bei sich nannte sie das »die schöne Frankfurt-Zeit«. Gemeinsam besuchten sie Konzerte und Ausstellungen, sie schloss ihr Studium in Romanistik und Kunstgeschichte ab, und Paul machte Karriere. Sie hatten es gut. Oder? Eigentlich stürmte er damals schon vorwärts, sie dagegen verkroch sich am liebsten in ihrer Dunkelkammer. Alles wäre anders gekommen, wenn sie eine gemeinsame Richtung eingeschlagen hätten, wenn sie sich mehr an ihm orientiert hätte oder wenigstens genauer gewusst hätte, was sie wollte und konnte, und das auch noch einigermaßen klar hätte formulieren können. So aber entfernten sie sich voneinander. Einbildung, hatte

Paul gesagt, und dass sie hyperempfindlich wie ihre Mutter sei und ob sie denn ebenso enden wolle?

Hatte er recht? Prägung, Sozialisierung, Wille und dergleichen waren das eine, die Veranlagung dagegen… Vermutlich meinte er es nicht einmal böse, er sprach lediglich aus, was ihm durch den Sinn ging. Dennoch fühlte es sich an wie Schläge.

Paul liebte es nicht nur, wichtig zu sein und mit den richtigen Leuten zu verkehren, für ihn war das wie Luft zum Atmen. Die ersten Kontakte hatte noch Vater hergestellt, Networking nannte man das heutzutage. Vater. Paul. Paul und Vater, die sich ergänzten, die ähnlich dachten… Und dann der Tag, als die Polizei kam und mitteilte, Vaters Wagen sei gegen einen Brückenpfeiler geprallt, Ausweichmanöver oder Bremsspuren habe man nicht festgestellt.

Danach hatte es nur noch Paul gegeben.

Gute Vertragsabschlüsse gelangen ihm mit leichter Hand, der Verkauf von Vaters Firma, aber auch ihr beständig wachsendes eigenes Vermögen waren dafür die besten Beispiele. Sie, seine Frau, rückte dabei jedoch immer weiter in den Hintergrund.

Nach der Uni war sie an die Akademie gegangen, Fotografie und Design hatten sie schon immer fasziniert. Von Anfang an waren ihre Arbeiten gut, sie wurde rasch besser, ihre Fotos nahmen sogar an Ausstellungen teil. Doch hatte Paul jemals ihre Arbeiten gelobt, an ihr Talent geglaubt, etwas von ihren Hoffnungen geahnt? Vielleicht wäre alles anders gekommen, wenn sie damals entschlossener aufgetreten wäre, fordernder? Sie hatte es nicht einmal versucht.

Wenigstens nahm man sie an der Akademie ernst, sogar eine bekannte Bildagentur wurde auf sie aufmerksam und verschaffte ihr Aufträge für ein angesehenes Magazin. Ihre Fotos, ihre ersten Arbeiten, gelobt, beachtet und honoriert – was für eine Genugtuung! Hochhäuser, Brücken, Industrieanlangen, stürzende Linien, überhaupt: Architekturstudien lagen ihr. Sie war gut, das hatte sie schon gewusst, aber es fühlte sich anders an, wenn das auch Experten erkannten.

Nicht nur ihre Arbeiten, auch sie wurde wahrgenommen. Erfolg bedeutete Bestätigung, Respekt und Wertschätzung, und auf einmal zeigte sich Paul interessiert. Er begleitete sie zu Vernissagen, Vorträgen und Empfängen, und vor seinen Geschäftspartnern stellte er sie geradezu aus: Seht her, meine Frau, die erfolgreiche Fotografin, die Künstlerin. Als sei sie eine Trophäe.

Zunächst hatte sie mitgemacht und auf weitere Anerkennung gehofft. Zugleich aber hatte sie sich falsch gefühlt und sich selbst nicht leiden können. War dies der Punkt, an dem sie stecken geblieben war? Der endgültige Durchbruch kam jedenfalls nicht.

Und ihr angebliches Talent? Nichts als ein kurzes Aufflackern oder nur ein Zufall? Heutzutage füllten nicht Fotos, sondern die Übersetzung von Sachbüchern oder Aufsätzen für Kataloge und Museumspublikationen ihre Tage aus, das war's. Kein Hahn krähte mehr nach ihren Fotos, nicht einmal ihr Agent.

Shampoo ins Haar, durchkneten, ausspülen.

Wie lange das alles her war. Die Erinnerungen waren fast durchscheinend geworden. Hätten vielleicht Kinder die Lösung sein können? Trotz all ihrer Ängste hatte sie irgendwann jedenfalls nur noch schwangere Frauen und Mütter mit Kinderwagen gesehen. Seitdem sie jedoch ihren Kinderwunsch ausgesprochen hatte, hatte Paul ihr Bett gemieden. Was für ein Kind hätte sie wohl gehabt, welche Art Mutter wäre sie geworden, was hätte sie einem Kind mitgeben können, und Paul als Vater? Niemals würde sie das wissen.

Und nun plante er mit dieser Verena ein Kind. Warum gerade mit ihr, und warum jetzt, in seinem Alter?

Und sie, was tat sie hier? Was war mit dieser Kamera, mit diesem diffusen Verlangen nach Neuem?

Wie lange stand sie eigentlich schon unter der Dusche? Rasch trocknete sie sich ab und wischte den Spiegel frei. Ein blasses Gesicht und in den Augen Unsicherheit… Sie schaute beiseite, föhnte die Haare und kleidete sich an.

Neubeginn? Dazu war sie viel zu vernünftig! Schließlich wurde sie bald fünfzig, ein Alter, in dem kluge Menschen Veränderungen mieden, die ja nur Verschlimmerung bedeuten konnten.

Klara

Orientalische Pracht, wohin sie sah, und dazu dieser köstliche Duft – für sie stand Mars offenbar wirklich in einem supergünstigen Quadranten!

»Riechst du das? Ich wasche mir nur schnell die Hände, dann gehen wir runter.«

»Sie haben nicht mit uns gerechnet«, gab Charlotte zu bedenken.

»Ist das hier ein Hotel oder nicht?«

Sie ließen sich Zeit auf der Treppe, bestaunten den Patio mit den Lichterketten und Laternen, den üppigen Pflanzen, dem Wasserbecken voller Blüten und der schön gedeckten Tafel. »Tausendundeine Nacht pur!«

»Durchaus«, bestätigte Charlotte. »Der Reiseführer empfiehlt übrigens, nur Gekochtes …«

»Ach, so heißt es doch für alle Regionen südlich von Meran! Komm.«

Youssef, der Empfangschef, stellte sie den anderen Gästen vor, einem französischen Paar, drei Engländerinnen und zwei Schweizern, und rückte ihnen die Stühle zurecht. Vom Kopfende der Tafel grüßte Monsieur Karim herüber. Charlotte lächelte höflich.

Auch sie lächelte in die Runde, doch eigentlich hatte sie nur Augen für die beiden tönernen Kochgeschirre mit den spitzen Deckeln auf dem Tisch. In einem dampfte ein Gericht aus Hühnchen, Zitronen und Oliven, in dem anderen Lammfleisch mit Pflaumen und gebräunten Mandeln.

»Das duftet himmlisch!« Sie ließ sich vom Hühnchen vorlegen.

Die Gespräche am Tisch drehten sich um Sehenswürdigkeiten, man erzählte von Palästen und Museen und zeigte Handyfotos herum, es wurde gescherzt und gelacht. Monsieur Karim erklärte und beantwortete Fragen. Er kannte sich gut aus, war er nicht sogar der Eigentümer dieses Riads?

Ihr Handy summte. »Alain« leuchtete auf dem Display, und unwillkürlich machte ihr Herz einen Satz. Aber sie drückte den Anruf weg. Sie war noch nicht soweit. Wie es aussah, knisterte es zwar, aber eben nur bei ihr. Alain dagegen war anscheinend meilenweit entfernt von romantischen Gefühlen, sonst hätte er sie wohl kaum aufgefordert zu gehen.

Strich drunter und keinen Illusionen nachhängen! Und falls er anrief, um sein Verhalten zu erklären oder sich gar zu entschuldigen, würde er sich erst recht gedulden müssen. Jetzt stand marokkanisches Candlelight-Dinner unter freiem Himmel auf dem Plan, eine zauberhafte Umgebung und Essen, das sie nicht selbst zubereitet hatte. Wann gab es das schon mal für sie? »Ab dem 23. wandert Mars in die harmonische Waage« hatte das Horoskop angekündigt. Heute war bereits der 25., und falls mit »harmonisch« dieses Essen gemeint war, war es eine Punktlandung!

Der Salat mit viel Koriander, Petersilie und Zitrone schmeckte frisch und passte wunderbar zur Hühnchen-Tajine. Das Lammgericht mit seinen vielfältigen Aromen aber war eine Sensation! »Es zergeht auf der Zunge und schmeckt kein bisschen nach Stall, im Gegenteil«, raunte sie Charlotte zu und ließ sich einen Nachschlag geben. Herzhaft, süß und knusprig – was für eine gelungene Kombination!

Vor ihrem inneren Auge entfaltete sich einer ihrer Lieblingsträume, in den sie sich nur zu gern fallen ließ: ein parkähnlicher Garten, darin Pavillons mit Lichterketten und Blumenarrangements, dazu ein üppiges Büfett und eine Schar erwartungsfroher Gäste, die sich von ihrem perfekten Catering verwöhnen ließ …

Sie könnte es auch ohne Alains Rückhalt wagen, vorausgesetzt, die Bank spielte mit. Ihre einzige Sicherheit, das Haus mit Nebengebäude und Grundstück, gehörte dummerweise zur Hälfte ihrer Schwägerin Ursula und dem Neffen. Dummerweise, weil Ursula gerade dabei war, sich zu einer Mutter Theresa für alte Tiere zu mausern, jedenfalls machte sie aus Obstgarten und Scheune so etwas wie einen Gnadenhof, während der Neffe sein Umfeld mit Schlagzeugkrach und Bandproben drangsalierte. Dabei hatten es die Eltern damals gut gemeint, hatten alle absichern wollen, nicht nur sie, die Tochter, sondern auch die Frau und das Kind ihres Sohnes.

Fabian, ihr Bruder, ein ebenso begeisterter Motorradfan wie Markus und die anderen der Clique, hatte es letztlich nicht geschafft. Während Markus sofort tot gewesen war, hatte Fabian Monate im Koma gelegen und war dann doch gestorben. Erst Markus, ihr

Ein und Alles, und dann auch noch Fabian, der kleine Bruder... Was für ein Grauen! Für alle, für sie, für Ursula, Fabians Frau, und natürlich auch für die Eltern. »Familie hält zusammen« lautete deren Credo, deshalb hatten sie sich diese Nachlassregelung ausgedacht. Sie wusste noch sehr gut, wie sie damals gemeinsam beim Notar gesessen hatten, doch wirklich verstanden hatte sie nichts. Monatelang hatte sie wie hinter einer Milchglasscheibe gelebt und sich für nichts und niemanden interessiert, schon gar nicht für die Zukunft.

Inzwischen allerdings war ihr klar, was »gemeinsames Eigentum und Wohnrecht« letztlich bedeutete: Schwägerin mit Sohn oben, während für sie Erdgeschoss und Keller blieben. Aber vor allem bedeutete »gemeinsames Eigentum«, dass jede Veränderung nur mit dem Einverständnis der anderen möglich war. Für Ursula war das kein Problem, doch ihre Pläne? Auf Garten und Scheune konnte sie verzichten, aber nicht auf ihre Küche. Für einen Catering-Service müsste sie umgebaut und mindestens um das Doppelte vergrößert werden, sonst klappte ein Profibetrieb nicht. Ein Anbau müsste her, im Erdgeschoss müssten Wände versetzt werden, und im Keller wären Kühlräume nötig. Dazu bräuchte sie einen nicht unerheblichen Kredit. Und Ursulas Viecher, die Stallungen in der Scheune? Ließ sich so etwas überhaupt mit den Hygienevorschriften für professionelle Küchen vereinbaren? Sollte sie sich stattdessen nicht gleich im Gewerbegebiet etwas Passendes zur Miete suchen? Eine Kristallkugel wär gut...

Eine braune Hand entfernte ihren abgegessenen Teller. Sie war in Marrakesch und sollte nicht gerade jetzt an Dinge denken, die sie ohnehin nicht ändern konnte.

Auch hier wurden die Speisen zelebriert, der junge Kellner war aufmerksam, und von Zeit zu Zeit lugte die Köchin durch die Küchentür, um zu sehen, ob es den Gästen schmeckte. So mochte sie es – alles lief ohne großes Tamtam, anders als bei Alain.

Das französische Paar, das sich für Marrakeschs Altstadt interessierte und offenbar auch vor dunklen Gassen nicht zurückschreckte, beklagte gerade den jammervollen Anblick eines verfallenden Stadthauses. Die Nachbarn der Ruine hätten nur die Schultern gezuckt, was kommt, das kommt, hätten sie gesagt. Die Engländerinnen dagegen schwärmten von einem frisch renovierten Riad, einem in hypermodernem Hochglanzweiß gehaltenen Guesthouse, in dem zum Lunch selbstverständlich Wein ausgeschenkt wurde, anders als in diesem Haus.

Der Hausherr reagierte mit Gleichmut. »Offiziell wird in der ganzen Medina kein Alkohol ausgeschenkt, aber ehrlich gesagt, geht das mal so, mal so. Bei uns sind die Dinge selten logisch, zum Glück. Apropos Glück: Wird es nicht langsam Zeit für das Dessert?«

Alle lachten, sogar Charlotte. Wie hell ihr Gesicht dabei wurde! Das fiel auch Monsieur Karim auf, immer wieder sah er zu ihr hinüber. Charlotte schien sein Interesse allerdings nicht zu bemerken.

Während bereits filetierte Orangen mit Zimt und

Granatapfelkernen gereicht wurden, kostete sie noch rasch eine Suppe, laut Menükarte Harira genannt, die sie erst jetzt entdeckt hatte, und notierte im Geiste die Zutaten. Hackfleisch, Kichererbsen, Linsen, Reis, was gab es Einfacheres? Außerdem schmeckte sie Koriander, Ingwer, Zimt und Kümmel, und auch hier wieder einen Hauch Zitrone. Ungekünstelt und kräftig, das könnte sie selbst gekocht haben.

Sie fragte Nabil, den jungen Kellner.

In einem Sprachmix aus Arabisch, Französisch und Deutsch erklärte er, Harira sei eine traditionelle Speise, die man im ganzen Land liebe. Diese hier, von der Hotelköchin Naima gekocht, schmecke auch ihm hervorragend, aber …

Er sah sich nach der Küchentür um, und obwohl sie geschlossen war, senkte er die Stimme: »Aber die Harira meiner Mutter ist die beste. Mutter ist eine wahre Meisterin des Herdfeuers, ihre Speisen überziehen die Zunge mit reinem Glück.« Dabei strahlte er und rieb übertrieben seinen Bauch.

Klasse, dass sie hier gelandet war!

~

Lamm-Tajine mit Backpflaumen und Mandeln

Zutaten
1–1 ½ kg Lammschulter
2 Gemüsezwiebeln
2 EL Olivenöl
1 TL Salz
je ½ TL gemahlener Pfeffer und Safranpulver

1 TL gemahlener Zimt

1 Messerspitze gemahlener Ingwer

5 EL Butterschmalz

500 g Backpflaumen

4 EL Zucker

2 daumenlange Zimtstangen

Zitronenabrieb (oder die Schale von ¼ eingelegter
Salzzitrone)

Zum Garnieren: 250 g abgezogene Mandeln, in Butter
geröstet

Zubereitung

Fleisch in Würfel schneiden (ca. 4 cm), Gemüsezwiebel fein hacken, mit Öl, Salz, Pfeffer und den
anderen Gewürzen vermischen und die Fleisch-
würfel damit einreiben.

In eine Tajine (oder einen Schmortopf) geben,
Butterschmalz zufügen und so viel Wasser angie-
ßen, dass das Fleisch bedeckt ist.

Zugedeckt bei mittlerer Hitze garen, bis das Fleisch
weich ist (45–60 Minuten).

In der Zwischenzeit die Pflaumen mit kochendem
Wasser übergießen, 20 Minuten einweichen, dann
abtropfen lassen.

2 Schöpflöffel von der Fleischbrühe aus dem
Schmortopf in einen kleinen Topf geben, 2 EL Zucker, Zitronenabrieb und Zimtstangen zugeben und
in diesem Sud die Pflaumen ca. 20 Minuten kochen.
Den restlichen Zucker zum Fleisch in den Schmortopf geben und gut verrühren.

Das Lammfleisch auf einer vorgewärmten Servierplatte mit den Pflaumen und ihrem Sud anrichten.
Die Fleischsauce bei starker Hitze reduzieren und
über das Fleisch geben.

Mit den gerösteten Mandeln bestreuen (evtl. mit
frischer Minze garnieren) und sofort servieren.
Rindfleisch anstelle von Lamm schmeckt übrigens
auch hervorragend.

Dazu passt frisches Fladenbrot.

~

Naimas Harira mit Tedouira

Zutaten

  400 g Lamm- oder Rindfleisch, gehackt
  1 Gemüsezwiebel, grob gehackt
  2 Knoblauchzehen, fein gehackt
  3 EL Oliven- oder anderes Pflanzenöl
  150 g eingeweichte Kichererbsen
    (oder aus der Dose)
  150 g eingeweichte Linsen (oder aus der Dose)
  2 EL Tomatenmark
  1 Dose geschälte Tomaten (ca. 400 g)
  1 Lorbeerblatt
  1 ½ TL Kreuzkümmel
  1 TL Rosenpaprika
  1 l Brühe (Huhn oder Rind)
  je 1 Prise Zimt und Safran
  je 1 Bund frische Petersilie und Koriander (gehackt)
  Saft einer Zitrone

1 Stück Butter oder 1 EL Öl
60 g Engelshaar (dünne Nudeln)
   oder 100 g vorgekochter Reis
1 Ei
Salz, Pfeffer

Zubereitung Tedouira

4 EL Mehl, 250 ml Wasser, 100 g Tomatenmmark
zu einer glatten Masse schlagen, beiseitestellen.
Hiervon nimmt man später nur so viel, dass die
Suppe sämig wird.

Zubereitung Harira

Zwiebel und Knoblauch auf kleiner Flamme im Öl
anschwitzen, das Fleisch hinzugeben und unter
Rühren leicht anbraten.
Kichererbsen, Linsen und Tomatenmark hinzugeben, Lorbeer, Paprika und Kreuzkümmel dazu,
ca. 10 Minuten kochen (bis es gut duftet).
Mit der Brühe auffüllen. Schaum von der Oberfläche
vorsichtig abschöpfen.
Safran, Zimt, Pfeffer, Salz, Butter bzw. Öl und geschälte Tomaten hinzugeben, alles ca. 60 Minuten
bei mittlerer Hitze zugedeckt garen.
Wenn die Kichererbsen und Linsen gar sind, vorge-
garten Reis bzw. Nudeln zugeben. Noch mal alles
gut durchkochen.
Jetzt unter sanftem Köcheln so viel von der Tedouira
einrühren, bis die Suppe sämig ist.
Das Ei mit ein paar Löffeln Kochflüssigkeit vermischen
und unter Rühren langsam in die Suppe geben.

Würzen mit gehackter Petersilie und Koriander, Pfeffer und Salz, abschmecken mit Zitronensaft. Servieren mit Zitronenspalten, Korianderblättern und Fladenbrot.

Tipp: Hervorragend passen Datteln dazu!

~

Alain

Wer brauchte denn bunte Bildchen mit wenig Text und verkünstelte Rezepte, und wer diese sogenannten Produkttests, in denen überflüssige Küchengeräte vorgestellt wurden? Und dann diese Anzeigen! Von Thalasso-Hotel bis Ayurveda-Diät war alles dabei. Claire wusste doch, was er von Zeitschriften wie Kochen und Genießen hielt! Dennoch hatte sie ihm das Heft mit einem markierten Artikel auf den Tisch gelegt.

Um After-Work-Kochschule ging es? Widerwillig las er: »Genussvoller Start in den Feierabend in legerer Atmosphäre. Nach dem Büro trifft man sich in kleiner Runde mit Kollegen, Freunden oder der Familie am Herd eines Profikochs zum Kochen, Plaudern und Genießen. Runter mit der Krawatte, Schürze umgebunden und hinein in das gemeinsame Kochvergnügen! Bei einem Glas Sekt oder Bier lässt man entspannt mit anderen Kochbegeisterten den Arbeitstag hinter sich.«

Kochbegeisterte, Kochvergnügen – Claire nahm ja wohl hoffentlich nicht an, dass er sich für so etwas hergab?

Er schnaubte und überflog die Unterschriften unter den Bildern von lachenden Menschen. »Kreative Köche« stand da und »Interaktive Kochkurse« und »Erleben, dass Kochen Spaß macht«, dazu der Name eines bekannten Sternekochs.

Etliche Köche trieben sich in Fernsehstudios herum und machten sich dort zum Kasper, vermutlich sogar ziemlich erfolgreich, andere schworen auf Regionalität, auf Vegetarisches oder setzten auf sonst was, Hauptsache außergewöhnlich. Ging es denn in dieser Branche nur noch darum, sich selbst zu inszenieren und sich als Entertainer oder Spezialist für irgendetwas zu vermarkten? Claire hatte von einem Küchenchef erzählt, der in großem Stil Gewürze aus aller Welt importierte, die er in speziell dekorierte Keramikdosen umverpacken ließ. Zusätzliche Informationen über Anbau, Herstellung, Verarbeitung, Anwendung und Wirkung – auf Körper und Seele! – sowie kleine Anekdoten sollten der verwöhnten Kundschaft das Gefühl vermitteln, Eingeweihte zu sein. Eigentlich verkaufte der Kollege ein Wir-Gefühl, vielleicht noch angelesene Kompetenz, mit den Gewürzen als Zugabe obendrauf. Was war das anderes als ein Kotau vor der Eitelkeit der Leute? Den er sich natürlich teuer bezahlen ließ.

Ein anderer Sternekoch betrieb zusätzlich zu seinem prämierten Restaurant ein Bistro, um Laufkundschaft mit wenig Zeit und kleinem Geldbeutel anzusprechen. Das verstand er ja noch, aber hatte Claire nicht kürzlich von einem Küchenchef erzählt, der exklusive Austernbüfetts an der französischen Atlantikküste organisierte? Luxus pur für eine Klientel, die bereits alles erlebt hatte, alles kannte und alles besaß, und die die fürstlichen Preise zahlte, ohne mit der Wimper zu zucken. Letzten Endes ging es bei solchen Aktionen vor allem um Marketing und nur ganz am Rande noch ums Kochen.

Reichten denn Innovation und Elan am Herd nicht mehr aus? Wobei, schlecht war es ja nicht, wenn die Leute Qualität erkannten, wenn sie lernten, das zu schätzen, was auf ihrem Teller lag, aber das Drumherum und das Gehabe dieser Selbstdarsteller ging ihm tierisch auf die Nerven.

Er sah auf die Uhr. Zu dem Termin sollte er pünktlich erscheinen. Die Unterlagen? Griffbereit. Und die Argumente? Noch einmal ging er die einzelnen Punkte durch. Dieses Mal musste er überzeugen, es stand zu viel auf dem Spiel.

Auch wenn ihm Angeberei zuwider war, würde er auf seine internationalen Erfahrungen hinweisen und ein paar bekannte Namen fallen lassen, so etwas beeindruckte immer.

Und falls seine eigenen Erfolge nicht zogen, würde er die Prämierungen seiner Lieferanten hervorheben. Hochwertige Produkte einerseits und die Talente seiner Küchencrew andererseits – beides würde er als unverzichtbar hinstellen. Hervorragendes war nun einmal nur auf Basis ausgezeichneter Zutaten und Mitarbeiter zu erreichen, das musste

auch dem uninspiriertesten Zahlenjongleur ein-
leuchten.

Außerdem würde er den Bankmenschen mit seiner
Angetrauten in die Herzogstube einladen. Wann kam
so ein Kleinstadtbanker, der kulinarisch zwangsläufig hinter dem Mond lebte, denn schon mal in den
Genuss eines hochklassigen Menüs? Dazu würde er
eine der guten Flaschen opfern, damit punktete man
immer. Vielleicht sollte er zusätzlich Begriffe wie Be-
rufsehre, Kreativität und meisterliche Kochkunst ins
Gespräch einfließen lassen?

Und falls es doch nicht klappte?

Zur Not gab es ja immer noch dieses Kreditbüro aus
Frankfurt. Die Anzeige aus Claires Zeitschrift hatte
sich als Glücksfall erwiesen: Zwei, drei Klicks, ein
sachliches Telefonat, das war's schon. Kein Wunder,
der Mann war aufgeschlossen und kannte sich aus.
Online hatten sie bereits alles vorbereitet. Das Geld
war so gut wie in seiner Tasche. Allerdings bestand
der Mann auf Barauszahlung. Interne Regelung, hatte
er am Telefon gesagt, vielleicht nicht allgemein üblich, aber erprobt und vernünftig. Schließlich müsse
man Hans und Franz nicht jedes Detail auf die Nase
binden, nicht wahr?

»Hans und Franz« – damit war das Finanzamt gemeint. Wenn er an die demnächst fällige Steuervoraus-
zahlung dachte, wurde ihm ganz anders. Aber Bargeld?
Was soll's, der Mann war schließlich Profi. Und bis auf
seine Unterschrift war alles in trockenen Tüchern.

Der frühere Kredit wurde über ein Extrakonto in
der Nachbarstadt abgewickelt, von dem niemand

etwas wusste, nicht einmal der Steuerberater. Hätte er es ihm gegenüber vielleicht doch erwähnen sollen? Aber das lief nicht weg, erst einmal abwarten, was die Bank sagte.

Ganz wohl war ihm bei dem Gedanken an diesen zweiten Fremdkredit zwar nicht, aber gut, falls ihm die Bank nicht etwas Besseres anbot, würde er es machen. Acht Prozent waren natürlich happig, und dann die knappe Laufzeit ... Aber was sein musste, musste sein, und Frankfurt war ja auch nicht aus der Welt.

Der Bankmensch hieß E. Weißhart und war eine Frau, eine junge, gut aussehende und kompetent wirkende Frau. Das machte die Sache nicht besser. Nur schwer löste er sich von seiner Vorstellung von einem leicht zu beeindruckenden älteren Angestellten in verknittertem Anzug, mit dem er es zu tun haben würde. Statt des Klischees des provinziellen Filialeiters nun also Frau Weißhart, gepflegt gekleidet, dezent geschminkt und höchstwahrscheinlich Vegetarierin. Wofür das »E.« wohl stand? Evelyn, Elvira, Emilia? Vermutlich doch nur Elke.

Konzentriert scrollte sie durch ihre Computerdateien, prüfte und verglich Listen und Zahlen, die sein Steuerberater zusammengestellt hatte. Datei um Datei, Seite um Seite ging das so. Gelegentlich ein Nicken, aber weder Fragen noch Bemerkungen.

Er hörte sich sagen: »Ich dachte an fünfzigtausend als Grundschuld.«

Ohne aufzusehen deutete Frau Weißhart auf den Bildschirm. »Die Grundbuchauszüge liegen vor.«

Was das hieß, wusste er. Bis unters Dach war das Haus belastet, buchstäblich. Man hatte den Hausbock im Dachstuhl gefunden – leider erst nach vollständiger Zahlung des Kaufpreises. Wenn schon Pech, dann richtig! Jedenfalls war die Dachsanierung komplett an ihm hängen geblieben. Und kaum war das Dach fertig, kam die Heizung, danach die Fenster. Der eigentliche Umbau, der, um den es ihm in erster Linie ging – separate Kochstationen, moderne Fliesen, neue Elektro-, Gas- und Wasserleitungen, Lager, Kühl- und Reiferäume, der Weinkeller –, war gegen diese unvorhergesehenen Kosten direkt überschaubar gewesen. Aber in dem Bereich wäre er auch keinen Kompromiss eingegangen! Dann kamen noch Brandschutzauflagen, Forderungen von Gewerbeamt und Lebensmittelüberwachung, Schankerlaubnis – das alles zusammen hatte zusätzlich Geld verschlungen, von der Einrichtung des Gastraums ganz zu schweigen. Die war noch obendrauf gekommen. Sein Eigenkapital war natürlich längst aufgebraucht, und die Hand der Bank lastete auf Haus und Grund. Genau genommen war er bereits zur Eröffnung pleite gewesen und hatte sich nur mit Hängen und Würgen über Wasser halten können – bis jetzt. Aber die grandiosen Erfolge der ersten eineinhalb Jahre, diese Monate voll Arbeit, Lob und Anerkennung mussten sich doch endlich auszahlen?

Er setzte sein gewinnendstes Lächeln auf. »Leicht war es bisher nicht. Bei alten Häusern ist man vor Überraschungen nie gefeit.«

»Existiert eigentlich noch der schöne Saal im ersten Stock? Aus den Unterlagen geht nicht hervor, ob er ebenfalls restauriert wurde.«

»Ja, er existiert noch, und nein, er wurde noch nicht restauriert.«

»Schade.«

»Warum?«

Frau Weißhart sah an ihm vorbei aus dem Fenster. »Man könnte dort Seminare geben. Von der Größe her wäre er ideal für Motivationstrainings und dergleichen.«

»Sie kennen das Haus?«

»Allerdings. Früher fanden dort viele Feste statt, zum Beispiel die Faschingsbälle der Molkereigenossenschaft, aber auch Versammlungen oder Tagungen. Jetzt gibt es in der Stadt nichts Vergleichbares mehr.«

Unten Sternerestaurant, oben Urschreitherapie oder Milchbauern? Dagegen war Claires Idee von einer Herberge für Wanderer und betrunkene Restaurantgäste ja geradezu verführerisch!

Frau Weißhart hatte sich in Schwung geredet. Sie sprach von einem Tagungshotel und Kursprogrammen, von Mittelpunkt und Vereinsleben, vor allem aber von ihrem Bruder. Der – ein Therapeut oder Coach oder so – war offenbar gerade auf der Suche nach geeigneten Räumlichkeiten.

Immer wieder nickte er, hielt sich mit Kommentaren aber eisern zurück. Keinesfalls würde er eine der ätzenden Bemerkungen, die ihm auf der Zunge lagen, aussprechen.

»Haben Sie über die zukünftige Nutzung des ersten Stockwerks überhaupt schon einmal nachgedacht?«, fragte Frau Weißhart schließlich.

»Ich gestehe, dazu bin ich noch nicht gekommen. Aber Ihre Ideen klingen – interessant. Ja wirklich, sehr interessant.«

»Wir erweitern übrigens gerade unsere Abteilung für Unternehmensfinanzierung und stellen unseren Kunden auf Wunsch auch externe Wirtschaftsfachleute und unabhängige Finanzberater zur Seite. Das Angebot richtet sich zwar vorwiegend an junge Existenzgründer, sogenannte Start-ups, aber bevor die Insolvenz ...«

»Danke, kein Bedarf.«

»Schön.« Sie ordnete die Unterlagen in eine Mappe, tippte ein paar Zeilen in den Computer, sah auf die Uhr. »Mein nächster Termin wartet, aber wir sind ja auch soweit fertig, nicht wahr? Natürlich werden wir zunächst alles gründlich prüfen, und ich will meiner Hauptstelle keinesfalls vorgreifen, aber ...«

Er hob die Hand. »Bevor Sie sich festlegen, kommen Sie bitte zu mir zum Essen. Eine Einladung des Hauses, versteht sich, die selbstverständlich auch Ihren Mann oder Freund oder Freundin einschließt. Vielleicht haben Sie ja spezielle Vorlieben?«

Frau Weißhart zog irritiert die Brauen hoch. »Vorlieben? Was meinen Sie?«

Vorsicht, Fettnäpfchen! »Für bestimmte Speisen, meine ich. Ich würde mich jedenfalls sehr über Ihren Besuch freuen, wir alle, das gesamte Team.«

»Danke sehr.« Sie wedelte mit der Mappe. »Aber hierbei geht es ja erst in zweiter Linie um Ihre zweifellos vorzügliche Küche, nicht wahr? Sie hören von uns.«

Karim

»Sein Name ist Abderrahim, Herr«, berichtete Abdul, »und er wohnt in der Nähe der Mouassine-Moschee. ›Warum, warum? Alles hat seinen Grund, auch wenn wir ihn nicht kennen!‹« Abdul machte vor, wie der alte Halaiqi mit den Händen herumgefuchtelt hatte.

»Das war seine Reaktion, als ich wissen wollte, warum er gerade über die Familie Aït El-Kharaoui erzählt. Er sagte: ›In wessen Auftrag fragst du? Nicht für dich selbst, das sehe ich. Dennoch will ich dir antworten: Diese Geschichte ist wahr und gut und hat sich so zugetragen, jedenfalls im Großen und Ganzen. Außerdem fand sie zu einer Zeit statt, die die Marrakchis von heute am liebsten vergessen möchten. Zwar feiern wir einmal im Jahr unsere Unabhängigkeit, haben die Kinder schulfrei und paradiert das Militär, doch sonst denkt niemand mehr an jene Zeit. Mein Großvater aber lehrte mich, dass Gegenwart und Zukunft nichts sind ohne Vergangenheit! Das Gewesene ist in uns, damit wir daraus lernen, mahnte er. Diese drei – Vergangenheit, Gegenwart und Zukunft – seien wie die Glieder einer starken Kette untrennbar miteinander verbunden. So hat es Allah, der Allwissende, eingerichtet, und dafür sei er gepriesen.‹«

Abdul sprach mit gesenkter Stimme. »Vielleicht hat er recht, denkst du nicht, Sîdi? Zum Schluss sagte er: ›Meine Mutter hat mich nicht mit dem Gift von Vipern gesäugt, al hamdullillah! Üble Nachrede ist nicht meine Sache. Richte das demjenigen aus, in dessen Auftrag du mich unterbrichst.‹ Ich glaube ihm. Außerdem weiß er jetzt, dass ich ihn im Auge habe. Als er dann mit seiner Erzählung fortfahren wollte, warteten nur noch ein paar Alte, die anderen waren inzwischen weitergegangen. Daraufhin regte er sich auf: ›Siehst du, was deine Störung angerichtet hat? Weißt du nicht, dass drei Dinge unwiederbringlich sind? Der Pfeil, der den Bogen verlassen hat, das vorschnell gesprochene Wort und die verpasste Gelegenheit. Allah strafe dich!‹«

Stellvertretend für den Geschichtenerzähler rang Abdul die Hände. »Und tatsächlich«, sagte er, »hatte ihm niemand einen einzigen *Centime* gegönnt, obwohl sie ihm doch schon geraume Weile gelauscht hatten! Allah wird es den Geizigen heimzahlen. Ich nahm also von meinem eigenen Geld und steckte ihm etwas zu.«

»Wie viel?«

Abdul zuckte die Schultern. »Er tat mir leid, Sîdi.«

Aus einem Bündel Geldscheine zog Karim zwei Scheine hervor. »Ich danke dir«, sagte er und nahm seinen Platz am Kopfende der Tafel wieder ein.

Warum sprach Abderrahim, der Geschichtenerzähler ausgerechnet von seiner Familie? Der gute Ruf, das Ansehen der Familie, des gesamten Clans mussten geschützt werden, das war marokkanische Art. Er konnte dem Mann natürlich immer noch den Anwalt ins Haus schicken und Unterlassung fordern, doch solange er keine Lügen verbreitete? Vorerst würde er abwarten, ihn allerdings im Auge behalten.

Die Engländer lachten, die Schweizer fielen ein. Wie schon zuvor beobachtete er die beiden Deutschen aus den Augenwinkeln. Offensichtlich genoss die Rothaarige die Runde, die andere aber, Charlotte, wirkte fast, als warte sie auf etwas. Langweilte sie sich, war sie erschöpft oder einfach nachdenklich? Sie hatte dunkle, mandelförmige Augen, ein etwas blasses Gesicht und eine zierliche Figur. Was ging ihr durch den Kopf? Die meisten Besucher reagierten entzückt auf Marrakesch, auf die Medina und auf seinen Riad, das Verhalten dieser Charlotte war jedoch nicht zu deuten. Es reizte ihn, das herauszufinden, außerdem würde ihn das ablenken von Arztbriefen und Geschichtenerzählern.

Er nutzte die nächste Gesprächspause. »Frische Luft nach der Reise, dazu Dessert und Kaffee und ein Blick über die Dächer von Marrakesch: Klingt das nicht verlockend?« Mit diesen Worten bat er die beiden Neuankömmlinge auf die Terrasse.

Längst nicht jedem Gast wurde das Privileg zuteil, dass er sich persönlich um ihn kümmerte, meistens hatte er dafür zu viel um die Ohren. Heute aber hatte er kaum gearbeitet. Stattdessen war er wie einer dieser bunten Gummibälle hin und her gesprungen und keine Sekunde zur Ruhe gekommen. Ein seltsamer Tag.

Er führte die beiden Frauen zu einer Nische zwischen grünen Kübelpflanzen, wo sein mit Papieren und Fotos beladener Tisch wartete. Rasch schob er alles zusammen.

»Sie arbeiten hier?«, fragte Klara und ließ sich in einen Sessel fallen.

»Ich habe es versucht.«

Er sah sich nach Charlotte um. Sie stand an der Brüstung und betrachtete die Dachlandschaft. Er trat neben sie.

Wie lange kannte er diesen Anblick schon? Heute aber war ihm, als sähe er ihn zum ersten Mal.

»Hören Sie das Summen, den Klang der Instrumente, den Gesang? Unten auf den Gassen geht es eng zu, und auf den Plätzen ist es turbulent, hier oben aber genießen wir Weite, die Kühle der Nacht und den Frieden unter Sternen. Marrakesch ist eine offene Stadt, das werden Sie sicher auch so erleben. Und doch offenbart sie ihr Wesen nur demjenigen, der sich die Zeit nimmt, Wasser zu schöpfen und eine Kanne Tee aufzugießen, wie wir sagen.« Er redete wie ein Stadtführer, dabei war das sonst nicht seine Art.

Ein winziges Lächeln huschte über ihr Gesicht.

Er trat noch einen Schritt näher. »Sehen Sie das große Minarett?« Er beugte sich zu ihr und zeigte hinüber. Fast berührten sich ihre Arme. »Es gehört zur Koutoubia, dem ältesten Gebetshaus der Stadt. Man benannte es nach den Buchhändlern, die in früherer Zeit in seinem Schatten heilige Schriften zum Kauf anboten.«

»Und jetzt?«

»Wie bitte?«

»Sie sagten ›in früherer Zeit‹?«

»Jetzt befindet sich zu seinen Füßen die kommunale Bibliothek, ruhig gelegen am Ende eines Parks mit Rosen und Wasserläufen.«

»Also hat sich die Tradition erhalten.«

»Gewissermaßen. Wir Marokkaner lieben unsere Traditionen.«

Noch so eine Phrase ... Er wandte sich ab.

»Darf ich?« Klara deutete auf die alten Schwarz-Weiß-Fotos, die oben auf den Papieren lagen.

»Bitte sehr.«

Sie nahm einige Bilder und hielt sie näher ans Licht. Man sah Männer auf einer Baustelle, nicht weiter interessant für eine deutsche Urlauberin.

Der junge Nabil servierte arabischen Kaffee, Gebäck und Schälchen frischer Erdbeeren und entzündete die Laternen. Ihr sanftes Leuchten schuf behagliche Nischen. Er hörte die gedämpften Stimmen der anderen Gäste in ihren Zimmern, und Naima, die Köchin, wie sie unten im Hof Anweisungen erteilte. Ein warmer Wind ging, er brachte Jasminduft mit sich und die Trommelrhythmen vom nahe gelegenen Djema el Fnaa.

Alles war wie immer. Es gab keinen Grund für die

Unruhe, die ihn plötzlich erfasst hatte, überhaupt keinen.

Les Almohades

Die Augen der vier Männer am Straßenrand folgten einer in Würde gealterten Limousine mit abgedunkelten Scheiben, die den Kreisel umrundete.

»Peugeot«, murmelte einer.

»Mindestens dreißig Jahre alt. Fährt noch das alte Nummernschild«, ergänzte ein Zweiter.

Die anderen nickten. Mit Autos kannten sie sich aus. Tag für Tag sahen sie japanische Kleintransporter allen Alters und hochbeinige moderne Autos, die das Straßenbild beherrschten, und natürlich Schwärme von Taxis und den allgegenwärtigen Mobilettes.

»Sieht man heutzutage nicht mehr oft«, sagte der Erste. Er hatte das Sagen, meldete beschädigte Verkehrsschilder, bestimmte, welche Straßen ihres Viertels Vorrang hatten, wann Pause gemacht wurde und wer heute mit Teekochen dran war. Wieder nickten die anderen.

Bereits zum zweiten Mal umrundete der Wagen die Verkehrsinsel. Jetzt wurde er langsamer, kam näher und hielt. Der Motor brummte. Niemand stieg aus.

Der Mann am Steuer hatte sich zum Fond gedreht. Darin saßen zwei Frauen. Eine schaute aus dem Seitenfenster, als interessiere sie sich für den eingedrückten Zaun und das immer noch stabile, jetzt aber nutzlose Tor, hinter dem sich im dichten Gestrüpp das ehemalige Hotel verbarg. Die andere sprach mit dem Fahrer.

Die Männer sahen sich an, dann wandten sie sich dem Anführer zu. Der zuckte die Achseln, deutete auf die rot-weiße Markierung an der Bordsteinkante und entschied: »Parken darf er hier nicht. Ich frage mal, ob er Hilfe braucht.«

Er näherte sich der Limousine. Noch bevor er sie erreichte, öffnete sich die Fahrertür, ein Mann im dunklen Anzug stieg aus und kam auf ihn zu.

»*Salaām u aleïkum.*«

»*Aleïkum salaām.* Kann ich dir helfen?« Eigentlich wirkte der Mann wenig hilfsbedürftig, trat im Gegenteil recht selbstsicher auf. »Parken ist hier nicht erlaubt.«

»Ich danke dir, mein Freund, mit Allahs Hilfe bleibe ich nicht lange. Wie heißt du?«

»Abdallah, Herr.«

»Abdallah? Ein guter Name. Ich sehe, du kennst dich aus, Abdallah. Weißt du, wer dort wohnt?« Er deutete auf das Tor und den zugewucherten Garten.

Der Straßenkehrer antwortete nicht gleich. Natürlich kannte er Onkel Lahzen und die alte Zouzou und auch den aufgeweckten Jungen, diesen Aziz, schließlich kehrten sie seit langem die Straßen dieses Viertels. Hin und wieder half der Kleine ihnen sogar und kroch zwischen die überhängenden Ranken, wo sich immer wieder Plastikflaschen, Bonbonpapier und allerlei Tüten ansammelten. War Aziz nicht der Sohn einer von Zouzous Nichten? Aber ging das diesen Fremden etwas an? Anstelle einer Antwort schnalzte er mit der Zunge.

»Wir machen es so: Ich nenne dir die Namen, und du antwortest mit Ja oder Nein, einverstanden?«

Abdallah, dem Anführer der Straßenkehrer, war nicht wohl in seiner Haut. Er sah sich nach den Kollegen um. Auf ihre Besen gestützt warteten sie, was weiter geschah.

»Sie heißen Zouzou und Lahzen, richtig?«

»Warum willst du das wissen? Es sind brave Leute!«

»Das sind sie, bei Allah, das sind sie wirklich. Würdest du ihnen etwas überbringen?« Der Mann deutete hinter sich auf den ehrwürdigen alten Peugeot. »Ich frage für meine Herrin.«

Abdallah konnte erkennen, dass die eine Frau im Wagen den Fahrer und ihn beobachtete und die andere immer noch zum alten Hotel schaute. Er zuckte die Achseln.

Der Fahrer zog einen bräunlichen Umschlag hervor. »Bring ihnen dies, aber sag nicht, wer es dir gab.«

»Wie könnte ich? Ich weiß ja nicht, wer du bist!«

»Richtig. Du könntest den Umschlag unter den Büschen dort gefunden und gedacht haben, es sei Abfall, und erst dann bemerkt haben: irgendetwas steckt drin. Könnte es sich nicht so zugetragen haben?«

Dieser Fahrer redete schneller, als eine Gazelle rennen konnte! Abdallah sah den Umschlag an, den Zaun, das Gebüsch, das Auto. Er nickte.

»Und da du ein ehrlicher Mann bist, wie Allah sehr wohl weiß, übergibst du die Fundsache natürlich den Bewohnern.« Er zeigte auf das hinter Ranken kaum erkennbare Gebäude.

Abdallah starrte auf den Umschlag, der sich plötzlich in seiner Hand befand. Er nickte erneut.

»Al hamdullillah. Tu es gleich, und nimm dies für deine Mühe.«

Ein Hunderter!

Der Fahrer wartete Abdallahs Dank nicht ab. Er stieg in das schöne Auto, startete den Motor und schon rollte der Wagen los. Bevor er sich jedoch in den Verkehr einfädelte, öffnete sich das Fenster, und der Fahrer rief: »Eine Frage: Kommt manchmal jemand hierher?«

»Hin und wieder. Er parkt seinen dicken weißen BMW aber zwei Straßen weiter. Denkt er etwa, dass das niemand bemerkt?«

Der Fahrer lachte: »Einem wie dir macht man nichts vor!« Er winkte, schloss das Fenster und fuhr davon.

Karim

Die Rothaarige sagte: »Interessante Aufnahmen. Was genau zeigen sie?«

Er setzte seine Brille auf, ohne ging es nicht mehr. »Das Grandhotel Les Almohades, in dem meine Mutter als Kind lebte. Die Fotos sind uralt.«

Vorsortiert hatte er die Archivunterlagen immerhin, und die alten Bilder – na ja. Irgendwo musste er schließlich anfangen.

Charlotte löste sich vom Anblick der Dächer, die in den Farben des Sonnenuntergangs erglühten, und trat näher. Er sah, was sie sah: kleinformatige Fotos mit gezackten Rändern, darauf eine Baustelle, ein Maultiergespann, Kamele, beladen mit Baumaterial, und Arbeiter, die sich neben einem Flaschenzug in Positur geworfen hatten.

»Wie gesagt, früher war es ein Hotel. Es ist seit langer Zeit geschlossen, aber das Gebäude wird noch bewohnt. Die Frage ist nur, in welchem Zustand es ist.« Er öffnete eine der beiden Rollen. »Zurzeit prüfe ich alte Pläne aus dem Archiv der Distriktverwaltung, ursprünglich stammen sie noch aus französischer Protektoratszeit. Leider sind sie nicht vollständig, dennoch einer Überprüfung wert, bevor ich mich mit der Realität befasse.«

Klara deutete auf weitere Fotos. »Ein Hotel? Und hier feiert man die Einweihung?«

»Vermutlich das Richtfest.« Er zeigte auf Männer mit Schnurrbärten. »Das ist der Vater meiner Mutter, Großvater Hassan, das ist Generalresident Puaux aus Rabat, und das müsste der französische Gouverneur sein oder der Direktor der Präfektur. Großvater Hassan erbaute das Hotel nach dem Krieg und betrieb es einige Jahre, dann kam es unter französische Verwaltung. Später, Mitte der fünfziger Jahre, zu Zeiten von König Mohammed V., wurde es der Familie zurückgegeben. Aber ich will Sie nicht langweilen.«

Er sah, wie Charlottes Blick zwischen den Fotografien und den Bauplänen hin und her ging.

»Und jetzt planen Sie an dieser Stelle ein neues Hotel?«, fragte Klara.

»Ich? Nein, nein. Auch meine Mutter denkt wohl eher an eine Renovierung.«

»Um darin zu leben oder um es wieder zu betreiben?«, fragte Charlotte.

»Weder noch hoffentlich! In letzter Zeit träumt sie sich einfach gern in die Vergangenheit zurück, in ihre goldenen Kinderjahre sozusagen. Viele Menschen wenden sich im Alter ihrer Kindheit zu.«

Charlotte räusperte sich. »Und Sie als guter Sohn…?« Sie ließ das Satzende offen.

Er lächelte sie über den Rand seiner Brille an. »Niemand schlägt seiner Mutter ohne Grund einen Wunsch ab, nicht wahr? Ich war allerdings schon lange nicht mehr dort. Eine gründliche Bestandsaufnahme ist also unabdingbar, vorher kann man gar nichts sagen. So, nun aber genug von alten Zeiten.« Er schob die Fotos beiseite und deutete auf Obst, Kekse und Kaffee. »Voilà, bedienen Sie sich.«

Klara – ein Genussmensch, das verriet schon ihre Figur – ließ sich nicht lange bitten. »Erdbeeren, um diese Jahreszeit! Köstlich!«

Charlotte nippte am Kaffee, sah in den Himmel, lächelte unbestimmt und schwieg. Schlank, dunkles Haar, auf dem das Kerzenlicht spielte, feine Hände, ein stilles Gesicht. Ihre Augen lagen im Dunkeln. Welche Geheimnisse verbargen sie? Sie sprach wenig. Womit könnte er ihr Interesse wecken?

Bevor ihm jedoch ein neues Thema einfiel, zog Klara die Pläne zu sich heran.

»Ich darf doch? Das hier war die Küche, oder?« Sie tippte auf das brüchige Papier. »Man sieht mehr als acht Kochstellen.«

»Früher einmal, erzählte meine Mutter«, sagte er, »gingen im Les Almohades Präsidenten, Filmstars, Industrielle und Forscher ein und aus, sogar der spätere Präsident Charles de Gaulle zählte zu den Gästen. Sie mussten natürlich anständig verköstigt werden, oft auch mit ausgefallenen Speisen. Jedenfalls schwärmt sie von dem eleganten Restaurant, von Konferenzen, Bällen und Festen, und von dem einen oder anderen Skandal.«

»Das muss großartig gewesen sein«, seufzte Klara.

»Vermutlich.«

Charlotte beugte sich ebenfalls über die Baupläne.

Charlotte

Für Design und Form hatte sie sich schon während des Studiums interessiert, und nicht zufällig waren einige ihrer gelungensten Fotoarbeiten Gebäudestudien. Damals hatte sie sich auch mit Stilkunde befasst und sich intensiv mit der Gestaltung von Innenräumen und ihrer Nutzung beschäftigt. Doch erst nach Vaters Tod hatte sie ihr Interesse konkret umgesetzt. Wochenlang hatte sie über Umbauplänen gebrütet, bevor sie das Elternhaus behutsam modernisiert und erweitert hatte. Pauls Büro auf der Ostseite, der Wintergarten als Erweiterung des Wohnraums nach Westen, die beiden geschützten Terrassen und ihr Arbeitsbereich, dazu Atelier und Dunkelkammer, alles dem Flair des Hauses entsprechend und zugleich modernen Anforderungen genügend – bei aller Bescheidenheit, das Ergebnis konnte sich sehen lassen. Und das Beste daran: An früher erinnerte nichts mehr. Seitdem Paul allerdings in der Stadt wohnte, hörte sie außer ihren eigenen Schritten oft nur die Vögel im Garten.

Aber natürlich ließ sich die Umstrukturierung eines Privathauses nicht mit dem Umbau eines Hotels vergleichen. Schon diese alten Pläne – vergilbtes Papier mit zahllosen Korrekturen, Unterschriften und Siegeln und übersät mit arabischen und französischen Beschriftungen – sahen komplett anders aus als ihre Skizzen damals. Einerseits konkret, wie es sich für Grundriss- und Aufmaßblätter gehörte, zugleich aber auch geheimnisvoll wie Schatzkarten. Karims Finger deutete hierhin und dorthin. Sein Parfum stieg ihr in die Nase. Holzig und herb, ein angenehmer Duft. Rasch wandte sie sich ab.

Karim

Reglos und nachdenklich stand sie da. Zu gern wüsste er, wohin ihre Gedanken gingen, wenn sie so wie jetzt in die Ferne blickte. Waren es gute Gedanken, womöglich liebe Erinnerungen?

Klara fuhr mit dem Finger von Raum zu Raum. »Hier entlang ging's offenbar zum Restaurant. Demnach müsste dort die Spülküche gewesen sein, und das da waren wohl Vorratsräume? Gab es damals eigentlich schon eine Kühlung?«

»Gewiss, auch Elektrizität. Soweit ich weiß, wurden zum Kühlen allerdings noch überwiegend Eisblöcke aus dem Atlasgebirge verwendet. Man schlug sie im Winter in hohen Lagen und schaffte sie hierher in die Keller, allzu lange hielten sie jedoch vermutlich nicht. Meine Mutter erzählte von frisch geschlachteten Hühnern und Schafen aus der Umgebung, von Fischlieferungen über Nacht, und dass täglich frisches Obst und Gemüse angeliefert wurde.«

Er legte die Hände auf die Papiere, sah von Klara zu Charlotte und fragte: »Ihr Interesse ehrt mich sehr, Mesdames. Hätten Sie vielleicht Lust, mich zur Besichtigung des alten Les Almohades zu begleiten?«

Alain

Frau Weißhart hatte angerufen. Die Hauptstelle prüfe seinen Antrag, habe sich aber noch nicht geäußert, sobald sie Näheres wisse, werde sie sich wieder melden. Und nun? Irgendwie hatte er angenommen, es ginge schneller.

Der Fischimporteur forderte Vorkasse, der Zimmermann drohte mit gerichtlichen Schritten, wenn die Restsumme der Dachsanierung nicht spätestens zum Ersten bezahlt war, und dann noch das Finanzamt und die Gehälter... Also doch das Kreditbüro in Frankfurt. Aber zwei solche Transaktionen innerhalb von acht Monaten?

Kredithai warnte sein Verstand, Sofortauszahlung und Liquidität versprach die Homepage. Außerdem waren fünfundzwanzigtausend auch nicht die Welt. Damit hätte er Luft, und sobald die Bank die neue Hypothek bewilligt hatte, war er sowieso aus dem Schneider. Heute war Dienstag, Ruhetag im Restaurant, er könnte also nach Frankfurt fahren und wäre sofort flüssig.

Er rührte sich nicht vom Fleck. Seinem neuen superleichten Dessert – Melonengranité mit Granatapfel –, an dem er seit Tagen herumfeilte, fehlte der entscheidende Kick. Vielleicht Whisky statt Gin und ein Spritzer Noilly Prat? Oder doch besser einen Schuss Lillet Blanc, den französischen Weinaperitif, den zurzeit alle Welt liebte? Zumindest die Frauen.

Er probierte und testete gern, aber Süßspeisen waren ein Kapitel für sich. Dafür wäre ein versierter Confiseur allemal besser geeignet. Und wovon den bezahlen? Er stöhnte.

Aus der Küche kamen keine Geräusche, außer ihm war niemand im Haus. Draußen regnete es. Zumindest schneit es nicht, würde Claire jetzt sagen, und endlich kannst du mal entspannen.

Er legte die Füße auf den Schreibtisch. Er vermisste Claire. Genau genommen brauchte er sie sogar dringend. Sie dachte praktisch, hatte Power, mit ihr konnte er reden und lachen, notfalls sogar streiten, sie gab Widerworte und hatte Ideen, und genau das fehlte ihm jetzt. Allein ging er in diesem Wust aus Papieren und Problemen noch unter!

Sollte er es noch einmal versuchen? Vorhin hatte sie seinen Anruf nicht angenommen. Zuerst hatte ihn das geärgert, dann hatte er überlegt, wie er sie milde stimmen könnte. Bestimmt hundertmal hatte er seither das Telefon schon in der Hand gehabt, dann aber beschlossen, erst anzurufen, wenn er eine zündende Idee hatte. Heute fiel ihm jedoch garantiert nichts Sinnvolles mehr ein.

Lebe deinen Traum... Er spielte mit dem Autoschlüssel, der Adresse des Finanzmaklers, sah auf die Uhr. Endlich schaffte er es aufzustehen, Schuhe und Jacke anzuziehen und aufzubrechen.

~

Melonengranité mit Granatapfel

Zutaten
24 Würfel einer vollreifen Wassermelone à 3 x 3 cm
200 ml gezuckerter Granatapfelsirup
24 frische Korianderblätter
grüne Thaipfefferkörner

Zubereitung
Die Melonenwürfel in einen kleinen Behälter geben,
den Sirup darübergießen, im Kühlschrank 3 Stunden
anziehen lassen. Dann die Würfel aus dem Sirup
nehmen, auf ein flaches Blech legen und über Nacht
ins Tiefkühlfach geben. Durch den Zucker im Sirup
sind die Fruchtstücke angenehm zart und nicht
steinhart durchgefroren.
Zum Servieren auf jeden Wassermelonenwürfel je
ein Korianderblatt und ein Pfefferkorn geben.

Die Verbindung von Granatapfel und Wassermelone
ist erfrischend, und Koriander und grüner Pfeffer geben einen Aromaschub. Für Erwachsene kann man
4 cl Gin darübergeben.

~

Karim

»Warum?«, fragte Klara. »Ich meine: im Prinzip sehr gern. Bei Baufragen muss ich zwar passen, ich kann nur kochen, aber das Haus würde ich mir gern anschauen. Wie ist es mit dir, Charlotte?«

Charlotte antwortete nicht. Sie wartete.

Warum, hatte Klara gefragt. Was sollte er darauf antworten? Eine vernünftige Antwort hatte er nicht, eher ein Gefühl …

»Mir liegt daran, das Les Almohades mit Ihren Augen zu sehen. Sie sind unbefangen, betrachten die Dinge von außen, sind sozusagen objektiv. Außerdem wirkten Sie interessiert.«

»Oh ja, interessiert bin ich«, seufzte Klara, »beispielsweise daran, was man damals für die illustren Herrschaften kochte. Ob ich allerdings Zeit haben werde? Ich bin ziemlich verplant.«

»Inshallah, vielleicht findet sich eine Lücke. Und wie ist es mit Ihnen, Madame Charlotte? Ich sah Ihre Kameratasche. Hätten Sie Lust zu fotografieren? Ich will nichts versprechen, aber steckt ein so altes Haus nicht voll spannender Motive? Da fällt mir ein, Fotos anstelle von Beschreibungen würden meine Mutter bestimmt leichter überzeugen.«

»Wovon überzeugen?«, fragte Charlotte. Sie klang fast angriffslustig. »Dass das Hotel abgerissen werden muss? Ziehen Sie eine Renovierung denn überhaupt in Erwägung?«

Kämpfte sie für das alte Les Almohades? Warum? Sie kannte es nicht einmal. Und doch war ihm, als könne er ihre Gedanken hören: Häuser aus vergangenen Epochen bekamen selten eine neue Chance. Bestimmt hatte auch er insgeheim längst beschlossen, das Alte wegzureißen und durch etwas Modernes zu ersetzen.

»Ich will offen sein: Ich weiß es noch nicht«, antwortete er. »Einerseits gibt es schon genügend gesichtslose Reißbretthotels auf der Welt, andererseits frage ich mich, ob man es um jeden Preis erhalten sollte. Und dann ist da noch der Wunsch meiner Mutter… Unrealistische Hoffnungen möchte ich jedenfalls vermeiden, und dazu eignen sich Fotos doch bestens.«

Charlotte sah weiterhin skeptisch aus.

Warum war ihm ihre Meinung so wichtig? Sie war keine Sachverständige. »Fotos lügen nicht, es sei denn, man trickst. Ich könnte natürlich selbst mit dem Handy fotografieren, aber bin ich neutral?«

»Und was halten Sie von einem gemeinsamen Rundgang mit Ihrer Mutter?«, fragte sie.

Er winkte ab. »Sie verlässt ungern das Haus. Darüber hinaus ist das Gebäude vermutlich nicht gerade im besten Zustand, und das könnte ihre schönen Erinnerungen trüben.«

Sie lächelte! »Also gut, ich begleite Sie. Sagen Sie mir, wann.«

Er räusperte sich. »Wunderbar. Passt es übermorgen?«

Das gab ihm Zeit, sich vorab umzusehen. Man

musste vom Schlimmsten ausgehen, eine vermüllte Ruine wollte er Charlotte jedoch nicht zumuten. Eher war ihm daran gelegen, einen halbwegs guten Eindruck zu hinterlassen.

»Jetzt aber, Mesdames, bitte ich Sie, mich zu entschuldigen. Auf mich wartet…«

Nichts wartete, niemand.

Er raffte Brille, Fotos und Pläne zusammen und erhob sich. »Bis übermorgen also. Ich danke Ihnen für den schönen Abend. Gute Nacht und angenehme Träume.« Er eilte die Treppe hinab.

Sie würde sich das Haus gemeinsam mit ihm ansehen. Und dann?

Lange her, dachte er, sehr lange, dass er sich unsicher wie jetzt gefühlt hatte.

Charlotte

Er hatte sie um einen Gefallen gebeten, ausgerechnet sie. Warum? Jeder andere könnte sein altes Hotel genauso gut fotografieren, sogar besser. Und warum hatte sie zugesagt? Weil er ihr sympathisch war? Sie kannte den Mann doch erst seit ein paar Stunden. Außerdem konnte sie mit der neuen Kamera noch gar nicht umgehen. Sie hätte ablehnen sollen, aber irgendwie war das nicht möglich gewesen. Verwirrend, das alles.

Der Singsang des Gebetsrufs ertönte. Fünfmal am

Tag erklang er, hatte Karim gestern Abend auf der Terrasse erklärt. Die Abendstimmung über den Dächern und Karims zugewandte Art – sie hatte Mühe gehabt, sich zu konzentrieren. Besser, sie dachte nicht länger an ihn, auch nicht daran, dass sie eigentlich nie unüberlegt handelte. Stattdessen sollte sie sich endlich mit der Kamera befassen.

Über Nacht war der Akku aufgeladen. Sie setzte ihn nach Gebrauchsanweisung ein, schob die Speicherkarte an ihren Platz, wechselte die Objektive. Das klappte schon mal. Beruhigend. Ermutigt schoss sie einige Probebilder im Zimmer, probierte das Umschalten auf das Display und testete verschiedene Einstellungen. Die Handgriffe waren ungewohnt, aber nicht wirklich kompliziert, im Gegenteil, zudem lag der Apparat angenehm in der Hand. Die Grundlagen hatte sie sich schnell angeeignet, jetzt musste sie üben. Nicht, dass sie sich blamierte.

Der alte Blendinger fiel ihr ein, der seine Studenten im ersten Praxissemester zu Fehlern geradezu ermuntert hatte. Fehler seien zum Lernen da, hatte er gepredigt. Daran sollte sie sich auch jetzt halten. Experimentieren kostete schließlich nichts, und ein paar Fotos waren kein Projekt.

Plötzlich spürte sie, wie ihr Herz erwartungsvoll klopfte. Früh am Morgen hatte man das beste Licht! Rasch packte sie die Fotoausrüstung zusammen und beeilte sich loszukommen.

Abdul, der alte Portier, begrüßte sie mit Kaffee und Croissant und fragte, ob sie die App des Hauses auf ihr Handy herunterzuladen wünsche? Darauf finde sie Sehenswürdigkeiten, Apotheken, Taxistände, alles. Er strahlte, als habe er persönlich diese Informationen für sie zusammengestellt. Sie lehnte dennoch dankend ab. »App« – wie seltsam der Begriff aus dem Mund des Alten klang!

Abdul ließ nicht locker und ermahnte sie, auf ihre Geldbörse zu achten, bloß nicht alles zu glauben, was man ihr im Laufe des Tages erzählen werde, und nie, wirklich niemals offenes Wasser zu trinken. Dann drückte er ihr ein Kärtchen mit Adresse und Telefonnummer des Riads in die Hand. »Rufen Sie an, falls Sie verloren gehen« stand da auf Deutsch, Englisch, Französisch, Arabisch und mit fernöstlichen Schriftzeichen, »Wir holen Sie ab«. Gut zu wissen.

»Folge deinem Herzen und lächele«, mit diesen Worten öffnete Abdul ihr schließlich das schwere Tor. Und tatsächlich lächelte sie. Sie konnte nicht anders.

Draußen tat sich ein Labyrinth aus schmalen Sträßchen zwischen kompakten Mauern auf. Die Luft war erfüllt vom Duft frisch gebackener Brote, von flirrenden Licht- und Schattenmustern, vom beißenden Geruch eines Feuers. Die offene Kellertür nebenan gab den Blick frei auf einen urtümlichen, pechschwarzen Ofen am Ende einer steilen Steintreppe. Dort in der Tiefe stand ein Mann, eingeschrumpft und schwarz wie seine Umgebung, der Holzspäne und Abfall ins Feuer warf, Schaufel um Schaufel um Schaufel. Surreal, diese Szene. Klick, die ersten Bilder. Sie spürte wieder ein Lächeln auf ihren Lippen.

Rötliche Mauern, eine geschnitzte Tür, eine Abzweigung, ein Durchblick, eine winzige Werkstatt, blühende Zweige über einer Mauer, blendendes Licht und scharfe Schatten – aber nichts Unkonkretes. Plötzlich war alles real, sogar das Sehen.

Aus einer Hauswand ragte inmitten eines bunten Mosaiks ein Metallrohr hervor. Es war ein Brunnen, dessen Wasser aus dem Rohr in einem halbrunden Becken aufgefangen wurde. Kinder und Frauen standen an und schwatzten, während sich ihre Kanister und Kannen füllten. Mithilfe einer der Frauen wuchtete ein zierliches Mädchen von etwa sechs Jahren eine der Kannen auf ihren Kopf. Es trug ein geblümtes Kleid und Plastikschlappen, und die Kanne sah schwer aus. Wie konnte ein so zartes Persönchen dieses Gewicht tragen?

Fragend hob sie die Kamera. Die Kleine erschrak und eilte davon. Nach ein paar Schritten zögerte sie und sah sich um. Ein scheues Lächeln erhellte ihr kleines Gesicht.

Sie erwiderte das Lächeln.

Das Mädchen sah rasch nach rechts und links, dann stellte es sich in Positur. Darf ich? Ein Nicken, und schon hatte der Auslöser fünf-, sechsmal geklickt. Das Kind wandte sich ab und verschwand hinter der nächsten Ecke, sie aber lächelte immer noch.

Wie schön und wie fremd zugleich, dabei nicht beunruhigend, sondern einfach ungewohnt. Jedenfalls fühlte sie sich nicht unwohl, im Gegenteil. Ausgerechnet sie, die doch sonst allem Neuen kritisch gegenüberstand? Langsam schlenderte sie weiter, dem

Verlauf der Gassen vertrauend. Drei Jungs, die ein Mofa reparierten, ein Mann, der Holzstäbe drechselte, ein anderer, der einen Laternenmast anstrich. Sie wich Eseln aus mit Lasten, die doppelt so breit waren wie die mageren Rücken der Tiere, fotografierte diesen Winkel und jene geschnitzte Haustür, und schaute im Vorübergehen den Menschen zu. Die meisten schienen es eilig zu haben. Nur nicht die Alten, die an Kreuzungen beisammenhockten und tagträumten oder die Vorbeihastenden beobachteten und das Geschehen mit philosophischem Gleichmut kommentierten. Irgendwann weiteten sich die Gassen, wurden zu Ladenzeilen in kunstvoll gemauerten Gewölben mit hufeisenförmigen Torbögen.

Sie fotografierte wieder! Und wie gut sich das anfühlte! Digitaltechnik war ihr fremd, nicht jedoch das genaue Sehen. Ihr war, als leiteten sie Erfahrung und grundsätzliches Gespür und als stehe ihr früher Erlerntes immer noch ganz selbstverständlich zur Verfügung. Zur Sicherheit kontrollierte sie jede Aufnahme sofort im Display. Das war praktisch und im Vergleich zur analogen Fotografie eine echte Erleichterung. Sie fühlte sich bestens.

Riesige Körbe mit Datteln, Säcke voller Getreide, Läden und Stände, die Tausenderlei anboten, dazu die vielen Menschen, das Gewirr ihrer Stimmen, die Farben – als befände sie sich inmitten eines Kaleidoskops. Das festhalten können, diese Stimmung, diese Farben bannen …

Ein Kind schlüpfte aus einem halb verdeckten Durchgang. Einen Moment zögerte sie, dann trat sie in den schmalen Durchlass. Ein Innenhof mit Säulen und umlaufenden Balkonen tat sich auf. Oben der blendend helle Himmel, im unteren Bereich abgestufte Schatten, von sandfarben über grau bis tiefschwarz. Spatzen lärmten, sonst nichts. Sie war allein.

Die Stille, das Spiel von Licht und Schatten auf den Säulen, die reduzierte Architektur – sie ging in die Hocke, atmete flach, konzentrierte sich.

Plötzlich war es da, dieses fast vergessene Prickeln, und wie früher sah sie »das« Bild vor sich, noch bevor sie die Kamera ans Auge gehoben hatte. Mit klopfendem Herzen suchte sie den richtigen Bildausschnitt, tat einen Schritt vor, einen zur Seite, prüfte Lichteinfall, bedachte Schattenpartien – und ein ums andere Mal klickte der Auslöser.

Klara

Die Truppe war nett. Griet, eine Niederländerin wie aus der Käsewerbung, hatte den ersten Platz bei den Tortenbäckern gewonnen, Moni und Maike waren erfolgreich in den Kategorien Wild und Fisch und ein Stuttgarter, der einzige Mann in dem Kreis, hatte sich mit Suppe ganz nach oben gekocht. Alles Hobbyköche, alle auf einem ordentlichen Niveau, und alle in modernen Hotels in der Neustadt untergebracht. Nur für sie hatte man in dem Riad gebucht.

Ali, ihr Führer, versuchte, sich Gehör zu verschaffen. »Bonjour et bienvenue! Heute machen wir zuerst Sightseeing und toutes les épices, alles über Gewürze, und danach kochen wir Tajine bei Amina, inshallah. Okay?«

Er wedelte mit Papieren. »Sind alle da? Dann bitte hier entlang.«

Ihr Handy rührte sich. Alain? Sie seufzte, zugleich machte ihr Herz ein paar Extraschläge. Auf Dauer war Schmollen keine Lösung. Vorhin erst hatte sie sich vorgestellt, wie sie ihm von der Harira erzählte und von dem Lammgericht, das es zum Abendessen gegeben hatte, und wie sie ihm den Geschmack des Fleisches in Honig und Zimt beschrieb. War sie etwa nicht mehr wütend auf ihn? Doch, natürlich, aber ihre Haare als Entlassungsgrund – eigentlich sah ihm das nicht ähnlich. Jede Wette, dass dahinter etwas anderes steckte.

Sie meldete sich.

»Claire? Na endlich, hallo! Wo bist du denn die ganze Zeit?«

Der hatte Nerven! »Hey Alain, ich wünsche dir auch einen wunderschönen guten Tag. Ja, danke der Nachfrage, es geht mir großartig. Wo ich bin? Im Moment besichtige ich einen traumhaften Palast in Marrakesch. Du erinnerst dich? Fernsehen, Kochwettbewerb, erster Preis?«, flötete sie ins Telefon.

Pause. Rauschen, Schweigen. Es hatte ihm die Sprache verschlagen.

Sie genoss das seltene Gefühl von Überlegenheit. Während ihre Gruppe weiterschlenderte und sich Mosaikböden, Stuckverzierungen und schattige Arkadengänge erklären ließ, wartete sie darauf, dass er die Stimme wiederfand.

»Marrakesch? Stimmt, du hattest so etwas gesagt. Aber wollten wir nicht über den Küchengarten reden? Du weißt schon, die Pläne, die im Heimatmuseum aufgetaucht sind. Dort datieren sie die Anlage jetzt auf Mitte des 19. Jahrhunderts.«

»Interessant.«

Pause. Erwartete er etwa begeisterte Reaktionen von ihr? So leicht kam er nicht davon! Sie vernahm seinen Atem, sonst nichts. Schließlich half sie doch nach: »Hast du nicht etwas vergessen?«

»Das mit deinen Haaren? Okay, das war nicht so gemeint. Aber seit wann legst du meine Worte auf die Goldwaage?«

»Tu ich doch gar nicht! So, und jetzt muss ich weiter.«

»Warte! Was machst du in Marrakesch?«

»Marokkanische Gewürzküche, internationaler Kochkurs, Sightseeing – YourTV lässt sich nicht lumpen! Allein das Hotel – ich wohne in einer Suite!« Geprahlt, aber nicht gelogen.

»Hört sich gut an. Claire, können wir heute Abend vielleicht reden?«

Alain bat um etwas? Sofort wurde sie weich. »Klar, gern. Jetzt muss ich aber weiter. Mach's gut, bis später.« Sie schob das Handy in die Tasche und betrachtete die Mosaike, ohne sie wirklich wahrzunehmen.

Eigentlich hatte sie nicht schon wieder über Alain

nachdenken wollen. Er war ein Freund und damit basta! Andererseits gab es da diverse Gemeinsamkeiten. Sie waren nicht zu leugnen, aber darüber würde sie erst recht nicht nachdenken.

Wie war es mit ihrem Hobby-Catering überhaupt so weit gekommen? Sie hatte eine Aufgabe gesucht, damals, nach Markus. In der Spedition, das war ein Job, und mit Markus an der Seite hatte sie das auch nicht gestört, aber danach… Knackig jung war sie längst nicht mehr, die Jahre zogen sogar immer schneller vorbei. Keinesfalls wollte sie irgendwann auf nichts als Leere und Pflicht zurückschauen. Und Kochen war nun mal ihre Leidenschaft!

Begonnen hatte es mit Salaten zu Geburtstagsfeiern und Suppen für Partys. Einmal hatte sie für ein Gartenfest Berge von dänischem Smörrebröd zubereitet, aufwändig und unglaublich lecker, aber immer noch harmlos. Als man sie bat, die Weihnachtsfeier der Spedition auszustatten, hatte sie natürlich nicht Nein gesagt, das mit dem Nein-Sagen war ohnehin schwierig. Jedenfalls hatte sie von dem Geld, das damals reinkam, einen zweiten Backofen angeschafft und auch sonst ihre Küchenausstattung aufgestockt. War dieses erste Honorar also der Wendepunkt gewesen? Zumindest war es danach richtig losgegangen.

Rasch hatte sich über den Freundeskreis hinaus herumgesprochen, dass ihre Speisen jede Party aufwerteten. Steaks und Würstchen auf dem Grill konnte schließlich jeder, aber das genügte vielen nicht mehr. Abbezahlte Häuser, die Kinder aus dem Gröbsten raus – endlich konnte man sich mal was gönnen. Also wandte man sich an sie.

Und sie? Hatte die Ärmel hochgekrempelt und sich wie eine Verrückte auf die neue Aufgabe gestürzt. Nach unkomplizierten kalten Platten, nach Kartoffelpufferpartys im Herbst oder deftigem Gänsebraten im Winter fragte heute längst niemand mehr. Mittlerweile stemmte sie Vier-Gänge-Menüs für zehn Personen mitsamt Servietten, Kerzen, Geschirr und Gläsern, alles zueinander und zum Anlass passend. Mühsam, aber nicht unmöglich, und wie schön so eine komplett eingedeckte Tafel aussah! Kistenweise stapelte sich das Material dafür inzwischen im Keller. Die Gastgeber mussten nur noch für die Räumlichkeiten und die Getränke sorgen und die Reinigung übernehmen.

Anfragen für Gebäck und aufwändige Torten lehnte sie allerdings ab. Erstens war grammgenaues Arbeiten ihre Sache noch nie gewesen und zweitens, allein dieser Dekoschnickschnack! Heutzutage mussten ja sogar Kuchen für Kindergeburtstage gestylt sein, zumindest ein Emoji-Cake wurde erwartet, darunter ging gar nichts. Für eine Fußballtorte, sprich: einen simplen Rührkuchen mit grün eingefärbter Marzipandecke und zwei, drei Minifiguren, wurden derzeit sage und schreibe hundert Euro und mehr verlangt – und gezahlt! Idiotisch, außerdem hatte sie auch ohne solche Mätzchen reichlich zu tun.

Sie wurde natürlich ordentlich bezahlt, da gab es nichts zu meckern, und im Grunde machte es Riesenspaß, am Wochenende in der Küche zu werkeln, trotz des Gerennes. Aber genau da lag der Haken: Neben ihrem regulären Job in der Spedition waren Planung, Einkauf und Vorbereitung oft kaum noch zu schaffen.

Und doch hatte erst Alains Unterstützung sie dazu gebracht, ernsthaft zu überlegen, das Hobby zum Beruf zu machen. Mit ihm im Hintergrund konnte es nicht so riskant sein, hatte sie gedacht, hatte sich für das Praktikum bei ihm freistellen lassen und für ein paar Monate alle Catering-Aufträge abgelehnt. Lehrgeld, hatte sie gedacht, das sie später leicht wieder reinarbeiten konnte. Und nun? Wenigstens hatte sie in der Spedition nicht endgültig gekündigt ...

»Madame? Kommen Sie, Madame, hier entlang, s'il vous plaît!« Der Führer rief und wedelte mit den Armen. Sie folgte ihrer Gruppe.

Alain

Schick mal Fotos, wollte er noch sagen, doch die Verbindung war bereits unterbrochen. Claire hatte zwar reserviert geklungen, ihn aber nicht abblitzen lassen. Immerhin. Er öffnete den Bildordner. Claire beim Zwiebelschneiden, beim Kräuterhacken, hinterm Haus im Garten, wie sie irgendwohin zeigte und lachte. Seine Laune hob sich.

Er legte das Handy auf den Schreibtisch, schob

Rechnungen, Kontoauszüge und Mahnungen zur Seite und zog die Gehaltslisten hervor.

Mit seinem üblichen Buchhaltungsprogramm konnte er diesmal nichts anfangen, das war der Nachteil von Bargeld. Aber übers Konto laufen lassen konnte er den Kredit ja nun auch schlecht. Für den Steuerberater würde er sich was einfallen lassen müssen...

Zum Glück hatte er passende Vorlagen für Lohnabrechnungen im Internet gefunden. Schnell ausgedruckt kamen sie nun mit den jeweiligen Barbeträgen in die Umschläge. Eventuelle Fehler konnte der Steuerfritze immer noch korrigieren, sobald die Hypothekenzahlung einging.

Punkt für Punkt arbeitete er sich durch und folgte dabei exakt den Vorgaben. Es war Mittag, als er das letzte Kuvert beschriftete. Was sich seine Leute wohl dachten, wenn sie diesen Monat ihr Gehalt bar ausgezahlt bekamen? Lohntüten gab es doch seit Urgroßvaters Zeiten nicht mehr.

Viel blieb nicht übrig von dem Geld, nachdem der Kreditgeber noch unerwartet Disagio abgezogen hatte. Dreieinhalb Prozent! Zuerst war er zurückgezuckt. Doch dann hatte er Molkereigenossenschaftler und staubige Wanderer vor sich gesehen, sein komisches Gefühl im Magen ignoriert und allen Konditionen zugestimmt.

Überhaupt, der Mann hatte zwar viel gelächelt, doch wirklich angenehm war die Stunde in seinem Büro nicht gewesen. Musste er denn unbedingt auf die Notwendigkeit absolut pünktlicher Zinszahlungen hinweisen und auf die Inkassounternehmen, denen die weitere Abwicklung übertragen werden würde? Branchenüblich und leider notwendig, hatte er gesagt. Das Gleiche hatte der Makler des ersten Kredits auch schon gesagt, sogar fast wörtlich… Dessen erste Rückzahlungsrate war inzwischen fällig.

Aber wenigstens erhielten seine Leute ihr Geld, für den Augenblick war das das Wichtigste. Er sah auf die Uhr. Eigentlich sollte er längst in der Küche sein.

Er gönnte sich einen Cognac. Andere Köche soffen und koksten, was das Zeug hielt, und verarbeiteten ihren Stress, indem sie sich aufputschten und zugleich runterdimmten. In dieser Hinsicht war er zum Glück nicht gefährdet.

Er legte die Füße auf den Schreibtisch, schwenkte das Glas und nahm einen Schluck. Edel und voll, sehr angenehm. Er spürte dem Geschmack nach, der im Mund aufblühte, folgte dem Aroma, das über die Zunge zum Gaumen und dann die Kehle hinunterrann und schließlich Wärme im Magen verbreitete. Wenn er jetzt noch die Verspannungen im Nacken lösen und die umherirrenden Gedanken einfangen könnte! Inkassounternehmen seien auch auf Vorortbesuche vorbereitet, hatte der Typ gesagt… Er kippte den Rest Cognac.

Los, dachte er, an die Arbeit. Er blieb sitzen.

Claire in Marrakesch? Einmal war er in Casablanca gewesen, allerdings nur kurz. Das Schiff hatte Nachschub an frischem Obst und Gemüse geladen und er den Fischmarkt nach Delikatessen abgesucht. Oktopus, Sardinen und Thunfisch, erinnerte er sich, sonst hatte sich nichts Brauchbares gefunden. Immerhin, zum Dinner hatte er Thunfisch mit Muskatkürbis und Champagnerschaum zubereitet. Sehr fein, an jenem Abend jedoch Perlen vor die Säue. Genauso gut hätte er Fischstäbchen servieren können, so überdreht, wie die Passagiere gewesen waren. Was hatten sie nicht alles beim Landausflug erlebt, gehört und gesehen, und eingekauft.

Marokko, das hieß auf jeden Fall Sonne und Farben und die Aromen der arabischen Küche. Wie er Claire kannte, würde sie davon begeistert sein. Heute Abend würde er sie fragen, und sie würde erzählen, würde übersprudeln und lachen. Heute Abend!

Der Halaiqi

»Heißt es nicht: Der Abend ist klüger als der Morgen? Du weißt das, und du, und du vermutlich auch, aber unser Hassan? Fahren wir also fort. Je mehr er nachdachte über das Bauen, desto klarer wurde ihm, dass ein Palast, wie er ihn sich wünschte, unweigerlich Aufsehen erregen würde. Das aber war ganz und gar nicht in seinem Sinne. Was hättet ihr getan?«

Die Zuhörer überlegten, besprachen sich, und die einen sagten so, die anderen so. Abderrahim bewegte sich zwischen ihnen. Er hörte zu, tippte hier jemanden an und strich dort über eine Schulter. Den Störenfried von gestern, diesen Abdul, sah er nicht.

»Ihr seht selbst, wie schwer das ist. Hassan jedoch, der geübt war, sich anzupassen, suchte weiter nach einer Lösung. Ein Palast – ja, doch, das sollte es schon werden, wenigstens im Inneren. Aber wie würde er darin leben, wie sich fühlen, allein, nur umgeben von Pracht? Je mehr er darüber nachdachte, desto klarer wurde ihm, dass sein Haus mit Leben erfüllt sein sollte, mit Menschen und ihren Träumen, ihren Wünschen und Geschichten. Er änderte also seine Zeichnungen und Entwürfe so lange, bis aus dem einstigen Traumpalast ein Haus für Reisende geworden war. Keine einfache Schlafmöglichkeit für zwei oder drei Nächte stellte er sich vor, aber auch keine Karawanserei mit verschließbaren Lagerräumen, oh nein, darüber verfügte Marrakesch in ausreichender Zahl. Außerdem, das wusste Hassan nur zu gut, gingen in solchen Häusern die Steuereintreiber des Paschas ein und aus, notierten Ladungen, legten Zölle fest und machten Karawanenführern und Händlern das Leben schwer. Nein, er dachte an Menschen, die – wie einst er selbst – in Geschäften unterwegs waren und auf unbestimmte Zeit an einem Ort bleiben, dort aber nicht dauerhaft sesshaft werden wollten. Er dachte an eine schöne, bequeme und ruhige Herberge, die über eine gute Küche verfügte sowie über Salons und Terrassen und über einen Garten. Dort sollte sich der Reisende wie zu Hause fühlen und Kraft schöpfen.«

Abderrahim hob beide Hände.

»Vergessen wir nicht, dass unser guter Hassan viel gesehen und erlebt hatte, dass er unterwegs sogar vorübergehend zur Ruhe gekommen war, es ihn dann aber doch stets weitergezogen hatte. Jetzt allerdings spürte er, dass sich diese jugendliche Unrast gelegt hatte. Hier, in unserem schönen Marrakesch, wollte er sein nomadenhaftes Leben beenden und in Frieden seinen Geschäften nachgehen. So stellte er sich das jedenfalls vor. Was sagt ihr dazu?«

Die meisten seiner Zuhörer wiegten die Köpfe. Sie kannten den steinigen Weg zwischen Wunsch und Wirklichkeit.

»Ausgerechnet hier, fragt ihr, wo ihn jederzeit das Schwert des Paschas treffen konnte? Sprach das für großen Mut oder doch eher für Arglosigkeit, sogar für Dummheit? Nun, wir werden sehen. Zunächst ließ Hassan eine Mauer aus gestampftem Lehm um das Grundstück errichten, um Schafe und Ziegen von seinen frischen Anpflanzungen fernzuhalten. Alsdann fertigte er immer neue Skizzen an, und nach und nach gab er seinem Traum Gestalt. Seinem Djinn Jalid indessen – ja, ihr hört richtig: Nach wie vor verursachte ihm dieses Geistwesen Albträume und Magenschmerzen –, Jalid also passte das gesamte Vorhaben nicht.

›Wenn du schon hierbleiben willst, warum dann so weit draußen, wo es rein gar nichts gibt? In der Medina, ja, dort hat man Nachbarn, man tauscht sich aus, lädt sich ein, dort wohnen Geister, die denjenigen verfluchen, der die Gassen ohne Respekt betritt, jenem aber Schutz gewähren, der die Ahnen ehrt. Das Grundstück besitzen zu wollen ist ja vielleicht noch hinnehmbar‹, lamentierte der Djinn. ›Aber

eine Gartenoase schaffen, die weder Korn zum Brot-
backen noch Viehfutter abwirft, sondern allein der
Erholung dient? Mit einem Haus, in dem sich ver-
mögende Reisende unter ihresgleichen verkriechen?
Bist du größenwahnsinnig geworden? Du solltest
den Kauf rückgängig machen.‹ So oder so ähnlich
nörgelte der Djinn. ›Diese dummen Ideen kommen
dir nur, weil du immer noch allein lebst. Warum hast
du keine Frau und keine Kinder? Baupläne, Herberge, Garten – kann dich das etwa nachts wärmen?
Ich jedenfalls sehne mich nach einem behaglichen
Heim, nach einer lieben Frau mit weichem Busen,
die süß riecht und dir die Wünsche von den Augen
abliest! Und was tust du? Oh, wenn ich an deinen
armen Vater denke! Er würde mir sicher recht geben.‹

Hassan aber wusste besser als der Djinn, welche
Genugtuung es seinem Vater verschafft hätte, wenn
er in Marrakesch, unter den Augen des Paschas, zu
Ansehen käme. Also wartete er auf die richtige Gelegenheit.«

Zufrieden beobachtete Abderrahim, wie immer
mehr Zuhörer in den Kreis traten. Nach der unlieb-
samen Störung von gestern durfte er heute auf eine
angemessene Entlohnung hoffen.

Er glaubte zu wissen, wer Abdul, den Boten, geschickt hatte: Entweder einer von El Glaouis Nachkommen oder jemand aus der Familie El Kharaoui.
Wer sonst sollte diese Geschichte verschwiegen wissen wollen? Dabei kam Hassans Familie ja nicht einmal schlecht weg.

Warum er ausgerechnet diese Geschichte erzählen müsse, hatte der Bote gefragt. Dazu hätte er einiges zu sagen gewusst, oh ja! Zum Beispiel, dass er in gewisser Weise selbst Anteil an der Geschichte gehabt hatte. Aber auch, dass ihm Großvater eingeschärft hatte, schicksalhafte Geschichten seien einerseits lehrreich für Jüngere und enthielten andererseits immer allgemeine Mahnungen. Außerdem dürften schändliche Taten, Verrat und Willkür nicht im Vergessen versinken. Im Falle von Pascha El Glaoui jedoch, Allah sei es geklagt, geschehe genau dies. Zwar hatte man nach dessen Entmachtung große Teile seiner unrechtmäßig zusammengerafften Schätze wieder unter den Geschädigten verteilt, hatte Enteignungen rückgängig gemacht und auch sonst versucht, Leid, das El Glaoui über Familien und ganze Clans gebracht hatte, mit Allahs Hilfe zu lindern, doch im Übrigen hatte man dieses dunkle Kapitel schon bald geschlossen. Er müsse die Erinnerung weiterhin wachhalten, hatte Großvater gefordert, denn jeder gute Halaiqi sei auch ein lebendes Archiv.

Er dachte an die Familie der Aït el-Cherifa − verständige Männer und weise Schlichter, soweit man wusste − und jetzt ausgelöscht. Es gab viele Familien wie sie, aber das Schicksal der Aït el-Cherifa war beispielhaft, sowohl für El Glaouis brutale Herrschaft als auch für die Wirksamkeit böser Kräfte. Das alles hätte er gestern diesem Abdul erklären können, das und noch viel mehr, wenn es ihm denn rechtzeitig eingefallen wäre. Er seufzte. La illah illalah, jetzt war jetzt, und sein Publikum wartete.

»Nach Abenden, an denen Hassan lange über Verbesserungen und Kosten nachgedacht hatte, konnte er fast sicher sein, Besuch des missgelaunten Jalid zu bekommen, kaum dass sein Kopf auf dem Kissen lag. Ob er wisse, dass der geplante Bau seine Mittel wie Schnee an der Sonne schmelzen lassen werde, dass niemand ein solches Projekt allein umsetzen könne, schon gar nicht ohne die Genehmigung des Paschas, und was er zu tun gedenke, wenn – sollte das Haus jemals gebaut werden, was ja längst noch nicht feststand – keine Reisenden zu ihm kämen? Nun ja, ihr wisst selbst, wie das ist: Niemand schläft gut, wenn einem beim Bauen das Geld aus dem Beutel sprudelt. Und ebenso wissen wir alle, dass niemand vor den klebrigen Fingern der Behörden sicher ist, damals so wenig wie heute. Doch vernehmt, was ich euch mitgebe in die Nacht: Arm ist nicht der, der wenig hat, sondern der, der nicht genug bekommen kann.«

Zustimmendes Gemurmel.

Abderrahim hob die Augen gen Himmel und gähnte. Wenn er es geschickt anfing, konnte er diese Geschichte über die gesamte Woche strecken. Für heute jedenfalls war Schluss.

»Es ist spät geworden, ich sehe die Müdigkeit in euren Gesichtern. Hören wir also morgen Abend, wie es mit Hassans ehrgeizigem Projekt weitergeht.«

Die Leute murrten.

»Vielleicht noch dies als Letztes«, sagte der Halaiqi. »Sagte ich schon, dass Hassan erfahren war?«

Er schritt von einem zum anderen und nahm dankend die Münzen entgegen, die man ihm reichte.

»Und dass er nicht nur gesund war und gut aussah, sondern auch ein angenehmes Wesen hatte? Auch an seinem Benehmen konnte niemand das Geringste aussetzen – ein idealer Ehekandidat, nicht wahr? Ja, ihr schließt richtig: Jalids Mahnungen hatten sich in Hassans Herz und Kopf verhakt. Doch vergessen wir nicht die Djinn, jene übelwollenden Wesen, die seine Familie schon seit langem drangsalierten. Was nicht einmal Jalid ahnte: Sie hatten ihn längst aufgespürt! Sein neuer Name mochte ihn vor den Häschern des Paschas schützen, vor den Nachstellungen der Djinn bewahrte er ihn nicht. Noch hielten sie sich zurück. Allerdings werden wir sehen, wie sie sich den nichtsahnenden Hassan schon sehr bald vornehmen, inshallah. Bis morgen also. Euch allen eine ruhige Nacht und wohltuende Träume.«

Charlotte

Zwei E-Mails, eine von Paul, die zweite von seinem Anwalt. Sofort schloss sie das Mailprogramm wieder. Heute lagen Welten zwischen Marrakesch und zu Hause.

Sie schob die Speicherkarte der Kamera in den Computer. Während die Bilder hochluden, aktivierte sie das Handy, zum ersten Mal seit dem Abflug aus Deutschland. Drei neue Nachrichten von Paul auf der Mailbox! Sofort schaltete sie auch dieses Gerät wieder aus. Natürlich verschwanden Schwierigkeiten nicht durch bloßes Ignorieren, aber jetzt gerade wollte sie nichts davon hören.

Auf dem Bildschirm erschienen das kleine Mädchen mit der schweren Wasserkanne, der pechschwarze Ofen im verrußten Keller, ein Drechsler, eine Schreinerwerkstatt, Tore, Bögen, Straßenszenen. Nett, dachte sie, jedoch kaum mehr als Urlaubsschnappschüsse. Wie ernüchternd!

Das Mädchen mit seinem angedeuteten Lächeln allerdings hatte etwas, und auch die Aufnahmen aus dem verborgenen Innenhof lohnten ein genaueres Hinsehen. Kaum Farben, stattdessen feine Sand- und Grautöne, dazu Licht auf der obersten Etage, eine Aufhellung, die knapp die Säulen streifte – ja, nicht schlecht. Insgesamt konnten sieben, zehn, womöglich auch zwölf Aufnahmen als gelungen durchgehen.

Sie war erleichtert und enttäuscht zugleich. Aber was hatte sie erwartet? Eine Sensation? Den ganzen Tag hatte sie fotografiert, hatte ihren Blick geschult und Freude gehabt, mehr konnte sie nicht erhoffen nach bald fünfundzwanzig Jahren Pause. Hinzu kam, dass sie auch früher schon ungern spontan fotografiert hatte. Lieber plante sie, sicherte sich ab und kontrollierte die Bedingungen. Dennoch hatten die ohne aktives Zurichten entstandenen Bilder vom Innenhof eine spürbare Kraft, besonders die abgestuften Tonwerte in den helleren Partien schufen Struktur und Tiefe. Gut, dass sie sich für die Nikon und das zusätzliche lichtstärkere Objektiv entschieden hatte.

Natürlich handelte es sich um keine Profiausstattung, beileibe nicht, aber sowohl die lichtreichen Partien als auch die Dynamik in den Graubereichen zeigten eine gewisse Qualität.

Eines nach dem anderen vergrößerte sie die Bilder, prüfte verschiedene Ausschnitte und folgte hier einem Säulenfuß, dort einer Schattenpartie. Wie aus dem Gegensatz von starkem Sonnenlicht und flirrenden Schatten diffuse Impressionen entstanden waren – nicht schlecht, wirklich nicht schlecht. Aber fehlte nicht etwas? Noch einmal kontrollierte sie die Fotos des Hofes.

Haltung, dachte sie, es fehlte die Haltung zum Motiv. Die aber war unverzichtbar, wollte man Beliebigkeit ausschließen. Das galt sicher auch für digitale Aufnahmen, obwohl man die am Computer nachträglich noch endlos bearbeiten konnte. Früher hatte sie sich auf ein Thema vorbereitet und erst danach passende Motive gesucht, aber hier, wo neue Eindrücke im Sekundentakt auf sie einprasselten, wo alles gleich bedeutsam und fremd war und ihre volle Aufmerksamkeit forderte? Wenn sie sich in der Stadt besser auskennen würde, dann würden ihr vermutlich bessere Bilder gelingen, Motive gab es schließlich reichlich.

Die Frage war – wollte sie das, sich diese Stadt erschließen, wollte sie überhaupt wieder ernsthaft fotografieren? Hatte sie das Kapitel nicht abgeschlossen?

Nicht bewusst, vielmehr war ihr damals die Freude abhandengekommen. Erst blieben die Ideen aus, daraus folgte eine immer weiter nachlassende Motivation, bis sie schließlich in ihrer Arbeit einfach keinen Sinn mehr gefunden hatte. Also hatte sie alle Kurse abgesagt und der Akademie Adieu gesagt. Seither nichts mehr.

Im Gegensatz dazu fühlte sie sich heute stark und frei, sogar inspiriert. Ein ungewohntes Gefühl und wohl einer der größten Unterschiede zu zu Hause. Es konnte nur an der Umgebung liegen, dass sie sich mutig vorkam und dass sie Details wahrnahm, die ihr woanders nicht aufgefallen wären. Alles hier – jede Begegnung und jeder Blick, jede Szene und jedes Wort – schien eine Bedeutung zu haben. Wenn sie die auch nicht entschlüsseln konnte, so empfand sie es doch als Erleichterung, solche Feinheiten überhaupt wieder zu spüren. So etwas wie Scharfblick hatte sie noch nie besessen, wohl aber Fingerspitzengefühl, eine Art Antenne. Früher war daraus manch gute Aufnahme entstanden… Besaß sie dieses Talent immer noch?

Erneut blätterte sie vor und zurück und vergrößerte hier und dort einen Bildausschnitt. Suchte sie nur eine Bestätigung oder erhoffte sie sich mehr, womöglich gar Anzeichen für eine neue Chance? Nach diesen langen Jahren?

Sie sank zurück in die Kissen. Worum ging es ihr wirklich? Folge deinem Herzen und lächle, würde Abdul dazu jetzt wohl sagen.

Ein leises Kratzen an der Verbindungstür unterbrach ihre Grübeleien, und rasch klappte sie den Laptop zu. »Klara? Komm rein, ich bin noch wach.«

Klara spähte durch den Türspalt. »Wie geht's? Hattest du einen schönen Tag?«

»Sagen wir, einen abwechslungsreichen. Und du?«

»Puh, knallvoll! Ich bin fertig!« Klara setzte sich auf die Bettkante. »Paläste und Märkte und erst dieser große Platz! Als würde man in eine andere Zeit katapultiert. Ich bin kaputt, aber es war toll!«

Wie eine Lehrerin hob Klara den Zeigefinger. »Außerdem hab ich gelernt, dass man in Marokko mit Gefühl und nicht mit Waage kocht.«

Sie grinste, als sie ihre Kladde aufschlug. »Hier, wörtlich mitgeschrieben: ›kochen, bis es gut duftet‹, oder ›Safran verwende sparsam‹. Wie viel mag das wohl sein? Oder hier: ›eine Handvoll‹, ›eine kleine Handvoll‹, ›eine Kelle‹, ›einen halben Topf‹…« Sie kicherte. »Aber hier, das ist genau meins: ›Nimm so viel dein Herz empfiehlt‹.« Vor Lachen kippte sie hintenüber.

Unwillkürlich fiel sie in Klaras Lachen ein. »Ein Übersetzungsfehler?« Sie nahm Klaras Heft an sich. »Ach, um Honig geht es? Dann ist es einfach: Wen du nicht leiden kannst, kriegt ein paar Tröpfchen, während andere, die du gern hast, in Honig baden könnten. Wenn das nicht subtil ist.«

»Sag ich ja, Kochen mit Gefühl.«

Klara beruhigte sich langsam. Sie deutete auf Kamera und Laptop. »Und du? Hast du Fotos gemacht?«

Ihr Lachen verging. »Jede Menge. Schon seit einer Ewigkeit hatte ich nicht mehr fotografiert, aber heute habe ich es mal wieder probiert. Möchtest du was sehen?«

Fast erschrak sie. Wollte sie wirklich ihre allerersten, noch recht unperfekten Aufnahmen herzeigen? »Natürlich sind es nur erste Versuche…«

Klaras Handy meldete sich. »Alain, mein Chef. Wir haben gerade etwas Stress. Er kann ein echter Idiot sein, aber… Nun ja, ich werde rangehen. Mengenangaben wie diese sind genau sein Ding!« Sie wandte sich zum Gehen. »Deine Bilder schauen wir morgen an, okay? Gute Nacht.«

»Gute Nacht und honigsüße Träume, eine ganze Handvoll!«

Klara kicherte noch, als die Tür hinter ihr ins Schloss fiel.

Eine Weile horchte sie auf das Stimmengemurmel von nebenan. Klara lachte gern und laut. Wie es sich wohl anfühlte, so optimistisch durchs Leben zu gehen?

Karim

Die halbe Nacht hatte er auf Pläne gestarrt, mal auf die historischen aus dem Archiv, dann wieder auf die Rohentwürfe des Golfhotels, das in den Bergen entstehen sollte, war in seinem leeren Appartement auf und ab gegangen, hatte Schritte gezählt und versucht, klare Gedanken zu fassen. Schwer, wenn einem alles gleichzeitig im Kopf herumging.

Der Charme der Räume, nach wie vor von Rabias

Geist durchweht, hatte ihm seine Einsamkeit erneut zu Bewusstsein gebracht. Und wie so oft hatte er sich wütend und traurig zugleich gefühlt, Gefühle, die ihn schon so lange begleiteten, dass sie ihm wie implantiert vorkamen.

Aber litt er immer noch ehrlich oder hatte er sein Unglück in Wahrheit längst ritualisiert? Vielleicht hatte er sich inzwischen ja an das Gefühl der Leere gewöhnt und wollte es nur nicht wahrhaben? Dann wäre der Schmerz ein Phantom wie bei einem amputierten Arm.

In seiner Tasche knisterte Papier. Dieser verdammte Brief! Doch was immer er auch von der Kompetenz des Mediziners und von dessen Verdacht hielt, er wusste, wegducken half nicht.

Das Taxi passierte das ehemalige Konferenzgelände. Jungen rannten einem Fußball hinterher, und Staubwolken wehten, wo noch vor wenigen Monaten das Meer klimatisierter Zelte geglänzt hatte.

»Halt an, ich geh zu Fuß weiter«, befahl er dem Taxifahrer.

Kurz darauf saß er im Halbdunkel der Bar des Hotel Mamounia, vor sich eine Kanne Tee und einen Gin Tonic. Zu dieser frühen Stunde war es ruhig, bis auf das gelegentliche Telefonklingeln von der Rezeption und leise Pianotöne aus der Lobby. Der Barmann polierte Gläser, ein Page ordnete Zeitungen, ein weiterer flankierte den Eingang.

Zwei, drei Gespräche mit dem Büro, dann schaltete er das Handy ab und leerte sein Glas. Doch die erwartete Entspannung blieb aus.

Sein Blick ging von den gerollten Skizzen des Golfresorts zu den vergilbten Archivplänen. Mutters altes Hotel – Mohammed hatte von üblem Zustand gesprochen. Fast bereute er, Charlotte die Besichtigung vorgeschlagen zu haben. Mit Ruinen konnte man schlecht punkten … Was an ihr interessierte ihn eigentlich, die Augen und feinen Hände oder eher ihre Reserviertheit? Dahinter konnte sich alles und nichts verbergen.

Er schob die alten Hotelpläne beiseite. Fragend sah der Barmann herüber. Er nickte. Kurz darauf stand ein frischer Gin Tonic vor ihm.

Endlich entrollte er die Skizzen des Golfresort-Projekts, das der König höchstpersönlich seiner Firma angetragen hatte. Die Finanziers – Scheichs aus Katar, einem der reichsten Emirate Arabiens – stellten es sich natürlich riesig und prunkvoll mit Gold, Stuck und Marmor vor, das kannte er schon. Und sollte die Anlage tatsächlich gebaut werden, wäre das Ergebnis – pompös, dabei technisch auf dem neuesten Stand, auch darauf legten die Emiratis größten Wert – vermutlich nichts, worauf er stolz sein würde.

Immer häufiger investierten Ölmilliardäre vom Golf ihr Geld außerhalb ihrer Krisenregion, und der König konnte – oder wollte – aus politischen Gründen solche Gesuche nicht ablehnen. Das Ganze war heikel. Bereits jetzt wusste er, dass die kommenden Verhandlungen zermürbend werden würden, zumal es sich bei dem vorgesehenen Areal um ein Naturreservat handelte. Verständlich, die Anweisung des

Palastes, das Ende der Klimakonferenz abzuwarten, bevor man in die Planung einsteige. Mit Kritik war dennoch zu rechnen. Zwar waren die internationalen Klimaschützer inzwischen abgereist, aber sobald das Bauvorhaben publik wurde, würde es Proteste aus dem In- und Ausland hageln. Und auch die Marrakchis schluckten längst nicht mehr jede Anordnung, nur weil sie aus dem Palast kam. Die Gegend oberhalb von Okaimeden, wo das Golfresort entstehen sollte, gehörte zu ihrem traditionellen Skigebiet.

Dort hatte auch er einst im Schnee getobt, die Pisten unsicher gemacht und die Nächte in Hotelbars durchgefeiert.

Lange her. Zuletzt war er mit Astrid dort gewesen, Astrid Öbjerg, damals, lange, bevor die Konferenz konkret wurde. Hier ist die Welt noch so, wie sie einst gedacht war, hatte sie gesagt. Wie viele Jahre lag das jetzt zurück, sechs, sieben? Wenn er sich richtig erinnerte, hatten sie sich zuletzt im Winter getroffen, kurz bevor Astrid in die Weihnachtsferien geflogen war. Für ihn rückte die Hochzeit näher, und Astrid überlegte, sich für die schwedische Parlamentswahl aufstellen zu lassen, demnach musste es 2010 gewesen sein.

Astrid. Als Vertreterin der schwedischen Ökologiepartei gehörte sie zu den Initiatoren der Konferenz von Marrakesch. Am Anfang war sie federführend gewesen, fast zwei Jahre lang gingen sämtliche Vorsondierungen über ihren Schreibtisch. Sie war engagiert, eine oft harte Verhandlerin, kritisch, selbstsicher und nie um ein Argument verlegen, dabei stets gut gelaunt. Schwierigkeiten seien dazu da, aus dem Weg geräumt und nicht durch faule Kompromisse scheingelöst zu werden, wie oft hatte sie das gesagt. Eine klar denkende, unkomplizierte Frau, faszinierend wie ein Bergsee. Auf Anhieb hatten sie Gefallen aneinander gefunden…

Und wie rasch sie Marrakesch lieben gelernt hatte! Die Medina hatte Astrid aufgenommen, wie sie nur jene aufnahm, die sich ihr mit offenem Herzen näherten. Wann immer es ihre Zeit zuließ, war sie durch Kasbah und Marktviertel gestrolcht, hatte Synagogen und Museen besucht, Lagerhäuser, Hinterhöfe und abgelegene Gassen erkundet, und mit jedem, den sie auf ihren Streifzügen traf, hatte sie geschwatzt. Sogar das Les Almohades hatte sie besucht. Hatte nicht sie ihm sogar erstmals von den beiden alten Hütern des ehemaligen Hotels erzählt? Wenn sie nach der Liebe entspannt nebeneinanderlagen, hatte sie ihn oft über seine Stadt ausgefragt, und manchmal hatte sie ihn mit der Behauptung geneckt, sich in Marrakesch besser auszukennen als er. Hatte sie nicht irgendwann sogar angekündigt, sich später einmal hier niederzulassen? Gut denkbar, so zupackend, wie sie alles anging.

Dann aber hatte er mehr und mehr Zeit mit Rabia verbracht, bis die kapriziöse junge Cousine seine Gedanken nahezu vollständig ausgefüllt hatte. Immer besser hatten sie sich kennengelernt. Während eines Familienausflugs nach Essaouira – ausgerechnet beim Surfen! – hatte er plötzlich gewusst, dass sie diejenige welche war. Rabia, seine eigenwillige, schöne junge

Frau, manchmal unsicher, dann wieder bezaubernd, verführerisch und fordernd, die sein Leben umgekrempelt hatte... Damals war sie zu seinem Mittelpunkt geworden.

Zuerst hatte er sich trotzdem noch hin und wieder mit Astrid getroffen. Stadtentwicklung, Stadtplanung, Architektur der Zukunft, alles unter ökologisch optimierten Bedingungen – das waren ihre gemeinsamen Themen. Sie waren auf Augenhöhe, es hatte sich richtig angefühlt und nicht so, als nähmen sie Rabia etwas weg. Astrids Souveränität war bewundernswert, und da sie beide wussten, woran sie waren, gab es keine Konflikte.

Er hatte Astrid sehr gemocht, und doch war sie ihm erst durch dieses Projekt in Okaimeden wieder in den Sinn gekommen. Wie es ihr heute wohl ging? Hatte sie den Sprung ins Parlament geschafft? Jedenfalls war sie vermutlich immer noch in Ökologiefragen aktiv und lebte irgendwo in Schweden auf dem Land, zufrieden inmitten einer Schar blonder und fröhlicher, gesunder Kinder. Beinahe konnte er sie vor sich sehen und ihr Lachen hören... Er lächelte. Nicht jede Erinnerung war schmerzlich, nicht zwangsläufig.

Er leerte sein Glas, rollte die Pläne zusammen und schob sie zurück in ihre Pappröhren. Dann orderte er ein Taxi. »Zum Grandhotel Les Almohades«, sagte er.

Klara

Diese Luft, erfüllt von süßen, bitteren und scharfen Düften: Wie sollte man da mit verbundenen Augen Gewürze erraten können? Zimt, Anis und Koriander waren noch leicht zu erkennen, ebenso Knoblauch, Kreuzkümmel und Pfeffer, aber wie rochen Safran, Kurkuma und Chili, und wie die diversen Mischungen? Der Gewürzhändler, der hinter Kräutern, Wurzeln und Samen, hinter Flaschen und Kanistern mit Öl und Säcken mit Hülsenfrüchten fast verschwand, behauptete, am einzigartigen Duft des Gewürzes lasse sich seine Verwendung leicht herausfinden. Ach ja? Wohl kaum, wenn die Nase vor der Reizüberflutung kapitulierte!

Weiter ging es aufs Land. Unter Anleitung von Köchin Amina würden sie eine traditionelle Hühnchen-Tajine zubereiten, sozusagen hiesige Hausmannskost. Und als Kontrast dazu stand für den Nachmittag der Besuch im Restaurant eines Sternekochs auf dem Programm.

Außerhalb der Stadtmauer ging es über breite Avenuen vorbei an Grünanlagen und eleganten Appartementhäusern. Was für ein Gegensatz zu den Häusern und der Enge der Medina. Sie schloss die Augen.

Die Nacht war kurz gewesen. Erst hatte sie ausgiebig mit Alain telefoniert, wobei weder die Worte »Rausschmiss« noch »Haare« gefallen waren. Stattdessen hatte er ihr von dem angeblichen Gourmet-kritiker und der Mühe, die sich seinetwegen alle gegeben hatten, berichtet. Alle Anstrengung umsonst, bitter sei das gewesen.

Immerhin entwarf er Pläne, wollte Küchengarten und Saalnutzung besprechen und flirtete sogar ein bisschen. Zumindest klang es so, als er sagte, er wünschte, sie wäre da. Sie kamen also wieder klar, ihre Beziehung – was immer es auch für eine war – schien doch kein abruptes Ende gefunden zu haben. Und warum hatte sie die ganze Zeit so ein flatteriges Gefühl? Wahrscheinlich hörte sie bloß wieder die Flöhe husten, wie Markus gesagt hätte ...

Danach hatte sie sich in Erinnerungen verloren, hatte an die Zeit nach Markus' Tod gedacht, in der sie sich für nichts interessiert hatte, und an die vergeblichen Versuche mit Sommerflirts und Liebeleien. Gut, sie hatte mit dem Kochen begonnen, das schon, aber ein Mann? Nach Markus war keiner gut genug für einen zweiten oder gar dritten Blick.

Sieben Jahre Ehe, sieben Jahre tagtäglich zusammen, verliebt, verspielt, manchmal streitend, aber immer vertraut und zärtlich, als hätten Markus und sie die Liebe neu erfunden – und mit einem Schlag vorbei. Noch heute schreckte sie nachts manchmal hoch, weil sie meinte, seinen Schritt zu hören oder sein Rasierwasser zu riechen.

Ihre Augen brannten. Alle hatten ihn gern gehabt, Familie, Freunde, Kollegen, bei allen war er beliebt gewesen. Füreinander aber waren sie alles gewesen, und doch hatte er über ihre Ängste gelacht. Niemand ist so taub wie jemand, der nicht hören will, hatte schon Oma gesagt.

Wie in jedem Mai hatte ihn auch damals das Fieber gepackt. Die erste Motorradausfahrt mit der Clique, die kurvige Lieblingsstrecke, das Tempo, als könne man fliegen, so hatte er es ihr immer beschrieben. Seine Augen glänzten, wenn er davon schwärmte, wie großartig es sich anfühlte, schwerelos zu sein mit der starken Maschine zwischen den Schenkeln, wenn er ihre Power und Dynamik oder den unvergleichlichen Geruch des sonnenheißen Asphalts beschrieb, der in engen Kurven in der Nase brannte, vom Sound der Motoren sprach und ihrem Echo in schmalen Tälern. Und dann das.

Der Klassiker, hatte der Notarzt gesagt, und dass er sofort tot gewesen sei.

Und sie? Von einer Stunde auf die andere war nichts mehr, wie es sein sollte, gar nichts. Wochen-lang hatte sie nur mit seinem Kopfkissen im Arm einschlafen können. Irgendwann hatte es dann nicht mehr nach ihm gerochen. Nur mit Disziplin hatte sie sich aufrecht gehalten, um den Kummer der Eltern nicht noch zu vergrößern, hatte ihnen und der Welt gezeigt, dass ihr Herz gebrochen war, nicht aber ihr Lebenswille. Doch mehr als zwei Jahre hatte es gedauert, bis sie seinen Bademantel vom Haken im Bad genommen und sich wieder einigermaßen im Griff gehabt hatte, und noch länger, bis sie mal wieder ausgegangen war. Zunächst war es schwierig gewesen, als zurückgebliebene Hälfte eines Paares ins Kino zu gehen oder ein Konzert zu besuchen, doch sie musste unter Menschen sein, sie brauchte das.

Zu der Zeit hatten sich ihre Freundinnen alle Mühe gegeben, sie zu verkuppeln. Wollten sie sie loswerden? Trauten sie ihren eigenen Männern nicht? Anscheinend waren Singlefrauen so etwas wie eine latente Bedrohung. Eine Weile jedenfalls hatte sie das Spiel mitgespielt.

Wenn sie nur an Werner dachte, der ihr nach drei Monaten lockerer Bekanntschaft einen Heiratsantrag gemacht hatte. Wie begehrt und geschmeichelt sie sich gefühlt hatte! Dabei ging es gar nicht um sie, das hatte sie bald herausgefunden. Ihr Haus hatte er zu Geld machen wollen, um seine geschiedene Ehefrau auszahlen zu können. Oder der Geldscheinfalter, der noch bei seiner Mutter lebte. Eigentlich attraktiv, dabei komplett humorlos mit seinen beiden mehrfach gefalteten Zwanzigern im sonst leeren Portemonnaie. In Kino und Kneipe bestand er auf getrennter Rechnung, um ihre Unabhängigkeit nicht zu untergraben, wie er betonte. Fast schon wieder witzig. Oder der Handwerker, der eigentlich eine Bürokraft suchte, der Postler, der nachmittags zum Liebemachen freihatte, der Reiseleiter, abgebrüht, zynisch und vom Leben enttäuscht... Auch vor diesem Hintergrund war Alain etwas Besonderes. Davon abgesehen hatte sie längst aufgehört, falsche Frösche zu küssen.

Jedenfalls hatte sie nach dem Telefonat Ewigkeiten gebraucht, um einzuschlafen.

Weit vor der Stadt entließ sie der Shuttlebus vor einem lehmfarbenen Haus mit himmelblauer Metalltür. Im Innenhof standen zwei Tische für die Gruppe bereit sowie ein Korb voll Gemüse, und auf dem Boden warteten drei kleine Kohleöfchen, die an Campingkocher erinnerten und mit Holzkohle befeuert wurden.

Allerdings hatte Amina, die Köchin, offenbar nicht mit fünf aktiven Teilnehmern gerechnet, denn es gab von allem zu wenig. Zu wenige Tajine-Gefäße mit ihren typischen spitzen Deckeln, zu wenige Öfchen, zu wenig Gemüse und natürlich auch zu wenig marinierte Geflügelteile. Wie sollte man daraus Hühnchen-Tajine für alle zubereiten?

Griet protestierte sofort. Nicht, weil sie befürchtete, hungrig zu bleiben, sondern weil unter diesen Bedingungen nicht jeder, wie im Programm vorgesehen, selbst Hand anlegen konnte. Die Hamburgerinnen unterstützten sie, Amina rechtfertigte sich, Ali, der fröhliche Reiseleiter, telefonierte, und der Stuttgarter versuchte, die Frauen zu beschwichtigen.

Sie setzte sich im Schatten der Hofmauer auf den Boden. Ihr war es zu warm, zu staubig und zu laut, und überhaupt, heute war nicht ihr Tag.

Plötzlich öffnete sich das Tor. Nachbarinnen brachten Gemüse und weitere Fleischteile, trugen zusätzliche Tajine-Formen und Kohleöfchen herbei, drängten sich zwischen die ausländischen Gäste, kicherten, lachten, jemand servierte Tee und Plätzchen, ein Zicklein sprang herum, ein paar Hühner scharrten. Was für ein Gedränge, was für ein Gelächter! Ihre gedrückte Stimmung verflog.

Zunächst wuschen die Frauen Gemüse und Hühnchenteile, dann durften alle schälen und schneiden, hacken und portionieren. Die Hamburgerinnen verlangten schärfere Messer, der schwäbische Suppenkoch stand überwiegend im Weg und die Marokkanerinnen amüsierten sich über die ungeschickten Deutschen. Irgendwann stimmten zwei von ihnen ein Lied an, die anderen fielen ein, klatschten in die Hände und wiegten sich im Rhythmus, derweil die kleine Ziege an Gemüseresten knabberte.

Und sie knipste mit ihrem Handy.

So sollte es eigentlich in jeder Küche zugehen: fröhlich, leicht chaotisch und entspannt. Lebendig eben. Wunderbar, besonders, wenn dann auch noch etwas Gutes auf den Tisch kam.

~

Aminas Hühnchen-Tajine mit Salzzitronen und Oliven

Es gibt zahllose Varianten dieses Gerichts, hier sozusagen die Grundform.

Zutaten

1 Huhn (1,5–2 kg)
8 Knoblauchzehen, geschält und fein gehackt
2 Möhren, gestiftelt
1 Salzzitrone (Rezept siehe unten)
Ingwer, Pfeffer, Salz, Olivenöl
2 Safranfäden

2 Zwiebeln, fein gehackt

6 Korianderstängel (oder 1 TL gemahlener Koriander)

200 g grüne Oliven

etwas Wasser

Zubereitung

Das Huhn in 8 Stücke teilen. Mit Ingwer, Salz, Pfeffer, gehacktem Knoblauch, dem gehackten Fruchtfleisch einer Salzzitrone und Öl einreiben und mehrere Stunden ruhen lassen.

Das marinierte Fleisch mit Möhren, Zwiebeln, Safran, Koriander und Wasser in eine Tajine-Form geben, zum Kochen bringen, bei reduzierter Hitze garen lassen (30–40 Minuten).

15 Minuten vor Ende der Garzeit die Oliven hinzufügen und mitgaren lassen.

Mit der gehackten Schale der Salzzitrone servieren. Dazu reicht man Fladenbrot.

Eine der wunderbarsten Geschmackskombinationen der marokkanischen Küche, bei der alle Variationen (z.B. mit Kartoffeln, Zucchini oder sonstigem saisonalem Gemüse) möglich und erlaubt sind.

~

Salzzitronen (unverzichtbar in der marokkanischen Küche!)

Zutaten
1 kg reife, unbehandelte Zitronen
Saft von 2 Zitronen
500 g Salz, am besten Meersalz
warmes Wasser

Zubereitung
Gewaschene Zitronen vierteln oder halbieren, dabei nicht ganz durchschneiden, sie sollen zusammenhängen.
Auf die Schnittflächen je 1 Esslöffel Salz geben, dann die Zitronen wieder zusammenklappen, eng in ein sterilisiertes Zweiliter-Einmachglas geben und fest zusammendrücken. Die dicht geschichteten Zitronen mit dem restlichen Salz, Zitronensaft und warmem Wasser bedecken. Das Glas dicht verschließen und bei Zimmertemperatur lagern. Die ersten Tage öfter umdrehen oder schütteln.

Eingelegte Salzzitronen halten 6 bis 8 Monate und länger.

Wegen ihres intensiven Aromas dosiert man vorsichtig, lieber nachträglich beim finalen Abschmecken etwas von der Schale hacken und hinzufügen.

Karim

Zur Straße hin wirkte die Mauer, gedeckt mit den traditionellen grünen, gewölbten Ziegeln und mit einer Höhe von gut zwei Meter, recht massiv. Sie umfasste das gesamte Grundstück, nur dort, wo früher einmal die Auffahrt gewesen war, gab es seit der Verlegung der Straße jetzt ein Eisentor. Rostig zwar, aber im Vergleich mit den mürben Drahtzäunen zu beiden Seiten beinahe solide. Autos hupten, Mopeds knatterten, ein paar Straßenkehrer in orangen Overalls kauerten im Schatten eines Straßenbaums. Sie aßen Brot und Oliven und bereiteten über einem transportablen Holzkohlefeuer Tee nach Nomadenart zu.

Zwischen verwilderten Büschen und Bäumen ragte ein Schild empor, schwer auszumachen im dichten Pflanzenwuchs. Auf vergilbten Milchglasscheiben entzifferte er »GRAND HO EL LES HADES«, der traurige Rest eines laut Mutter ehemals großen Namens.

Im Zuge der vom Palast angeordneten Modernisierung Marrakeschs hatte sein Planungsbüro damals den Verkehr im Quartier neu organisiert und die gesamte Infrastruktur saniert, wodurch sich die ehemalige Randlage zu einer guten Adresse entwickelt hatte. Sofort hatte sein Bruder Mohammed für den Verkauf des riesigen Grundstücks plädiert und auf Investoren verwiesen, die er an der Hand habe, Lâlla

Fatima jedoch hatte sich dagegen gesperrt. Schweren Herzens hatte sie die Auffahrt hergeben müssen, alles andere aber blieb, wie es war. Mohammed hatte seine Position dennoch zu nutzen gewusst und – halb gegen Mutters Willen – im hinteren Teil des Areals ein schickes Büro- und Appartementhaus errichtet. Den alten Kasten hatte er jedoch nicht angetastet.

Zweimal hatte er den Taxifahrer die Verkehrsinsel umrunden lassen. »Warte hier«, sagte er jetzt, »es dauert nicht lange.«

Er rüttelte am Tor. Es tat seinen Dienst, im Gegensatz zu den eingesunkenen Zäunen rechts und links. Allerdings waren sie derart mit dornigem Gestrüpp verwachsen, dass sie den Zutritt ebenfalls verhinderten.

Einer der Straßenkehrer rief ihm etwas zu. Er legte eine Hand hinter das Ohr.

Der Mann erhob sich, ergriff seinen Besen und näherte sich gemächlich. »Salaām u aleïkum. Hast du auch etwas abzugeben?«

»Wa aleïkum salaām. Abgeben? Was denn?«

»Also nicht. Und was suchst du dann hier?«

»Der Eingang ist verschlossen.«

Der Straßenkehrer schaute auf das Tor. »Richtig. Schon seit langem.«

»Man könnte über den Zaun steigen, doch durch das Gestrüpp käme man nicht weiter.«

Der Mann nickte. »Du möchtest hinein?«

»Allerdings.« Er zog ein paar Münzen aus der Tasche und ließ sie auf der flachen Hand klimpern.

Auskünfte kosteten... »Falls es deine Zeit erlaubt, könntest du mir den Weg zeigen.«

»Könnte ich.«

Er wartete einen Moment. Nichts. Schließlich drückte er dem Mann halb ärgerlich, halb amüsiert, das Geld in die Hand. »Höre, mein Freund: Meiner Familie gehört das alles hier, ich bin Karim El-Kharaoui. Soll ich dir meinen Ausweis zeigen?«

»Nicht nötig, Herr. Es ist nur so, dass ich mich wundere. Zuerst kommt niemals jemand hierher, nun aber bist du innerhalb kürzester Zeit schon der zweite Besucher. Und dann – nichts für ungut, Herr – kennst du dich mit deinem eigenen Besitz wahrhaftig nicht besonders gut aus.«

Der Straßenkehrer lächelte, schüttelte aber zugleich tadelnd den Kopf. »Du musst zur Rückseite, dort liegt der neue Zugang!«

Sein weiter Armschwung schien das halbe Viertel zu umfassen, und fast konnte er hören, was dem Mann auf der Zunge lag: Wie jedes Kind weiß.

Unwillkürlich fühlte er sich gemaßregelt, er, der doch sonst die Fäden in der Hand hielt. »Gewiss. Dieser andere Besucher – kanntest du ihn?«

Der Straßenkehrer vergewisserte sich, ob seine Kollegen am Straßenrand auch alles verfolgten. Später würde er ihnen berichten, wie er sich mit dem Besitzer dieses Anwesens unterhalten hatte, was der Mann gefragt und gesagt und was er geantwortet hatte.

»Seinen Namen hat er nicht genannt. Aber sein Peugeot hatte noch ein altes Nummernschild.«

»Ach? Und die Nummer?«

Der Straßenkehrer sah ihn schweigend an.

»Also?«

»Zählt jemand Fliegen? Weißt du, wie viele Autos ich jeden Tag sehe? Ich bitte dich, Sîdi, nenne mir einen Grund, warum ich mir ausgerechnet diese Nummer gemerkt haben sollte!«

»Schon gut. Ein Peugeot, sagst du? Mit abgedunkelten Scheiben?«

Der Mann nickte.

Vermutlich der alte Wagen seiner Mutter. Hatte sich Lâlla Fatima hierherbringen lassen? Dann musste der männliche Besucher, von dem der Straßenkehrer sprach, Slimane gewesen sein, Mutters Hausdiener, Gärtner und Chauffeur. »Was wollte er?«

Der Straßenkehrer zuckte mit den Achseln. »Frage ich dich, was du hier willst?« Er deutete auf den Sonnenstand. »Wir müssen weitermachen. Geh zweimal rechts um den halben Block und dann durch die Durchfahrt des neuen Hauses. Über den Anwohnerparkplatz kommst du zu einem Bretterzaun mit Tor und Klingel.« Er wandte sich zum Gehen.

»Klingele mehrmals. Der alte Lahzen ist schwerhörig, doch ganz sicher hört dich der Kleine, inshallah.« Damit ließ er ihn stehen und kehrte mit weiten Schwüngen die Gosse, zufrieden, sich als Kenner dieses Viertels offenbart zu haben.

Erneut besah er den eingesunkenen Zaun, das Tor, den Müll dahinter und das Pflanzenchaos. Sollten Charlotte und Klara über Abfall klettern müssen? Hätte er sie doch bloß nicht so vorschnell hergebeten! Wie mochte es erst drinnen aussehen...

»Warte«, rief er dem Straßenkehrer nach. »Nur eine Minute. Wie heißt du?«

Der Mann kehrte um. »Abdallah, Sîdi.«

»Wie lange dauert heute dein Arbeitstag, Abdallah?«

»Wir sind für das gesamte Viertel zuständig.«

»Wie lange?«

»Wir arbeiten viel und hart. Bis eine Stunde vor Sonnenuntergang, inshallah.«

»Und morgen?«

»Bist du ein Kontrolleur? Schickt dich die Stadtverwaltung?«

Er schüttelte den Kopf.

»Sîdi, was fragst du dann?«

»Ich habe einen Vorschlag zu machen. Vielleicht holst du deine Kameraden hinzu?«

Abdallah sah hinüber, machte jedoch keine Anstalten, die anderen Arbeiter herbeizurufen. Auch gut.

Er deutete auf die eingefallenen Zäune und das Dickicht dahinter. »So kann das nicht bleiben, das siehst du ja selbst. Falls du also mit deinen Leuten…«

»Du willst, dass dieser Schandfleck verschwindet? Al hamdullillah, Zeit wird's!« Abdallahs Gesicht hellte sich auf.

Er nickte. »Kannst du es bis morgen schaffen?« Wie auch immer es drinnen aussah, wenigstens sollte man das Haus heil betreten können.

Abdallah rief nach seinen Kollegen.

Es dauerte eine Weile, denn zuerst musste die außerplanmäßige Aktion durchgesprochen werden.

Abholzen, auslichten, aufräumen, entsorgen – viel Arbeit, sehr viel. Und anstrengend und dreckig, dazu der Zeitdruck! Eine Menge, was bei der Festlegung des Arbeitslohns berücksichtigt werden wollte.

Der Taxifahrer, den es nicht länger im Auto hielt, mischte sich ein. Zuerst fragte er dieses und jenes. Dann erinnerte er die Männer beiläufig an das demnächst bevorstehende Zuckerfest und fragte, ob sie auch an Spielzeug, Süßigkeiten und anderes für ihre lieben Kleinen dächten?

Kurz darauf wurde man sich einig, trennte sich mit Handschlag, er stieg wieder ins Taxi und ließ sich zur Rückseite des Anwesens fahren.

Klara

Am frühen Nachmittag ging es über eine geschwungene Auffahrt an parkenden Nobelkarossen und einem Casino vorbei zum Säulenportal des Hotels Palais Saadiens. Livrierte Pagen öffneten kathedralhohe Türen und Teppiche, Gemälde, glänzendes Messing und gedämpfte Ruhe umfingen sie. Dazu Licht, das den Augen wohltat, dezente Klaviermusik, Clubsessel und Blumenarrangements – alles gediegen und einem Luxushotel angemessen.

Ein würdevoller Empfangschef begrüßte sie. »Monsieur Philipe nimmt sich sogleich Zeit für Sie.«

Monsieur Philipe? Sie blätterte in ihrem Reiseführer. Angeblich verfügte das Saadiens über mehrere Restaurants, darunter eines mit hervorragender marokkanischer Küche. In der hätte sie sich liebend gern umgesehen, klassische Haute Cuisine dagegen erinnerte sie viel zu sehr an Alain.

Niemals hätte sie erwartet, dass ihr ausgerechnet in seiner Küche die Freude am Kochen abhandenkommen könnte, und doch war genau das geschehen. Davon hatte ihr Horoskop damals nichts prophezeit... Am Telefon letzte Nacht waren sie sich zwar wieder nähergekommen, die ursprüngliche Unbefangenheit aber war noch nicht wieder da.

Sie zupfte ihr Tuch zurecht, bis es gefällig über den Schultern lag, dann folgte sie den anderen auf die Terrasse. Weiß blühende Bougainvillea in hohen Tontöpfen schirmten die Gäste voneinander ab, gestatteten aber den Blick in den gepflegten, von Mauern geschützten Garten. Hohe Palmen, Rosen und Laternen säumten Wege, die zu berankten Pergolen und Lauben führten, es gab blühende Sträucher und sattgrüne Rasenflächen – ein traumhafter Anblick. Warum genoss sie diese Schönheit nicht? Was war los mit ihr? So übellaunig wie heute kannte sie sich nicht.

Sie schob lose Zettel zurück, die sich zwischen den Seiten ihres Notizbuchs selbstständig zu machen drohten, flüchtig notierte Rezepte und Zeitungsausschnitte. Einer der Artikel behauptete: »Street Food ist aus unserem Leben nicht mehr wegzudenken und schmeckt dabei auch noch erstaunlich gut.« Und: »Der Vorteil von Street Food sind Internationalität und Frische und die authentische Zubereitungsweise.« Wäre Street Food etwas für sie?

Aber auf der Straße kochen für ambulante Esser, die zwischen Büro und U-Bahn hetzen, mit Tellern und Bechern aus Pappe anstelle von Porzellan und Kristall? Die Leute auf dem Foto strahlten, dabei handelte es sich in Wahrheit doch nur um schöngeredete Imbissbuden. Nein, mit ihr nicht!

Als Monsieur Philipe endlich auf ihre Gruppe zukam – hohe Kochmütze, gönnerhaftes Lächeln und betont leutseliges Auftreten – schnappte sie sich Tasche und Notizheft, raunte Griet zu, sie kehre ins Hotel zurück, und verließ die Terrasse. Auf Spitzenköche, die ihr Ego wie eine Bugwelle vor sich herschoben, konnte sie verzichten.

In der Lobby lagen internationale Zeitungen, darunter auch eine deutschsprachige. Mit Erlaubnis eines Pagen klemmte sie sich das Blatt unter den Arm, eilte nach draußen und winkte eine Pferdekutsche heran. Sie zeigte dem Kutscher das Kärtchen des Riads, er nickte und schon trottete das Pferd los. Mopeds und Autos sausten vorüber, die Sonne blendete, und Klara blätterte die Zeitung durch. Ob es ein Horoskop gab? Eigentlich kindisch, wenn man sich so gut wie nie an die »Empfehlungen der Sterne« hielt, aber allein schon das Orakeln fand sie prickelnd, und vielleicht war ja doch was dran? Schließlich hatte sie die entsprechende Seite entdeckt. Die Rede war von gestärktem Selbstbewusstsein und klarem Willen? Perfekt, das brauchte sie jetzt! Im Hotel würde sie es noch mal in Ruhe lesen und dann ein bisschen Schlaf nachholen. Bis dahin war dieses Durcheinander aus Verkehrstrubel, Sonne und Erklärungen des Kutschers eine schöne Ablenkung. Gerade deutete er auf ein verwildertes Grundstück am Rand eines Kreisels, auf dem Arbeiter in orangen Overalls Gestrüpp rodeten und Büsche abholzten. Es staubte tüchtig.

Der Kutscher aber schwärmte vom Glanz alter Zeiten, von einem Park und einem luxuriösen Grandhotel, in dem einst sogar General de Gaulle abgestiegen sei. Später wurde aus ihm ein mächtiger Präsident Frankreichs …

»Wie bitte?« Mit einem Ruck setzte sie sich auf. »Das dort ist das Les Almohades?«

Karim

Diese Straße kannte er nur auf dem Papier. Überrascht registrierte er, wie ansprechend sie in der Realität wirkte. Auch das moderne Haus, das Mohammed Lâlla Fatima abgerungen hatte, gefiel ihm. Ockerfarben, eine sanft geschwungene Front, wie es in Marrakesch gerade beliebt war, mit Balkonen, die der Form folgten und von schicken Lamellen beschattet wurden, dazu ein eindrucksvolles Portal, außerdem eine breite Durchfahrt zum Parkplatz im Hof und überall Grün – doch, alles sehr harmonisch.

So etwas hätte er Mohammed nicht zugetraut. Seine

anderen Häuser, zumeist Wohnblöcke am Stadtrand, wo es weder Schulen noch Parks gab, glichen eher Bienenwaben. Schon immer fand Mohammed, er habe ein Händchen für Gelddinge und prahlte vor den Brüdern und der Familie oft mit seinen Erfolgen.

Doch in den Augen einer Mutter ist jeder Käfer eine Gazelle, daher rief ihn Lâlla Fatima nur selten zur Ordnung. Zudem hatte er als ältester Sohn seit Vaters Tod nun mal das Sagen. Vater Amrane, der strenge Kabyle und ehemalige Kämpfer für die Autonomie der Berber, hätte ihm vieles nicht durchgehen lassen, besonders nicht seine ostentative Religiosität. Sie stand in krassem Widerspruch zu allem, wofür sich der Vater eingesetzt hatte. Aber Vater lebte schon lange nicht mehr, und Mutter griff erst ein, wenn auch Rashid und Selim, die beiden anderen Brüder, Unmut äußerten. Kritik glitt an Mohammed jedoch ab.

Neben dem Familienunternehmen, das wie ein gemeinsames Dach über ihnen schwebte und allen zu gleichen Teilen gehörte, betrieben seine Brüder über das ganze Land verteilte eigene Firmen im Bau- und Immobilienbereich. Im Vergleich damit nahm sich sein Stadtplanungsbüro direkt bescheiden aus.

Allerdings hatte das Büro des Ministerpräsidenten erst gestern bei ihm – nicht bei einem der Brüder! – angefragt, ob er sich vorstellen könne, an Tangier Tech City mitzuwirken, der neuen Stadt, die zwischen Tanger und Al Hoceima aus dem Boden gestampft wurde. Und was er von Chbika hielt, einer weiteren am Reißbrett geplanten Stadt, besser gesagt, einer neuen Reisedestination mit Golfplätzen und Luxushotels, die vierhundert Kilometer südlich von Agadir entstehen sollte? Wenn es sich auch vorläufig erst noch um inoffizielle Anfragen handele, so möge er doch die ausgesprochen rosige Langzeitperspektive für sein Büro bedenken … Natürlich hatte er sich interessiert gegeben, aber bei Langzeitperspektive doch eher an Larynx-Karzinom denken müssen. Ein lächerlicher Verdacht, gewiss, dennoch würde er schleunigst Spezialisten in Casablanca konsultieren, damit er die Sache ein für alle Mal aus dem Kopf bekam.

Hoffentlich beließ es der Ministerpräsident bei unverbindlichen Sondierungen, immerhin war da ja auch noch das Golfresort der Scheichs. Sollte es sich konkretisieren, waren seine Kapazitäten vollständig ausgelastet. Für Großprojekte wie die beiden angedachten müsste er schon lange vor Auftragsvergabe in Vorleistung gehen: das Büro vergrößern, weitere Leute einstellen, die technische Ausstattung aufstocken … Das hieße unkalkulierbare Kosten, die der Firma das Genick brechen konnten, falls ein Vertrag dann doch nicht zustande kam.

Aber nicht um pragmatische Überlegungen allein ging es. Die Art und Weise, wie Palast und Regierung die Modernisierung des Landes vorantrieben, bereitete ihm Unbehagen, ebenso die propagierte Maxime, Fortschritt sei die Lösung für alle Probleme. War das tatsächlich so? Ihm erschien nicht nur das Reformtempo übertrieben, besonders das landesweite Zubetonieren von Flächen konnte er nicht gutheißen. In diesen beiden Punkten musste er Mohammed recht geben. Während er seine Vorbehalte allerdings sachlich begründete, wetterte Mohammed pauschal gegen die Anpassung des Landes an die westliche Welt, die er als hündische Unterwerfung bezeichnete, zumindest hinter vorgehaltener Hand.

Früher hatte er sich an Mohammed orientiert, inzwischen jedoch waren ihre Gemeinsamkeiten weitgehend verschwunden. Besonders die Jahre in Rabat und Paris hatten ihn geprägt. Von dort hatte er nicht nur Wissen mitgebracht, er war auch sonst zu neuen Erkenntnissen gekommen, zum Beispiel in sozialen Fragen. Bildung, Arbeitslosigkeit, die Entwicklung der Gesellschaft, ihre Angleichung an die Moderne, die Auswirkungen der Globalisierung – inzwischen dachte er in größeren Zusammenhängen. Doch Mohammed? Mit ihm über Gerechtigkeit oder Verantwortung diskutieren zu wollen war sinnlos. Mohammed sagte, er befolge den Koran, die Worte des Propheten und die, die der Imam predige, das genüge ihm als rechtgläubigem und rechtschaffenem Muslim.

Traditionell ja, aber rechtschaffen? Dass es in Mohammeds Wohnungen häufigen Mieterwechsel gab, sich viele über den Zustand von Bädern und Küchen, über kaputte Hauselektrik und sogar Ungeziefer beklagten, interessierte den Bruder nicht. Nicht einmal das Gemunkel, Drogenschmuggler und Flüchtlinge, sogar gewaltbereite Islamisten fänden jederzeit Unterschlupf in seinen Häusern, schien ihn zu stören. Brachte er nicht auch seine Illegalen dort unter?

Alle Welt wusste, dass er in Steinbrüchen und Minen Männer aus Ghana und der Elfenbeinküste einsetzte, arme Hunde, unterwegs nach Europa, den Kopf voller Träume… In welchen Kreisen bewegte sich der Bruder inzwischen?

Das Taxi hielt an. »Wir sind da, Sîdi.«

Während er noch seine Unterlagen sortierte, den Taxifahrer bezahlte und versuchte, sich über sein weiteres Vorgehen klar zu werden, bemerkte er aus den Augenwinkeln einen Mann, der eilig das Haus verließ.

An ihm war nichts Auffälliges, außer, dass er ein Fernglas in der Hand hielt. Und dass es sich um Mohammed handelte.

Charlotte

Hinsichtlich der Qualität ihrer Aufnahmen war sie zwar unsicher, aber sie empfand Zuversicht. Einige Bilder konnte sie immerhin als gelungen ansehen.

Sie folgte dem Strom der Menschen und fotografierte, trieb über einen Platz und fotografierte, blieb stehen, wo es ihr gefiel, und fotografierte auch hier. Nur gelegentlich streifte sie noch der Gedanke, dass sie das vorwiegend zu Übungszwecken machte, um vor Karim später nicht als unfähig dazustehen.

Singsang, Rufe, Lachen, glänzende Augen und magische Farben, dazu prächtig kostümierte Wasserverkäufer, die sich mit Glöckchengebimmel vor Touristen in Positur warfen – ein Mangel an Inspiration herrschte hier wahrlich nicht! Im Umfeld einer Moschee wurden Teppiche angeboten, Schmuck und Antiquitäten, und die Läden sahen aus wie Schatzhöhlen. Und auch wenn es viele Frauen ablehnten, fotografiert zu werden und ihr Gesicht verdeckten, gelangen ihr zumindest einige Männerporträts. Sie wunderte sich über sich selbst, aber eine höfliche Frage, etwas Pantomime, ein Dirham und ein lächelnder Dank – Männer waren anscheinend zugänglicher.

Dort wurden Böden geschrubbt, hier Lastesel und Transportkarren entladen, Mopeds knatterten, und Rufe hallten zwischen Mauern wider. War es nicht noch um einiges bunter als gestern? Sie ging langsam, schaute und nahm sich Zeit, und irgendwann betrat sie ein Café. Der Kellner wies auf die Treppe zur Terrasse, von dort habe sie den besten Blick. Er hatte recht, es gefiel ihr, dem Treiben aus der Vogelperspektive zuzusehen.

In Ermangelung eines Stativs setzte sie die Kamera auf die Brüstung und nahm nacheinander das gesamte Panorama auf. Für eine zweite Serie suchte sie jeweils nach einem Mittelpunkt. Anschließend kontrollierte sie das Display der Kamera. Nett, mehr jedoch nicht. Schade.

Was hatte sie erwartet? Gestern, als sie konzentriert nach dem richtigen Bildausschnitt gesucht und Licht gegen Schatten und Schärfe gegen Unschärfe abgewogen hatte, hatte sie sich beinahe wie früher gefühlt. Ein Anfang, hatte sie noch am Abend gedacht. Und jetzt? Ein paar halbwegs passable Bilder waren kein Beweis für irgendetwas! Außerdem, was sollte dieses »ein Anfang«? Welcher Anfang?

Professor Blendingers drei »A« fielen ihr ein, die er im ersten Semester als Basismethode eingeführt hatte. Sie standen für »Ausprobieren, Analysieren, Ändern«, in dieser Reihenfolge. Immer wieder hatte er ihnen dieses Schema empfohlen, zumindest während der praktischen Ausbildung. Darüber hinaus verlangte er eine gründliche Auseinandersetzung mit dem jeweiligen Thema, dem Motiv und seiner Aussage. Aber ein Thema, hier, zwischen all den Farben, dem Lärm und der ständigen Bewegung? Ganz offensichtlich war dieser Teil der Blendingerschen Empfehlung auf Marrakesch nicht anzuwenden, wohl aber seine drei A. Ausprobieren, Analysieren, Ändern, eins nach dem anderen. Eine banale Erstsemesterübung – aber sei's drum.

Sie verließ das Café, wich Gauklern und fliegenden Händlern aus und kam zu den vollgestopften Läden. Hier Mandeln, Datteln und Nüsse, dort Gläser mit eingelegtem Gemüse, gegenüber Kegel aus schwarzen und grünen Oliven, aus farbigen Gewürzen, aufgetürmt und angeordnet in perfekter Symmetrie. Und sie fotografierte, versuchte, ganz Auge zu sein und den Verstand auszuschalten, wissend, dass sie wahrscheinlich doch wieder überwiegend Andenkenfotos zustande brachte, aufhören aber wollte sie nicht. Von aufhören war beim alten Blendinger nie die Rede gewesen.

Das Schild eines Zahnarztes mit amateurhaft gemaltem Gebiss fiel ihr auf und ein Raum mit Tisch und zwei Stühlen, in dem ein Mann einem anderen ein amtliches Dokument vorlas. Auf dem Wäscheständer vor einem Friseurladen trockneten Handtücher, hinter der nächsten Ecke saß eine zahnlose Alte am Boden mit Bündeln von Petersilie und Minze in der Hand. Eine magere Katze, ein Ständer mit bunten Tüchern, handgeflochtene Körbe, Taschen, Berge bunter Keramik… Wohin den Blick richten, welches Detail vertiefen?

Wie betäubt von den Schreien der Händler wich sie einem Karren aus, trat auf faulendes Obst, kam ins Stolpern. Nirgendwo ein Halt. Himmel, die Kamera! Reflexhaft legten sich beide Arme um den Apparat vor ihrer Brust.

Ein Mann in verblichener Djellabah fing sie auf, und ein unverständlicher Redeschwall brach über sie herein. Sie nickte tapfer, alles in Ordnung. Der Mann zweifelte jedoch, legte den Kopf in den Nacken und deutete mit dem Daumen auf seinen geöffneten Mund. »Trinken, *de l'eau*, dort!« Er zeigte auf das Café gegenüber. »Trinken!«, befahl er.

Erst als sie seine Worte wiederholte, war er zufrieden und eilte davon.

So ging es nicht weiter. Was sie brauchte, war keine ununterbrochene Flut neuer Eindrücke, sondern etwas Konkretes. Karims Familienhotel fiel ihr ein. Warum sie ihm zugesagt hatte, wusste sie zwar immer noch nicht, aber vielleicht fand sie ja nicht in dieser Überfülle, sondern in etwas Begrenztem wie einem Gebäude mit kalkulierbaren Räumen ihr Thema.

Alain

Heute hatte ihm sein Feinkostagent vom Pariser Großmarkt bretonischen Steinbutt vermittelt, frisch gefangen, über Nacht geliefert, keine zwanzig Stunden alt, Kosten pro Kilo sechzig Euro. Außerdem Trüffel für zweitausend Euro und einen Käselaib seines speziellen elsässischen Affineurs für fünfzig Euro das Kilo.

Der Agent wusste genau, wie sehr er diese Produkte schätzte, nicht jedoch, dass sie sich nicht rechnen würden. Er hingegen wusste es sehr wohl und hatte trotzdem den halben Kühlwagen leer gekauft. Ein Albtraum angesichts seiner finanziellen Lage. Seitdem Frau Weißhart die hausinterne Beratung erwähnt hatte, spukte ihm das Wort Insolvenz im Kopf herum ... Es war wie verhext!

Für ein großes Degustationsmenü mit bis zu neun Gängen konnte er zweihundert Euro ansetzen, höchstens zweihundertfünfzig, obwohl es eigentlich fast das Doppelte kosten müsste, wie ihm der Steuerberater vorgerechnet hatte.

In Frankreich oder der Schweiz gaben Gäste das bereitwillig aus, er hingegen nahm oft nicht einmal die Selbstkosten für die edlen Zutaten ein. Aber welcher deutsche Gast wollte seinen Gaumen schon für vierhundert Euro kitzeln lassen, zuzüglich der Kosten für einen angemessenen Wein?

Anderen renommierten Köchen erging es nicht anders, auch sie klagten, Deutschland sei für Gourmets eben immer noch eine Wüste. »Sie parken ihre S-Klasse, bestellen den günstigsten Wein und das kleinste Menü und essen es flüsternd auf, überwältigt von ihrer eigenen Exklusivität«, hatte neulich ein Kollege – anonym! – den typisch deutschen »Genießer« treffend beschrieben.

Und dafür stand er tagtäglich in der Küche, oft bis zu zwölf Stunden, stemmte die monatlichen Fixkosten und den Wareneinsatz und schlug sich mit der Bank herum? Mit einem Stern könnte er bis zu dreißig Prozent aufschlagen, ohne Stern jedoch würde er wahrscheinlich über kurz oder lang schließen müssen. So sah es aus.

Sollte er auf die Trüffel nicht lieber verzichten? Zu spät, der Fahrer lud bereits den Korb aus.

Vielleicht sah er aber auch zu schwarz? Immerhin war die Herzogstube oft ausgebucht, zumindest freitags und samstags, an Feiertagen oft sogar Wochen im Voraus. Dennoch bekam er sein Defizit nicht in den Griff und häufte sogar immer weitere Schulden an.

Und wenn er ein neues Konzept überlegte? Einige Köche ließen sich von asiatischer Küche inspirieren, aber diese Esskultur lag ihm zu fern. Und der neueste Trend, die sogenannte »neue deutsche Küche«, mit der ein paar junge Wilde aktuell gewaltig auf die Pauke hauten? Ein Ein-Sterne-Koch in Travemünde zum Beispiel setzte Kassler mit Austern, gefrorenem Senf und Weißkraut auf die Karte, ein Berliner Koch bot Grünkohl mit pulverisierten Erdbeeren und getrockneten Steinpilzen an... Auch das war nicht seine Welt, er war nun mal kein Avantgardist, und ob so etwas Zukunft hatte, musste sich erst noch zeigen. Das deutsche Küchenwunder – einst von Witzigmann mit Exzellenz, Anspruch und französischem Flair angestoßen – hatte sich längst auf Bioprodukte vom Discounter eingependelt und war ansonsten bei Salbei, Rosmarin und Crème fraîche stecken geblieben.

So denn überhaupt etwas Selbstgekochtes auf den Tisch kam, etwas, das man nicht aus irgendwelchen Tüten quetschte und in der Mikrowelle erhitzte. Schnelle Küche – frisch auf den Tisch, und die Werbung zeigte die passenden glückstrahlenden Gesichter dazu. Eine Farce.

Auch in der gehobenen Gastronomie nahm dieser Trend zu. Food-Spezialisten und sogar seriöse Feinkostlieferanten boten immer mehr ausgesuchte Spitzenprodukte als teilfertige oder verzehrfertige Convenience-Artikel für Restaurants und Profiküchen an, siehe sein alter Lehrherr. Was für eine Verschwendung von fachlichem Können und menschlicher Kreativität. Beschämend. Aber nicht mit ihm! Über seine Schwelle kam solches Zeugs nicht, und die entsprechenden Kataloge landeten ungelesen in der Papiertonne.

Der französische Fahrer übergab ihm die Lieferpapiere.

Er unterzeichnete, dankte und wollte den Rollwagen zum Kühlraum schieben, als der Mann sich ihm in den Weg stellte, das Kartenlesegerät in der Hand.

»*Excusez.* Der Chef sagt, Kreditkarte oder Barzahlung, keine Rechnung.«

Karim

Er nahm den Finger nicht vom Klingelknopf. Endlich öffnete sich die Pforte im Bretterzaun, und in dem schmalen Spalt erschien ein barfüßiges Kind. »Ja?«

»Salaām. Wohnst du hier?«

Der Junge antwortete nicht. Sein Blick glitt an ihm hinauf und hinunter, verweilte einen Moment bei den Schuhen, dann fragte er, spürbar reserviert: »Worum geht es?«

»Ist Lahzen zu Hause?«

Der Kleine zuckte die Achseln.

Hinter ihm erblickte er einen Holzhaufen und einen Weg, der sich zwischen Büschen verlor. »Sag schon, ist Lahzen zu Hause? Ich muss ihn sprechen.«

»Warum?«

Er schwankte zwischen Neugier und amüsierter Ungeduld. »Das sage ich ihm lieber selbst.«

»Ich darf niemanden reinlassen.«

»Mich sicher.«

Der Kleine rührte sich nicht.

»Junge, nun ist es genug! Ich bin Karim El-Khara-oui.«

Der Junge riss die Augen auf. »Du bist Sîdi Karim?«

»Allerdings.« Er holte eine Visitenkarte hervor. »Bitte sehr, schwarz auf weiß: Karim El-Kharaoui, mit Adresse und Telefonnummern. Einmal auf Französisch und hier, auf der Rückseite, auf Arabisch, siehst du?«

Der Junge starrte die Visitenkarte auf seiner flachen Hand an, sah zu ihm hoch und sagte: »Ich dachte, dich gibt es in Wirklichkeit gar nicht, ungefähr so wie Moulay Hassan.«

Das Kind sprach in Rätseln. »Was ist mit dem Kronprinzen? Natürlich gibt es ihn. Falls es dich interessiert: Ich bin Moulay Hassan schon begegnet. Sogar mit ihm geredet habe ich.«

Ein zweifelnder Blick als Antwort.

»Zugegeben, das liegt schon einige Monate zurück, doch ich versichere dir, er existiert. Genau wie ich.«

Immer noch versperrte der Kleine den Durchgang.

Aziz

Vorn rissen Abdallah und seine Männer alle Büsche 'raus. Böse Djinn mussten ihnen in die Köpfe gesprungen sein, hatte Onkel Lahzen gesagt und sich beeilt, sie von weiterer Zerstörung abzuhalten. Dann war die Klingel am hinteren Eingang losgegangen und hatte gar nicht mehr aufgehört. »Geh und sieh nach«, hatte Onkel Lahzen gesagt. »Schick aber jeden fort.«

Ob das auch für Sîdi Karim galt? Die Karte auf seiner offenen Hand – weiß und aus dickem Papier – sah vornehm aus. Wenn er sie zwischen Daumen und Finger nahm, würde sie schmutzig werden. Dreck konnte Oum Zouzou nicht leiden, schon gar nicht auf Papiersachen.

Alle Papiere schloss sie in ihrer kleinen Truhe ein. Und sollte jemals Feuer ausbrechen, müsse sie als Erstes gerettet werden, sagte Oum Zouzou, so wichtig sei ihr Inhalt. Sonst aber durfte niemand sie anrühren, er schon gar nicht. Natürlich wusste er längst, wo sie den Schlüssel zur Truhe versteckte, aber es lagen nur geschriebene Sachen drin. Damit konnte er nichts anfangen, erst in der Schule lernte man lesen. Bis es soweit war, musste ihm ein Zahn ausgefallen sein, ganz von allein, absichtlich durfte man keinen lockern. Außerdem brauchte man Schuhe, eine Hose ohne Flicken und ein weißes Hemd, sonst ließen sie einen nicht ins Schulhaus rein. Schuhe waren teuer. Oum Zouzou verdiente zwar Geld, doch ob sie es dafür ausgeben würde?

Immer verzog sie das Gesicht, wenn er von der Schule anfing, deshalb fragte er nicht mehr. Wenigstens kannte er die Zahlen, auch Rechnen ging schon ein bisschen, bloß Lesen nicht. Onkel Lahzen las ihm ab und zu aus einer der Zeitungen vor, die sich im Gestrüpp am Eingang verfangen hatten. Jetzt schnitten die Arbeiter dort alles ratzekahl ab.

Oum Zouzou konnte ebenfalls lesen, behauptete sie jedenfalls. Aber sie sah sich lieber Bilder an. Fotos von Moulay Hassan zum Beispiel, der trotz seiner schönen Uniform mit goldenen Borten finster dreinschaute. Im Laden an der Ecke gab es einen Fernseher. Darin hatte er einmal gesehen, wie alte Männer in Reihen anstanden, um Moulay Hassan die Hand zu küssen, obwohl dem das überhaupt nicht gefiel. Doch ein Moulay musste so was tun, hatte Oum Zouzou erklärt, sonst konnte er später kein König werden. Aber warum war er so dünn? Bekam er zu wenig zu essen oder wuchs er auch zu schnell, so wie er? Ihm könne man beim Wachsen zuschauen, behauptete Oum Zouzou, und dann seufzte sie.

Manchmal erzählte sie Geschichten von Moulay Hassans Vater, König Mohammed, dessen Bild auf Plakaten über der Straße und in allen Geschäften hing. Auf manchen Bildern sah er freundlich aus, aber auf den meisten streng. Königlich, nannte das Oum Zouzou. Sie erzählte von Prinzen und Prinzessinnen, die in schönen Palästen lebten, von klugen Frauen, von einem Kind, dem Mädchen Lâlla Fatima, und auch von Sîdi Karim hatte sie schon erzählt. König Mohammed, Moulay Hassan und Sîdi Karim – nie hätte er gedacht, einmal einem von ihnen leibhaftig gegenüberzustehen!

Sîdi Karim sah freundlich aus. Jetzt ging er in die Hocke und sagte: »Damals spielte Moulay Hassan übrigens gerade Fußball. Wie ist es mit dir, kickst du auch gern?«

Er zuckte die Schultern. Was sollte er auch antworten? Kicken, mit der leeren Getränkedose, die Onkel Lahzen so lange bearbeitet hatte, bis sie eine halbwegs runde Form angenommen hatte? Ein Ball war das nicht! Gelegentlich spielte er mit den anderen Jungen draußen auf der Straße, doch die hatten Schuhe. Er nicht. Deshalb musste er meistens zugucken. Einmal war er deswegen so zornig gewesen, dass er die blöde Dose irgendwohin in den Garten geschossen hatte, wo er sie dann tagelang nicht wiedergefunden hatte. Aber das würde dieser Sîdi Karim bestimmt nicht verstehen.

Karim

Bemühte er sich allen Ernstes, sich diesen mageren Knirps gewogen zu machen, indem er mit ihm über den Kronprinzen und Fußball plauderte? Wo er doch von Fußball wenig und von Kindern gar nichts verstand.

»Wie heißt du?«

Erneut dieser prüfende Blick aus hellen Augen. Stammte der Kleine vielleicht aus dem Norden? Im Rifgebirge traf man häufig auf blonde und blauäugige Menschen.

Langsam verlor er die Geduld. »Was ist nun? Lässt du mich jetzt zu Lahzen durch?«

»Ja, Sîdi. Hier entlang.« Der Junge machte den Weg frei.

Er betrat den alten Hotelgarten. Eine Ziege war zu hören, Hühner gackerten, und auf den ersten Blick wucherte auch hier ausschließlich Gestrüpp. An einigen Stellen blühten jedoch Rosen, und einige kleine, eingezäunte Gemüsebeete gab es ebenfalls.

»Warte!«, rief der Kleine und reckte sich nach dem Riegel. »Erst muss ich das Tor richtig verschließen.«

Mit der linken Hand hütete er die Visitenkarte, mit der rechten versuchte er, den Metallschieber zu bewegen. »Ich hab's gleich.«

»Klemmt es? Verrate mir deinen Namen, dann helfe ich dir.«

»Ich heiße Aziz, Sîdi, und ich schaff das schon!«

Klara

Vor dem Hotel kämpften Arbeiter mit Säge und Hacke im Unterholz. Als die Kutsche hielt, sahen sie auf.

»Monsieur Karim?«, rief sie und deutete auf den Eingang.

Die Männer nickten. Sie drückte dem Kutscher Geld in die Hand, stieg aus und bahnte sich durch Schutt und Gestrüpp einen Weg. »Halt!«, rief ihr jemand hinterher, doch sie hatte das Portal bereits erreicht.

Sobald sie es durchschritt, erstarb der Straßenlärm,

und sie fand sich unter einer verglasten Kuppel in einer Halle wieder, die dem Entree eines Palastes glich, den sie einmal in Istanbul besucht hatte.

Stille und Halbdunkel und jede Menge Ornamente, dazu verblichene Eleganz und großformatige Schwarz-Weiß-Fotos. Jazzstars wie Ella Fitzgerald und Miles Davis waren darauf zu sehen, und Herren in Fes und Smoking, die sich an der Seite anmutiger Damen in Abendkleidern präsentierten, darunter ein Hüne, in dem sie Charles de Gaulle erkannte. Hatte der Kutscher also nicht übertrieben.

»Hallo, Monsieur Karim«, rief sie. »Hallo, wo sind Sie?« Keine Antwort.

Sie blickte sich um, sah florale Muster an den Wänden und brokatene Portieren, sah Lüster, geschliffene Spiegel, Kandelaber und Gruppen von tiefen, mit Samt bezogenen Fauteuils. Ihr gegenüber befand sich die Rezeption. Verziert mit Intarsien bot sie Platz für mindestens drei, vier Rezeptionisten.

Rechts gab es eine breite Treppe, und die raumhohen Flügeltüren links führten in den Speisesaal, wo sich unter vergilbten Tüchern Stühle und Tische verbargen.

»Hallo, jemand da? Monsieur Karim, hier ist Klara! Hallo?«

Nichts.

Ihr Herz klopfte. Sie sollte besser umkehren, das wäre vernünftig, aber das Haus schien zu rufen: Bleib, geh nicht fort! Unsinn, sagte sie sich, doch schon stiegen Bilder in ihr auf, Miniträume, die sich beinahe beliebig hervorzaubern ließen. Sie schloss die Augen und erblickte in ihrer Vorstellung Blumenbouquets neben den einladend geöffneten Türen zum eleganten Speisesaal, schaute auf Seidenteppiche und zarte Vorhänge, auf den Glanz von Kerzen, Kristall und silbernen Weinkühlern und sah schimmerndes Porzellan auf perfekt eingedeckten Tischen. Schwere Ventilatoren kühlten die Luft, ein souveräner Chef de Rang und seine kundigen Kellner umsorgten eine Schar Gäste, sie vernahm Lachen, leises Gläserklirren und das Summen von Gesprächen. Eine vollkommene Szene! Im Hintergrund würde es natürlich eine Traumküche geben, in der sie einer Crew aus begabten Köchen vorstand, sowie blitzsaubere Kühlräume und ein hervorragend sortierter Weinkeller …

Sie sollte dieser Fantasie nicht zu viel Raum geben, sonst vergaß sie alles andere, sie kannte sich. Also zwang sie sich, die Augen zu öffnen und den Dreck auf Fenstern und Spiegeln wahrzunehmen, die Risse in den Portieren, die abgetretenen Fliesen und abgewetzten Polster, die fleckigen Messingzahlen der Schlüsselwand, den verbogenen Kofferwagen. Der Teppich auf der ausladenden Treppe, die in einem sanften Bogen nach oben führte, war löchrig und der geschwungene Handlauf ebenso stumpf wie die zu Blättern und Ranken gedrechselten Verstrebungen des Geländers. Statt Glanz und Schönheit nichts als Verfall.

Aus den Katakomben hinter der Rezeption drangen Düfte von Minze und gerösteten Koriandersamen, dazu Stimmen. Es war also doch jemand im Haus?

Noch einmal rief sie, dann folgte sie ihrer Nase. Verlockungen aus der Küche widerstehen zu wollen war sinnlos.

Karim

»Elektrisch!«, erklärte der selbstbewusste Torwächter und zeigte auf das Kabel, das sich von Baum zu Baum zog, dann sauste er an ihm vorbei.

Er folgte dem Jungen durch das Dickicht über einen einst mit grünen und weißen *zellij* gepflasterten Weg, vorbei an Holzhaufen und Gartenhaus, an einem Pavillon, den man offenbar zum Hühner- und Ziegenstall umfunktioniert hatte, und an einem Baum mit Schaukel. Spuren von Feuchtigkeit und erdiger Geruch wiesen darauf hin, dass dieser Gartenteil bewässert wurde. Der Halaiqi hatte von einem öden Brachland voller Disteln gesprochen, er jedoch sah nichts als wucherndes Grün.

Entlang einer gemauerten Wasserrinne kam er zu einem quadratischen Becken. Es war leer bis auf eine braune Lache. Die grünen und weißen Kacheln rundum erinnerten an Wellen, an ein Ufer, an dem man lustwandeln konnte, und das geschwungene Mäuerchen rundherum, breit genug, dass man sich setzen konnte, an Dünen. Einst hatte man hier verweilen und auf das Wasser blicken können, man hatte die Frische genossen, vielleicht auch ein Getränk, und in wohltuender Abgeschiedenheit seinen Gedanken nachgehangen.

Er war schon einmal hier gewesen, erinnerte er sich plötzlich, doch das musste Ewigkeiten her sein, mindestens dreißig Jahre.

Hinter sich konnte er zwischen Palmwipfeln die oberste Etage von Mohammeds Appartementhaus erkennen. Von dort bis zur Rückseite des Hotels, das er im dichten Grün erahnen konnte, lagen Luftlinie etwa achtzig Meter, womöglich mehr.

Vor der Generalsanierung hatte man das gesamte Quartier neu vermessen. Abzüglich der Baufläche für Mohammeds Neubau maß dieses Grundstück an die fünf Hektar, wenn er sich richtig erinnerte. Das Gelände des Hotels Mamounia umfasste sieben Hektar und das des Königspalastes sogar mehr als dreizehn, Dimensionen, die nur aus der Geschichte zu begreifen waren, wenn man an die Enge in der Medina dachte.

Von irgendwoher drangen plötzlich erregte Stimmen. Der Kleine spurtete los, er aber ließ sich auf der Mauer nieder und lauschte auf das Rascheln der Palmwedel, auf die Vögel, die diese Wildnis bevölkerten, und auf das entfernte Rauschen der Stadt. Was für ein angenehmer Platz.

Der Junge kam zurück. »Da ist eine Fremde in der Küche. Sie fragt nach dir«, stieß er hervor. »Oum Zouzou und Onkel Lahzen glauben mir aber nicht, dass du hier bist. Hast du Abdallah wirklich befohlen, alles abzuholzen?«

»Führ mich zu ihnen.«

Es dauerte, bis sich die beiden Alten gefasst hatten. Al hamdullillah, *baraka*, Sîdi Karim war gekommen, es ging ihm gut, er war gesund, al hamdullillah, Allah sei Dank!

Ein ums andere Mal versuchte die alte Köchin, ihm die Hände zu küssen, dazwischen dankte sie Allah, drehte seine Visitenkarte in den Händen, weinte, wischte mit einem Tuch über Tisch und Spüle, dann wieder über ihr Gesicht, zupfte an ihrem Kopftuch – Himmel, was für ein Wirbel!

Wie kam Madame Klara hierher? War Charlotte etwa ebenfalls im Haus? Er straffte die Schultern, dann nickte er Klara zu, legte Sonnenbrille, Tasche und Smartphone beiseite und wandte sich Lahzen zu.

Dem Alten, laut seiner Mutter guter Geist des Hauses, hatte es die Sprache verschlagen. Niedergesunken auf einem Schemel, einen Gehstock zwischen den Knien, starrte er von ihm zu Klara und zurück. Der Kleine lehnte an seinem Rücken und ließ seine Augen synchron zu Lahzens Kopfbewegungen hin und her gehen.

Lächelnd flüchtete er sich in die traditionellen Begrüßungsfloskeln, der alte Lahzen sah ihn jedoch nur schweigend an. Also bedauerte er erneut wortreich sein überfallartiges Erscheinen, legte sogar die Arme um die beiden Alten – doch so sehr er sich auch bemühte, es fiel ihnen sichtlich schwer, sich zu beruhigen.

Schließlich drehte er sich zu Klara um, die sich klein machte an der Wand zwischen Schwingtür und

Kochstellen und sichtlich zwischen Verblüffung und Schuldgefühl schwankte.

»Denken Sie sich nichts, ich freue mich jedenfalls, dass Sie gekommen sind.«

»Ich hätte mich anmelden sollen.«

»Es ist ein bisschen viel für die guten Leutchen, aber sie werden sich bald gefasst haben.« Zumindest hoffte er das. »Ist Madame Charlotte ebenfalls hier?«

Klara schüttelte den Kopf.

Zum Glück. »Wie haben Sie eigentlich hergefunden?«

»Der Kutscher erzählte etwas, als wir vorbeifuhren...« Klara deutete auf den Durchlass und den dunklen Gang, der nach vorn zur Lobby führte. »Und dann stand die Tür offen, und da dachte ich...« Sie ließ die Schultern hängen. »Spontan, verstehen Sie? Tut mir leid.«

»Ich schwöre, ich wollte sie aufhalten, Sîdi!«, rief der alte Lahzen plötzlich. »Gerufen habe ich, sehr laut, Halt!, und dass sie stehen bleiben soll, aber sie ist einfach weitergegangen. Der Zaun war ja gleich als Erstes weg, sodass sie... Wolltest du wirklich, dass sie ihn wegreißen? Bei Allah, ich kann das nicht glauben!«

»... und die Arbeiter draußen bestätigten, Sie seien hier, im Haus, aber da waren Sie nicht. Ich konnte nicht ahnen...« Klara stotterte.

»Sîdi, Abdallah und seine Männer behaupten sogar, du wolltest, dass sie alles auf einmal niederreißen und wegschaffen. Ich will deine Anordnungen nicht infrage stellen, bitte denke das nicht! Wer bin ich denn? Aber du siehst ja, wohin das führt: Plötzlich spazieren Wildfremde durchs Haus. Ich konnte es nicht verhindern, wirklich, Sîdi!«

Er wollte ihn beruhigen, ihm versichern, dass ihn keine Schuld traf, doch der Alte war noch nicht fertig.

»Und dann das Geklingel, wieder und wieder! Ahmed war es nicht, der hat seine Sachen schon abholen lassen, und Zouzous Kunden aus dem neuen Haus ebenfalls nicht, die hatten für heute keinen Couscous bestellt. Das machen sie manchmal, Zouzous Couscous ist nämlich wirklich etwas Besonderes. Wer aber klingelte dann? Ich bin ja nicht mehr so gut zu Fuß, Allah sei es geklagt, daher schickte ich den Jungen. Er rannte also nach hinten, und ich folgte dieser Frau.« Erneut wies er auf Klara.

Bevor er etwas sagen konnte, fiel Zouzou ein. »Wie habe ich mich erschreckt, als sie auf einmal hinter mir stand!«, sagte sie. Sie presste beide Hände auf ihr Herz. »So rote Haare! Ein Djinn – in meiner Küche! Und dann behauptete Aziz, Sîdi Karim sei im Garten! Ich schwöre, ich dachte, den Jungen müsse das plötzliche Fieber überfallen haben!« Sie tippte erst an ihre Stirn, dann auf die Visitenkarte. »Verstehst du?«

Mit Klara sprach er Englisch, mit den beiden Alten Tamazight mit arabischen und französischen Einschüben … Er hob beide Hände. Alle schwiegen.

»*Makhel mushkil*, nichts ist passiert. Beruhigen wir uns also«, sagte er. »Das alles ist mein Fehler. Ich kam hierher, weil mich Lâlla Fatima bat, Haus und

Grundstück anzusehen, aber ich hätte mich ankündigen sollen, das sehe ich jetzt. Es tut mir leid.«

Die beiden Alten tauschten einen langen Blick. Er hatte sich erklärt, wie es sich gehörte, aber damit waren längst noch nicht alle Fragen beantwortet. Zouzou sah zu Klara hinüber, zur Decke, rang die Hände und stieß einen tiefen Seufzer aus.

Er musste sich ein Grinsen verkneifen. Sie war leicht zu durchschauen, diese alte Köchin. Solange sie nicht genauestens wusste, was es mit dieser fremden Frau auf sich hatte, gab sie keine Ruhe.

»Darf ich bekannt machen? Madame Klara aus Deutschland. Selbstverständlich ist sie kein Djinn«, sagte er, »vielmehr ist sie Köchin wie du, Oum Zouzou. In Deutschland hat sie sogar einen Kochwettbewerb gewonnen. Derzeit ist sie Gast im Riad Dar Saïd. Ich bat sie, gemeinsam mit mir das Les Almohades zu besuchen, genau genommen wollten wir zu dritt kommen. Madame Klara, ihre Freundin Madame Charlotte und ich. Madame Charlotte ist nämlich Fotografin, sie wird Fotos machen für Lâlla Fatima, damit sie sich alles vorstellen kann. Eigentlich war geplant, dass wir morgen herkommen, sicherheitshalber wollte ich mich aber vorab schon einmal umschauen, versteht ihr? Aus diesem Grund sagte ich zu Abdallah… Also ich meine, wegen morgen… und weil…« Er hatte den Faden verloren.

Klara

Die alte Köchin seufzte, schniefte und zupfte an ihrem Kopftuch. Wäre sie doch bloß nicht so hereingeplatzt! Wie würde sie sich wohl fühlen, wenn in ihrer Küche plötzlich eine Fremde einen derartigen Aufruhr verursachte? Erst denken, dann handeln – wann lernte sie das endlich?

Karim redete mit Engelszungen. Zwar verstand sie kein Wort, lediglich ihren Namen und den von Charlotte, aber seine Erklärungen drangen offenbar nur mit Verzögerung zu den Alten durch. Der Mann hockte wie betäubt auf seinem Schemel, kratzte den Kopf unter seiner speckigen Mütze und sah Karim an, als traue er seinen Augen nicht.

Auch der Junge tat ihr leid. Er staunte Karim und sie an und begriff sichtlich nichts. In seinem viel zu großen T-Shirt – aus einer Altkleiderspende? – schmiegte er sich an den Alten und suchte Schutz. Und die Köchin seufzte.

Einer rußgeschwärzten Tajine-Form auf dem Holzkohleherd am Boden entströmte der Duft, der sie hierhergelockt hatte. Zu gern hätte sie den Deckel angehoben.

Neben dieser urtümlichen Kochstelle gab es eine Reihe mehrflammiger Gasherde älterer Bauart, staubdicht mit Plastikfolien abgedeckt. Einer von ihnen sah beinahe aus wie einer der sündteuren Herde, von denen Alain immer schwärmte. An den Wänden

Arbeitsflächen und Spülbecken aus Keramik, die Wasserhähne darüber schienen jedoch außer Betrieb zu sein. Auf den Arbeitsplatten – wie die Spülen von hässlichen Sprüngen durchzogen – standen Gläser mit eingelegten Zitronen und ein Korb frisch geernteter Tomaten, und an Hakenleisten hingen Bleche und Bündel von Kräutern, deren Duft sich mit dem aus dem Garten hinter der Küchentür mischte. Eine weitere offen stehende Tür führte in eine Kammer, in der sich altertümliche Gerätschaften türmten, die früher vermutlich gute Dienste geleistet hatten, jetzt allerdings vergammelten. Ja, die Küche war abgewetzt und altmodisch, hatte aber Flair, und vor allem war sie groß. Vielleicht nicht ganz so groß, wie sie nach dem Plan gedacht hätte, aber es gab Platz genug.

Platz – wofür? Bevor wieder einer ihrer Träume die Regie übernehmen konnte, riss sie sich zusammen.

Karim fragte etwas, die alte Köchin schüttelte den Kopf, der Junge widersprach, woraufhin Karim ihm einen Geldschein reichte. Der Kleine sah die beiden Alten an. Erst als sie genickt hatten, nahm er das Geld entgegen.

»Er läuft zum Laden«, erklärte ihr Karim. »Oum Zouzou sind die Zutaten ausgegangen, aber ein Gläschen Tee wird uns allen jetzt guttun.«

Durch die offene Tür sahen sie dem Jungen nach, bis sein blassrotes T-Shirt im Dickicht verschwand.

Ihr Handy meldete sich. Alain, um diese Uhrzeit?

Oum Zouzou

Sîdi Karim – in ihrem Garten! Sie konnte ihn sehen, konnte seine Hand fassen und seine Stimme hören. Allah, der Barmherzige, hatte ihre Gebete erhört, al hamdullillah. Jetzt wurde endlich alles gut.

Zwar war ihr immer noch, als habe ihr jemand einen Schlag auf den Kopf versetzt, aber das Brot musste trotzdem fertig werden. Sie verrührte Mehl mit Wasser, gab etwas Salz hinzu und knetete den Teig durch. Zur Feier des Tages würde sie das Brot heute mit Sesam bestreuen, einige Körnchen fanden sich noch in der Tüte.

Aziz stürmte mit Tee und Zuckerhut in die Küche, und schon war er wieder davon. Wie ein Schatten folgte er Lahzen und Sîdi Karim. Ein schönes Bild!

Diese rothaarige Frau jedoch … Unauffällig streckte sie ihr zur Abwehr die offene Handfläche entgegen. Köchin? Sîdi Karim konnte sagen, was er wollte, ihr kam sie vor wie ein Djinn. Im Moment allerdings saß sie harmlos auf dem Mäuerchen und blickte ins Nirgendwo, während sie in das kleine Telefon in ihrer Hand sprach. Ob Sîdi Karim zum Essen blieb? Ein duftender Couscousberg mit sieben feinen Gemüsen und einer ordentlichen Lammkeule wäre für einen solchen Anlass gerade gut genug! Sie seufzte. Inshallah, irgendwann würde sie auch wieder Festmahle für Gäste zubereiten.

Die Tajine war fast fertig. Ein letztes Ei war noch da,

das konnte sie obendrauf geben. Davon wurden zwar nicht alle satt, doch Brot für einen reicht auch für zwei, und Brot für zwei reicht für drei. Gastfreundschaft war heilig.

Und wenn sie noch rasch einige Tomaten zerkleinerte, mit angebratenen Zwiebeln und Koriander mischte, würzte und zusammen mit dem frischen Brot und etwas Öl zur Vorspeise reichte? Zwiebeln gab es genug im Garten, vielleicht fand sich auch ein Rest Honig. Falls nicht, die Tomaten schmeckten zurzeit ohnehin sonnensüß. Zwiebel-Tomaten-Salat, Gemüse-Tajine mit Ei und danach Tee – fast wie früher. Schon lange, sehr lange hatte sie keinen Gast mehr bewirtet.

Sie sah in den Garten. Tatsächlich, Sîdi Karim war da, jetzt wurde alles gut.

Aziz hielt sich an Lahzens Seite, der sich auf seinen Stock stützte. Seine Schultern waren gebeugt, als müssten sie Schweres tragen. Ach, wie alt war er geworden! Wo war der waghalsige Fantasiareiter geblieben? Wie gestern hatte sie vor Augen, wie er, festlich gekleidet und in wildem Galopp, inmitten seiner Reitertruppe aus den Sandwolken auftauchte, und hörte immer noch das ohrenbetäubende Krachen der Gewehre. Ein wildes Reiterspiel nach dem anderen hatte er mit seinen Männern gewonnen, und jetzt? Sein faltiges, dunkles Gesicht mit der schiefen Nase, seine alte Mütze, die er nur zum Schlafen ablegte, seine geflickte Djellabah und die schrundigen Füße, das alles kannte sie wie die Innenseite ihrer Rechten, und doch war ihr, als sähe sie ihn plötzlich mit neuen Augen. Und dann fiel ihr Blick auf ihre eigenen Arme, auf die Hände und Finger. Mager, fleckig, abgearbeitet und krumm. Beide waren sie alt geworden. Sie seufzte. La illah illalah, Gottes Wille geschah.

Aber dort stand Sîdi Karim, stark und aufrecht und im besten Alter. Wie freundlich er war, wie aufmerksam und mitfühlend, und wie vornehm er aussah mit seinem leicht ergrauten Haar. Schuhe, Hose und Hemd waren von hervorragender Qualität, das hatte sie auf den ersten Blick erkannt. Sah man noch ein wenig genauer hin, erkannte man aber auch auf seinem Gesicht Falten, die nicht vom Lachen stammten.

Am liebsten hätte sie sich alles sofort und ein für alle Mal von der Seele geredet! Wenn sie nur wüsste, wie anfangen... Noch fehlten ihr die Worte.

Sie sah sich um. Ach, diese heruntergekommene alte Küche! Wenn sie an ihr Kleinod von damals dachte, an die blitzsauberen Fliesen, die einwandfrei funktionierenden Herde, die Backöfen und Spülen, die schimmernden Töpfe, in denen es schon zu Lâlla Fatimas Zeiten gebrodelt hatte, und an das edle Porzellan mit dem Goldrand, wurden ihr die Augen nass. Sie schluckte ihre Tränen hinunter. Was genau hatte Sîdi Karim über Lâlla Fatima gesagt? Kam sie etwa ebenfalls hierher? Rasch band sie eine saubere Schürze um und richtete das Kopftuch. Sollte Lâlla Fatima ruhig kommen.

Sie murmelte ein Gebet, walkte den Teig, bis er glänzte, und teilte ihn in zwei Teile, die sie mit einem sauberen Tuch abdeckte. Nach dem Aufgehen konnten die Fladen gebacken werden. Jetzt Holzkohle nachlegen und das gewölbte Backblech vorheizen. Wenigstens in der Küche hatte sie noch immer alles im Griff. Und auch wenn sie sonst nichts wusste, eines war sicher: Alles würde gut ausgehen, mit Allahs Hilfe, denn Sîdi Karim war da.

Sie sah, wie er mit Lahzen sprach. Sîdi Karim war ein guter Zuhörer, und wie er immer wieder seine Hand auf Lahzens Schulter legte oder ihm freundschaftlich den Rücken klopfte! Er nahm Anteil und zeigte Herz, anders als sein herrischer Bruder, und es wurde ihr leichter ums Herz als in Jahren.

Lahzen

Am liebsten würde er Sîdi Karim alles erzählen. Angefangen damit, wie während der Bauzeit des neuen Hauses Sîdi Mohammed urplötzlich im Garten gestanden hatte, wie er sie regelrecht überfallen hatte, und das nicht nur einmal. Oft hatte er sich fast zu Tode erschreckt, wenn er unvermittelt hinter ihm aufgetaucht war! Aber fragte er jemals, was die Gesundheit machte oder ob er helfen könne? Zwar grinste er breit, doch zeigte er dabei nur Zähne. Oder kümmerte er sich um Zouzou, die doch ihr Leben lang treu zur Familie stand, um das Haus, das zusehends verfiel, um das zugewucherte Grundstück?

Stattdessen Fragen, Fragen, Fragen! Und jede drehte sich um Aziz.

Ob Zouzou und er die Großeltern des Jungen seien, wollte er wissen, woher er denn dann käme, seit wann er bei ihnen lebe, wie alt er sei, wie seine Eltern hießen, aus welchem Dorf er stamme, aus welcher Provinz? Er sei das Kind einer Nichte, antworteten sie, die lebe in zweiter Ehe mit einen Mann aus dem Norden, der den Jungen aber nicht durchfüttern und um sich haben wolle. Niemals hatten Zouzou oder er etwas anderes erzählt, auch nicht, wenn Sîdi Mohammed ihm Geld zugesteckt hatte, um Genaueres zu erfahren. Viel war es ja ohnehin nie gewesen, dennoch hatten sie oft wochenlang davon gezehrt. Aber gerade Sîdi Mohammed gegenüber würden sie keinen Fingerbreit abrücken von ihrer Geschichte.

Er tat, als glaube er ihnen, aber die Fragerei hörte dennoch nicht auf. Welche Nichte, welcher Ehemann, welches Dorf, und ob sie Bescheinigungen hätten? Auf der Suche nach Unterlagen hatte er jedes Zimmer durchstöbert – sogar Gartenhaus und Keller! – ungeachtet der schiefen Türen und des bröckelnden Putzes. Formal mochte er das Recht dazu haben, dennoch, die Räume einer Frau betrat man nicht, erst recht nicht einer Frau wie Zouzou. Sie hatte noch Sîdi Hassan gekannt, Allah schenke ihm Frieden, eine wie sie war über jeden Zweifel erhaben.

Vom Fuße der Treppe aus hatte er ihm damals nachgesehen, hatte Aziz an sich gedrückt und stumme Gebete gesprochen. In Zouzous Zimmer stand ihre alte Truhe. Was, wenn er nach dem Schlüssel dazu verlangte? Ruhe bewahren, mehr konnte er nicht tun, doch wie schwer war ihm das gefallen! Angesichts der dünnen Matratzen und abgenutzten Habseligkeiten war Sîdi Mohammed jedoch schon in der Tür zurückgewichen.

Später hatte er ihm Wasser zum Händewaschen gereicht und lediglich »Ja, Herr« und »Nein, Herr« gesagt, sonst nichts. Leichter hielt man Durst, Fieber oder Koliken aus als einen Mann mit schlechtem Benehmen!

Noch mehrmals war er wiedergekommen. Nachdem das neue Haus bezogen und bevor der Bretterzaun errichtet worden war, hatte er nach Post oder amtlichen Dokumenten gefragt und betont, der Junge existiere nicht, das hätten seine Nachforschungen ergeben. Dann plötzlich hatte er milde getan. Es sei zwar strafbar, den Behörden ein Kind nicht zu melden, hatte er gesagt, aber Allah, der Barmherzige, sei mit den Armen, und er selbst spende ja auch regelmäßig für Witwen und Waisen. Zwar sei sein Einfluss begrenzt und alles liege in Allahs Hand, aber solange sie schwiegen… Eingedenk ihrer Treue zur Familie werde er jedenfalls ein Auge zudrücken, allerdings nur so lange, wie sie niemandem von dem Jungen erzählten. Niemandem, ob er das verstanden habe? Vor allem dürfe man weder Lâlla Fatima noch Sîdi Karim mit dieser Sache belasten. Dann hatte Sîdi Mohammed den Koran zitiert, den Propheten als Zeugen angerufen und ihm feierlich die Hand gegeben. Er aber hatte sich wie mit einem leeren Löffel gefüttert gefühlt.

Von all dem hätte er Sîdi Karim gern berichtet. Doch vorher musste er erst mal seine Gedanken sortieren und sich von seiner Überraschung erholen. Zweitens: Wusste er etwa, wie Sîdi Karim einzuschätzen war? Und drittens schwieg er ohnehin lieber. Das konnte er. Oder hatte er Zouzou von dem Umschlag erzählt, den Abdallah gestern – angeblich! – gefunden hatte, und von dem Geld darin? Gezählt hatte er es noch nicht, doch schien es sich um eine ordentliche Summe zu handeln. Was sollte er davon halten, und was mochten die Worte »Am Baum des Schweigens wachsen die Früchte des Friedens« auf dem Kuvert bedeuten? Und Lâlla Fatimas plötzliches Interesse am Zustand des Hotels?

Über all das musste er nachdenken, Zouzou verließ sich auf ihn. Als wüsste er die Antwort auf alle Fragen! Doch wie der Prophet sagte, schimmert Hoffnung in jedem Wassertropfen.

Vorerst redeten er und Sîdi Karim über allgemeine Fragen des Viertels, ausführlich und angemessen sachlich, doch wenn sie sich erst besser kannten, wer weiß? Allah war zu allem fähig.

~

Couscous mit Lamm und Gemüse für 8 Personen

Dieses traditionelle Couscousgericht hätte Zouzou zu diesem besonderen Anlass liebend gern zubereitet. »Das Rollen nach dem ersten Dämpfen macht Couscous perfekt, erst daraus ergibt sich der echte Geschmack. Sein Geheimnis liegt also in den Händen der

Köchin«, sagt Oum Zouzou. Übrigens verwendet sie eine Couscousière, einen Dämpftopf mit Siebboden.

Zutaten

- 1 kg Lammschulter, in 3 cm große Würfel geschnitten
- 2 Zwiebeln, in Streifen geschnitten
- 1 ½ TL frisch gemahlener Pfeffer
- 1 ½ TL gemahlener Ingwer
- 1 TL Koriander
- 1 ½ TL gemahlener Zimt
- 1 Prise Safranfäden (einweichen in 1 EL warmem Wasser)
- 1 TL Salz
- 250 g getrocknete Kichererbsen, über Nacht eingeweicht, abgespült und abgetropft
- 3 Selleriestangen
- 1 Bund glatte Petersilie, fein gehackt
- 1 Bund Koriandergrün, fein gehackt
- 2–2,5 l Wasser
- 750 g Couscous
- 2 EL Tomatenmark
- 500 g Karotten, geschält, längs halbiert
- 500 g Rüben, geschält, halbiert
- 2 frische grüne Chilischoten (ohne Kerne)
- 500 g Zucchini (grün und weiß), quer halbiert
- 500 g Kürbis, geschält, ohne Kerne, in 3 cm große Würfel geschnitten
- 250 g Sultaninen, in Wasser eingeweicht, abgetropft
- 30 g Butterflocken

Zubereitung

Fleisch, Zwiebeln, Gewürze, Salz, Kichererbsen, Sellerie, Kräuter und 1 l Wasser im unteren Boden des Dämpftopfes zum Kochen bringen, abgedeckt 1 Stunde köcheln lassen, bis das Fleisch zart ist.

Das Fleisch mit dem Schaumlöffel herausheben und beiseitestellen, die Sauce verbleibt im Topf.

In der Zwischenzeit Couscous in eine große, flache Schale geben, nach und nach mit 250 ml Wasser besprenkeln, dabei mit den Fingern die Körner anheben, um sie zu belüften und voneinander zu trennen.

5 Minuten ruhen lassen, dann in den Siebeinsatz des Dämpftopfes geben, auf den unteren Topf stellen.

Erstes Dämpfen

Die Sauce zum Kochen bringen, Couscous 20 Minuten bei geöffnetem Topf dämpfen, zurückgeben in die große flache Schale und die Körner mit leichtem Druck (Löffelrücken!) voneinander trennen.

Abkühlen lassen.

Das restliche Wasser mit den Fingern einarbeiten (»rollen«) und 5 Minunten quellen lassen.

Zweites Dämpfen

Die Sauce bei schwacher Hitze erneut erwärmen, Tomatenmark, Karotten, Rüben, zusätzlichen Pfeffer, Ingwer und Zimt sowie 500 ml Wasser zugeben.

Sanft köcheln, bis das Gemüse gar ist.

Das Fleisch wieder in die Sauce geben, außerdem Zucchini, Kürbis, die Hälfte der Sultaninen und evtl. Wasser, das Ganze zum Köcheln bringen.
Den Couscous wieder auf den Topf mit dem Fleisch und Gemüse stellen und offen 20–25 Minuten dämpfen, bis alles gar ist.

Servieren

Couscous mit der Butter auf eine große Servierplatte geben und zu einer Kuppel mit einer Mulde in der Mitte formen. Einen Teil der Fleisch-Gemüse-Mischung in die Mulde füllen und mit Sultaninen bestreuen, den Rest darum verteilen oder in zusätzlichen Schüsseln servieren. Dazu wird Harissa gereicht.

Natürlich geht es einfacher – und vor allem wesentlich schneller – mit vorgegartem Couscous, den man auch bei uns in jedem gut sortierten Supermarkt erhält.

~

Rote Harissa (Achtung: scharf)

Zutaten

- 40 g getrocknete rote Chilischoten, Samen und Stängel entfernt, gehackt
- je 1 EL gemahlener Koriander und Kreuzkümmel (Kumin)
- je 1 TL gemahlener Kümmel und Paprikapulver (edelsüß)
- ½ TL Salz
- je 1 EL glatte Petersilien- und Korianderblätter

2 große Knoblauchzehen, geschält
125 ml Olivenöl, 3 EL Zitronensaft, 2 TL Zucker

Zubereitung
Die Chilischoten ganz mit kochendem Wasser
bedecken und 1 Stunde darin ziehen lassen, bis
sie weich sind. Abtropfen lassen, in den Mixer geben, mit den anderen Zutaten glatt mixen und
abschmecken. In einem sterilen und gut verschlos-
senen Schraubglas hält sich Harissa im Kühlschrank
mehrere Wochen.

~

Zouzous Tomatenkonfit

Grundlage für Tajines oder als Füllung für Fisch,
schmeckt zusammen mit frischem Brot, aber auch
fantastisch als Vorspeise!

Zutaten
1,5 kg reife Tomaten
3 EL Olivenöl
2 Zwiebeln, fein gehackt
2 Knoblauchzehen, zerdrückt
1 TL gemahlener Ingwer
1 Zimtstange
1 Prise frisch gemahlener Pfeffer
1 Prise gemahlene Safranfäden
3 EL Tomatenmark
½ TL Salz, 2 EL Honig, 1 ½ TL gemahlener Zimt

Zubereitung

Tomaten quer halbieren, Samen entfernen, bis auf die Haut grob in eine Schüssel raspeln, Haut wegwerfen.

Zwiebeln in Öl anschwitzen, Knoblauch, Ingwer, Zimtstange, Pfeffer hinzufügen, alles ca. 1 Minute durchbraten, dann geraspelte Tomaten, Safran, Tomatenmark und Salz dazugeben.

Bei mittlerer Hitze im offenen Topf einkochen, dabei öfter umrühren, damit nichts anbrennt.

Mit Honig, gemahlenem Zimt und eventuell noch etwas Salz würzen und warm oder kalt servieren.

Hält sich im Kühlschrank eine Woche.

~

Alain

Keine Trüffel, kein Steinbutt, aber fürs gesamte Wochenende ausgebucht. Ausgerechnet, wenn er nichts Besonderes anzubieten hatte…

Warum steckten Martin und Jens schon wieder die Köpfe zusammen? Seit Tagen hatten die zwei ständig was zu tuscheln. Mit der Barauszahlung der Gehälter konnte es nichts zu tun haben, das hatte er plausibel erklärt. Sogar einen ausgegeben hatte er, vom besten Champagner. Ein Chef, der sich nicht lumpen ließ, kam immer gut an. Und dass er die Karte änderte, gehörte zu den originären Aufgaben eines Küchenchefs. Darüber diskutierte er nicht, nicht einmal mit Martin.

Sein Handy meldete sich, er hatte vergessen, das Ding auszuschalten. Fotos von Claire, dazu der Text: »Das altehrwürdige Grandhotel Les Almohades! Es ist wundervoll! Ich bin ganz verliebt!« Typisch Claire, diese vielen Ausrufezeichen, aber was an den Fotos war wundervoll? Er sah einen ziemlich heruntergekommenen Schuppen in grau-beige, eine Treppe, eine abgetakelte Küche, ein paar Palmen. Er antwortete: »Aha. Und Küchenchefin Claire kocht marokkanisches Allerlei? Wohl bekomm's! Bis später.« Zack, abgeschickt.

Richtig freundlich klang das nicht, dabei freute er sich, dass sie ihm Bilder schickte ... Diesmal schaltete er das Handy aber wirklich aus.

Später würde er sie anrufen, wie jeden Abend, wenn sich das Lokal geleert hatte, die Küche geputzt war und er die Füße hochlegen konnte. Ihre Telefonate waren derzeit die Highlights des Tages. Leider klappte es damit meistens erst, wenn er noch voll unter Strom stand, sie aber schon groggy von ihrem Herumgerenne war. Gestern hatte sie kreuz und quer erzählt, und er hatte über ihre krausen Ideen und Beobachtungen lachen müssen. Sie waren vom Hundertsten zum Tausendsten gekommen, bis Claire ihr Gähnen nicht mehr hatte unterdrücken können. Dann noch ein paar Minuten. Nie waren sie sich näher gewesen.

Martin kam mit den ersten Bestellungen – einmal Perlhuhn, einmal Poularde, zweimal Rinderfilet mit

Barolo-Pfeffersauce und viermal Ente nach Witzig-mann. Er rief sie laut aus, die Köche bestätigten, und schon brummte die Küche. So musste es sein, genau so!

»Achtmal das erste Amuse-bouche und dann acht-mal Vorspeise eins, avanti!«

»Ja, Chef!«

Gurkenrelish als Vorspeise. Gut, sogar mehr als nur gut, aber eben doch bloß Gurke. Vorletzte Woche hatte er noch Kaviar vom Fliegenden Fisch ser-viert... Er klemmte die Bestellungen an die Leiste und drehte sich um.

Jens nahm Schürze und Kochmütze ab und packte seine Messer zusammen.

»Was ist los?«

»Ich gehe.«

»Was soll das heißen?«

»Na, was wohl? Ich kündige.«

Plötzlich Stille. Kein Topfklappern, kein Zischen, kein Wasserrauschen, niemand sprach. Vier Augen-paare waren auf ihn gerichtet. Ausgerechnet jetzt kam Martin aus dem Restaurant mit weiteren Bestel-lungen in die Küche. Fünf, korrigierte er sich, fünf Augenpaare, nicht vier. Er musste schlucken.

»Hast du sie noch alle? Du kannst doch nicht kün-digen. Wir sind ausgebucht. Außerdem gibt es Fris-ten.«

»Tatsächlich? Und neulich bei Claire?«

»Das war was anderes.«

Jens wischte das beiseite. »Vergiss es. Mich brauchst du nicht mehr.«

»Doch, natürlich!«

Er sagte es mit Nachdruck. Zugleich wurde ihm klar, dass er tatsächlich keinen Poissonnier von Jens' Kaliber benötigte, zumindest gegenwärtig nicht. Ohne ihn aber konnte er seinen Traum vom Stern begraben. Ein Schweißtropfen rann ihm den Nacken hinunter und über den Rücken. Insolvenz, dröhnte es in seinem Kopf, aus, Ende, vorbei.

»Ach ja? Dann schau mal in die Kühlung. Lachs, Gambas, Saibling und Forelle für mindestens die ganze Woche. Das kann jede bessere Frittenbude, dafür brauchst du mich nicht. Ist ja auch immer noch nicht raus, ob du es in diesem Kaff schaffen kannst, nicht wahr? Einen Versuch war's wert, aber ehrlich gesagt: Mich reizt das nicht länger. Schick mein Zeugnis an die Adresse meiner Eltern, die hast du ja.«

»Aber ... Wohin gehst du?«

»Keine Bange, nicht zur Konkurrenz. Ich schau mich erst mal um, vielleicht London. Also, war eine gute Zeit hier, ein bisschen kurz, aber was soll's? Vergiss das Zeugnis nicht. Servus miteinander, macht's gut, Leute.«

Schweigend arbeiteten die anderen weiter.

»Ihr wisst, was zu tun ist.« Eine Feststellung, keine Frage. Sie nickten. Martin sah ihm nach, wie er die Küche verließ.

Die Beine waren ihm schwer. Er ging nach oben, stellte sich ans Fenster, sah auf die nebelnasse Straße und die Lichter, sah Jens vom Hof fahren. Sonst war nichts und niemand unterwegs. Jens war gegangen, einfach so. Obwohl, einfach so stimmte nicht. Im

Grunde hatte er ja recht. Warum sollte sich jemand mit Lachs und Co. langweilen, wenn es Häuser gab, die echte Herausforderungen zu bieten hatten und auf einen wie ihn geradezu warteten? Er sah Jens' Auto nach, bis die Rücklichter hinter der Kurve verschwanden. Am liebsten wäre er ihm gefolgt.

Ohne Poissonnier und erstklassige französische Zutaten konnte er seine Ambitionen begraben. Und jetzt? Aufgeben oder nur noch Ente und Saibling als Gipfel der Kulinarik? Claire würde das gefallen, aber sie träumte ja auch nicht seinen Traum.

Sie war wieder fast die Alte, sonst hätte sie ihm kaum die Bilder geschickt. Anscheinend hatte er wenigstens das einigermaßen hingekriegt. Er griff zum Telefon.

Karim

Hatte es früher nicht ein Badebecken und einen Tennisplatz im Garten gegeben? Vage erinnerte er sich auch an diverse Zapfstellen, um jeden Winkel des Grundstücks bewässern zu können, und an einen Weg, der zu einer Vogelvoliere führte. Außerdem mussten irgendwo Garagen existieren, Lâlla Fatima hatte von eleganten Limousinen erzählt, in denen die Gäste vorgefahren wurden. Auch hierzu würde er Lahzen befragen, aber erst morgen.

Jetzt fühlte er sich bedrängt vom Haus und von

den beiden Alten. Sie sagten nichts, ließen ihn aber nicht aus den Augen, und ihre Hoffnung war fast mit Händen zu greifen. Dabei hatte er außer der Küche und einem winzigen Teil des Gartens noch gar nichts gesehen! »Morgen«, versprach er, »morgen schaue ich mich gründlich um. Dann wissen wir mehr.«

»Inshallah«, nickten Lahzen und Oum Zouzou.

Sie kosteten die Tajine und tranken die obligatorischen drei Gläser Tee, erst danach geleiteten sie Klara und ihn unter Segenswünschen durch die Halle zum Ausgang. Klara zeigte zur Decke. Ob er die kleine Glaskuppel gesehen hatte? Er hatte, wollte aber jetzt nur noch hinaus. Vor dem Haus lagen gerodete Büsche und Drahtreste durcheinander, dazwischen aber konnte man bereits einen Weg erkennen. Einladend sah es zwar noch nicht aus, doch immerhin erreichte man jetzt unbeschadet die Straße.

Die Fassade – soweit zwischen den Kletterpflanzen erkennbar – mit dem traditionellen, strengen Ziegelmuster sah aus, als habe Großvater Hassan trotz seiner Begeisterung für die Moderne der Heimat im Draá-Tal huldigen wollen. Ansonsten hatte das lang gestreckte, zweistöckige Gebäude jedoch nichts mit den kantigen Kasbahs im Süden gemein.

»Schön!«, sagte Klara neben ihm. Auch sie hatte sich umgewandt und betrachtete das alte Gebäude. »Wirklich schön. Eigentlich müsste man es wieder herrichten.«

»Von außen wirkt es einigermaßen solide, aber innen?«

Klara holte tief Luft. »Sie sollten den Speisesaal

sehen. Bestimmt ließe er sich mit relativ wenig Aufwand wieder instand setzen.«

»Sind Sie sicher, dass Sie nicht von meiner Mutter instruiert wurden?«

Sie lachte. »Absolut! Aber das Haus hat etwas, eine Art Aura, das müssen Sie zugeben.«

Er wandte sich ab. Er hatte ebenfalls eine seltsame Anziehungskraft gespürt, aber natürlich würde er sich davon nicht beeindrucken lassen. Genauso wenig wie von etwaigen Erwartungen der beiden Alten oder irgendwelchen unklaren »Schatten«, die Mutter angedeutet hatte. »Ich nehme an, Sie haben sich in der Küche umgeschaut?«

»Hab ich. Ohne Generalsanierung lässt sich dort nicht mal mehr ein Ei braten.« Sie stieß einen tiefen Seufzer aus.

»Nicht seufzen, bitte nicht! Damit kommen Sie nur unserer guten alten Zouzou ins Gehege. Als ich ihr sagte, Sie seien ebenfalls Köchin, zweifelte sie das übrigens an.«

»Was hat sie gesagt?«

»Gesagt? Nichts. Doch wie es aussieht, hält sie Sie für einen Djinn, ein Geistwesen. Soll ich Sie in den Riad zurückbringen?«

»Ein Geist! Ich?«

Kaum hatte er Klara am Riad abgeliefert und festgestellt, dass Charlotte nicht dort war, zog es ihn zum Djema el Fnaa. Ob der Halaiqi weiter erzählte? Es könnte spannend sein, mehr über Großvater Hassan und die Entstehung des Hotels zu erfahren – solange der Alte keine Unwahrheiten in Umlauf brachte. Großvater Hassan war vor seiner Geburt gestorben, und Mutter sprach selten von ihm, dennoch meinte er, vorhin im Haus etwas von dessen Idee gespürt zu haben. Klara hatte es »Aura« genannt... Er hatte nicht die Absicht, sich auf derart unklare Eindrücke einzulassen, es ging um die Substanz, um Fakten und um das, was seine Sachverständigen anzumerken haben würden. Andererseits war fraglich, ob Baufachleute allein alle Fragen beantworten konnten, schließlich war da auch noch Lâlla Fatima mit ihren Erinnerungen...

Er gesellte sich zu der Menge um den Geschichtenerzähler.

»... nach mehr als zwanzig Jahren Wanderschaft, nach Krieg, Geschäften und Abenteuern«, hörte er ihn sagen, »wollte er also sesshaft werden, sein Palasthotel erbauen und mit Allahs Hilfe eine Familie gründen. Unter den Augen des Paschas und trotz des Risikos einer Enttarnung, wohlgemerkt.«

Er schob sich näher heran. Alte Männer mit viel Muße, Angestellte, die ihren Heimweg unterbrachen und ein paar junge Leute, die sich die Zeit vertrieben, aber kein Mensch, der sich für ihn interessierte.

Der Halaiqi seufzte. »Bevor wir jedoch zu unserem Hassan zurückkehren können – und wir werden noch Erstaunliches über ihn und sein Bauprojekt erfahren! –, muss ich von Pascha El Glaouis schicksalhaftem Pakt mit den Franzosen berichten.«

Wie ein Dirigent hob der Alte die Hände und gab sich selbst den Einsatz. »Hört also: Einst, als Hassan aus seiner Heimat geflohen war, befand sich der Pascha in der Blüte seiner Jahre, und als er zurückkehrte, war El Glaoui fast im Greisenalter. Doch hatten ihn die Jahre milder gestimmt? Im Gegenteil, Allah sei es geklagt! Als könnte die Zeit ihm nichts anhaben, war El Glaoui nicht nur ungebeugt, inzwischen besaß er mehr Einfluss und Stärke als je zuvor. Seine Vorväter hatten Gebirgspässe kontrolliert und Karawanen überfallen, hatten Waren und Tiere geraubt und Menschen in die Sklaverei verkauft, damit waren sie reich geworden. Doch als 1912 die Franzosen ins Land kamen, erst da begann ihr wahrer Aufstieg. Wie das möglich war, wollt ihr wissen? Heißt es nicht: Der Feind meines Feindes ist mein Freund? Nach dieser Regel verfuhren sie. Freiheitsliebende Berber setzten sich nämlich gegen die französische Besatzung zur Wehr, die Glaoui aber paktierten mit den Franzosen. Zunächst ging es dabei wohl eher um ihre eigenen Konflikte, um Nachbarschaftsstreitigkeiten, alte Grenzfragen und dergleichen. Dann aber wandten sie sich generell gegen die Clans des Südens und schlugen im Namen der Besatzer einen Berberaufstand nach dem anderen nieder. Die Franzosen überhäuften sie mit Gunst und Geld, sodass sie derart mächtig wurden, dass der damalige Sultan im fernen Fes, ein schwaches, im Winde zitterndes Schilfrohr, nicht umhinkonnte, den älteren Bruder unseres El Glaoui zum Großwesir einzusetzen.«

Der Halaiqi schlug die Hände zusammen.

»Vom Strauchdieb der Berge zum Stellvertreter des Königs? Das nenne ich Aufstieg! Tihami El Glaoui aber genügte das nicht, und als die Gelegenheit kam – vielleicht sollte ich besser sagen: er schuf sie sich, diese Gelegenheit –, griff er mit beiden Händen zu. Als nämlich sein Bruder, der Großwesir, starb, ließ Tihami sämtliche anderen möglichen Erben beseitigen, darunter Brüder und Neffen, und trat selbst die Nachfolge an, mit Billigung der Franzosen, versteht sich. Der Sultan hatte dem nichts entgegenzusetzen. Als Pascha von Marrakesch und mithilfe der Franzosen schaffte es unser Glaoui in der Folge, die meisten Clans und Stämme der Berber zu unterwerfen oder aber in die Bedeutungslosigkeit zu treiben. Jeder, der sich nicht unterwarf, musste um sein Leben fürchten. Doch auch damit nicht genug. Pascha El Glaoui unterjochte die Clans nicht nur und eignete sich ihren Besitz an, er zwang ihre jungen Männer zudem in sein Kriegsheer, wo sie für Frankreichs Ehre und Interessen kämpften – und starben. La illah illalâh, es war der Wille Gottes, dass damals nicht nur Hassans Familie, die Aït el-Cherifa, großes Unrecht erlitt. Viele unserer edlen Familien erloschen sogar auf immer, entweder direkt oder mittelbar durch El Glaouis Hand. Warum er das tat, fragt ihr? Allah allein kennt die Antwort. Ich weiß nur, Tihami El Glaoui hasste die unbeugsamen und freien Berber.«

Rund um Karim erhob sich unwilliges Gemurmel, und die eine oder andere geballte Faust reckte sich empor.

Der Geschichtenerzähler ließ die Männer eine Weile gewähren, dann brachte er sie mit einer Geste zum Schweigen.

»Ja, meine Freunde, solche Erinnerungen schmerzen. Doch beruhigt euch, die Zeit des Paschas ist inzwischen ebenso Vergangenheit wie die der französischen Besatzung. Vor mehr als sechzig Jahren schon, im Frühling 1956, jagten wir sie aus dem Land! Seit damals sind wir dank der Klugheit von König Mohamed V. und mit Allahs Hilfe endlich unsere eigenen Herren, al hamdullillah.«

Am Rand des Pulks, in dessen Mitte der Geschichtenerzähler die Vergangenheit aufleben ließ, entstand ein Gerangel. Zwei Rucksacktouristen aus Frankreich und eine Gruppe junger Marokkaner gerieten aneinander. Ein Wort gab das andere, es wurde laut und lauter, bis sich die jungen Männer gegenseitig überschrien.

Soweit Karim verstand, erregten sie sich über getäuschte Hoffnungen, über illegale Einwanderer aus Westafrika, die es via Marokko nach Europa, speziell nach Spanien und Frankreich zog, und über kriminelle Schleuserbanden.

Alle Zuhörer reckten die Hälse. Kam es zu Handgreiflichkeiten? Niemand scherte sich noch um den Halaiqi.

Dann plötzlich löste sich der Streit in Gelächter auf, man hakte sich unter und verließ Seite an Seite den Platz, vermutlich auf der Suche nach neuen Zerstreuungen.

Noch einmal so jung sein, noch einmal ein so wendiges Herz haben wie diese Burschen… Fast wäre er ihnen gefolgt.

Der Halaiqi

Auch er schaute den jungen Männern nach. Zwei Franzosen, vier Marokkaner, getrennt durch Herkunft, Erziehung und Geschichte und zugleich doch geeint durch ihre Jugend und ähnlichen Interessen. Und dabei hatten sich ihre Großväter noch bekämpft …

Heutzutage ging es den Jungen hauptsächlich um Geselligkeit und Vergnügen, überall auf der Welt. Dabei lernte man sich kennen, verglich seine Wünsche, seine Erfahrungen und Sichtweisen, und am Ende war das Trennende unwichtig geworden. Ein Segen, Allah war wahrhaftig groß.

Er sah zum Himmel hinauf. Dünne, goldgeränderte Wolken zogen vorüber, erste Vorboten der nahenden Nacht. »Wie aber kamen wir zu unserer Freiheit?«, nahm er seine Erzählung wieder auf. »Nach dem großen Krieg, mit dem sich der von Teufeln Besessene die Welt hatte unterwerfen wollen – was, Allah sei es gelobt, gründlich misslang – bestieg Mohamed ben Youssef den Thron des Sultans. Er war jung, unerfahren, ein kraftloser König wie schon Vater und Großvater zuvor und damit so recht nach Pascha El Glaouis Vorstellung und nach der der Franzosen. Man hielt die Sorgen seines Volkes von ihm fern, fütterte ihn mit Luxus und umgab ihn mit Speichelleckern, und so erlag er – wie seine Väter vor ihm – den Einflüsterungen der Franzosen. Wie eine

Marionette ließen sie ihn tanzen! Ich könnte euch von Manipulationen erzählen, von gefälschten Informationen und üblen Tricksereien... Erst als es schon fast zu spät war, durchschaute er das zynische Spiel und wandelte sich zu dem Helden, als den wir ihn bis heute verehren. Allah gewähre ihm ewigen Frieden.«

Die Zuhörer murmelten Segenswünsche und Gebete. Von El Glaoui wussten nur die wenigsten, diesen Teil ihrer Vergangenheit kannten sie jedoch alle: Wie der junge Sultan Mohamed V. zunächst französischen Interessen geopfert, als König entmachtet und ins Exil verbannt worden war, sich dort aber – Allah sei Dank! – mithilfe aufrechter und kluger Freunde zum geschickten Verhandler entwickelt hatte. Auferstanden wie der legendäre Phönix, der sich einst strahlender und stärker als zuvor aus seiner Asche in die Luft erhob, war er schließlich unter dem Jubel seines Volkes, die Unabhängigkeitserklärung in der Hand, auf seinen angestammten Thron heimgekehrt und hatte die Franzosen aus dem Land gejagt! Wer könnte einen solchen Triumph jemals vergessen? Bis auf den heutigen Tag wurde Mohamed V. als Befreier gefeiert und seine Taten ausführlich in Reden und Schulbüchern behandelt.

»Baraka! Mit der Rückkehr unseres Sultans nach Marokko endete nicht nur die französische Kolonialzeit, sondern zugleich auch die Herrschaft des El Glaoui. Nach mehr als vierzig Jahren übergroßer Macht – sagte ich schon, dass ihn einst sogar Königin Elisabeth von England an ihrem Hof in London empfangen hatte? – wurde es mit einem Schlag dunkel um ihn. Aus dem ehemaligen Löwen des Atlas war ein zahnloser Greis geworden, den man in die Verbannung schickte. Und nur drei Monate später, noch bevor er vor seine Richter gestellt werden konnte, war er tot.«

Kein Segenswunsch zugunsten des Toten erhob sich, und kein Zuhörer murmelte ein leises Gebet wie sonst üblich.

Abderrahims Hände beschrieben einen weiten Bogen, als er fortfuhr: »Von diesem zukünftigen Geschehen ahnte unser Hassan natürlich noch nichts, als er seine Hütte auf dem kargen Brachland bezog, tagsüber den Boden beackerte und nachts von seiner Palastherberge träumte. Wir Heutigen aber erkennen die Zusammenhänge, da sie sich vor unseren Augen wie Fährten im nassen Sand abzeichnen.«

Er leistete sich eine kurze Pause und drehte eine Runde im Kreis seiner Zuhörer.

»Kehren wir also zurück zu unserem Hassan. Er besuchte die Moschee, gab Almosen und hörte sich um, nahm sich in Acht vor flinken Blicken und losen Zungen, auf dass kein Zuträger oder Beamter des Paschas auf ihn aufmerksam würde. Auf diese Weise fand er eines Tages tatsächlich in Sîdi Mehdi Al Arbi einen kundigen Baumeister, dem er zutraute, seine Herberge zu errichten. Bevor er ihn ins Vertrauen zog, fragte er ihn nach diesem und jenem, und Al Arbi musste von sich erzählen und von seinen Bauwerken, dann erst holte Hassan die Pläne hervor und erläuterte seine Vorstellungen. Was immer er in den letzten Monaten an Ideen gesammelt hatte, jetzt sprudelte es nur so aus ihm heraus!«

Der Alte seufzte und wischte über seine Augen. »Ich drücke es mal so aus: Dies war der Tag, der alles in Hassans Leben – und darüber hinaus, denn wie wir ja bereits wissen, bleibt keine Handlung ohne Folgen, doch davon später – veränderte und nach dem es kein Zurück gab. Wir alle haben solche Tage schon erlebt. Mittendrin ahnen wir nichts von der Tragweite des aktuellen Entschlusses, erst in der Rückschau sehen wir, wie und wo sich alle Fäden gekreuzt oder verknotet haben. La illah illalah, so ist es nach Gottes Willen.«

Die Gebetsstunde nahte, er hörte es am Knacken der Lautsprecher in den Minaretten rundherum. Einige Männer verließen bereits den Kreis, andere würden in wenigen Minuten folgen. Besser, er beeilte sich.

»Zusammen mit seinem Baumeister vermaß und markierte Hassan nur wenige Tage später die Grundfläche des zukünftigen Gebäudes, und schon kurz darauf trafen auch die ersten Arbeiter ein. Sie kamen aus den Bergen, wo das tägliche Brot seit jeher besonders bitter schmeckt, kamen mit Karren und Maultieren, mit Hacken und Schaufeln und errichteten ihr Zelt, das Heim für viele Wochen. Sodann entzündeten sie ein Feuer, kochten Tee, backten Brot und richteten sich zum Bleiben ein. In dieser Nacht litt Hassan unter Hieben, Ohrfeigen und der sehr schlechten Laune seines Djinn und wälzte sich auf seinem Lager. Als aber die Arbeiter am folgenden

Morgen noch vor Sonnenaufgang begannen, die Baugrube auszuheben, wollte ihm sein Herz vor Freude fast aus dem Leib springen. Diese Freude und meine guten Wünsche sollen euch nun durch die Nacht begleiten. Allah sei mit euch.«

Abderrahim deutete eine Verbeugung an. Und während von der Koutoubia der abendliche Gebetsruf erklang, nahm er Dirham für Dirham seine Entlohnung entgegen.

Charlotte

»Jetzt erzähl.«

Sie solle schnell mit dem Duschen machen, hatte Klara gefordert, kaum dass sie den Riad erreicht hatte. Wenn sie nicht sofort von ihrer Entdeckung erzählen könne, müsse sie unweigerlich platzen.

Also hatte sie sich nur rasch frisch gemacht. Nun setzte sie sich neben Klara und legte die Füße hoch. In den letzten beiden Tagen war sie mehr unterwegs gewesen und hatte mehr gesehen als sonst in Monaten. Ihr Kopf war übervoll mit Bildern und Fragen, kein Wunder, dass sie müde war. Seltsamerweise fühlte sie sich jedoch nicht ausgelaugt, sondern erfüllt. Vorsichtig nippte sie an ihrem Teeglas. Der marokkanische Tee, von Abdul in einer silbernen Kanne serviert, war sehr heiß, sehr süß und schmeckte kräftig nach Minze.

~

Tee mit frischer Nana-Minze

Regt an, entspannt, beruhigt, lindert Unwohlsein,
kurz: Dieser Tee ist <u>das</u> Allheilmittel der Marokkaner!

Zutaten

2 EL grüner chinesischer Tee
1 Bund frische Minze
ausreichend Zucker (viel!, in Marokko sind das oft
   große Brocken eines Zuckerhuts)
¾–1 l kochendes Wasser

Zubereitung

Kanne mit heißem Wasser anwärmen, Teeblätter
hineingeben und eine kleine Menge kochendes
Wasser aufgießen, einmal schwenken und schnell
wieder abschütten (befreit den Tee von Staub).
Zuckerklumpen in die Kanne geben.
Kanne mit kochendem Wasser füllen und 1 Minute
erhitzen, damit der Tee quillt.
Gewaschene Minze in die Kanne geben.
Kanne erneut aufs Feuer stellen und einige
Sekunden ziehen lassen.
Einen Schluck Tee in ein Glas gießen, probieren,
wieder zurück in die Kanne schütten.

Diesen Vorgang zwei, drei Mal wiederholen, dabei
evtl. weiteren Zucker hinzufügen, dann sollte der Tee
servierfertig sein.

Beim Eingießen die Kanne möglichst hoch halten, damit der lange, dünne Strahl mit genügend Sauerstoff in Berührung kommt und der kochend heiße Tee etwas abkühlt.

Marokkanischer Minztee gehört zur Gastfreundschaft des Landes wie Kaffee in Europa und wird in Büros serviert, auf der Straße, beim Friseur, in Geschäften oder als Abschluss einer Mahlzeit. Bei Einladungen sind drei Gläser obligatorisch, will man den Gastgeber nicht beleidigen.

~

Inzwischen quoll es aus Klara heraus: das Hotel, die Lobby, die Kuppel, die Treppe und erst die Küche und der Garten…

Klara und Karim hatten das Familienhotel bereits ohne sie besichtigt? Sie verspürte einen kleinen Stich.

»Ach, und dann die beiden Alten! Die kann man sich nicht ausdenken! Dieses Dornröschenschloss zwischen verwildertem Park und hohen Mauern ist echt skurril«, schloss Klara und leerte ihr Teeglas mit einem Zug. »Hoffentlich erweckt Karim es wieder zum Leben. Du musst morgen unbedingt richtig tolle Fotos machen, gruselig darf es keinesfalls aussehen.«

»So schlimm?«

»Wie man's nimmt. Eher geheimnisvoll, mit einem ganz besonderen Flair.« Der Gong zum Abendessen ertönte. »Bin gespannt, wie es auf dich wirkt. Und was hast du heute gemacht?«

Während sie hinuntergingen und ihre Plätze an der Tafel einnahmen, berichtete sie von dem Markt für Baumaterial, Maschinen, Farben und Möbel, den sie entdeckt hatte. »Und auf dem Rückweg geriet ich in einen Palast mit allerfeinstem Stuck und grafischem Schnitzwerk von einer Symmetrie, die sprachlos macht. Die reinsten Wunderwerke, sage ich dir, selbst wenn man klare Formen bevorzugt. Was für Kontraste, was für eine Stadt!«

Klara lachte. »Wow, du bist ja total hin und weg! Und ich dachte, du bist nur die stille Beobachterin.«

»Damit hast du nicht unrecht, das ist eine Fotografenkrankheit. Oft muss man eben genau hinschauen, um das Besondere zu erkennen. Auf diesem Markt gab es übrigens alles: Schweißgeräte und Generatoren, Gasflaschen, Schalter und Elektrokabel, jede Menge Farben und Fliesen, sogar eine Möbelschreinerei hab ich entdeckt. Und laut war es! Ein Riesengetümmel.«

»Klingt nach Freitagnachmittag in deutschen Baumärkten.«

»Jedenfalls wirklichkeitsnäher als Teppich- und Gewürzhändler neben Schlangenbeschwörern, oder?«

Klara, abgelenkt durch Nabil, der mit dramatischer Geste den Deckel der Tajine-Form anhob, den Fisch präsentierte und ihr davon vorlegte, antwortete nicht.

Wie Klara sich auf ihren Teller konzentrierte, die Speisen prüfte, mit leicht abwesendem Blick daran schnupperte, zubiss, schmeckte – als habe sie eine heikle und wichtige Aufgabe zu erfüllen.

Sie aber hatte wieder den Geruch von Holzspänen,

Teer und Kohlefeuer in der Nase. Die Luft war davon erfüllt gewesen, dazu die von Licht durchfluteten Passagen, die tiefen Schatten, die Farben… Und sie dachte an die gute Stimmung auf diesem »Baumarkt«, an die Scherze und das Lachen und dass es ihr vorgekommen war, als tanke sie mit jedem Meter frische Energie.

Hatte sie sich deshalb so leicht am ersten »A« orientieren können? Konsequent ausprobieren und fotografieren, was immer ihr vors Objektiv kam? Wie befreit hatte sie sich gefühlt. Natürlich hatte sie Licht, Bildausschnitt und Dynamik beachtet, einfach drauflosknipsen ging bei ihr nicht, die Analyse aber hatte sie auf später verschieben können. Sogar die Gedanken daran hatte sie ausgeblendet. Mittlerweile würde sie gerne Klaras Meinung zu ihren Aufnahmen erfahren. Falls sie die Fotos ähnlich gründlich auseinandernahm wie das Essen, konnte sie nur davon profitieren.

Doch kaum hatten sie es sich wieder auf der Terrasse bequem gemacht, klingelte Klaras Handy. »Alain, mein Chef«, sagte sie. Sie errötete, entfernte sich ein paar Schritte und nahm das Gespräch an. Dieser Alain rief ziemlich häufig an.

Verstehen konnte sie nichts, aber nach Klaras Stimme und ihrem Lachen zu urteilen waren die beiden recht vertraut miteinander. Sie selbst hatte immer noch nicht ihre Mails gelesen oder die Nachrichten auf dem Handy abgehört. Selbst allerflüchtigste Gedanken an Paul, an zu Hause oder an die Zukunft waren ihr zuwider. Morgen, nahm sie sich vor, nicht heute.

Dünne Wolkenschleier zogen über den Himmel, und wie an den Abenden zuvor schossen auch jetzt Mauersegler im Zickzack über die Dächer. Sie lauschte dem Summen, das über der Stadt lag.

»Stille Beobachterin«, hatte Klara gesagt. Schon immer war sie das gewesen, eine Zuschauerin, insofern hatte die Fotografie ja auch so gut zu ihr gepasst. Man musste genau hinschauen und war hinter der Kamera relativ sicher. In den letzten Tagen jedoch hatte sich darin etwas verändert. Benennen konnte sie es nicht, sie stellte nur fest, dass sie sich anders als sonst fühlte, weniger distanziert.

Klara

Um diese Uhrzeit konnte er anrufen? In der Herzogstube herrschte doch jetzt Hochbetrieb. Und was sollte die Bemerkung über die Trüffel aus dem Piemont, die nüchtern betrachtet total überschätzt seien? Zurzeit wurde sie nicht schlau aus Alain.

Sie hatte jedenfalls Aufregenderes erlebt. Schon tagsüber hatte sie ihm Fotos geschickt, jetzt brannte sie darauf, vom Les Almohades zu erzählen. Und von der Küche zu schwärmen. Die kaputten Wasseranschlüsse, Gasherde und Spülen ließ sie weg, stattdessen hob sie die Größe hervor und den direkten Zugang zum Garten. Alain scherzte etwas von Chefköchin, und sofort sah sie moderne Gastroherde vor sich, leistungsstarke

Grills und Backöfen und Arbeitsflächen aus Edelstahl. Als ahne Alain, was in ihr vorging, mahnte er: »Vorsicht, Wünsche können in Erfüllung gehen!«

Daraufhin beschrieb sie Aminas Hühnchen-Tajine mit Salzzitronen, erntete dafür aber nicht viel mehr als ein abwesendes »Echt?« und »Tatsache?«. Ging es ihm nicht gut? Erst als sie erzählte, die alte Hausköchin habe sie wegen ihrer roten Haare für einen Geist gehalten, brüllte er vor Lachen. Das war natürlich Wasser auf seine Mühlen.

Charlotte nickte ihr zu. »Dieser Alain – sagtest du nicht, er sei dein Chef?«

»Mein ehemaliger. Er hat mich rausgeschmissen.«

»Wie bitte?«

»Ich sollte meine Haare abschneiden.«

»Haare abschneiden – geht das nicht zu weit?«

Sie zuckte die Schultern. »Finde ich auch. Dabei kommen wir eigentlich prima miteinander klar. Na ja, jeder hat seine Macken. Er ist ein genialer Koch, als Chef zwar total anstrengend, aber er ist auch ein Freund. Ursprünglich hatte er mir Unterstützung für mein Projekt zugesichert.«

»Und jetzt hat er diese Zusage zurückgezogen?«

»Nicht offiziell, aber… Es ist kompliziert.«

Charlotte sah interessiert aus, und schon erklärte sie ihren Catering-Traum, sprach von Speisen mit Seele, wie sie sie am liebsten zubereitete, aber auch von Alains Ambitionen. So ging es weiter, bis sie bemerkte, dass sie von ihrer Ehe erzählte, von Markus' grauenhaftem Unfall, von der schlimmen Zeit danach, von der Spedition und ihrer Familie.

Wieder einmal redete sie ohne Punkt und Komma! Sie brach ab, schniefte und wischte eine Träne fort.

Charlotte hing geradezu an ihren Lippen.

Davon ermutigt kam sie auf ihre Hoffnung zurück, ein eigenes Catering-Unternehmen aufzubauen. »Nichts Großes«, sagte sie, »nur ich und vielleicht ein Minijobber. Was meinst du?«

»Tut mir leid, da fragst du die Falsche. Von so etwas verstehe ich nichts.« Sie schwiegen beide.

»Eigentlich weiß ich nur eins«, fuhr Charlotte nach einer Weile fort. »Der Schritt in die Selbstständigkeit ist immer ein Wagnis. Und doch gehen ihn jeden Tag viele Leute.«

»Genau.« Die Entscheidung nahm ihr sowieso niemand ab, dennoch hatte es gutgetan, ihr Herz auszuschütten, sogar sehr gut!

»No risk, no fun, nicht wahr?«, lachte sie. »Außerdem ist es ja nicht so, dass ich nicht bereits Erfahrungen hätte, und mit Alains Unterstützung hätte ich echte Chancen gehabt, auch in kulinarischer Hinsicht. Einfach ist es aber nicht heutzutage, wo alle Welt begeistert ist von Street Food. Ich sage nur: Food Trucks!«

Charlotte hatte sichtlich keine Ahnung, sagte aber: »Verstehe. Und jetzt?«

»Weiß ich nicht, das ist ja der Schlamassel. Außerdem habe ich mich heute verliebt.«

»Du lieber Himmel, Klara!«

Charlotte sah derart entsetzt aus, dass sie laut lachen musste. »Nicht was du denkst.«

Charlotte

Klara war Witwe? Niemals hätte sie das vermutet. Was sie von ihrer Ehe erzählte, klang romantisch und voller Liebe, Kinder gab es aber offenbar keine. Ob sie ernsthaft überlegte, sich selbstständig zu machen? Wie passte das Schwärmen über Karims Hotel dazu? Oder ging es Klara vielleicht weniger um die Küche, sondern mehr um Karim?

»Und was ist das mit dieser neuen Liebe?«

Klara lachte, schüttelte den Kopf und wedelte mit der Hand, als habe sie sich verbrannt. »Ach, nur das Les Almohades, in das ich mich verguckt habe, aber dazu sag ich lieber nichts. Durch meine rosarote Brille kann ich sowieso nicht klar sehen, und du wirst dir ja morgen selbst ein Bild machen. Aber danke, dass du mir zugehört hast! Was ist eigentlich mit deinen Fotos?«

Also doch nicht Karim? Warum fühlte sie plötzlich Erleichterung? Sie gab sich einen Ruck, und erst eine gute Stunde später – Klara hatte gerade gefragt: Wie viele Bilder sind es insgesamt? – schloss sie den Laptop wieder. »Knapp tausend«, antwortete sie.

»Wow, in der kurzen Zeit!«

Sie sprachen gedämpft. Im Haus war Ruhe eingekehrt, auch Abdul hatte bereits Gute Nacht gesagt. Bis auf die Nachtleuchten an der Treppe und der kleinen Laterne auf ihrem Tisch lag die Terrasse im

Dunkeln. Nur die Stadt, deren Abglanz auf Klaras Gesicht lag, schien noch wach.

»Es waren noch mehr, viele habe ich bereits aussortiert.«

»Einige sind sensationell, zum Beispiel das mit den Frauen am Brunnen oder das Dunkle mit dem Feuer im Keller. Und die Serie mit dem Mädchen. Mir gefallen aber auch die Wimmelbilder mit den vielen Menschen. Machst du ein Buch daraus?«

Veröffentlichen? Fand Klara die Fotos dafür wirklich gut genug?

»Ein Buch? Dazu müsste man erst einen Verlag haben«, wehrte sie ab. Gleichzeitig sah sie jedoch einen großformatigen Bildband vor sich, erschienen in einem auf hervorragende Reproduktionen spezialisierten Verlag…

»Kann man für ein paar Euro doch mit einem Fotobuchprogramm selbst machen.«

»Ach so ein Buch meinst du. Nein, ich denke nicht, dass ich das tun werde.«

»Warum denn nicht?«

Sie musste nicht überlegen. »Erstens brauche ich kein Album, jedenfalls nicht so eines. Und zweitens: Wie kann man sich mit Durchschnitt zufriedengeben, wenn man im Grunde nur Spitzenqualität akzeptiert?«

Klara sah sie fragend an.

»Jeder kann fotografieren, überall, und tut es auch. Knipsen, du weißt schon. Fotografen aber konzentrieren sich auf das Besondere. Dafür sind nun mal bestes Papier und ein hervorragender Druck nötig.«

Wie konnte sie nur etwas so Angeberisches sagen? Es klang schrecklich überheblich, aber war es deshalb weniger wahr?

Klaras Gesicht lag im Schatten, sie schwieg.

»Versteh mich richtig, nichts gegen Fotobücher, aber ...«

»Wahrscheinlich hast du recht.« Klara klang nachdenklich. »Ganz oder gar nicht, jedenfalls keine faulen Kompromisse, es gibt nichts Nervigeres. Leider merkt man das erst, wenn man älter wird. Ich jedenfalls werde immer dickköpfiger, vielleicht auch anspruchsvoller und nehme die eigenen Belange immer wichtiger. Doch dann kommt die Bank, schaut auf den Geburtsjahrgang und formuliert Bedenken. Darf man denn in unserem Alter nichts Neues mehr anfangen? Etwas, von dem man schon immer träumte, das man sich bisher nur nicht zutraute?« Klara rutschte an die Stuhlkante. »Von ganzem Herzen will man es, selbst wenn man weiß, dass man keinen Oscar damit gewinnen wird. Es muss doch im Leben noch mehr geben! Geht es dir nicht auch so?«

»Keine Ahnung. Aber was bringt es, sich in aussichtslose Abenteuer zu stürzen?«

»Fragst du das im Ernst? Viel. Man hat auf sein Herz gehört, hat etwas angepackt statt aufgeschoben, hat sich über Bedenken hinweggesetzt, vor allem über die eigenen, war mutig ...«

Klara hatte sich in Feuer geredet. Ging es noch um die Fotos oder versuchte sie gerade, sich selbst zu motivieren?

»Ich bin nicht mutig, Klara.«

»Überhaupt nicht? Nicht mal ein kleines bisschen? Willst du denn lieber über verpasste Chancen grübeln? Irgendwann ist es zu spät, das weißt du.«

Sie zuckte mit den Schultern.

Klara gab nicht auf. »Pass auf, wir machen es so: Zu Hause gehe ich gleich zur Bank und beknie sie, sich auf meinen Catering-Plan einzulassen. Ich müsste nämlich umbauen und all das.«

Sie seufzte. »Alain hin oder her, irgendwas wird schon gehen. Aber im Gegenzug musst du ein Buch machen, wenigstens einen Kalender. Kalender geht auch, finde ich.«

Sie hielt ihre Hände schulterbreit auseinander. »So ein dekorativer Wandkalender mit deinen Bildern – das ist kein Kompromiss, finde ich! Könntest du dich mit der Idee anfreunden?«

Für einen Moment setzte ihr Herz aus. Ihre Fotos als Buch, als Kalender – irgendwie schien das plötzlich doch keine absurde Vorstellung zu sein. Sie schob ihr Teeglas auf dem Tisch herum, sah Klara nicht an, seufzte. »Wenn du wüsstest!«

»Was wüsste?«

Sie zögerte. Dann sagte sie leise: »Wie sehr ich mir das wünsche.«

Klara strahlte. »Alles klar: Du machst ein Buch oder einen Kalender über Marrakesch, und ich löchere die Bank wegen eines Kredits.« Sie streckte ihr die Hand entgegen. »Abgemacht?«

»Und wenn nichts daraus wird?«

»Haben wir es wenigstens versucht. Komm schon, schlag ein.«

Der Halaiqi

»Bald nach diesem außerordentlichen Tag«, erzählte der Halaiqi weiter, »wurden aus den Steinbrüchen der nahen Berge Platten und Bruchsteine herangeschafft, von den Arbeitern in Form gehauen und zu stabilen Fundamenten, Kellern, Böden und Wänden zusammengefügt. Eine Karawane von Fuhrwerken schleppte Balken und Bretter aus Zedern, aus den Stämmen uralter Steineichen, aus Nussbaum und Thuja heran, während die Brennöfen vor den Toren der Stadt gebrannte Ziegelsteine lieferten. Gerüste wurden aufgestellt und luftige Hütten, in deren Schatten die Steinhauer, Zimmerer und Schmiede des Baumeisters werkten.

Manch einer von euch weiß aus eigener Erfahrung, wie es sich anfühlt, wenn man nur noch an sein Projekt denken kann, dem sich alles andere unterzuordnen hat. Es mag vorwärtsgehen, und doch wird man nörgelig und ungeduldig. Während nun – zu Hassans Freude der Strom der Lieferanten nicht abriss, begannen gleichzeitig übelwollende Djinn mit ihren Ränkespielen. Wir wissen, nachts kriechen die Geister aus ihren Verstecken, und ebenso weiß jeder, wie zerstörerisch sie wirken können und welche Freude ihnen gescheiterte Träume bereiten! Diese geheimen Vasallen des Paschas, die zuvor schon Hassans Onkel und Vater gequält hatten, hatten ihn natürlich längst hier in Marrakesch ausfindig gemacht, nun hefteten sie sich an seine Fersen. La illah illalah, hört also, welche Schikanen sie sich einfallen ließen.«

Dort hinten stand erneut Abdul, der Bote. Abderrahim ließ sich nicht anmerken, dass er ihn erkannt hatte, machte wie gewohnt seine Runde und erzählte weiter.

»Mehdi Al Arbi, Hassans Baumeister, hatte bereits das Fundament und erste Kellerwände erstellen lassen, obwohl noch die Baugenehmigung fehlte. Das gefiel den Djinn, vergrößerte solche Eile doch ihren Spielraum. Zunächst kratzten sie magische Zeichen in das Fundament und vergruben in einem der Keller den Kadaver einer schwarzen Katze, die ihr Leben unter den Rädern eines französischen Militärlasters gelassen hatte. Doch darauf folgte keine Reaktion, weder von Hassan noch von dem Baumeister. Also ersannen sie neue Bosheiten. Ihr stöhnt über undurchschaubare Entscheidungen der Verwaltung, meine Freunde? Lasst euch gesagt sein, im Vergleich zu früher ist das nichts heutzutage, erst recht nicht, wenn man noch den Einfallsreichtum hinterhältiger Djinn hinzudenkt. Kein Franzose ahnte übrigens etwas von ihrer Existenz, wie auch? Niemand berichtete ihnen davon. Wer wollte schon abfällige Äußerungen über Aberglaube und marokkanische Rückständigkeit hören? Jeder wusste doch, wie engstirnig Franzosen sind. Außerdem sind sie geizig. Sie halten sich für Könige, dabei kaufen sie einen halben Apfel und handeln den Bauern noch im Preis herunter ... So also hatten die Djinn weiterhin leichtes Spiel.«

Er sprang im Kreis der Zuhörer hierhin und dorthin, als habe einer dieser Geister von ihm Besitz ergriffen. Einige der Männer lachten, andere nickten, und alle hingen sie an seinen Lippen.

»Zurück zu Hassan und seinem Bauprojekt. Zu dieser Zeit, also im Jahr 1946, gab es neben der Verwaltung des Paschas auch die Behörden der Franzosen, und vor allem sie bestimmten über Wohl und Wehe in unserer Stadt. Die Folge war, dass alle mitredeten, wirklich alle, und egal worum es ging: vom französischen Residenten über die jeweils betroffenen Präfekten und Direktoren bis hinunter zum allergeringsten Protektoratsbeamten. Und ganz nach Geschmack und Laune wurde genehmigt oder verworfen. Zudem gingen die Beamten des El Glaoui nicht nur im Amtssitz des französischen Generalresidenten in Rabat, sondern auch hier beim Gouverneur in Marrakesch ein und aus. Auch dessen Anordnungen und Bedenken mussten beachtet und mit den Bestimmungen aus Paris, mit den Verfügungen aus Rabat und mit den Wünschen der vor Ort lebenden Kolonisten koordiniert werden. Ein wahres Labyrinth, nicht wahr? Aber so war es, jede behördliche Genehmigung nahm einen unendlich gewundenen Weg, Akten wurden hin und her gesandt, verstaubten auf Stapeln oder gingen verloren. Falls, merkt auf, meine Freunde, falls man nicht weise genug gewesen war, einen Fürsprecher zu gewinnen. Nur wer die richtigen Hände salbte, kam weiter. Wobei, das möchte ich hinzufügen, neben Geld auch Gefälligkeiten willkommen waren. Kommt euch das bekannt vor?«

Er ließ seinen Worten Zeit, in die Köpfe der Zuhörer zu sickern. Die Leute nickten, jeder wusste, wovon er sprach.

»Ganz recht, diese Mischung aus Geld, Einfluss und gegenseitigem Beistand ist nach wie vor das Schwungrad, das die Dinge vorantreibt. Nun, zurück zu Hassan, dem die fehlende Baugenehmigung langsam doch den Schlaf raubte. Natürlich hatte er schon im Vorfeld dem französischen Gouverneur seine Aufwartung gemacht, hatte mit guten Argumenten für seine Pläne geworben und war auf ein gewisses Wohlwollen gestoßen. Ebenso hatte zur selben Zeit der Baumeister die Dienststellen des Paschas aufgesucht und dort Gleiches getan. Seither waren freilich Monate vergangen. Würde seine schöne Herberge überhaupt irgendwann vor ihm stehen, fragte sich Hassan, könnte er sie jemals betreten, würde er Gäste begrüßen können … ihr kennt solche Zweifel. Die Djinn rieben sich die Hände, wirklich zufrieden aber waren sie noch nicht. Hassans Sorgen reichten ihnen bei weitem nicht! Plötzlich kam das Gerücht auf, exakt in diesem Teil Marrakeschs, in dem Hassans Hotel entstehen sollte, plane die französische Verwaltung die Erbauung eines neuen Viertels, einer *nouvelle ville*, die den Ansprüchen seiner ausschließlich europäischen Bewohner entsprechen werde, hieß es. Andere wollten von der Ansiedlung großer Industriebetriebe im gleichen Areal gehört haben. Ahnt ihr etwas?«

Die Männer nickten, er erwiderte ihr Nicken.

»Genau. Solch angeblich brandheißen Neuigkeiten hatten sich die Djinn einfallen lassen. Sie kennen die Menschen und wissen, Halbwahrheiten und Gerüchte verbreiten sich rasend schnell, gern auch unter dem Siegel der Verschwiegenheit, und werden besonders großzügig von Leuten weitergetragen, die glauben, an ihrer eigenen Wichtigkeit arbeiten zu müssen. Endlich hieß es eines Tages, die offizielle Bewilligung sei auf dem Weg, und Al Arbi legte los. Doch während Rohre und Dachbalken zugeschnitten wurden und Al Arbi Mauern in die Höhe ziehen ließ, wälzte sich Hassan weiterhin schlaflos auf seinem Lager. Jalid, sein nörglerischer, im Grunde aber gutherziger Djinn gönnte ihm auch jetzt kaum Ruhe.

›Und wo ist sie nun, diese Genehmigung? Hast du sie gesehen, in deinen Händen gehalten? Du wirst es erleben, dass sie dir das Haus unterm Hintern einreißen. Und erst der Pascha! Was, wenn seine Schnüffler doch noch herausfinden, wer in Wahrheit hinter diesem Bauantrag steckt? Wie eine Laus wird er dich zerquetschen! Such dir lieber endlich eine hübsche kleine Frau.‹ So ging es Nacht für Nacht.«

Der Halaiqi gönnte sich eine Pause, rückte seinen Chêche zurecht, rieb die Hände.

»Ich frage euch, wie es wohl kommen mag, dass manche Dinge zur haargenau passenden Zeit geschehen? Liegt darin nicht ein Zeichen für Allahs Fürsorge verborgen? Erkennen lässt sich das allerdings meist erst in der Rückschau. Wüsste man im Moment des Geschehens bereits um seine Bedeutung, wäre das, als sähe man Allah über die Schulter … Aber lassen wir das! Eines Abends – die Arbeit war getan, auch die Vorbereitungen für den nächsten Tag waren getroffen, warteten die Arbeiter darauf, dass das Fladenbrot in der Glut fertig backte und ihre Tajine gar wurde. Um sich die Zeit zu verkürzen und ihre knurrenden Mägen zu übertönen, sangen sie. Aus den Töpfen dampfte es, und ihre melancholischen Lieder, begleitet von Tamburin und Flöte, klangen, als würde immer und immer wieder der gleiche Refrain wiederholt –, an diesem Abend also fuhr die Kutsche des Baumeisters vor.«

Abderrahim winkte einen Wasserverkäufer heran und ließ sich ein Glas einschenken. »Allah segne dich«, murmelte er und trank. Dann wandte er sich erneut seinem Publikum zu.

»Was soll ich sagen? Beim Anblick dieser Kutsche fingen die Pantoffeln der Djinn Feuer, weshalb sie aufsprangen und wehklagten und mit einem Schlag jedes Interesse an Hassan verloren. Man mag es kaum glauben, doch so wahr ich hier stehe: Einen letzten Fluch warfen sie noch um sich, bitterböse und dennoch eher beiläufig, sozusagen mehr der Vollständigkeit halber, dann verschwanden sie Hals über Kopf. Niemand, weder Hassan noch sein Baumeister hatte die Schatten wirklich wahrgenommen oder etwas von ihrem bösen Treiben geahnt, und doch fühlte sich auf einmal jeder wie erlöst. Warum sie flüchteten, fragt ihr? Schon von weitem winkte Baumeister Al Arbi mit einer vorläufigen Bewilligung in seiner Hand, al hamdullillah! Außerdem saß neben ihm in der Kutsche seine Tochter Latifa. Monatelang hatten die Djinn Hassan malträtiert, doch ein

Blick auf die hübsche und kluge Marokkanerin in der Kutsche genügte, und sie wussten, dass sie gegen sie keine Chance hatten. Eine moderne junge Frau aus guter Berberfamilie, die französische Schulen besucht hatte und vertrauten Umgang mit den Töchtern von französischen Handelstreibenden, Plantagenbesitzern und ranghohen Militärs pflegte, also in beiden Welten zu Hause war? Der Abwehrzauber solcher Frauen besaß unberechenbare Kräfte!

Hassan half zuerst dem Baumeister, dann dessen Tochter aus dem Wagen. Ein Blick aus dunklen Mandelaugen traf ihn und ein winziges Lächeln, das über ihr Gesicht huschte, und noch bevor Latifas schlanker Fuß den Boden seines Grundstücks berührte, hatte sich unser Hassan verliebt.«

Charlotte

»Es muss mehr im Leben geben«, »aufs Herz hören« und »über eigene Bedenken hinwegsetzen« hatte Klara zum Schluss gesagt. Es hatte logisch geklungen. Kein Wunder, Klara konnte ihr Ziel ja genau definieren, aber sie? Um welche Ziele ging es bei ihr? Neubeginn war ein so erschreckend großes Wort! Außerdem waren solche Sprüche ja wohl einfachste Küchenpsychologie. Und doch hatte sie sich davon anstecken lassen. Lag es an Klaras Optimismus oder daran, dass im Schutz der Nacht Vorhaben und

Wünsche sozusagen ihr spezifisches Gewicht änderten? Jedenfalls hatte sich in ihr fast eine Art Hoffnung entwickelt, als könne sich in ihrem Leben doch noch einmal etwas Wesentliches ereignen.

Klara – die ab jetzt Claire genannt werden wollte, weil das angeblich den Marokkanern leichter über die Lippen ging – hatte von sich und von ihren Träumen erzählt, und auf einmal hatte auch sie sprechen können, von Paul, von früher, von verpassten Chancen und bitteren Kompromissen. So etwas hatte sie noch nie getan.

Wobei der Austausch nicht ausgeartet war, zum Glück, weder zu gefühlvollen Ergüssen noch zu einem Therapiegespräch. Manche Erfahrungen mussten zudem nicht ausgeführt werden, Andeutungen reichten völlig aus. So unterschiedlich ihre Biografien auch sein mochten: Frauen im gleichen Alter ...

Das Gespräch hatte gutgetan. Aber wie sah es jetzt, im Licht des Morgens, mit »es muss mehr im Leben geben« aus? Jemand wie Claire hatte leicht reden. Und war ein definiertes Ziel wie Buch oder Kalender nun couragiert oder doch eher naiv? Anstatt sich mit unbeantwortbaren Fragen zu quälen, sollte sie endlich Ordnung schaffen, wie konnte sie sonst etwas Neues beginnen? Was immer auch dieses Neue war.

Sie schwang die Beine aus dem Bett, schaltete ihr Handy ein und hörte die Mailbox ab. Acht Anrufe von Paul. Wo sie sei, warum sie nicht zurückrufe, was sie von den Vorschlägen des Anwalts halte, und dann plötzlich mischte sich so etwas wie Besorgnis in seine Stimme. Ob es ihr auch gut ginge, fragte er, und dass es ihm leidtue.

Was genau tat ihm leid? Und was meinte er mit Anwalt?

Sie öffnete den Laptop, klickte im Mailprogramm auf die eingegangenen Nachrichten und las eine nach der anderen. Eine überholte Buchungsbestätigung des Reisebüros, dreimal Paul mit ähnlichem Inhalt wie seine Sprachnachrichten. Und dann zwei Schreiben des Anwalts, jeweils mit umfangreichem Anhang, betitelt mit »Vorbereitung der Ehescheidung der Eheleute…« und »Trennungsvereinbarung zwischen…«. Er bitte um Änderungsvorschläge, um Unterschrift und zeitnahe Rücksendung der Entwürfe, stehe aber selbstverständlich auch für Rückfragen zur Verfügung. »Hochachtungsvoll…«

Paul hatte also tatsächlich die Scheidung eingeleitet.

Ihr Herz schlug normal.

Gestern noch hatte sie gedacht, ohne Paul im Hintergrund sei sie schutzlos, doch jetzt, das Wort »Scheidung« schwarz auf weiß vor sich, kam es ihr vernünftig vor. Ein formaler Akt, zwar unerwartet, aber doch nicht aus dem Nichts. In der Realität lebte sie ohnehin schon lange damit, nur das Akzeptieren hatte gedauert. Dazu hatte erst diese Verena auftauchen und sie auf den ausgehöhlten Boden unter ihren Füßen hinweisen müssen.

Rasch antwortete sie Paul und dem Anwalt in diesem Sinne, erteilte ihre Vollmacht und setzte ihre digitale Unterschrift darunter. Außerdem teilte sie beiden mit, dass sie sich derzeit zu Recherchezwecken in Marrakesch aufhalte, eine unter diesen Umständen verzeihliche Übertreibung, wie sie fand. Bevor sie alles noch einmal überdenken konnte, schickte sie die Mails ab.

Und nun? Nachmittags würde Karim sie zur Besichtigung des alten Grandhotels abholen. Sicherheitshalber überprüfte sie Akku und Speicherkarte, reinigte die Objektive, verstaute die Kamera wieder. Alles bereit.

Im Handy eine Nachricht von Claire: »Motto des Tages: Buch und Kalender nicht vergessen! Bis später!« Dazu ein rotes Herzchen.

Sie antwortete: »In Ordnung! Bis später.« Kurzes Zögern, dann fügte sie ein lachendes Gesicht an. Ein Smiley? Dabei hatte sie soeben erst ihrer Scheidung zugestimmt.

Sie wandte sich wieder ihrer Internetrecherche zu. Schon seit Stunden durchforstete sie die Homepages einschlägiger Verlage, prüfte außerdem ihre Aufnahmen, erstellte Listen vorzeigbarer Bilder, verwarf sie wieder, traf eine neue Auswahl. Was, wenn ihre Fotos tatsächlich veröffentlicht würden?

Irgendwann klappte sie den Laptop ernüchtert zu. Selbst wenn sich jemals ein Verlag für ein solches Projekt interessieren sollte, war es mehr als unwahrscheinlich, dass sie als Fotografin überzeugen konnte. Nichts hatte sie vorzuweisen, weder Preise gewonnen noch sich sonst wie einen Namen gemacht, und frühere Erfolge waren längst vergessen. Zwar tauchte sie im Impressum einiger Ausstellungskataloge und Kunstbücher auf, aber eben als Übersetzerin. Wen also glaubte sie mit ihren Allerweltsaufnahmen überzeugen zu können? Doch selbst wenn man von der Motivauswahl absah, für einen Bildband in einem der anspruchsvolleren Verlage benötigte man – neben einer hochwertigen Ausrüstung! – nicht nur qualitativ herausragende Fotos, sondern auch mindestens zweihundert Bilder zur Auswahl. Wie sollte sie das schaffen?

Karim

»Sîdi, der Halaiqi schießt nicht mit vergifteten Pfeilen, davon bin ich überzeugt.«

Abduls Urteil deckte sich mit seinem eigenen Eindruck, trotzdem irritierte ihn das öffentliche Gerede über die Familie immer noch.

»Lassen wir ihn herkommen, sprich mit ihm, dann weißt du, was er im Sinn hat und findest deine Ruhe wieder, inshallah.«

»Ich überlege es mir.« Noch etwas, worüber er nachdenken musste. Nachts krochen die Geister aus ihren Verstecken …

Vorhin hatte er sich endlich überwunden und mit dem Onkologen in Casablanca telefoniert. Weitere Untersuchungen seien notwendig, hatte er gesagt, selbstverständlich auch eine Biopsie, und ihm schon für morgen einen Termin nahegelegt. Man dürfe die

Diagnose nicht hinauszögern, hatte er gemahnt, und dass man den Dingen ins Auge sehen müsse. Musste man? Danach war ihm gerade ganz und gar nicht, aber nun gut. Morgen also Casablanca.

Als Mutter um seinen Besuch bat, weil es Wichtiges zu besprechen gebe, schob er ein Meeting vor. Vermutlich ging es ihr ohnehin bloß wieder um die Freuden von Ehe und Vaterschaft. Und dieser Halaiqi, der Familieninterna verbreitete, sollte er Mutter darüber informieren? Für sie war alles wichtig, was die weitverzweigte Familie betraf, und seit alle Welt über Smartphones verfügte, kannte sie die Sorgen auch der entferntesten Cousins und Tanten. Man hielt zusammen, Konflikte wurden intern geregelt, und nach außen drang kein Wort. Die Familie als Schutzraum, als Bollwerk, war für sie nicht nur eine Tradition, sondern eine Tatsache. Mutter musste warten, der Geschichtenerzähler ebenfalls, jetzt kam erst einmal das Les Almohades. Und Charlotte.

Für den Kleinen hatte er einen Fußball besorgt, hatte die Pläne nach Erdgeschoss, Keller und Gästebereich geordnet und die Listen über die in jener Zeit verwendeten Materialien aktualisiert. Außerdem hatte er neben dem Lasermessgerät aus dem Büro auch Taschenlampen eingepackt, Strom gab es schließlich nicht im Haus. Alles im Griff, wie gewohnt. Er hatte vorgesorgt, auch um gegen etwas so Abstraktes wie »Aura« gewappnet zu sein. Dennoch fand er es schwierig, sich auf den Verkehr zu konzentrieren, mit Charlotte neben sich auf dem Beifahrersitz.

Vorhin hatte er ihr ins Auto geholfen. Eine kurze Berührung, mehr nicht, und doch war die Hitze in ihm aufgestiegen. Er konnte nur hoffen, dass sie seine Verunsicherung nicht bemerkt hatte. Wobei er immer noch die Zartheit ihrer Haut spürte. Er warf einen Blick zu ihr hinüber. Die Kameratasche auf dem Schoß gingen ihre Augen in eine unbestimmte Ferne. Was beschäftigte sie?

Auf der Rückbank plauderte Claire über ihre Exkursion. »Zum Lunch gab's Picknick unter uralten Olivenbäumen. Wenn ihr mich fragt, die Leute von Marrakesch verstehen zu leben! Der Couscoussalat war ja schon köstlich, aber dieser Rote-Bete-Salat mit Schafskäse und Walnüssen – ein Gedicht! Das Rezept brauche ich!« Niemand antwortete.

Am Rand des Kreisels brachte er den Wagen zum Stehen. »*Voilà*. Da sind wir.«

Kein struppiges Unterholz mehr, auch Eisentor und Zaun waren verschwunden. Der Mast mit dem lückenhaften Hotelnamen stand noch, ebenso ein hoher Gummibaum, den man zuvor im Gewirr kaum wahrgenommen hatte. Seine fleischigen Blätter warfen Schatten auf die ehemalige Zufahrt, jetzt eine Brache aus roten Erdklumpen und Sand. Abdallah und seine Männer hatten ganze Arbeit geleistet, einladend sah es dennoch nicht aus.

Doch Charlotte und Claire hatten sowieso nur Augen für das Haus und die geschwungene Eingangstreppe. Sie dampfte vor Nässe, und die frisch geputzten Glasscheiben der hohen Flügeltüren funkelten im Sonnenlicht. Lahzen und Zouzou mussten sich mächtig ins Zeug gelegt haben. Der Kleine erschien auf der obersten Treppenstufe, auch er wirkte frisch gewaschen.

Er räusperte sich. »Geht schon vor, Claire kennt sich ja aus. Ich parke nur rasch das Auto.«

Charlotte

Jetzt ging es ihr besser. Während der Fahrt hierher, so dicht neben Karim, war ihr das Atmen schwergefallen.

Die schön gegliederte sandfarbene Fassade des zweistöckigen Hauses, die geschnitzten Fenstergitter – wie ein Palast wirkte das nicht, eher wie ein Landhaus. Bogenförmige Stufen führten zu einem hohen Portal, unter dem ihnen ein kleiner Junge entgegenblickte.

»Das Licht ist gut. Ich versuch es gleich mal.« Sie nahm die Kamera, trat einen Schritt zur Seite, ging in die Hocke, wählte einen Ausschnitt und löste aus, korrigierte ihre Position, den Blickwinkel, und erneut erklang das leise Klicken. Die nächste Einstellung im Hochformat, ein Detail, auf das sie sich konzentrierte und das sie heranzoomte. Wie zu analogen Zeiten, fiel ihr auf.

Dabei hatte früher niemand einfach drauflosgeknipst. Schließlich wollte man damals nicht Hunderte zufällig entstandener Bilder, unter denen sich mit etwas Glück das eine befand. Außerdem dauerte es, bis man den belichteten Film entwickelt hatte, die Negative in der Hand hielt, die ersten Probeabzüge anfertigen und beurteilen konnte…

Wie grundlegend sich doch alles verändert hatte, und wie verführerisch die neue Technik war. Sie hatte die Digitalkamera zwar erst seit ein paar Tagen, inzwischen schoss sie aber ebenfalls massenhaft Bilder des gleichen Motivs und traf erst später ihre Auswahl.

Jetzt jedoch ging sie etwas besonnener vor, das musste am Objekt liegen. Claire sprach von lohnenden Motiven, die drinnen auf sie warteten. Sie hörte nur mit halbem Ohr hin und wechselte das Objektiv. Das Kind verschwand im Haus, kam zurück. Erneut experimentierte sie mit Zoom, Verschlusszeit, Ausschnitt und war so darin vertieft, dass sie erschrak, als plötzlich Karim die Stufen emporstieg.

»Irgendwann braucht jeder Junge einen richtigen Fußball«, sagte er zu dem Kleinen. »Finde ich jedenfalls. Dieser hier ist für dich.«

Der Auslöser klickte.

Der Junge zögerte. Dann aber strahlte er, nahm den Ball in die Arme, stotterte irgendetwas und sauste zurück ins Haus. Unter der Tür tauchte ein alter Mann auf, der Karim wortreich begrüßte. Faltiges Gesicht, langes beigefarbenes Gewand, eine Mütze von undefinierbarem Grau – nicht gerade starke Farbkontraste, dennoch schoss sie rasch hintereinander mehrere Fotos.

Plötzlich rutschten die Papiere unter Karims Arm

zu Boden, Claire und die Männer bückten sich danach, redeten durcheinander, lachten. Währenddessen ratterte der Auslöser. Zum Ausprobieren war eine Digitalkamera wirklich ideal.

In der Eingangshalle roch es nach Holzkohle und duftendem Rauch, und neben dem Kind wartete eine alte Frau mit Kopftuch. Aziz, Lahzen und Oum Zouzou – Karim stellte sie einander vor. Für Claire und sie gab es prüfende Blicke, über Karims Kommen aber freute sich Oum Zouzou aufrichtig. Mehrmals seufzte sie gerührt, fasste nach seiner Hand und seinem Arm. Hatte sie nicht sogar Tränen in den Augen?

»Schau doch nur, schau!« Claire tippte sie an. »Die Treppe, die Fotos, ach, alles!«

Die Treppe hatte gute Proportionen und einen wirklich gelungenen Schwung, davon abgesehen sah es in der Halle jedoch wenig einladend aus. Schwere, zerschlissene Vorhänge, eine verschmutzte gläserne Deckenkuppel, die kaum Licht durchließ, matte Farben und Kontraste – schwierig zu fotografieren. Was sich Karim wohl von den Fotos versprach? Was erwartete er überhaupt von ihr?

Am anderen Ende der Lobby öffnete Claire deckenhohe Türen. »Darf ich?«

»Darum sind wir hier.« Karim legte den Papierwust auf einem Tisch ab, es staubte. Dann standen sie zu dritt in einem dämmrigen Saal mit Kassettendecke, verhängten Kronleuchtern und Ventilatoren, und mit Tapeten, die sich von den Wänden lösten. Tristesse pur! Gegenüber befanden sich hohe Türen, dort schienen sich weitere Räume anzuschließen.

Claire machte sich an einem der Fenster zu schaffen, und plötzlich drangen blendendes Tageslicht und frische Luft herein. Sie rannte zum nächsten und übernächsten Fenster, zog auch hier die Vorhänge beiseite und stieß die Läden auf. Im hellen Licht zeigten sich feine Schnitzereien und Bemalungen an der Holzdecke. Claire lachte auf, deutete zur Decke, wollte, dass sich alle von ihrer Begeisterung anstecken ließen.

Karims Blick aber lag auf Charlottes Gesicht. Ihre Haut kribbelte. Wann hatte sie das letzte Mal ein Mann so angesehen? Rasch zückte sie die Kamera, knipste irgendetwas. Egal, ließ sich ja wieder löschen…

Karim räusperte sich. Er zeigte auf die Türen gegenüber. »Dort hinten geht's weiter.«

Claire

Alle Fenster standen offen, frische Luft vertrieb den Mief, und sie drehte sich langsam um die eigene Achse. Der Raum wirkte harmonisch und immer noch elegant, obwohl die Sonne den Verfall gnadenlos ans Licht zerrte. Allein der Staub, der sich über die Jahre als graue Schicht auf alles gelegt hatte! Am Boden lag er so dicht, dass sich ihre Fußspuren darin abzeichneten. Sie wischte mit der Sohle eine Stelle frei, und zum Vorschein kam diagonal verlegtes Holzparkett, ähnlich dem alten Tanzboden im ersten Stock der Herzogstube.

An den Wänden stapelten sich Tische und Stühle, und in den Ecken standen Truhen. Die erste enthielt silberne Weinkühler und Tabletts, die nächste Champagnerschalen aus Kristall, in einer weiteren entdeckte sie Shaker, Siebe und sonstiges Cocktailzubehör. Hinter einer Anrichte, deren Rückseite aus erblindeten Spiegeln und leeren Regalen bestand, öffnete sich ein Gang, der zur Küche führen musste. Dieser Rote-Bete-Salat – ob Oum Zouzou das Rezept dafür kannte?

Erneut sah sie sich um. Alles hier lag in einer Art Dornröschenschlaf. Man bräuchte nur Seife, ein paar Eimer heißes Wasser, Schrubber und Möbelpolitur ... Sie folgte den anderen.

Lahzen ging langsam voraus, stützte sich auf seinen Stock, ließ es sich aber nicht nehmen, sie selbst durchs Haus zu führen. Seine Augen glänzten, während er Türen aufsperrte, Fensterläden entriegelte und vor Schuttbrocken und unebenen Bodendielen warnte. Der kleine Aziz wich ihm nicht von der Seite. Manchmal rutschte ihm sein Ball aus dem Arm. Dann ließ er ihn ein paar Mal aufprallen, fing ihn ein und klemmte ihn sich wieder unter den Arm.

In allen Gästezimmern das Gleiche: zusammengerollte Teppiche und leere Betten, maurische Truhen und Schränke, gefüllt mit vergilbtem Bettzeug, und fein gearbeitete Möbel. In eine der Suiten – zwei Schlafräume mit Waschgelegenheit plus Salon – hätte sie sofort einziehen mögen. Fußboden und

Fenster waren in Ordnung, alles war in einem sanften Blau gehalten, von der nahezu intakten Streifentapete über die Vorhänge bis zum Teppich. Einmal ordentlich durchgelüftet und geputzt, mehr brauchte es nicht, und schon…

Zu jedem Zimmer, jeder Suite hatte Lahzen etwas anzumerken. Leider verstand sie kein Wort. Ob er von früher erzählte, von den illustren Gästen, die einst hier logiert hatten, vielleicht sogar von ihren Geheimnissen?

Immer weiter ging es. Sie folgte Karim und Charlotte. Und während Karim mit seinem Lasergerät die Räume vermaß und Wände abklopfte, während Charlotte fotografierte und der Alte dieses und jenes erklärte, kam ihr die verblichene Eleganz – trotz Unmengen von Staub, verrosteten Rohren und herabhängenden Stromkabeln – wie das Echo einer früheren, einer besseren Zeit vor.

Gelegentlich deutete Karim auf ein Detail, das Charlotte dann fotografierte. Die beiden verständigten sich fast ohne Worte, als seien sie ein seit langem eingespieltes Team, und wie schon am ersten Abend folgten Karims Augen ihr auch jetzt bei jedem Schritt. Charlotte schien das nicht zu bemerken. Sie hantierte mit der Kamera und ging voll in ihrer Aufgabe auf.

Spürten sie denn nicht die Ausstrahlung des Hauses, der Räume und Möbel? Sie jedenfalls glaubte ferne Stimmen und Lachen zu hören und musste hinter jede Tür schauen, die sich öffnen ließ.

~

Rote-Bete-Salat mit Schafskäse und Walnüssen

Zutaten

- 750 ml Wasser
- 250 ml Weinessig
- 200 g Zucker
- 2 Zimtstangen
- 1 EL gemahlener Koriander
- 2 ganze Sternanis
- 500 g Rote Bete, geputzt
- 50 g Walnüsse
- 150 g Schafskäse

Dressing

- 2 EL Olivenöl
- 1 EL Rotweinessig
- 2 EL Honig
- 1 TL körniger Senf
- Salz, Pfeffer

Zubereitung

Wasser, Essig, Zucker und Gewürze unter Rühren in einem Topf zum Kochen bringen, bis sich der Zucker aufgelöst hat. In diesem Sud die Rote-Bete-Knollen kochen, bis sie gar sind (ca. 1 Stunde). Herausnehmen, abkühlen lassen und schälen (luftdicht verpackt und bedeckt mit dem Kochsud halten sie sich bis zu einer Woche im Kühlschrank).

Rote Bete in Scheiben schneiden und auf einer
Servierplatte anrichten.

Die Zutaten für das Dressing miteinander verrühren
und über die Roten Bete geben. Schafskäse und
grob gehackte Walnüsse darüberkrümeln und sofort
servieren.

~

Karim

Er ordnete seine Notizen. Was war mit der Elektro-
versorgung, den Anschlüssen für Frisch- und Ab-
wasser, mit dem Zustand des Daches und der Decken? Nüchterne Fakten, mit denen er sich befassen
musste, aber das fiel ihm leichter, als seine umher-
flatternden Gedanken einzufangen. Immer wieder schweiften sie zu irgendwelchen Albernheiten
ab: einem Ausflugsziel, das er Charlotte gern zeigen
würde, oder der CD, die er kürzlich entdeckt hatte.
Welche Musik sie wohl gerne hörte? Wenn er ehrlich
war, würde er sie am liebsten über ihr Leben ausfragen, über ihre Vorlieben und Ansichten, und ob es
einen Mann gab...

Der Nachmittag hatte einen komplett anderen
Verlauf genommen als gedacht. Aus der geplanten
unverbindlichen Begehung mit allgemeinem Geplauder und dem einen oder anderen Foto war eine
ernsthafte Bestandsaufnahme geworden! Stunde um
Stunde hatten sie gemeinsam die Räume überprüft,

Notizen angefertigt und Schäden fotografiert, Lahzen schien das so zu erwarten. Inzwischen war es längst dunkel geworden. Den Rest – Kellerräume und Anbau – wollten Claire und Charlotte mithilfe der beiden Alten allein erledigen. Ihn hatten sie in den Garten zu seinen Plänen und Notizen geschickt. Lahzen und Aziz streiften also mit Claire durch die diversen Kellerräume, während Charlotte unter Oum Zouzous Führung letzte Aufnahmen im Anbau machte. Immer wieder flammte dort ihr Blitzlicht auf. Wie sich die beiden wohl verständigten? Oum Zouzous marokkanisches Französisch musste ziemlich ungewohnt für Charlotte klingen, aber sie würde schon damit zurechtkommen.

Sie imponierte ihm. Ihre sanften Bewegungen, die schlanken Finger, die geschickt das Objektiv wechselten, der prüfende Blick... Sie ging systematisch vor, wartete ab, bevor sie etwas sagte, und gelegentlich stellte sie scharfsinnige Fragen. Manchmal verlor sie sich auch in ihren Gedanken. Vor allem aber schaute sie genau hin, nahm ihre Aufgabe ernst und blendete Ablenkungen aus. Von jedem Raum hatte sie zunächst eine Totalansicht gemacht, danach die Details fotografiert, etwa verzogene Türrahmen, herabhängende Leitungen, gesprungene Waschbecken und sonstige Schäden, was eben auf den ersten Blick festzustellen war. Ähnlich methodisch würde sie den Seitenflügel dokumentieren, von Oum Zouzous Gerede ließ sie sich dabei sicher nicht ablenken.

Was war nur aus der unverbindlichen Begegnung geworden? Nie hätte er mit dieser Entwicklung gerechnet! Glaubte er immer noch, alles im Griff zu haben?

Ein Hustenanfall brachte ihn in die Realität zurück.

Er saß am Rand des Wasserbeckens hinter der Küche, vor sich Pläne und Listen, und der Strahl der Taschenlampe, der die Dunkelheit durchschnitt. Zikadengesänge und Wacholderduft lagen in der Luft, durch das Gestrüpp schimmerte Licht von Mohammeds Appartementhaus.

Immerhin konnte er sich nun ein erstes Bild vom Haus machen, konnte seine Unterlagen ergänzen und in Ruhe über weitere Schritte nachdenken. Wieder flammte das Blitzlicht hinter einem Fenster im Anbau auf. Einst habe dort Großvater Hassans Familie gewohnt, hatte die Alte vorhin, unterbrochen von zahllosen Seufzern, erzählt, damals, nachdem die französischen Behörden das Hotel übernommen und Legionäre und Soldaten einquartiert hatten. Wüste Gesellen seien darunter gewesen, in den Straßen habe es Kämpfe gegeben und Aufstände, und nachts habe man Schüsse und Detonationen gehört. Großvater Hassan habe daher eine Mauer innerhalb des Hauses eingezogen und so einen Bereich abgetrennt, in dem er ungestört mit seiner kleinen Tochter wohnen konnte. Ob er wisse, wie und wann, also, dass Großvater Hassans Frau…? Sie hatte zu Boden geschaut.

Oh ja, er wusste, dass Großvater Hassans Frau kurz nach der Geburt seines einzigen Kindes – Fatima, seiner Mutter – gestorben war. Vergleiche mit Karims

Schicksal unterließ Oum Zouzou aber zum Glück, obwohl er ihr ansah, dass sie genau diese Parallele im Sinn hatte. Er hatte sie finster angeschaut, weshalb sie eilig weitererzählt hatte. Damals also habe Großvater Hassan den Seitenflügel geschaffen, aber trotzdem meistens im Gartenhaus geschlafen. Das Hauspersonal habe sich jedoch gut um die Kleine gekümmert... Wie passte das zu Lâlla Fatimas rosigen Erinnerungen?

Lahzen kam herangehumpelt, neben ihm Aziz, zwei schweigende Schatten. Froh, seinen Grübeleien zu entkommen, sagte er: »Lahzen, mein Freund, setz dich zu mir. Wo hast du deinen Ball, Aziz?«

Aziz deutete zum Haus. »Auf meinem Bett.«

»Wann wirst du ihn ausprobieren?«

Der Kleine zuckte die Achseln. »Er ist neu.«

»Stimmt. Die Jungs auf der Straße werden staunen.«

»Vielleicht glauben sie nicht, dass er mir gehört und nehmen ihn mir weg.«

»Verstehe.«

Das tat er tatsächlich, stellte er überrascht fest. Ein Fußball, wie ihn die Großen benutzten, war für jeden ein Schatz, erst recht für einen Jungen wie Aziz.

»Ich bestätige durch meine Unterschrift, dass er dir gehört.« Er winkte mit seinem Stift. »Was hältst du davon?«

Zögernd lächelte der Kleine. »Du schreibst auf dem Ball?«

»Viele Fußbälle sind signiert. Überleg es dir.«

Aziz nickte.

Er wandte sich Lahzen zu. »Wie sieht es in den Kellern aus?«

»Schon lange war ich nicht mehr dort unten.«

Im Dunkeln konnte er Lahzens Gesicht nicht sehen. Er wartete.

»Deine Taschenlampe leuchtete in jeden Winkel«, fuhr der Alte fort, »auch in die allerdunkelsten.«

»Gut. Und was sahst du?«

Lahzen kratzte sich am Kopf, suchte nach Worten. »Ich bin kein Fachmann, Sîdi, auch sind meine Augen nicht mehr wie einst.« Dann zählte er seine Beobachtungen an den Fingern auf: »Über die Leitungen kann ich nichts sagen, der große Ofen für das warme Wasser steht jedenfalls wie eh und je, ebenso alle Wände. Das Mauerwerk ist stabil, und am Boden liegt nur wenig abgefallener Putz.«

Er spürte, dass das noch nicht alles war.

Lahzen legte dem Jungen die Hand auf die Schulter. »Geh und schau, ob die Hühner und die Ziege genug Wasser für die Nacht haben.« Widerspruchslos wandte sich Aziz um.

»Ein wirklich guter Junge«, murmelte Lahzen. Beide sahen sie zu, wie Aziz zwischen den dunklen Bäumen verschwand.

Er nickte.

Erst nach einer Weile fand der Alte die richtigen Worte. »Sîdi, Fundamente und Gewölbe sind heil durch die Zeit gekommen. Seit vielen Jahren schon tragen sie das Haus, und das werden sie auch weiterhin tun, mit Allahs Hilfe.« Seine Betonung lag auf »weiterhin«.

Auch ihn hatte der gute Zustand des Gebäudes überrascht, doch für ein endgültiges Urteil war es zu früh. »Sehr richtig, mein Lieber: Du bist kein Fachmann. Ich leider auch nicht. Wir werden also abwarten, was meine Bausachverständigen sagen.«

Der Alte wiegte seinen Kopf, dann deutete er auf die Papiere auf dem Tisch. »Gestern, als du auf einmal vor mir standest, mit all diesen Plänen, dachte ich noch, ich wüsste, was du vorhast.«

»Und heute?«

»Heute, Sîdi? Heute denke ich, du gehst kein Risiko ein.«

Charlotte

Sie musste seine Blicke vorhin falsch interpretiert haben, während des gesamten Rundgangs war er jedenfalls betont sachlich mit ihr umgegangen. Er wollte ihre Fotos, das war alles.

Jetzt öffnete Oum Zouzou die Tür zu einem fensterlosen Raum mit gemauerten Nischen und Simsen und einem Gewölbe aus schmalen Ziegeln. Das Licht ihrer Taschenlampe stieg nach oben, schwebte hoch über ihnen durch eine fein gemauerte Kuppel mit einer Öffnung für Frischluft, tastete sich abwärts und enthüllte ein halbrundes Badebecken, zu dem zwei Stufen führten, glitt weiter über ein muschelförmiges Wandbecken, über Spiegel, seidenglatte Wände und symmetrische Fliesenmuster. Ein Badezimmer, herb und feminin zugleich, und einfach bezaubernd. Sie fühlte den fragenden Blick der alten Frau, und in schöner Übereinstimmung lächelten sie sich an.

Immer noch hatte sich ihr der Sinn dieser Unternehmung nicht wirklich erschlossen. Zudem stieß bei zunehmender Dunkelheit die Kamera an ihre Grenzen, und im grellen Blitzlicht sah alles besonders schäbig aus. Wozu genau benötigte Karim die Fotos? Es ging sie zwar nichts an, aber insgeheim hoffte sie, ihre Bemühungen dienten in irgendeiner Weise dem Erhalt des Hauses, inklusive dieses Baderaums. Und wenn nicht? Als berechnenden Managertypen schätzte sie Karim nicht gerade ein, aber was wusste sie schon von ihm? Sie verstanden sich zwar recht gut, doch als Geschäftsmann – und Marokkaner! – konnte sich hinter seinen Erklärungen alles verbergen.

Oum Zouzou riss sie aus ihren Gedanken. »Jetzt ist es still, aber was haben wir hier früher gelacht und gesungen!« Sie seufzte.

Nicht jedes ihrer Worte verstand Charlotte, jedenfalls nicht auf Anhieb, manches ergab sich erst aus dem Zusammenhang, doch dass die alte Frau einer wunderbaren Vergangenheit nachtrauerte verstand sie auch so. Schon flammte ihr Blitzlicht auf. Wände, Decke, Nischen, drei, vier, zehn Nahaufnahmen. Fertig. Sie kontrollierte das Display, zeigte die Aufnahmen vor. »La illah illalah.« Oum Zouzou tupfte eine imaginäre Träne fort.

Weiter ging es über Treppen und Gänge. Hier

und dort lag abgebröckelter Putz in den Ecken, und wo Bodendielen aufgeworfen waren, klemmten die Türen. Oum Zouzou leuchtete, wartete, bis sie fertig war, und erzählte. Von früher, als Sîdi Karim Kind gewesen war und als er im Ausland gelebt hatte. Und sie sprach von der Zeit vor wenigen Jahren, als er an einem einzigen Tag seine junge Ehefrau und seinen ungeborenen Sohn verloren hatte. Allein Allah, der Allmächtige, wusste, welchen Sinn ein solches Unglück hatte.

Sie kam ins Stolpern. Hatte sie sich verhört? »Frau und Kind – alle beide? Das ist ja entsetzlich, der arme Mann!«

Oum Zouzou redete weiter, und wenn sie nicht redete, dann seufzte sie. Sie erzählte von Fatima, offenbar einem kleinen Mädchen, von einer Lâlla Latifa und einem Fluch, von Menschen, die einst hier gelebt hatten, von Franzosen, die der Sultan – mit Gottes Hilfe – irgendwann aus dem Land gejagt habe.

Hatte sie tatsächlich »Fluch« gesagt? Sie hatte nicht richtig aufgepasst, Karims Unglück hatte sie zu sehr erschreckt. Wie war er damit fertiggeworden?

Am Fuß einer schmalen Treppe blieb Oum Zouzou plötzlich stehen. »Wir haben lange auf seinen Besuch warten müssen«, sagte sie, »und nur Allah weiß, wie schwer das für uns war.« Dann straffte sie die Schultern. »Sag mir, wo ist dein Mann? Wo sind deine Kinder, deine Eltern?«

Sie wich zurück. Derart unverblümte Fragen – wie kam Oum Zouzou dazu? Andererseits hatte sie sie an Karims Geschichte teilhaben lassen … Sie hörte sich selbst sagen: »Leider habe ich keine Kinder. Meine Eltern sind gestorben, und mein Mann nimmt sich gerade eine andere Frau. Sie ist jung, sie wird Kinder bekommen.«

Die Köchin nickte. »Du magst seine Zweitfrau nicht.«

»Nein. Wir lassen uns scheiden.« Da! Zum ersten Mal hatte sie das Wort ausgesprochen. Sie horchte in sich hinein. Spürte sie nichts?

Oum Zouzou seufzte tief. »Es ist, wie es ist. Ich denke ja immer noch, unser guter Sîdi Hassan hätte sich damals nach Lâlla Latifas Tod – Allah gebe ihr Frieden – eine neue Frau nehmen sollen. Allah, alles kehrt wieder, wohin soll das führen?«

Wovon redete sie? Sollte sie nachfragen? Lieber nicht.

»Das ist die letzte Tür, nicht wahr?« Sie entfernte schon mal den Schutzdeckel vom Objektiv und legte die Hand auf die Türklinke. »Und was haben wir hier?«

»In diesem Zimmer schlafen Aziz und ich.«

Sie zuckte zurück. »Oh, Verzeihung!«

Oum Zouzou aber stieß die Tür auf und trat beiseite. »Willkommen.«

Zwei Matratzen, ein paar ordentlich gefaltete Decken, auf dem Boden einfache Webteppiche, ansonsten ein Schrank, zwei Stühle und eine geschnitzte Truhe unter dem Fenster, das war alles. Spartanisch, und doch wohnlich.

Oum Zouzous Licht wanderte durch den Raum und blieb auf Schrank und Truhe liegen. War sie stolz auf das schöne Ensemble in dem sonst eher ärmlichen Zimmer?

»Darf ich fotografieren?«

»Warte. Kannst du lesen, Madame Charlotte?«

»Natürlich.«

»Auch fremde Buchstaben?«

»Arabisch leider nicht, auch kein Griechisch oder Kyrillisch, aber sonst? Ja, natürlich.«

Die alte Köchin seufzte erleichtert.

Claire

Müßig knipste sie die Lampe an und aus, an und aus. Das Licht fiel auf Stellagen voller Kram, und sie dachte daran, dass sie im ersten Augenblick das Gefühl gehabt hatte, dass dieses Haus lebte, sogar um Hilfe rief.

So ein Unsinn, sie sollte besser zusehen, dass sie hier fertig wurde.

Sie tastete sich an einem Gestell entlang, leuchtete über riesige Servierplatten aus gehämmertem Messing und hohe, geflochtene Bastkegel. Im Reiseführer hatte sie gesehen, dass man sie wie Warmhalteglocken über Speisen stülpte, die man feierlich servierte. Unter dem untersten Regalbrett stapelten sich Schüsseln und Töpfe, auch sie überdimensioniert und der Patina nach aus Kupfer. Einmal gründlich poliert, schon könnte man…

Die Tür zum Garten stand offen, duftschwere Luft aus dem Garten strömte herein, sie hörte Karims Stimme und Lahzens Gemurmel. Sollte sie zu ihnen gehen? Sie war müde und schmutzig und ein bisschen frustriert. Lieber blieb sie eine Weile allein.

Sie setzte sich auf die Stufe zur Küche. Stundenlang war sie in sämtlichen Ecken herumgekrochen, und warum? Niemand hatte das von ihr verlangt, außerdem flog sie schon in drei Tagen nach Hause. Und dann? Weder fühlte sie »gestärktes Selbstbewusstsein« noch so etwas wie einen »klaren Willen«, wie im Horoskop angekündigt, im Gegenteil. Charlotte gegenüber hatte sie die Starke markiert, hatte getan, als sei es ein Klacks für sie, einen Kredit zu beantragen. In Wahrheit hatte sie keinen Schimmer, wie es weitergehen sollte, wusste nicht einmal, ob sie ihre heiß geliebte Idee vom Catering überhaupt noch verwirklichen wollte. Dabei war sie so davon überzeugt gewesen!

Seit dem Gespräch mit Charlotte grübelte sie über diese verflixten »eigenen Belange«, fragte sich, worum es ihr eigentlich ging, außer sich den Lebensunterhalt zu verdienen. Erfolg – ja, nun, auch darum ging es, vorausgesetzt, sie bekam die Chance und arbeitete hart, aber sonst? Was war mit Zufriedenheit, mit Aufgehobensein und mit einem erfüllten Liebesleben, was mit dem Alter, das langsam in Sicht kam? Nach Markus' Tod hatte sie sich monatelang mit solchen Überlegungen herumgeschlagen, seither aber so viel um die Ohren gehabt, dass sie in den Hintergrund getreten waren. Bis gestern Nacht, bis zu dem

Gespräch mit Charlotte. Die Ärmste stand vor einem Scherbenhaufen, doch gejammert hatte sie nicht. Dennoch hatte sie andauernd »Totalschaden« denken müssen. Vielleicht hatte sie ihr mit der Buchidee wenigstens eine Anregung gegeben? Wäre schön.

Und was war mit ihr? Das mit dem Gerede über die eigenen Belange erwies sich jetzt als Bumerang, und sie wünschte, sie hätte überhaupt nicht angefangen, über solche Sachen nachzudenken. Zum Beispiel über die Telefonate mit Alain, diese ausführlichen Gespräche – zu Hause ergab sich das nie! Brauchten sie die räumliche Distanz? Und was fing sie an mit dieser Vertrautheit, die sich jetzt auf einmal zwischen ihnen entwickelt hatte? Halb sehnte sie sich danach, sich ernsthaft darauf einlassen zu können, halb fürchtete sie sich vor Enttäuschung… Gestern hatte sie ihm von ihren Träumen erzählt, denen sie sich manchmal hingab, von diesen hübschen idealisierten Miniszenen, natürlich selbstironisch und enorm übertrieben, und er? Hatte sie nicht ausgelacht oder sich sonst wie lustig gemacht… Das Licht in ihrer Hand zitterte.

Sie trat hinaus in den nächtlichen Garten. Schwaches Licht fiel auf Karim und den Alten, die schweigend vor sich hin starrten. Bevor sie sich bemerkbar machen konnte, raschelte es im nachtdunklen Blättergewirr, der Kleine kam angerannt und flüsterte Lahzen etwas ins Ohr.

»Am hinteren Zaun, bist du sicher?«

Lahzen

Entdeckt hatten Sîdi Karim und Aziz natürlich niemanden mehr am Zaun. »Ein Tier«, vermutete Sîdi Karim, er aber tippte auf Sîdi Mohammed. Ihm traute er durchaus zu, dass er auch den eigenen Bruder belauerte, und wer sonst würde zu nächtlicher Stunde dort herumkriechen?

Seit Zouzou gelegentlich für die Bewohner des neuen Hauses kochte, wussten sie, dass er von seinem Appartement im obersten Stockwerk aus die Gegend mit dem Fernglas beobachtete, auch sie. Aber was konnte er durch die Bäume schon erkennen? Was dachte Sîdi Mohammed eigentlich von ihnen, sie taten nichts Unrechtes! Der Mann gab sich als guter Muslim, war in Wahrheit aber zerfressen von Missgunst und Neid und traute niemandem. Er hatte ihn längst durchschaut.

Gerade war jedoch nicht Sîdi Mohammed seine größte Sorge, sondern das, was Sîdi Karim plante. Die ganze Zeit hatte er beobachtet, wie er alles sorgfältig ausgemessen und aufgeschrieben hatte, und genau registriert, was für ein Gesicht er angesichts der Schäden gemacht hatte. Dennoch waren von Raum zu Raum seine Hoffnungen gewachsen. Und jetzt erklärte Sîdi Karim, grundlegende Entscheidungen würden erst später getroffen?

Er war müde, Ungewissheit erschöpfte mehr als Steineschleppen. Wohin sollten sie gehen, falls das

Haus abgerissen wurde? Und was konnte Aziz dafür, dass er blaue Augen und helles Haar hatte? Wie sehr hatte er auf Lâlla Fatimas Verständnis gehofft! Auch Geldnöte und die Beschwernisse des Älterwerdens hatte er ansprechen wollen, sogar Sîdi Mohammeds Verhalten, aber dann war sie nicht zu sprechen gewesen. Stattdessen am nächsten Tag dieser Umschlag mit dem Geld und der Mahnung zu schweigen. Der konnte ja nur von ihr kommen, aber was bedeutete das alles? Und jetzt auch noch Sîdi Karim…

Am liebsten würde er sofort reinen Tisch machen! Wie aber sollte er offen mit Sîdi Karim sprechen, wie es sich bei ernsten Angelegenheiten gehörte, wenn andauernd derart viele Frauen anwesend waren? Er seufzte. Allah allein kannte Ort und Zeit, er musste abwarten.

Oum Zouzou

Hätte sie ihr die Briefe lieber doch nicht geben sollen? Aber wen sollte sie sonst um Hilfe bitten? Bei Madame Charlotte hatte sie ein gutes Gefühl, und sie konnte die fremde Schrift lesen. Wann traf sie so jemanden schon mal? Bei Allah, es gab keine Zufälle!

Normalerweise tat sie nichts, ohne sich vorher mit Lahzen zu beraten, und schon gar nicht tat sie etwas hinter seinem Rücken, zumindest selten, aber in diesem Fall… Jedenfalls musste sie nun nicht mehr rätseln! Endlich wusste sie, was Lâlla Astrid tatsächlich geschrieben hatte, ihr war sogar, als hätte sie zu ihr gesprochen.

Sie wolle Papiere für ihr Kind besorgen, damit es als schwedischer Staatsbürger registriert werden konnte, deshalb war sie zur Botschaft nach Rabat gereist, persönlich ginge das schneller. So viel hatten sie ja schon immer gewusst.

In Rabat aber hatte es anscheinend Probleme gegeben, die sich nur in ihrer Heimat lösen ließen, jedenfalls habe sie deshalb nach Stockholm fliegen müssen. Im Brief stand, es dauere nicht lange, dann wäre sie wieder da und würde ihren kleinen Liebling nach Schweden holen. So ähnlich hatten sie sich das vorher bereits selbst zusammengereimt. Behörden machten überall Probleme, Lahzen hatte sogar zwei, drei Mal mit der Botschaft telefoniert, jedoch keine Auskunft erhalten. Nun hatten sie es schwarz auf weiß. Nur, warum sie bis auf den heutigen Tag nicht wiedergekommen war, davon stand kein Wort in dem Brief.

Beim Vorlesen hatte Madame Charlotte sie immer wieder mit großen Augen angesehen, jedoch keine Fragen gestellt. Und selbst wenn, ihr wäre schon eine Ausrede eingefallen. Nichts hatten Lahzen und sie jemals verraten, Allah strafte die Wortbrüchigen.

Was jedoch Sîdi Karim anging – sah es bei ihm nicht anders aus? Als Lâlla Astrid nicht wiederkam, hatten sie sich gefragt, ob das der besagte Notfall war und sie ihn informieren mussten. Unternommen aber hatten sie dann lieber doch nichts, schließlich hatten sie geschworen, kein Sterbenswörtchen über das Kind zu verraten.

Und jetzt? Sîdi Karim saß hier im Garten, nur eine Armlänge entfernt... Lahzen sagte immer, allein Allah könne richtig und falsch voneinander unterscheiden.

Zweimal hatte sie sich den Brief vorlesen lassen, Wort für Wort. Darin stand, dass Lâlla Astrid schnellstmöglich zurückkommen werde und dass sie ihnen das Liebste auf Erden anvertraue, Allahs Segen sei ihnen gewiss. Und nur im äußersten Notfall dürften sie sich an Karim wenden, niemals jedoch an sonst jemanden aus der Familie El-Kharaoui. Warum, stand da nicht, auch nicht, was als »äußerster Notfall« galt oder ob sie nicht vielleicht doch etwas gegen den Fluch unternehmen sollten. Dieser elende Fluch... Genaues wusste niemand, auffallend war nur, dass es kaum männliche Nachkommen in der Familie gab. Jedenfalls hatte Lâlla Astrid alles von Anfang an so bestimmt, damals, als sie ihr Kind hier im Haus zur Welt gebracht hatte, allein und nur mit ihrer Hilfe.

Eigentlich hatte sie zum Geburtstermin längst in ihrer Heimat sein wollen, doch Allah hatte offenbar andere Pläne gehabt. Gegen die stemmte man sich vergebens, auch Lâlla Astrid, wie sich zeigte. Wie sollte die Ärmste auch wissen, dass das ebenso sinnlos war, wie sich gegen eine vorzeitig einsetzende Geburt zur Wehr setzen zu wollen. La illah illalah, ein Kind kam, wenn es soweit war, und nicht, wenn es der Mutter passte! Und noch heute sah sie das tränennasse Gesicht der jungen Mutter vor sich, als sie

Wochen nach der Geburt den Jungen beim Abschied geküsst und ihm leise Worte ins Ohr geflüstert hatte.

All die Jahre hatten Lahzen und sie auf Lâlla Astrids Rückkehr gewartet und sich strikt an die Abmachung gehalten, jetzt aber mied sie Lahzens Blick. Er würde nur fragen, ob sie nun etwa besser wisse, warum Lâlla Astrid noch nicht wiedergekommen war, oder ob sie jetzt gar wisse, wann sie endlich eintraf?

Das zweite Schreiben stamme aus Stockholm, der Hauptstadt von Schweden, hatte Madame Charlotte erklärt. Adressiert war es an Lâlla Astrids frühere Anschrift hier in Marrakesch, wo sie bis zur vorzeitigen Geburt gewohnt hatte. Absender sei eine schwedische Behörde, hatte Madame Charlotte gesagt, und das Dokument darin betreffe allem Anschein nach Aziz. Sie werde es nur in seinem Beisein lesen und für ihn übersetzen.

Charlotte

Konnte es sein, dass Karim keine Ahnung hatte? Im Schein der Taschenlampe schien er ganz in seine Unterlagen vertieft zu sein. Claire telefonierte schon wieder mit ihrem Alain. Der kleine Aziz hielt sich an seinem Ball fest. Vorhin, als Oum Zouzou ihre Truhe geöffnet und die beiden Briefe hervorgeholt hatte, hatte der Ball noch auf einem der Betten gelegen.

Zwei Briefe. Der eine Umschlag enthielt offizielle

Dokumente aus Schweden, gestempelt und beglaubigt, der andere war handgeschrieben und eindeutig privat.

Das Behördenschreiben hatte sie ungelesen zurück in den Umschlag geschoben, den in klarer Handschrift verfassten Brief jedoch hatte sie der alten Zouzou vorgelesen und übersetzt. Er klang selbstbewusst, geradezu resolut. Um ihn ging es Oum Zouzou, obwohl sein Inhalt anscheinend keine große Überraschung darstellte. Ihr selbst hatte sich seine Aussage erst nach und nach erschlossen, wirklich hellhörig war sie sogar erst durch die Nennung von Karims Namen geworden.

Warum durfte er nur im Notfall benachrichtigt werden, überhaupt, was hatte er mit dieser Schwedin und ihrem Kind zu tun? Beim zweiten Lesen dann meinte sie, verstanden zu haben. Aber konnte das wahr sein? Wenn das zuträfe – mein Gott! Jetzt, da sie sah, wie er sich auf Pläne und Notizen konzentrierte, kam ihr die Geschichte noch unglaubhafter vor.

Der Brief – verfasst in französischer Sprache und vor fast sechs Jahren in Rabat abgeschickt – war an Oum Zouzou und Lahzen gerichtet. Offensichtlich enthielt er aber keine echten Neuigkeiten, die Köchin hatte jedenfalls getan, als bestätigten sich lediglich ohnehin gehegte Vermutungen. »Was soll denn jetzt werden?«, war alles, was sie zwischen Allah-Anrufungen und Stoßseufzern gemurmelt hatte.

Wenn sie Zouzou richtig verstanden hatte, waren die Briefschreiberin, eine gewisse Astrid, und Karim früher ein Paar gewesen. Aber wann das gewesen war und was zur Trennung geführt hatte, dazu sagte die alte Köchin nichts. War es etwas Ernstes gewesen, und wie lange hatte die Beziehung gedauert? Bis zu Karims Hochzeit oder auch noch danach? Jedenfalls war Aziz im Juli vor sechs Jahren zur Welt gekommen, vier Wochen vor der Zeit, wie Oum Zouzou betonte.

Der Brief dieser Astrid datierte von Anfang September, und Karim wurde darin erwähnt, aber was er mit Aziz zu tun hatte, das erklärte sich nicht. Könnte er der Vater des Jungen sein? Aber weshalb hätte sie ihm Schwangerschaft und Geburt verheimlichen sollen? Ein uneheliches Kind war heutzutage doch kein Problem mehr, für sie als Schwedin erst recht nicht.

Hundert Fragen auf einmal schossen ihr durch den Kopf: Vorausgesetzt, Karim war tatsächlich der Vater, hatte sie Aziz vor ihm schützen wollen? Immer wieder hörte man von muslimischen Vätern, die ihre Kinder unter allen Umständen traditionell erziehen wollten, was bei binationalen Beziehungen in hässlichen Auseinandersetzungen enden konnte. Aber Karim und rückständig? Hatte es eine Rolle gespielt, dass er Muslim war? Nur im äußersten Notfall dürfe er informiert werden, seine Familie jedoch niemals. Ging es um ihre oder um Karims Ehre, um seine oder um ihre Familie, wann waren Karims Frau und Kind gestorben? Und so weiter. Nachfragen konnte sie nicht. Erstens ging sie das Ganze nichts an und zweitens konnte man sie wirklich nicht kompetent in Familienangelegenheiten nennen! Außerdem gab es vermutlich eine logische Erklärung für alles, trotzdem ließ ihr die Sache keine Ruhe.

Claire hatte ihr Telefonat beendet, saß auf dem Mäuerchen und starrte ins Leere. Auch der Junge und die beiden Alten schwiegen. Gemessen an ihren Möglichkeiten hatten sie sich anscheinend gut um den Kleinen gekümmert, aber rechtfertigte das die Handlungsweise dieser Astrid? Warum hatte sie sich nie wieder gemeldet? Und Karim? War er ein Meister der Täuschung oder ahnte er tatsächlich nichts?

Die Schweigeverpflichtung galt für Lahzen und Oum Zouzou, nicht jedoch für sie ... Hätte sie sich nur nie in diese Sache hineinziehen lassen!

»Ich denke, für heute sind wir fertig«, hörte sie Karim sagen. »Euch allen von Herzen meinen Dank! Claire, Charlotte, ich schlage vor, wir klopfen uns den Staub aus den Kleidern und gehen auf dem Djema el Fnaa essen. Keine Einwände? Dann los, meine Damen, yallah!«

Der Halaiqi

»Immer wieder drehte sich Hassan zu Latifa um. Von ihr ging ein Sog aus, dem er sich nicht entziehen konnte. Auch während er die Matten ausrollte, den Wasserkessel in die Glut stellte und Tee bereitete, konnte er seine Augen kaum einmal von der schönen jungen Frau lösen. Sie trug die Andeutung eines Kopftuchs, mehr ein breites Haarband, das ihre glänzenden Locken zur Geltung brachte statt sie zu verbergen, und an den schmalen, mit Henna verzierten Füßen rote Sandalen … Hörte er irgendwo in der Dunkelheit Jalid kichern?

Nur mit Mühe hielt er seine Gedanken beisammen, schließlich wollte er mit ihrem Vater Baufortschritt und kommende Arbeiten erörtern, auch das Durcheinander mit den Genehmigungen musste endlich irgendwie gelöst werden, inshallah.

Latifa hielt ihren Blick gesenkt – das gehörte sich damals so für eine junge Frau. Heutzutage würde sie mit ihrem Smartphone spielen oder Musik über Kopfhörer hören, Latifa aber lauschte dem Gespräch. Als es nun erneut um die leidigen Baugenehmigungen ging und sich Ratlosigkeit ausbreiten wollte, zupfte sie den Vater am Ärmel.

›Morgen bin ich im Haus Lefevre zum Spieleabend eingeladen, du weißt schon, bei Yvette und ihrer Familie‹, sagte sie leise zu ihm.

Hassan lauschte ihrer angenehmen Stimme.

›Yvettes kleine Brüder sollen noch vor den Sommerferien schwimmen lernen, denn im August werden sie an die Côte d'Azur reisen. Daher planen sie einen Pool im Garten. Aber selbst für den Aushub, sagte Yvette, könne ihr Vater nicht genügend Arbeiter finden.‹

Auch Mehdi Al Arbi lauschte, nickte, wiegte den Kopf. ›Ach, einen Pool? Sieh an, sieh an. Und schnell

soll es gehen? Soso. Sprich weiter, meine kluge Tochter.‹

›Ja, Vater. Wenn du mich zu den Lefevres bringst
und später von dort auch wieder abholst, könnte ich
dich mit Yvettes Vater bekannt machen. Monsieur
Lefevre arbeitet im Protektoratsbüro.‹

Baumeister Al Arbi nickte gedankenvoll. ›Monsieur Lefevre also, und in der Verwaltung des Protek-
torats arbeitet er, sagst du? Habibi, das ist wahrlich
interessant. Da sollten wir sehen, was wir mit Allahs
Hilfe füreinander tun können.‹ Dann raunte er Hassan voller Vaterstolz zu: ›Ist sie nicht schlau wie eine
Füchsin?‹«

Abderrahim zwinkerte verschwörerisch.

»Ich will euch nicht lange hinhalten, es ist ja bereits spät. Bald nach diesem Spieleabend im Hause
Lefevre lag jedenfalls die Baugenehmigung der Franzosen vor, kurz darauf folgte auch die aus dem Palast
des Paschas, und es ist sicher unnötig zu erwähnen,
dass die Lefevre-Söhne noch rechtzeitig vor den Sommerferien im eigenen Pool das Schwimmen erlern-
ten. Hassan aber suchte einen angesehenen Silber-
händler in der Mellah auf und wählte einen schönen
Armreif aus. Damit bedankte er sich bei Latifa für ihr
hilfreiches Eingreifen.«

Er wandte sich an die nächststehenden Männer.

»Habt ihr Vergleichbares nicht auch schon beobachtet? Während wir glauben, untereinander reden
Frauen ausschließlich über Kinder und schöne Kleider und über den Ärger, den Ehemänner und Schwie-
germütter ihnen bereiten, besprechen sie in Wahr-

heit sehr viel wichtigere Dinge! Allah gab ihnen nicht nur Herz und Gemüt, sondern auch Verstand, al hamdullillah. Ohne sie wären wir ...«, zwischen Daumen und Zeigefinger zeigte er die Größe einer Erbse, »... so klein, fast ein Nichts!«

Einige der Männer erhoben Einspruch, andere lachten, ein paar Ältere jedoch, die genau wussten, wovon der Halaiqi sprach, nickten.

Er fuhr fort: »So war schon bald der Rohbau fertig, mit Dach, Fenstern und Türen, die das Innere schützten, weshalb er ruhiger schlafen konnte. Al Arbis Verbindungen, die sich dank der Lefevres rapide ausweiteten, schlossen auch französische Offizielle ein, wodurch sich so manche Schwierigkeit leichter regeln ließ. Man sprach bereits über die Feierlichkeiten anlässlich der Eröffnung des Hotels, über Musikkapellen und Ähnliches. Sogar einen guten französischen Koch hatte man Al Arbi empfohlen, dessen Leumund und Kochkünste jedem Anspruch genügten. Doch je mehr der Innenausbau fortschritt und seiner Vorstellung näherkam, desto mehr floh Hassan erneut der Schlaf. Diesmal allerdings war daran nicht ein Djinn schuld, der ihn zwickte und zwackte und ärgerte, diesmal lag es vor allem an Latifa.«

Der Halaiqi gönnte sich eine dramatische Pause. Romantische Liebesgeschichten waren so recht nach dem Geschmack der Männer, das wusste jeder, besonders wenn die Liebenden schlimme Hindernisse zu überwinden hatten. Nicht umsonst erzählten die berühmtesten Lieder von unerfüllter Liebe und Sehnsucht und von Tränen aus glutvollen Augen.

»Tag und Nacht war sie in seinen Gedanken. Sie war schön und klug und ging mit offenen Augen durch die Welt, und wann immer sie sich begegneten – also recht häufig, da sie ihren Vater bei seinen zu jener Zeit auffallend regelmäßigen Besuchen auf der Baustelle begleitete –, verstanden sie sich ausgezeichnet. Allein, allenfalls noch in Begleitung eines von Al Arbis Küchenmädchen, spazierten sie durch den in seiner Anlage bereits erkennbaren Garten, Latifa ließ sich von ihm den zukünftigen Hotelbetrieb erklären, die Zimmer und Suiten, sie sprachen über das gute Leben, das er seinen Gästen in dieser Herberge bereiten würde, und über vieles andere mehr. Dabei entdeckten sie zahlreiche Übereinstimmungen. Wobei, das muss ich an dieser Stelle betonen, nicht allein die Zunge zur Übersetzerin des Herzens wurde, wie man so sagt, sondern auch die Ohren. Sie hörten all die ungesagten Worte und verstanden auch leise mitschwingende Botschaften. Ach ja«, seufzte der Halaiqi, »niemand, der sich nicht nach solchem Einklang sehnt! Alle unsere Dichter sprechen in bewegenden Versen von der Liebe. Und wie selten erfüllt sich diese Sehnsucht, Allah, der alles weiß, weiß auch das. Und doch rang Hassan mit sich. Warum, fragt ihr? Wer so fragt, übersieht, wie gefährdet sein Leben unter den Augen des Paschas war, oder er hat vergessen, dass für Hassan bisher ausschließlich der Traum von einem besonderen Hotel im Mittelpunkt gestanden hatte. Hin und her pendelte sein Herz also zwischen der Herberge und Latifa, hin und her. Eines Nachmittags dann – Hassan hatte Latifa gerade über einen Haufen Schutt hinweggeholfen, und die Berührung ihrer Hände hatte ihn lichterloh in Flammen gesetzt – wusste er mit größter Gewissheit, dass er ohne diese Frau nicht mehr sein konnte. Auf Dauer ist Einsamkeit nun mal keine gute Gefährtin, das wissen wir alle. Er wartete also auf eine Gelegenheit, sich Al Arbi zu erklären, doch der war anscheinend anderweitig beschäftigt. Fünf Tage wartete Hassan, ohne dass der Baumeister und seine Tochter auf der Baustelle erschienen. Hassan wurde sich unterdessen immer sicherer. Schließlich reinigte er sich im Hamam, ließ Bart und Haare stutzen und zog gute Kleider an. Dann machte er sich auf den Weg zu ihrem Haus, entschlossen, Al Arbi um die Hand seiner Tochter zu bitten. Den Baumeister würde diese Frage vermutlich kaum überraschen, dennoch, so ganz ohne Fürsprecher brauchte Hassan dazu all seinen Mut. Nun aber stellt euch seinen Schrecken vor, als er das Haus verschlossen fand und auf sein Klopfen niemand öffnete! Es hieß, Mehdi Al Arbi und seine Tochter seien zu einer Wallfahrt nach Kairouan aufgebrochen, einer der Nachbarn sprach gar vom fernen Mekka, ein anderer jedoch von einem Bauauftrag im Draá-Tal.«

Er hob die Hände vor sein Gesicht, als müsse er es schützen.

»Oh, wie tobte Jalid in dieser Nacht! Unfähig sei Hassan, dumm, blind und lahm, ein Zauderer mit Grütze im Kopf, ein Esel, der stur auf der Stelle trete, anstatt sich für das Glück zu entscheiden, solange es zum Greifen nahe sei, und sowieso brauche er für alles immer viel zu lange, und er schlug und boxte ihn.«

Im Minarett der Koutoubia-Moschee jenseits des Platzes strahlten Lichter in den Fenstern auf, Stockwerk für Stockwerk bis nach oben, von wo aus man weit über die Stadt sah. In Kürze würde von dort der Gebetsruf ertönen, und er wusste, bald darauf würde sein Publikum auseinanderstreben.

»Ich fürchte, ein ähnliches Schicksal erwartet auch mich, wenn ich mich jetzt nicht schleunigst auf den Heimweg begebe.«

Abderrahim grinste über das ganze Gesicht, als er mit ausgestreckter Hand an die Zuhörer herantrat und seinen Obolus entgegennahm.

»Mein Djinn ist allerdings – Allah sei Dank! – die beste Köchin von allen und seit vierzig Jahren mit mir verheiratet. Heute bereitet sie mir eine B'Stilla zu, zart und saftig, und wenn ich nicht rechtzeitig zum Essen käme – oh Allah, das müsste ich büßen! Vergebt mir also.« Er verzog das Gesicht, und die Männer lachten.

»Morgen werde ich euch mehr von Hassan und seiner Latifa erzählen, inshallah. Und davon, wie Hassan den Rat seines Djinn missachtete.«

~

B'Stilla (auch Bestilla oder Pastilla)

Diese mit Hühnchen (oder Jungtauben, das liebt der Halaiqi besonders) gefüllte Pastete ist eines der traditionellsten Gerichte der marokkanischen Küche.

Zutaten (für 6 Personen)

250 g Butter

1 Hühnchen, 1,5 kg, geviertelt,

(oder 3 Jungtauben á 500 g)

2 große rote Zwiebeln, fein gehackt

3 Knoblauchzehen, zerdrückt

1 Zimtstange

1 TL gemahlener Ingwer

1 ½ TL gemahlener Kreuzkümmel

1 Prise Cayennepfeffer

½ TL gemahlener Kurkuma

1 Prise Safranfäden, in 2–3 EL warmem Wasser
eingeweicht

500 ml Hühnerfond

3 EL gehackte glatte Petersilie

3 EL gehacktes Koriandergrün

5 verquirlte Eier

Pfeffer, Salz, Olivenöl

100 g blanchierte Mandeln, geröstet und fein
gehackt

6 EL Puderzucker

1 TL gemahlener Zimt

2 TL Orangenblütenwasser

14 Blätter Filo-Teig

1 Eigelb

Puderzucker und gemahlener Zimt zum Garnieren

Auflaufform

Springform von ca. 30 Zentimeter

Zubereitung

am Vortag:

Geflügelteile mit Salz einreiben, 1 Stunde ruhen
lassen, abwaschen und trocken tupfen.

Aus Zwiebeln, Knoblauch, Kräutern, Ingwer, Safran
(mit Einweichwasser), Pfeffer, Salz und Öl eine
Marinade herstellen, die Geflügelteile damit einreiben und über Nacht ziehen lassen.

am nächsten Tag:

Ofen auf ca. 160 °C vorheizen.

Die marinierten Hühnchen (bzw. Täubchen) in
einer Pfanne in 150 g Butter kräftig anbraten.

In eine Auflaufform geben, Hühnerfond dazu,
abdecken und 1 Stunde im Ofen garen, dabei
die Stücke gelegentlich wenden.

Geflügel herausnehmen, Sauce aufbewahren
(Zimtstange entfernen), Fleisch von den Knochen
lösen und klein schneiden.

Mandeln, Puderzucker, Orangenblütenwasser und
1 TL Zimt miteinander mischen, beiseitestellen.

Ofenhitze auf ca. 180 °C erhöhen.

Sauce bei starker Hitze einkochen, vom Herd nehmen und langsam die verquirlten Eier unterrühren,
bis sie stocken.

Das Fleisch hinzugeben und abschmecken.

Springform mit Butter einfetten, mit 7 aufeinander-
geschichteten Filo-Blättern (das oberste mit zerlassener Butter bestreichen) gut auslegen, dabei die
Enden über den Rand stehen lassen.

Mit weiteren 7 Filo-Blättern eine zweite Lage herstellen, damit der Boden wirklich dicht ist.

Auf diese Lage eine dünne Schicht der gezuckerten Mandelmischung geben, dabei den Rand frei lassen.

Darauf die Fleischmischung geben, glatt streichen.

Überstehende Teigblätter schichtweise über die Füllung schlagen, dabei jede Schicht mit Butter bepinseln.

Mit Eigelb einstreichen, damit die Pastete gut verschlossen ist.

Goldbraun backen (45–60 Minuten).

Aus der Form nehmen, auf eine runde Servierplatte stürzen und das überschüssige Fett abtupfen.

Die Pastete mit Puderzucker bestäuben, aus gemahlenem Zimt ein Rautenmuster daraufstreuen und jede Raute mit einem Klecks der gezuckerten Mandeln garnieren.

~

Alain

Bei Claire passierte offenbar wieder einmal alles gleichzeitig, aber heute fand er die Schilderung ihrer Entdeckungen, ihre Wortwahl, vor allem ihre übersprudelnde Art besonders reizend, auch weil sie dabei vom Hundertsten zum Tausendsten kam. Jetzt schwärmte sie beispielsweise in den höchsten Tönen von diesem alten Hotel, erwähnte einen Luxusherd, fabulierte von der Renovierung eines Speisesaals, erzählte von ihrer neuen Freundin, einer Fotografin, und lachte ihn aus, als er nicht mehr mitkam. Heute durfte sie das, eigentlich gefiel es ihm sogar. Erst durch die räumliche Distanz und die seltsame Nähe, die das Telefon herstellte, hatte er gemerkt, wie sehr er sie mochte und brauchte und dass ihm selbst ihre Stimme gefiel. Ganz so munter wie sonst klang sie allerdings nicht.

Er vermutlich auch nicht. Während sie von Hotel-suiten, Kronleuchtern und riesigen Kochkesseln aus den fünfziger Jahren berichtete, fragte er sich, ob er Jens' Weggang erwähnen sollte. Doch dann müsste er zugeben, dass er keine Ahnung hatte, wo er noch Geld hernehmen sollte, dass er sich schon seit geraumer Zeit nur mit Tricks über Wasser hielt, dass genau ge-nommen alles am seidenen Faden hing, respektive an der Kreditzusage der Bank, konkret: am Wohlwollen der Frau E. Weißhart. Vielleicht hätte er ihren Vor-schlag wegen der Beratung doch nicht rundweg ab-lehnen sollen? Wer Goodwill zeigte und sich von Wirtschaftsleuten oder unabhängigen Finanzberatern helfen ließ, steigerte in ihren Augen wahrscheinlich seine Kreditwürdigkeit. Aber bloß kein Gejammer, noch war alles drin für die Herzogstube.

Als Claire fragte, was es bei ihm Neues gebe, ant-wortete er daher so cool wie möglich: »Neues? Eigentlich nichts außer dem Küchengartenprojekt, und dass wir mal wieder die Karte aufgefrischt haben. Zurzeit bieten wir mehr Geflügel an. Die Leute ren-nen uns nicht gerade die Türen ein, aber es läuft. Das ist die Hauptsache, weißt du ja.«

Sein Atem beschlug die Fensterscheibe. Er malte ein Fragezeichen darauf, dann noch eins und noch eins, bis es ein ganzer Schwarm war. Er wischte sie mit dem Ärmel seiner Kochjacke wieder weg, polierte die Scheibe, lauschte auf Claires Stimme und warf an passenden Stellen eine Bemerkung ein, gelegentlich lachte er sogar.

Auch heute würde sie unter freiem Himmel speisen, und zwar auf einem Platz, wo abends Hunderte von Garküchen aufgebaut wurden, in denen frisch gekocht wurde. »Man muss die Show genießen, die sich einem bietet!«, prahlte sie.

Dieses Lachen – typisch Claire. Wo sie lachte, sah er Probleme, wo sie chaotisch war, handelte er diszipliniert... Immerhin, kreativ waren sie beide.

Er war froh, dass sie ihm nichts nachtrug, ihn im Gegenteil an ihren Erlebnissen teilhaben ließ und mit ihm redete, als sei alles wie immer, sogar noch besser. Irgendwann wollte sie sich verabschieden. Nein, nicht auflegen! »Wann kommst du wieder?«, wollte er wissen, doch die Verbindung war bereits getrennt. Gott, wie sehr er sie jetzt brauchte!

Seine Gedanken mäanderten hierhin und dorthin. Und immer noch stand er am Fenster, sah hinaus in die neblige Dunkelheit und auf die Lichtkegel der Straßenlaternen.

Martin rief an. »Geht's dir besser?«

Er antwortete nicht.

»Alain? Perlhuhn und Poularde sind raus, jetzt kommen Rinderfilet und Ente. Wir müssen servieren. Kommst du?«

Rinderfilet mit Barolo-Pfeffersauce. Wässerten sie das Schweinenetz auch ausreichend und schnitten sie die Shiitakepilze wirklich hauchfein? Und die Temperatur, die Geflügelfarce, der frische Thymian, die nur leicht in Salzbutter geschwenkten Frühlingszwiebeln zum Anrichten?

Er rührte sich nicht. »Ich kann nicht.«

Und es ging wirklich nicht. Ihm war, als sei er zu Eis erstarrt, und Eisblöcke bewegten sich bekanntlich nicht.

»Alain? Alles in Ordnung?«

»Macht allein weiter.«

»Wie – allein?«

Er unterbrach die Verbindung.

Ein Wagen rollte in den Hof, drei Männer stiegen aus. Schwarze Lederjacken, glatzköpfig und breitbeinig, eher Currywurst als Ente à la Witzigmann, jedenfalls nicht gerade das typische Herzogstuben-Publikum.

Einer lehnte am Wagen, die anderen beiden gingen herum, begutachteten die Autos der Gäste, gestikulierten. Jetzt telefonierte der am Auto, einer spähte über den Zaun in den Küchengarten, und der dritte pinkelte gegen den Abfallcontainer. So ein Schwein! Bevor er das Fenster aufreißen und den Pisser anbrüllen konnte, merkte er, dass der mit dem Handy zu ihm nach oben sah.

Sie starrten sich an.

Das Licht war schlecht, doch es reichte. Langsam schob der Glatzkopf das Handy in die Gesäßtasche, zog eine imaginäre Waffe hervor, tat, als nähme er ihn ins Visier, und drückte ab. Der fiktive Rückstoß riss seinen Arm in die Höhe...

Es waren nur die ausgestreckten Finger einer leeren Hand, die auf ihn zielten, und doch duckte er sich.

Die Inkassotypen! Der erste Kredit! Dreißigtausend, vor acht Monaten, auch bei mäßiger Bonität, hatte es geheißen...

Er blickte nicht mehr durch. War die erste Rate etwa schon überfällig? Müsste dann nicht eine Mahnung gekommen sein? Wenn, dann lag sie im Stapel der ungeöffneten Briefe... Gesagt hatte es der eloquente Makler für Privatkredite damals gleich, dass bei Verzug nicht lange gefackelt werden würde, er aber hatte nicht richtig hingehört. Und jetzt war es anscheinend so weit.

Als er das nächste Mal vorsichtig hinunterschaute, stiegen sie gerade wieder ein, ließen den Motor aufheulen und fuhren vom Hof. Ihr Wagen – tiefergelegt, mit Doppelauspuff und verdunkelten Scheiben – hatte ein Frankfurter Kennzeichen.

Eine Warnung. Er stieß die angehaltene Luft aus. Eine Warnung, mehr nicht.

Noch nicht.

Claire

Wann sie wiederkäme, hatte er gefragt, bevor das Gespräch weg war. Ja, wann? In drei Tagen schon. Und dann?

Sie dehnte den Nacken. Dieser Hausmarathon hatte es in sich gehabt, aber sich vorzustellen, wie das Haus, der Garten und das Mobiliar hergerichtet aussehen könnten und wie alles zu neuem Leben erwachte, war wundervoll. Am liebsten hätte sie sofort mit angepackt! Das hatte sie auch Alain erklärt, bevor sie ihn mitten im Satz versehentlich weggedrückt hatte.

Karim hatte sie jedoch ausgebremst. »Der Zustand ist zwar nicht so schlimm wie befürchtet, dennoch bleibt vorerst alles, wie es ist«, hatte er gesagt. Schade, aber na ja.

Von allen Seiten strömten Menschen in dieselbe Richtung und mit jedem Schritt wurden die Trommeln der Tänzer drängender und die grellen Trompeten der Schlangenbeschwörer lauter.

Karim gab den Fremdenführer: »Hast Du einen Tag in Marokko, verbringe ihn in Marrakesch, hast Du nur eine Stunde, verbringe sie auf dem Djema el Fnaa. Er ist das Herz unserer Stadt.«

Der große Platz dampfte. Hunderte von Strahlern beleuchteten die von Tischen und Bänken umgebenen Essstände, und Hunderte Köche verschwanden beinahe hinter den Rauchschwaden, die unter den Planen und Zelten hervorquollen.

»Jetzt ist es ja noch aufregender und voller als tagsüber!« Ihre Müdigkeit war verflogen.

»Wir Marrakchis kommen gern am Abend hierher. Dann flanieren wir, treffen Freunde und Bekannte und essen in großer Runde. Ein perfekter Tagesabschluss.«

Charlotte warf ihm einen Blick zu. Sie wirkte genervt. Zwar hielt sie sich an seiner Seite, aber anscheinend nur, um im Durcheinander nicht verloren zu gehen. War zwischen den beiden etwas vorgefallen?

An allen Ständen wurde geschnippelt und gekocht, es gab Hülsenfrüchte und frisches Gemüse, Hackfleischbällchen, eingelegte Sardinen und Schnecken, sogar vorgegarte Schafsköpfe im Ganzen! Gruselig. Das konnte man essen? Man konnte, ein paar ältere Männer jedenfalls nagten gerade Schädel ab.

Es rauchte, dampfte und qualmte und roch nach frisch Gegrilltem, überall klapperten Köche mit Kochgeschirr, priesen lauthals ihre Spezialitäten an, lachten und fanden immer wieder Zeit, mit den Vorüberschlendernden zu scherzen. An einem Stand wurde sogar gesungen. Die Köche tanzten hinter Bergen von Auberginen und Petersilie und lärmten rhythmisch mit Löffeln und Topfdeckeln. So sollte Street Food angeboten werden, genau so! Rasch zückte sie ihr Handy, nahm das Ganze als Video auf und schickte das Filmchen Alain. Touristen sah man nur wenige, dafür Eltern mit Kindern, Gruppen von Frauen, junge Männer im Pulk und alte Männer zu zweit oder zu dritt. Kinder zwängten sich vorbei, ein Karren mit kandierten Nüssen schob sich in den Weg, eine alte Frau bettelte um Almosen. Sie wich übermütigen jungen Männern aus, einer Mutter mit Kind auf dem Arm, zwei herumkurvenden Mofas. Mussten die jetzt auch noch durch dieses Gewühl?

Karim stand etwas abseits und winkte sie zu sich. »Lasst uns bei Samir essen, an Stand fünfundfünfzig. Bei ihm bekommen wir alles, auch gutes Brot.« Und schon meldete sich ihr Appetit.

Das frische marokkanische Brot duftete köstlich! Außerdem gab es Hühnchenschenkel und Lamm, schwarze und grüne Oliven, Salat, Sesampaste, ein Tellerchen Sardinen, mit Hackfleisch gefüllte Kraut-bällchen, scharf gegrillte Würstchen, Hefekringel und hauchdünne Pfannkuchen…

»Sieht das nicht toll aus? Das wären doch super-schöne Motive.« Sie tippte Charlotte an und deutete auf die Auslagen.

Charlotte zögerte. Gefiel es ihr hier etwa nicht?

»Nein? Schade. Du machst die Bilder, ich finde die Rezepte dazu, und schon haben wir einen Rezepte-kalender.«

Schulterzucken. Aber dann schoss sie doch ein paar Aufnahmen.

Karim bestellte. Er kannte zwar die Namen der Speisen – Würstchen zum Beispiel hießen Merguez, das Brot Matlouh und die luftigen Hefekringel Sfenj –, sonst hatte er leider wenig Ahnung. Aber das war nicht weiter schlimm, die Rezepte würde sie schon herausfinden. Schwieriger war das mit Char-lottes Reserviertheit.

Charlotte

Sie sah Aziz' Kindergesicht vor sich, die verschrammten Beine und bloßen Füße. Gab es irgendeine Ähnlichkeit zwischen Karim und dem Jungen? Haare und Augen waren eindeutig schwedisches Erbe, aber als er vorhin seine Mappen unter den Arm geklemmt hatte und Aziz neben ihm hergegangen war und ihm geleuchtet hatte, hatten sie nahezu die gleiche Haltung gehabt. Ein schneller Blickwechsel mit Zouzou hatte ihr gezeigt, dass auch sie das registriert hatte. Für die alte Köchin war es aber wohl eher eine Bestätigung gewesen als eine Überraschung. Und die eigentlich Betroffenen wussten von nichts?

Karim drängte vorwärts, und Claire klebte an den Kochständen, sie musste aufpassen, die beiden in dem Getümmel nicht zu verlieren. Gerade erzählte Karim, wie er hier einst als kleiner Kerl zusammen mit Freunden eine Kobra samt Korb gestohlen hatte. Es sei um eine Mutprobe gegangen, und er habe sich vor Angst beinahe in die Hose gemacht, dass der nur locker aufliegende Korbdeckel herunterfallen könnte. Weitere Erlebnisse aus seiner Kindheit folgten, bildhaft und launig, sodass sie einen Jungen in Aziz' Alter vor sich sah, der durch die Gassen rannte, mit dem Ball kickte, Brot zur Gemeinschaftsbäckerei trug, sich in der Schule langweilte, einem Geschichtenerzähler lauschte … Das Leben in der Medina bekam Kontur. Außerdem wurde mit jedem Satz

Karims tiefe Verbundenheit mit dieser Stadt deutlich, sodass sie sich sogar beinahe eingeladen fühlte, daran teilzuhaben.

Unsinn, nichts als Einbildung.

Ach ja? Und warum bröckelten auf einmal ihre Vorbehalte, warum war ihr, als hätten sie beide besondere Antennen füreinander? Lag es an seiner dunklen, rauen Stimme, an seiner aufmerksamen Art, seiner unaufdringlichen Fürsorge, seiner Souveränität? Lieber nicht näher darüber nachdenken! Besser, sie kümmerte sich um Claires Speisen. Jedes Hühnerbein, jeden Salat und jedes Grillwürstchen wollte sie fotografiert haben! Eine Herausforderung bei dem Gewusel und dem Licht, sie musste sich konzentrieren. Umso besser, dachte sie.

Während sie fotografierte und Karim sich bemühte, Claire zuliebe die Rezepte von den Köchen zu erfragen, beobachtete sie ihn unauffällig. Konnte man ihm vertrauen? Sie würde so gern an ihn glauben… Als es ans Essen ging, brachte sie kaum einen Bissen hinunter.

~

Matlouh (marokkanisches Brot)

Zutaten

250 g Mehl Type 405
250 g Mehl Type 550
4–5 TL Trockenhefe
1 Prise Zucker
80 g feiner Grieß

etwas Olivenöl

1 Prise Salz

ca. 250–280 ml lauwarmes Wasser

Zubereitung

Hefe und Zucker mischen und in etwas warmem Wasser auflösen.

Mehl, Grieß und Salz in einer Schüssel gut vermengen, in die Mitte eine Vertiefung drücken, dort hinein die aufgelöste Hefe geben und mit der Mehlmischung verkneten.

Den Teig kräftig schlagen und kneten, bis er sich vom Boden löst und zu einer glatten Kugel formen lässt.

Mit einem feuchten Tuch abdecken und 20 Minuten ruhen lassen.

Danach erneut 10 Minuten gut durchkneten und dabei das Olivenöl hinzufügen.

Abgedeckt noch einmal 10 Minuten ruhen lassen.

Inzwischen den Ofen auf 210 °C vorheizen.

Die Arbeitsfläche mit etwas feinem Grieß bestreuen, darauf aus dem Teig 2 Kugeln formen, flach drücken, glätten und mehrmals mit einer Gabel einstechen.

Auf ein leicht geöltes Backblech setzen und im vorgeheizten Ofen bei 200 °C ca. 20 Minuten backen.

~

Karim

Sie konnte erröten wie ein junges Mädchen, trug ein feines Parfüm, arbeitete strukturiert, war nachdenklich, zurückhaltend, sogar verschlossen, zumindest im Vergleich mit Claire, aber sonst? Sonst wusste er nicht viel von ihr, außer, dass er gern in ihrer Nähe war. Claire mit ihrer unkomplizierten Art war für ihn leicht zu lesen, Charlotte dagegen... Den ganzen Abend hatte sie abwesend gewirkt, auch das Gedränge auf dem Djema el Fnaa hatte sie fast wortlos hingenommen. Was beschäftigte sie? Hatte sie Probleme? Konnte er vielleicht helfen? Mehrmals hatte ihm diese Frage auf der Zunge gelegen, doch er wollte nicht neugierig oder aufdringlich erscheinen.

Fast immer verbarg sich hinter Zurückhaltung ein empfindsamer Mensch, hatte ihn das Leben gelehrt. Auf Charlotte traf das sicher zu, aber sonst? War sie – zum Beispiel – verheiratet oder allein wie er? Hatte sie Kinder? Was liebte und was verabscheute sie, und träumte sie noch? Manchmal spielte ein Lächeln über ihr Gesicht, aber entspannt hatte er sie bisher noch nicht erlebt. Meistens kam es ihm vor, als wäre sie unsicher, was ihren Weg betraf. Das konnte er gut nachfühlen, gerade jetzt!

Charlottes Augen und ihr Lächeln, wie sie sich während des Rundgangs im Hotel gegenseitig auf Details hingewiesen hatten, die er notiert und sie fotografiert hatte. Überhaupt, das alte Gemäuer mit seinen Geheimnissen, mit den zwei Alten, dem Jungen, dem wilden Garten – was für ein Tag! Er hatte etwas in ihm entstehen lassen, eine Art Impuls, der ihn drängte, sich des alten Hotels anzunehmen.

Doch zunächst musste er morgen nach Casablanca. Ihm graute vor den Untersuchungen und vor dem Befund, und noch mehr vor möglichen Konsequenzen. Sollte er den Termin lieber absagen? Und dann? Weiterhin diese Unsicherheit aushalten? Nein, ignorieren brachte nichts, er brauchte Klarheit. Der hiesige Arzt hatte außerdem seine – wie er selbst eingeräumt hatte: sehr vorläufigen – Untersuchungsergebnisse bereits an die Onkologen in Casablanca übermittelt...

Er schaltete sämtliche Lampen ein. Der große Salon mit den Polstermöbeln, den Teppichen, Vorhängen und Lampen, alles hell, elegant und in bester Qualität – nach einem Tag wie diesem kam ihm sein Appartement noch leerer als sonst vor, wie ein viel zu weit geschneidertes Gewand. Lieber wäre er heute Nacht in seinem Riad in der Medina, in seiner kleinen Suite...

Und damit war er schon wieder bei Charlotte gelandet! Es wäre besser, er müsste nicht ständig an sie denken.

Er stand am offenen Fenster, starrte in die Dunkelheit und lauschte dem Rauschen der Stadt. Morgen Casablanca. Larynx-Karzinom – das klang einerseits abstrakt, andererseits bedrohlich. Erreichte man eigentlich irgendwann einmal den Punkt, an dem man nichts mehr erwartete vom Leben, man weder von Ideen noch Wünschen oder Hoffnungen geplagt wurde? War man irgendwann weise genug dazu?

Ein Falter torkelte herein. Nachts krochen die Geister aus ihren Verstecken ...

Es war noch nicht zehn Uhr, bald öffneten die Nachtclubs, er könnte ausgehen, Freunde treffen, Ablenkung finden ... Stattdessen trat er an den Tisch, legte die Pläne systematisch nebeneinander und ordnete seine Notizen hinzu. Jetzt fehlten nur noch Charlottes Fotos. Erst durch sie ergab sich ein realistisches Bild des Ist-Standes. Vernünftigerweise sollte man vorher keinen Beschluss fassen.

Lobby und Speisesaal – Claire hatte recht, dieser Teil war erstaunlich gut erhalten, ebenso die Treppe. Aber die Zimmer, der Anbau, die Funktionsräume? Auf den ersten Blick schienen sie leidlich in Ordnung, die Bäder müssten allerdings komplett erneuert werden, ebenso Elektrik, Gas- und Wasserversorgung. Und erst die Küche – eine Katastrophe! Dagegen sahen die Fundamente, die Keller und das Dach noch passabel aus, das Les Almohades schien alles andere als eine abbruchreife Ruine zu sein. Außerdem, waren alte Häuser nicht wesentlich reizvoller als eine weitere x-beliebige Shopping-Mall oder ein Golfresort?

Es würde um Grundlegendes gehen, wenn sich demnächst Mohammed, Selim, Rachid, Mutter und er verständigen mussten. Mutter stimmte mit Sicherheit für die Sanierung des Hauses, unter Umständen sogar für eine Wiedereröffnung als Hotel, zumindest sollte er damit rechnen. Und die Brüder? Selim und Rachid hielten ihre Anteile, dabei beließen sie es wahrscheinlich. Sie würden sich der Mehrheit anschließen.

Dann aber war da noch Mohammed. Für ihn stand der Geldwert des Grundstücks im Vordergrund, und es würde ihn nicht wundern, wenn bereits zahlungskräftige Investoren bei ihm angeklopft hätten, Saudis zum Beispiel. Mohammed bemühte sich zwar um Diskretion, auch weil der Palast den zunehmenden saudischen Einfluss im Land ungern sah. Die streng wahabitischen Vorstellungen der Araber wurden sogar ausdrücklich als zu radikal abgelehnt, Mohammeds enge Verbindungen zu Geschäftsleuten aus Saudi Arabien aber dennoch geduldet. König und Regierung vermieden jede allzu eindeutige Festlegung, lieber steuerten sie einen mittleren Kurs…

In den letzten Jahren hatte sich der Bruder verändert. So bestand er inzwischen darauf, dass sich seine Töchter von klein auf verschleierten, und seitdem er regelmäßig den Imam zitierte, der die Reformen des Königs ablehnte, insbesondere die Neuerungen des Familienrechts, gab es zwischen ihnen noch weniger Gemeinsamkeiten.

Mohammed und Geld. Ihm ging es um Profit — als wäre das Haus nicht auch wesentlicher Teil der Familiengeschichte. Ihn hatte es angerührt, dank des Halaiqis einiges über seine Anfänge zu erfahren, das musste er zugeben, auch Mutters Erinnerungen konnte er nicht mehr einfach nur als sentimentale Spinnereien abtun. Vielleicht sollte er einmal den alten Erzähler zu ihr bringen?

Wie auch immer, die beiden Alten und ihr Junge wären für Mohammed kein Hindernis. Dabei gab es keine treueren, bescheideneren und harmloseren Menschen. Eigentlich fielen Personalfragen in Mutters Bereich, und in der Regel kümmerte sie sich treu um jeden Einzelnen, aber diese drei schien sie vergessen zu haben. Wie ärmlich sie leben mussten! Wurde Mutter zu alt für solche Dinge? Wenigstens hatte er dem alten Lahzen einige Scheine zustecken können und dem Jungen den Ball mitgebracht. Ein Anfang, aber natürlich keine Lösung.

Ob sich in Archiven noch Belege über die Aït El-Cherifas aus dem Draá-Tal finden ließen? Für ihn war diese Familie bisher nichts als ein Name gewesen, aber nun... Erinnerte sich noch jemand an sie, existierten noch ihre Kasbahs oder waren ihre Spuren gänzlich ausgelöscht? Mutter hatte nie von ihnen gesprochen. Kannte sie überhaupt ihren wahren Ursprung?

Der Computer meldete den Eingang einer Mail. Charlotte! Sie fragte an, ob sie ihm jetzt die Aufnahmen schicken könne. Erneut sah er auf die Uhr, räusperte sich, wählte ihre Nummer.

»Wegen der Bilder... Könntest du sie in eine Cloud hochladen? Solche Dateien sind ziemlich groß.«

»Ja, stimmt. Nur bin ich ehrlich gesagt in solchen Dingen nicht wirklich fit. Ich meine, ich weiß, was das ist, eine Cloud, aber...«

Ihre Stimme in seinem Ohr, in seinem Kopf, leise, ein bisschen unsicher und sehr nah. Erneut räusperte er sich. »Kein Problem, makhel mushkil. Wir machen es folgendermaßen: Ich besorge einen USB-Stick und darauf speichern wir die Bilder. Dann haben wir sie jederzeit zur Hand. Morgen bin ich allerdings in Casablanca, es geht also erst übermorgen. Wie viele Fotos sind es denn geworden?«

»Genau?«

Er musste lächeln. »Ungefähr reicht.«

»Ich habe gründlich aussortiert, aber es sind immer noch mehr als vierhundert. Die Küche fehlt übrigens komplett, tut mir leid. Wie das passieren konnte, weiß ich nicht, aber das werde ich gleich morgen nachholen, Küche und Nebenräume sind ja wichtig. Die anderen Räume sind jedoch vollständig, denke ich.«

»Denk ich auch, so gründlich, wie du dich in allen Ecken umgesehen hast.« Hoffentlich glaubte sie nicht, dass er sie ständig im Blick gehabt hatte? Obwohl er tatsächlich immer gewusst hatte, wo im Haus sie sich gerade aufhielt. »Das mit der Küche – wird es dir nicht zu viel?«

Keine Antwort. Er hörte Rascheln und das Klicken der Tastatur.

»Charlotte?«

»Wie? Ja, das Datenvolumen – daran hätte ich selbst denken müssen.«

Sie war abgelenkt.

»Du bist müde.«

Pause. Wieder ein paar Klicks, dann ein Ausruf: »Ach je!«

»Ist etwas geschehen?« Gebannt wartete er.

»Wie? Nein, oder ja, doch. Eine Nachricht von zu Hause.« Sie klang verwirrt.

»Etwas Unangenehmes?«

»Ich weiß nicht. Anscheinend tritt Paul von der Scheidung zurück. Das verstehe ich nicht.«

Scheidung? »Paul ist – dein Ehemann?«

»Jaja, und eigentlich will er doch diese Verena heiraten und Kinder haben und deshalb... Warum tut er das?« Sie klang aufgewühlt.

Es gab also einen Ehemann. Hätte er sich denken können, eine Frau wie Charlotte ging nicht allein durchs Leben. Und nun wollte dieser Paul – was? Keine Scheidung, aber eine weitere Ehefrau? Das war in Europa ausgeschlossen!

Plötzlich erschienen ihm ihre Sorgen konkreter als seine. »Ich komme!« Schlüssel, Schuhe, Geldbörse. »Bin gleich da.«

»Hierher?«

»Ja, bin schon unterwegs.«

»Ich begreife das alles nicht. Er wollte doch ein neues Leben beginnen!«

Fast hätte er laut herausgelacht. Ein neues Leben... In letzter Zeit hatte er zwar gelegentlich selbst an einen Neuanfang gedacht, meistens kurz vor dem Einschlafen, wenn sich die Gedanken selbstständig machten, aber schon im Licht des nächsten Morgens hatte er sich gefragt, wie so etwas denn gelingen sollte. Niemand löschte per Beschluss sein Vorleben aus oder konnte Erfahrungen und Erlebnisse, die einem ihren Stempel aufgedrückt hatten, ignorieren. Sie waren – und blieben – essentielle Bestandteile, wenn nicht sogar Ballast für das vermeintlich neue Leben. Es war naiv, etwas anderes zu glauben.

»Unternimm erst einmal nichts, bitte. Vor allem ruf ihn nicht an, bevor du klarer siehst.«

»Ja, okay. Aber ...«

Er unterbrach die Verbindung und schnappte seinen Schlüssel.

Treppenhaus runter, ein Wink zum Nachtwächter, der gerade seinen Dienst antrat. Dann die Haustür auf, ein Stück die Straße entlang. Da kam schon ein Taxi.

Claire

Mit dem Schlafen klappte es heute nicht. Sie setzte sich auf, schaltete das Licht ein und blätterte in ihren Notizen. Diese Mengenangaben, dieses »Nimm so viel dein Herz empfiehlt« – so etwas trauten sich nur Kinder, vielleicht noch Künstler oder Freaks. Oder sie.

Dabei wär's das: Kochen mit Zutaten, die sich an alle Sinne wandten, mit Liebe und nach Rezepten, die den Menschen guttaten, Kochen mit Seele eben. In Blogs und Kochforen tauschten sich Leute rege über Soul Food aus, aber als Konzept für ein Catering-Unternehmen? Banken ging es nicht um trendige Ideen, die wollten einen soliden Businessplan. Sie seufzte.

Unter Alains Anleitung wäre sie ohnehin nie an diesen Punkt gekommen, dazu waren sie viel zu unterschiedlich. Und doch mochte sie ihn, wenn sie ehrlich war, mehr, als gut für ihre Seelenruhe war. Eigentlich geisterte er andauernd in ihrem Kopf herum, ihre Haut kribbelte, wenn sie telefonierten und neulich hatte sie sogar von ihm geträumt!

Aber was könnte schon daraus werden? Kochen war sein Leben. Für Kompromisse war Alain nicht gemacht, auch nicht für ihre Ideen, jedenfalls nicht, solange sie derart unausgegoren waren. Besser also, in Sachen Alain erst gar keine falschen Hoffnungen aufkommen zu lassen. Jetzt, mit Abstand, konnte sie das einigermaßen klar sehen, aber zu Hause? Dort warteten neben ihrem Alain-Dilemma noch die ungelösten Fragen rund um ihr Catering! Und nun kam auch noch die Abmachung mit Charlotte hinzu. Am liebsten würde sie einfach noch nicht zurückfahren, sondern ihren Aufenthalt hier verlängern.

Und wieso nicht? Das schöne alte Hotel, die alten Leutchen dort, das Gewusel auf dem Platz, die Gerüche, die Gewürze, das Essen – eine einzige Woche Marrakesch war ohnehin viel zu kurz!

Sie schwang sich aus dem Bett. Ein paar Tage dranhängen, eine, vielleicht sogar zwei Wochen – warum nicht? Zu Hause wartete niemand, nicht einmal die Spedition, ihre Auszeit dort endete erst in knapp drei Monaten. Also?

Als Erstes würde sie bei der Airline anrufen und versuchen, ihren Rückflug umzubuchen. Ihr Touristenvisum im Pass galt für insgesamt drei Monate,

Geld hatte sie ausreichend dabei, außerdem gab es Geldautomaten. Tagsüber könnte sie die Stadt erkunden und abends auf dem Djema el Fnaa, wo das Leben tobte, die Garküchen durchprobieren. Blieb nur die Frage, wie lange sie noch hier im Riad wohnen konnte, wenn alle Zimmer ausgebucht waren. Notfalls könnte sie ins Les Almohades umziehen. Gut, dort gab es keinen Strom, aber wozu hatte man Kerzen und Taschenlampen?

Flucht vor der Realität? Und wenn schon!

Die blaue Suite fiel ihr ein. Ein paar Eimer Wasser, eine Matratze, ein Kissen – fertig! Und dann konnte sie sich von der alten Zouzou in aller Ruhe in die marokkanische Kochkunst einführen lassen. Wie zum Beispiel wurden diese von Honig triefenden Hefekringel, die Sfenj, so fluffig und fest zugleich? Hefeteig, schon klar, aber sonst? Wenn eine Köchin wie Zouzou die Kniffe nicht kannte, wer dann? »Nimm so viel dein Herz empfiehlt«…

Ihres klopfte plötzlich wie verrückt. Sie sah den wilden Garten vor sich und den Speisesaal, sah, wie unter dem Dreck der honigfarbene Parkettboden hervorkam, sah, wie sich das Sonnenlicht auf blank geputzten Fenstern und im Kristall der Kronleuchter spiegelte, sah Teller und Gläser glänzen.

Sie musste unbedingt ihr Horoskop befragen! Und gleich morgen musste sie Karim von ihrer Idee überzeugen.

Charlotte

Gestern erst hatte sie Vollmachten erteilen und den Scheidungsantrag akzeptieren sollen, und heute diese Kehrtwendung?

Tatsächlich war ihr die Einwilligung überraschend leichtgefallen. Seinem Argument, es handele sich im Grunde nur um eine juristische Formalie, die lediglich Tatsachen feststellen und Ordnung schaffen würde, konnte sie sich nicht verschließen. Sie wusste, dass er recht hatte. Nun aber behauptete er, ihre pauschale Zustimmung habe den Prozess unerwartet schnell in Gang gesetzt, sozusagen überhastet, er jedenfalls sei noch nicht soweit, brauche mehr Zeit und habe den Anwalt bereits entsprechend instruiert.

Wie bitte? Es ging Paul wohl kaum darum, dieses Mehr an Zeit zu nutzen, um über ihre Ehe nachzudenken oder sich über Fehler klar zu werden. Paul und Fehler? Das war ein Widerspruch in sich. Offenbar hatte er sich jedoch auf langwierige Auseinandersetzungen eingestellt, womöglich auf Szenen. Sie dagegen sah seit dem Besuch dieser Verena so klar wie in all den Jahren nicht. Paul als Partner oder Vertrauter – das war kaum mehr als eine ferne Erinnerung, wahrscheinlich sollte sie dieser Verena also dankbar sein. Aber jemandem danken, der einen mit Wucht auf das eigene Scheitern hinwies?

Sie bürstete flüchtig über ihre Haare, schlüpfte

in Hose und Bluse und stieg leise zur Terrasse hinauf. Dort brannte nur das Notlicht, doch über den Dächern lag auch in dieser Nacht das Summen und Leuchten der Stadt.

Wollte Paul ganz von der Scheidung zurücktreten? Hatte sich der Zauber der neuen Liebe bereits verflüchtigt oder hatte Verena ihre Pläne geändert? Vielleicht stellte sie ja Forderungen, die ihm nicht passten? Heutzutage kannten junge Frauen ihren Wert. Damit sollte Paul jedenfalls rechnen, immerhin betrug sein Altersvorsprung fast zwanzig Jahre.

In Wahrheit interessierten sie diese Fragen jedoch nicht besonders. Hinter seiner sogenannten »Bedenkzeit« steckten vermutlich ganz andere Gründe. Etwas musste ihm in die Quere gekommen sein, schwankende Börsenkurse vielleicht oder Verfallstermine, um solche Dinge ging es in seiner Welt. Ihr machte er nichts vor. Das gemeinsame Kapital verwaltete er, ihr privates Vermögen lag dagegen zum Glück in Händen eines unabhängigen Diplom-Finanzwirts, der ganz in ihrem Sinne auf Sicherheit statt auf Spekulationseffekte setzte. Seit Jahren war ihr Erbe in Immobilien, soliden Beteiligungen und Fondspapieren angelegt und Pauls Zugriff entzogen. Nicht, dass sie ihm etwas unterstellen wollte, aber ...

Sie hörte Karims Schritte und sah ihm entgegen.

»Du Ärmste«, sagte er und legte seine Hände auf ihre Schultern. Eine kleine Geste, aber so selbstverständlich und warm, dass ihr die Tränen kamen.

»Ist es sehr schlimm?«

Sie sah ihn an. Karim überragte sie um einiges.

Er nahm sie in den Arm. Es fühlte sich gut an. War sie schon so lange allein, dass eine simple Umarmung ausreichte, um ihr Herz in Aufruhr zu versetzen?

Sie dachte an Aziz, an die Schwedin, die seinen Sohn – denn das musste er sein – zurückgelassen hatte. Musste sie ihn darüber nicht aufklären? Sollte er jedoch längst davon wissen, wäre sie blamiert und er in der unangenehmen Lage, sich rechtfertigen zu müssen. Nein, sie würde den Mund halten.

Sie zwang sich, sich aus seinen Armen zu lösen. »Schlimm? Ich weiß nicht.« Sie strich die Haare zurück. »Auf jeden Fall danke ich dir, dass du gekommen bist.«

»Wie lange seid ihr verheiratet? Habt ihr Kinder? Warum wolltet ihr euch zuerst trennen und jetzt lieber doch zusammenbleiben? Oder hab ich da etwas falsch verstanden? Erzähl es mir, wenn du willst.«

Sie versuchte ein Lachen. »Die Eckdaten sind schnell aufgezählt. Dauer der Ehe: vierundzwanzig Jahre. Kinder: keine. Und Trennungsgrund ist seine Freundin. Sie will heiraten und Kinder mit ihm haben.«

Der leichte Nachtwind ließ sie frösteln.

Er führte sie zu einem Sessel in der Nähe des Küchenkamins. »Möchtest du eine Decke?«

Sie schüttelte den Kopf.

»Verzeih, wenn ich frage, aber diese Freundin – ist sie vielleicht jünger als du?«

»Sie könnte seine Tochter sein.«

Er grummelte etwas.

»Wie bitte?«

»Ich sagte: Das alte Lied. Junge Frauen nehmen die Angst vor dem Tod, heißt es.«

»Ist das nicht zu einfach?«

»Nein. Am Ende geht es alt werdenden Männern genau darum. Und was heißt zu einfach? Wir Menschen sind nicht besonders kompliziert.«

Er zog einen zweiten Sessel heran und setzte sich so, dass sich ihre Knie fast berührten. Dann nahm er ihre Hände. »Kanntest du deinen Mann eigentlich gut vor der Heirat?«

»Zumindest dachte ich das. In Wahrheit war es wohl so, dass ich ihn brauchte. Er war stark. Inzwischen weiß ich, niemand ist immer nur stark.«

»Und die Trennung ging von ihm aus?«

»Ja. Schon seit Jahren lebte er in seinem eigenen Appartement, damit hatten wir uns arrangiert, deshalb war ich zunächst geschockt, als plötzlich der Scheidungsantrag kam. Dennoch kam diese Entwicklung nicht unerwartet. Ich habe die Papiere sofort unterschrieben, weil …« Weil sie sich hier in Marrakesch nicht so ohnmächtig wie sonst fühlte, im Gegenteil, aber das sagte sie nicht.

»Und trotzdem bist du traurig.«

Sie nickte, ohne ihn anzusehen. »Wer findet sich schon leicht mit der eigenen Niederlage ab?«

»Früher war es absolut notwendig, dass man zusammenbleibt und sich einander anpasst. Wie Studien belegen, ändern sich jedoch die Zeiten, nicht nur bei euch in Europa.« Er sprach leise, und obwohl er direkt vor ihr saß, war sein Gesicht im diffusen

Licht kaum zu erkennen, nur seine Augen glänzten. Ihre Hände lagen in seinen.

»Ist das nicht normal? Nicht alle Bedürfnisse decken sich mit denen des Partners, außerdem verändert man sich, findet und entwickelt eigene Prioritäten. Pauls Vorstellungen jedenfalls bündeln sich offenbar in dieser neuen Frau.« Sie versuchte ein Lächeln. »Apropos Vorstellungen: Euer altes Hotel ...?«

Karim wehrte ab. »Bleiben wir bei dir. Dein Mann will also diese andere Frau heiraten und Kinder mit ihr haben? Das wird kein spontaner Entschluss gewesen sein, warum überlegt er es sich dann plötzlich anders? Worum geht es wirklich? Liebt er dich vielleicht doch noch?«

Das war die Frage: Worum ging es Paul? »Ob er ...? Ganz bestimmt nicht!«

»Und wie ist es mit dir?«

Sie schüttelte den Kopf. »Nein. Vielleicht noch vor ein paar Jahren.«

In einem anderen Leben, unter anderen Vorzeichen. Jetzt mochte sie nicht einmal mehr an die leere Kulisse denken, in der sie sich so lange eingerichtet hatte. »Aber selbst da bin ich mir nicht mehr sicher.«

»Du könntest also nüchtern reagieren.«

Nüchtern? Die Anträge hatten sie jedenfalls beide unterschrieben. Konnte so etwas einseitig zurückgezogen werden? Gleich morgen früh musste sie mit dem Anwalt telefonieren.

»Du antwortest nicht. Vielleicht solltest du nicht länger zurückschauen, sondern nach vorn, dich fragen, was du möchtest, und nach deinem Willen entscheiden? Wir in unserem Alter sind schließlich keineswegs am Ende, nur weil wir nicht mehr zwanzig sind.«

Wir in unserem Alter … In wenigen Monaten kam der Fünfzigste, und dann?

»Charlotte?«

»Entschuldige, ich war in Gedanken. Hoffentlich hast du recht, mit dem Nicht-am-Ende-Sein, meine ich.«

»Ja. Eine andere Frage: Wie sieht es finanziell aus? Verzeih, ich frage nicht aus Neugier.«

»Das ist kein Problem, ich habe eigenes Geld.«

»Umso besser. Was wirst du also tun? Du solltest das wissen, bevor du ihm antwortest.«

Nach eigenem Willen entscheiden? Ungewohnt, sogar beängstigend, wenn man jahrelang überwiegend reagiert und nicht agiert hatte. Doch wenn Paul glaubte, sie auch jetzt noch lenken oder gar manipulieren zu können, hatte er sich geirrt. Etwas änderte sich gerade. Vielleicht war sie nicht die Stärkste, aber wenn er das für sein rücksichtsloses Vorgehen ausnutzen wollte, würde sie das nicht hinnehmen.

Plötzlich flammte wieder Wut in ihr auf, wie neulich, als sie sein Porzellan zertrümmert hatte. Reinen Tisch würde sie machen, und zwar gründlich! Und danach? Karim hatte recht, sie war keineswegs am Ende. Zum Beispiel könnte sie als Gasthörerin an die Uni gehen oder sich an einer Sommerakademie für digitale Fotografie einschreiben. Schon längst hätte sie das machen können, niemand hätte es ihr verwehrt, aber erst hier, aus der Distanz, wurde ihr das bewusst. Selbst Claires Kalendervorschlag kam ihr auf einmal nicht mehr total absurd vor. Sie war keine Marionette!

Sie merkte, dass sie die Luft angehalten hatte und atmete tief aus. »Ich mach's!«

Karim lachte auf. »Aha. Und was genau?«

»Ich bestehe auf der Scheidung.«

»Also kein Zickzackkurs, wie er deinem Mann anscheinend vorschwebt?«

»Nein, vorbei ist vorbei. Und ein Spielball bin ich auch nicht!«

»Gewiss nicht! Du bist nicht nur schön, du bist auch klug und hast Format.« Er lächelte, das hörte sie.

»Mach dich nicht über mich lustig.«

»Nein, meine Liebe, das mache ich nicht.«

Sie senkte den Kopf, obwohl er ihr Erröten bei diesem Licht unmöglich sehen konnte.

Karim räusperte sich. »Geht es dir jetzt besser, wirst du schlafen können?«

»Bestimmt.«

Er drückte ihre Hände und stand auf. Auch sie erhob sich.

»Dann verabschiede ich mich für heute«, sagte er. »Morgen bin ich übrigens nicht in der Stadt, aber wir telefonieren, okay?«

»Du bist in Casablanca, oder?«

»Ja, voraussichtlich den ganzen Tag.« Er räusperte sich. »Ich versuche, am Abend wieder hier zu sein. Sehen wir uns dann?« Er trat näher.

Sie wich ein wenig zurück, doch da hatte er schon die Arme um sie gelegt, sie an sich gezogen und auf die Wangen geküsst.

Sein Gesicht war stoppelig, er roch gut, außerdem fühlte sich seine Nähe gut an.

Und Astrid und Aziz?

Sie befreite sich. »Ja gern.«

»Dann gute Nacht, und bis morgen.«

Die raue Stimme, ein Räuspern, ein flüchtiges Winken, er drehte sich noch einmal um. »Ich danke dir für dein Vertrauen.«

Damit war er fort, und sie schlang die Arme um sich.

Alain

Schon zum fünften Mal ließ er jetzt Claires Mini-Videoclip laufen. Eine Minute voller Chaos und Lachen – am liebsten würde er sich aufregen. Über das Affentheater, das die Typen da in ihrer komischen mobilen Küche veranstalteten, über das Geklatsche und Gehopse, über das Gesinge, das verzerrt aus dem Handy brüllte – doch nicht einmal dazu brachte er die Kraft auf.

Hatte er überhaupt geschlafen? Ihm war, als habe er einen Boxkampf hinter sich, dabei hatte er gestern Abend bloß die Cognacflasche gestemmt. Vor dem Fenster stand ein neuer, genauso grauer und nieseliger Tag wie der gestrige, standen alte Probleme, lauerte all das, was er nicht in den Griff bekam.

Gestern war er außerstande gewesen, nach unten zu gehen. Gurkenrelish, Saibling und Poularde – was war das schon im Vergleich mit bretonischem Steinbutt, einzeln mit der Angel und nicht mit dem Netz gefangen, oder gratiniertem Milchlamm? Irgendwann war Martin gekommen, um nach ihm zu sehen. Er hatte sich mit Migräne rausgeredet und die Decke über den Kopf gezogen, und es war ihm scheißegal gewesen, ob ihm das irgendjemand abnahm! Erneut schloss er die Augen.

Die Schläger aus Frankfurt, ihr Auftreten und das vorgetäuschte Abknallen – eine Warnung, was sonst!

Bei Unterzeichnung des Vertrags vor acht Monaten hatte er noch verbindlich gelächelt, der Herr Kreditmakler, und auf die üblichen Abmachungen wie pünktliche Zinszahlungen hingewiesen, aber auch auf das Inkassounternehmen, das er notfalls mit der Abwicklung beauftragen müsse. Warum hatte er das nicht ernst genommen? Aber warum hatte der Makler die Typen schon jetzt geschickt? So wirklich lange war er doch gar nicht in Verzug mit der ersten Rate, drei, vier Wochen vielleicht. Irgendwo auf dem Schreibtisch musste das Mahnschreiben liegen... Hatte er von den Hypotheken erfahren, von dem neuen, dem zweiten Kredit? Standen Banken und private Kapitalgeber in Kontakt und tauschten Daten aus? Und dann warben sie mit »ohne Schufa«?

Hätte er bloß auf seinen Bauch gehört, der hatte

ihn vor Kredithaien gewarnt! Aber mit einem Stern in Reichweite? So knapp davor war er gestanden, so knapp!

Irgendwo neben ihm im Bett klingelte das Telefon. Leck mich, dachte er, ich bin nicht da. Doch es hörte und hörte nicht auf. Schließlich öffnete er die Augen und tastete das Bett nach dem Handy ab.

Ein Anruf von E. Weißhart. Rangehen? Das Klingeln brach ab.

Das »E.« in Frau Weißharts Namen stand für Ellen, hatte er herausgefunden. Er sah auf die Uhr. Nach neun, sie war in der Bank, saß über seinem Antrag, hatte ihn womöglich gerade bewilligt... Bingo! Er stieß die Decke beiseite. Als Erstes würde er diesen Kapitalfritzen ruhigstellen, noch vor Steuern, Lieferanten- und Handwerkerrechnungen und all dem anderen!

Er wählte rasch und lauschte auf das Signal. Alles wird gut, alles. Musste ja!

Dann räusperte er sich und sagte betont munter: »Schönen guten Morgen, verehrte Frau Weißhart, leider habe ich Ihren Anruf eben verpasst. Ich hoffe, es geht Ihnen gut?«

Es ging ihr gut. Und die zuständigen Abteilungsleiter hätten tatsächlich bereits eine Entscheidung gefällt, überraschend zügig, wie sie betonte, da sie sein Anliegen als besonders dringend eingestuft hätten. Leider müsse sie ihm mitteilen, dass sein Kreditrahmen vollständig ausgeschöpft sei. Man habe sich daher entschieden, ihm vorzuschlagen, einen unabhängigen Finanzberater mit der weiteren Abwicklung zu beauftragen, sozusagen als letzte Möglichkeit, ein Insolvenzverfahren abzuwenden und die Herzogstube zu erhalten. Schließlich genieße seine Küche einen ausgezeichneten Ruf, sogar überregional, und mit einem kaufmännischen Geschäftsführer... Die Bank als Hauptgläubiger sehe durchaus ein gewisses Potential und zögere, Haus und Grundstück bereits jetzt auf den Markt zu werfen. Schließlich sei die Bank ja quasi längst Eigentümerin, das sei doch auch ihm klar, nicht wahr? Andererseits seien die Immobilienpreise hier in der Gegend derzeit nicht gerade... Und dann noch ein solches Objekt?

Sie redete wie ein Maschinengewehr.

Sie schlage vor, dass er im Laufe des Nachmittags vorbeikam. Sie bräuchte eine aktualisierte und vollständige Aufstellung seiner Verbindlichkeiten, außerdem müssten weitere Modalitäten besprochen werden. Sie freue sich zum Beispiel, ihm nicht nur eine Anstellung als Küchenchef in Aussicht stellen zu können, es sei außerdem daran gedacht, Servicekräfte und Küchenbrigade zu übernehmen. Alles natürlich vorläufig, das verstehe sich unter diesen Umständen wohl von selbst. Daneben aber könne sie ihm schon erste Umbaupläne erläutern. Vorbehaltlich der Zustimmung des Finanzberaters – »einstweilen nennen wir ihn lieber noch nicht Insolvenzberater, nicht wahr?« – hätten sich die Verantwortlichen nämlich bereit erklärt, den Saal zu renovieren. Darüber hinaus schlage man vor, die beiden oberen Stockwerke zu einem kleinen Hotel auszubauen.

Welch Jubel in Frau E. Weißharts Stimme!

Sie schlug vor? Die Entscheidungen waren doch längst gefallen!

Er legte auf.

Der Halaiqi

Es war Freitag, einstmals Ruhetag der Woche, Tag der Einkehr und Besinnung und Tag der Familie. Heutzutage jedoch, wo man sich in Tempo und Rhythmus der modernen Welt anzupassen hatte, besuchten fast nur noch die Alten das Freitagsgebet. Anders als die Jungen hatten sie nicht nur Zeit, sie hatten auch viel mehr zu überdenken und zu besprechen. Oder zu bereuen. Wussten sie doch – auch wenn man ungern davon sprach – nur zu gut um ihre Versäumnisse, Irrtümer und falschen Entscheidungen, um ihre Schuld und unumkehrbaren Fehler, vor denen auch Allahs Gnade sie nicht bewahrt hatte. Und besser als die Jungen wussten sie um die Begrenztheit ihrer Jahre. Doch Allah, der Allwissende, der in jedes Herz sah, gewährte ihnen Trost.

Sie reinigten sich also, sprachen das Bekenntnis und verrichteten ihre Gebete, wie es sich gehört, lauschten den Ermahnungen und Ratschlägen des alten Imams, der wie immer ein wenig zu weit ausholte, und machten sich ihre eigenen Gedanken. Erquickt und aufgehoben in der Gemeinschaft gingen sie danach ins Café.

Natürlich nahmen sie ihren Kaffee nicht in einem der Lokale am Djema el Fnaa ein, dort, gleich in der ersten Reihe, saßen die Reichen und Eitlen, und auch die Touristen, die sich mit dem unspezifischen, bitterschwarzen Gebräu aus Kaffeemaschinen zufriedengaben. Abderrahim und die anderen hingegen bevorzugten den traditionell in der Kanne auf offenem Feuer gekochten und mit Kardamom gewürzten Kaffee, wie ihn der alte Ibrahim neben seiner Garage zubereitete. Er gehörte zu denen, die ihre Kaffeebohnen noch selbst rösteten und mahlten, und auf besonderen Wunsch fügte er auch eine Spur Nelken- oder Zimtpulver hinzu.

~

Arabischer Kaffee

Frisch geröstete Kaffeebohnen in einem Mörser zu feinem Pulver zerreiben. Je feiner, desto besser wird der Kaffee. Die Samen von Kardamom aus ihren Kapseln lösen und ebenfalls fein mörsern.
3 EL gemahlenen Kaffee in eine mit 3 Tassen Wasser gefüllte Kanne geben, aufs Feuer stellen und langsam aufwallen lassen, aber keinesfalls stark kochen. Die Kanne vom Feuer nehmen und den Schaum setzen lassen. 1 EL Kardamom hinzufügen und falls gewünscht Zucker. Erneut erhitzen, bis sich wieder Schaum bildet, aber auch jetzt nicht stark kochen. Abschließend 5 Minuten neben dem Feuer ruhen lassen, damit sich das Kaffeepulver am Boden der Kanne setzen kann.

~

Abderrahim und die anderen nahmen ihre üblichen Plätze vor der Garage ein. Erquickt durch die Worte des Imam, die Ruhe in ihre Herzen gesenkt hatten, besprachen sie während des Wartens die Neuigkeiten der vergangenen Tage. Wie immer ging es zunächst ums Wetter, bald aber wandte man sich ernsteren Themen zu, der Preisentwicklung für Hammel vor und nach dem Ramadan zum Beispiel und wann wohl das Ministerium endlich die Schäden beseitigt haben würde, die die schweren Regenfälle des letzten Winters an Brücken und Straßen hinterlassen hatten.

Während Ibrahim den Kaffee beaufsichtigte, berichtete er, es werde erzählt, die Eigentümerfamilie des Les Almohades kümmere sich derzeit auffällig um das ehemalige Grandhotel. »Ihr erinnert euch?«, fragte er.

Die Alten nickten. Grandhotel? Gewiss, noch wie gestern wussten sie, wie dort einst berühmte Leute ein- und ausgegangen waren und wie die umliegenden Straßen mit eleganten Limousinen und klobigen Militärfahrzeugen derart zugeparkt waren, dass man kaum noch mit seinem Eselskarren hatte durchkommen können. Die Besatzer logierten dort, und für jedes Dokument und jede Bewilligung hatte man vorstellig werden müssen, damals, bevor das ehrwürdige Palais Bahia für die Kommandantur endlich angemessen umgebaut worden war. Heutzutage gingen Touristen aus aller Welt im Bahia-Palast ein und aus, während das Les Almohades hinter dichtem Gebüsch verfiel.

Keineswegs, behauptete Ibrahim, das sei vorbei. Einstweilen ginge es anscheinend zwar nur um Rodungsarbeiten auf dem Grundstück, doch man munkelte, dass das alte Hotel, dieses Zeugnis der ehrwürdigen Geschichte Marrakeschs, verkauft werden solle. Die Frage sei, an wen und was dann damit geschah.

Abderrahim sah auf, sagte aber nichts.

Ibrahim kannte sich aus in solchen Dingen. Auch die anderen nickten und gaben sich wissend, und bald hatte jeder etwas dazu beizutragen, wie internationale Hotelketten an Baugenehmigungen gelangten. Rasch weitete sich das Gespräch auf Investoren aus, die überall in der Nouvelle cité Nachtclubs und Luxusrestaurants errichteten, während die Besitzer von Riads in der Medina oft monatelang mit Stadtverwaltung und Denkmalamt um kaputte Abflüsse und marode Dächer ringen mussten. In welch jammervollem Zustand wären wohl weite Teile der Altstadt, gäbe es keine reichen Europäer, die mithilfe marokkanischer Kunsthandwerker historische Riads sanierten und mit neuem Leben füllten? La illah illalah, Gottes Wille geschah.

»Ibrahim, mein Freund, ich habe etwas zu erledigen, doch meine Beine wollen heute nicht wie sonst. Falls dein Mofa fährt, könntest du es mir vielleicht ausleihen? Am Abend bringe ich es zurück«, sagte Abderrahim.

Ibrahim nickte. »Natürlich. Wohin willst du denn?« Er kramte den Schlüssel hervor.

»Nicht weit, nur zum Les Almohades. Ich sollte

mich dort ein wenig umhören, schließlich erzähle ich gerade die Geschichte dieses Hauses. Und wer weiß, ob ich mir nicht einen neuen Schluss werde überlegen müssen?«

»Erzählst du denn die Wahrheit?«

»Was heißt schon Wahrheit? Die kennt allein Allah. Richtig aber muss die Geschichte sein, und anschaulich, vielleicht sogar klug. Nur dann ist sie lohnend.«

»Wie du meinst. Versprich mir aber, den Helm aufzusetzen. Denk an den Verkehr!«

Der lächerliche Kopfschutz beraubte ihn seiner Würde, dennoch fügte er sich. »Mein Freund, aus dir spricht die Sorge, daher gebe ich dir mein Wort.«

Der Kaffee war fertig.

Wie immer servierte ihn Ibrahim in kleinen Tassen und mit den Worten: »Heiß wie die Küsse eines Mädchens am ersten Tag, süß wie die Nächte in ihren Armen und schwarz wie die Flüche der Mutter, wenn sie es erfährt.«

Und wie immer genoss Abderrahim den Kaffee in winzigen Schlucken. Bald darauf verabschiedete er sich, setzte unter Ibrahims wachsamem Blick den Helm auf und knatterte davon.

Oum Zouzou

Die Familie sei wie ein Haus ohne Fenster und Türen, hatte Lahzen geschimpft, Fremde dürften nicht hineinsehen. Madame Charlotte ins Vertrauen zu ziehen und ihr die Briefe zu zeigen sei falsch gewesen.

Er behauptete immer, man müsse die Dinge nur besonnen genug prüfen, dann käme man auch zu einer Lösung, doch sie wusste es besser. Schließlich prüfte Lahzen nun schon lange genug! Nein, wer allein nicht weiterkam, musste sich Hilfe holen. Jedenfalls spürte sie neuen Schwung.

Energisch schrubbte sie Spülbecken und Fliesen, danach waren Herd und Boden dran. Sie würde es dieser rothaarigen Claire, die ihre Nase in jede Ecke steckte, schon zeigen. Die Spinnen waren bereits verjagt, und Mäuse oder Kakerlaken verzogen sich von allein, wenn es für sie nichts zu holen gab. Bald sah die Küche wieder manierlich aus.

Allah sei Dank für Sîdi Karims ausführliche Hausbegehung! Natürlich mussten sie abwarten, in dem Punkt gab sie Lahzen recht, aber nach ihrem Gefühl konnte man Lâlla Fatimas Jüngstem vertrauen. Nur, wie sollte sie seine Blicke deuten, die Madame Charlotte überallhin folgten?

»Wir müssen es ihm sagen«, meinte Lahzen.

»Und wie?«

»Das ist unwichtig«, sagte er. »Bloß schnell sollten wir sein, bevor sie …«

Sie, damit war Madame Charlotte gemeint.

»Sie wird schweigen.« Und falls nicht, so traf sie keine Schuld, schließlich hatten sie ihr Gelübde gehalten.

»Und wenn ihr versehentlich etwas herausrutscht?«

Insgeheim hoffte sie genau darauf. Dann hätte Allah entschieden, und die Sache wäre endlich ausgestanden, dachte sie. Laut sagte sie: »Sie ist eine Stille, eine, die überlegt, bevor sie etwas sagt.« Und das stimmte.

Die halbe Nacht hatten Lahzen und sie gegrübelt. Am einfachsten wäre es, Sîdi Karim die Briefe auszuhändigen und so zu tun, als seien sie ahnungslos. Nach Lahzens Meinung war das jedoch nicht ehrlich.

»Ehrlich – unehrlich, einen kleinen Schwindel wird Allah verzeihen«, hielt sie dagegen. »Außerdem ist es zu seinem eigenen Wohl.«

»Zu wessen Wohl? Und kleiner Schwindel? Die Briefe kamen schon vor Jahren bei uns an«, antwortete Lahzen. »Wir hätten sie ihm längst übergeben können!«

Ach ja? Und wie und wann? Erst die Warterei auf Lâlla Astrids Rückkehr, dann das Warten, ob sich Sîdi Karim nicht doch vielleicht einmal blicken ließ, und dazwischen der Tod seiner schönen jungen Frau, Allah gebe ihr ewigen Frieden.

Ein einziges Mal hatten sie vor einigen Jahren mit Lâlla Fatima über den Jungen gesprochen, nur kurz und mehr in Andeutungen, doch Lâlla Fatima hatte bloß auf die bekannt lockeren Sitten der Ausländer verwiesen. Einmal hatte sie das Kind von ferne gesehen, sich jedoch abgewendet und gemeint, Karim könne unmöglich der Vater sein, in der gesamten Familie gäbe es keine hellen Haare. Vielleicht, vielleicht aber auch nicht, die Wahrheit kannte allein Allah…

Würde Sîdi Karim nicht hingerissen von Aziz sein und ergriffen, einen Sohn in die Arme schließen zu können? Kinder sind die Flügel der Menschen, hieß es doch. Bestimmt würde er auf die Knie fallen, Allah danken und sie reich beschenken. Hatte er Lahzen nicht schon jetzt einen Batzen Geld zugesteckt?

In diesem Moment war Lahzen unterwegs zum Markt, um Mehl, Öl, Reis, Zucker, Sardinen und Salz, vielleicht sogar ein Stück Lamm- oder Hammelkeule einzukaufen. Außerdem wollte er eine große Gasflasche besorgen, damit sie endlich einen der Herde wieder in Betrieb nehmen konnten. Bald würde sie zum Kochen nicht mehr auf der Erde kauern müssen, al hamdullillah, und wenn Sîdi Karim das nächste Mal kam, konnte sie etwas Anständiges auf den Tisch bringen! Vielleicht würde er ja auch die Wasserleitung in Ordnung bringen lassen? Sie seufzte. Noch holten sie jeden Krug einzeln aus dem Brunnen am Ende des Gartens. In letzter Zeit fiel ihr das immer schwerer. Sie seufzte erneut. Und obwohl rein gar nichts geklärt war, weshalb ihre Gedanken hin und her sprangen wie junge Zicklein, war ihr das Herz leichter denn je in letzter Zeit.

Große Teile der Verpackung an einem der Herde

hatte sie bereits entfernt, aber das Klebeband war hartnäckig. Aziz mit seinen kleinen Fingern könnte es sicher leichter abzupfen.

»Habibi, komm und hilf mir«, rief sie in den Garten, doch von Aziz kam keine Antwort.

Lahzen

Er wollte nicht klagen, gegen das Altern war nun mal kein Kraut gewachsen. Auch wenn ihm der Weg schwer wurde, oder er wie jetzt zusehen musste, wie er mit Gehstock und schwer beladener Lastkarre zurechtkam, gab er Zouzou recht: Es war gut, dass endlich etwas geschah. Als Mann mit Anstand und Ehre würde Sîdi Karim das Richtige entscheiden.

Zouzou sagte, sie müssten Sîdi Karim aufklären und sie habe so ein Gefühl, dass er die Nachricht freudig aufnehmen würde. Ein Kind sei schließlich das größte Geschenk, das Allah einem Mann machen konnte. Und wenn sie nicht recht hatte?

Und Lâlla Fatima? Wenn sie und Lâlla Astrid einander je kennengelernt hätten, wer weiß …? Doch Allah hatte es anders gefügt. Musste man sich außerdem nicht fragen, wie Sîdi Karims Brüder auf Aziz reagieren würden? Der Junge war in jeder Beziehung ein Fremder, und was die angebliche »Sprache des Blutes« anging, hatte er daran so seine Zweifel. War Aziz darüber hinaus nicht ebenso erbberechtigt wie

Lâlla Fatimas andere Enkelsöhne? Oder was bedeutete eine ausländische Mutter in diesem Fall? Für ihn hatte es nie etwas zu erben oder zu hinterlassen gegeben, aber eines wusste er: Das plötzliche Auftauchen eines zusätzlichen Erben würde in jeder Familie für Wirbel sorgen.

Andererseits, was hieß plötzlich? Bestand denn nicht bereits seit langem zumindest ein Verdacht in dieser Richtung? Warum sonst dieser Geldumschlag, den Abdallah angeblich aus dem Gestrüpp gezogen hatte, und was sollte Sîdi Mohammeds aufdringliche Ausfragerei sonst bedeuten? Ob er darüber jemals mit seinem Bruder gesprochen hatte? Aber nein, nicht Sîdi Mohammed, dafür würde er sein Augenlicht geben. Und was, falls er und Lâlla Fatima Karims Vaterschaft anzweifelten? Lâlla Astrids Brief war der einzige halbwegs glaubwürdige Beleg dafür, doch solange sie nicht zurückkam oder jemand sie ausfindig gemacht hatte …

Hinten im Hof stand ein dicker weißer Wagen, Sîdi Mohammeds Auto, soweit er wusste. Belauerte er sie wieder?

Die Lastkarre verkantete sich und kippelte. Öl und die Tüten mit Zucker und Mehl durften nicht herausfallen, besonders der Gasflasche durfte nichts geschehen. Sie war aus Stahl, aber was hieß das schon? Die Leitungen am Herd waren zum Glück noch intakt, wie sie gestern festgestellt hatten, doch mit dem Anschlussventil an der Flasche war das so eine Sache. Empfindlich, wie es war, durfte er damit nirgends anstoßen, Zouzou würde ihm den Kopf abreißen! Er stemmte sich gegen die Karre, damit sie nicht umkippte.

»Warte, ich helfe dir.«

Auf einmal stand die Rothaarige neben ihm, packte zu und verhinderte im letzten Moment, dass die Gasflasche herausrollte. Madame Claire – wo kam sie denn plötzlich her? Ein Djinn sei sie, hatte Zouzou behauptet, das habe sie im Gefühl. Er fasste seinen Gehstock fester. Dann aber trat er zur Seite und ließ sie die Karre allein zum Tor im Bretterzaun schieben.

Die Frau redete und lachte. Sie sprach Englisch, davon verstand er kein Wort. Immerhin begriff er, dass sie nach Sîdi Karim fragte und dass das Eingangsportal geschlossen sei, weswegen sie an der Mauer entlang bis hierher zur Rückseite gegangen war.

Während er noch dabei war, die Pforte zu öffnen, nahm er aus den Augenwinkeln eine Bewegung hinter dem weißen Wagen wahr.

Plötzlich kamen von dort Schreie, laute, angstvolle Rufe. »Hilfe! Lass mich los, ich will nicht! Ich geh nicht mit dir! Hilfe, Onkel Lahzen, hilf mir!«

Aziz? Zumindest klang es wie seine Stimme, außerdem rollte sein Ball über den Parkplatz.

Noch bevor er sich besonnen hatte, ließ die Frau die Karre los und hetzte hinüber. Ihre Haare hüpften, wie eine Furie stürzte sie auf den Mann zu, als wolle sie ihn über den Haufen rennen. Dazu brüllte sie »Aziz!« und »Police« und »Kidnapping« und noch vieles mehr, das er nicht verstand.

Der Mann erschrak, ließ den Kleinen los und ging hinter dem Auto in Deckung. Der Junge aber rannte zu Madame Claire und brachte sich hinter ihr in Sicherheit.

Aziz. Tatsächlich, es war Aziz.

Und der Mann, der mit hochrotem Kopf hinter dem Auto hervorkam, vor Madame Claire stand und gestikulierte und redete und seine schneeweiße Djellabah sauber klopfte, dann auf das Haus deutete und nervös lachte, war – Allah hilf!

Er fühlte sich wie gelähmt. Seine Knie zitterten, nur der Zaun verhinderte, dass er fiel.

Madame Claire rief erneut lauthals nach der Polizei. Bloß das nicht! Er winkte ihr, sagte: »Aziz, dein Ball.« Wie dünn seine Stimme klang…

Aziz schnappte sich den Ball, griff nach der Hand der Frau und zog sie mit sich fort. Fort von dem Auto, dem Mann, in den Garten. Als die Pforte hinter ihm zuknallte und der Riegel einrastete, waren seine Augen übergroß vor Schreck.

Claire

Hastig wählte sie Charlottes Telefonnummer. »Kannst du rasch herkommen und übersetzen? Ich verstehe nur Bahnhof.«

»Ist was geschehen?«

»Jemand wollte Aziz entführen, stell dir vor!«

»Um Gottes willen!«

»Ja, unglaublich! Zum Glück war ich zur Stelle und

konnte dazwischengehen, aber kommst du bitte trotzdem? Alle hier sind ziemlich durch den Wind. Karim erreiche ich nicht, und ich kann mich nicht verständlich machen.«

Eben hatte ihr Zouzou noch vor Dankbarkeit die Hände geküsst, jetzt stritt sie mit Lahzen. Abwinken auf der einen Seite und Seufzen auf der anderen – weit kamen die beiden so nicht. Aziz hielt sich währenddessen an seinem Fußball fest. Wie panisch er um Hilfe gerufen und wie er sich an sie geklammert hatte! Der Schock ließ langsam nach, doch noch war er den Tränen nahe. Und immer noch ging es zwischen dem Alten und der Köchin hin und her.

»Wie geht es dem Kleinen?«

»Geht so, verletzt ist er nicht.« Sie nickte Aziz zu und lächelte. Keine Bange, das wird schon, hieß das.

»Gut, ich komme.«

Sie öffnete die Küchentür zum Garten, die die alte Zouzou vorhin, als es lauter geworden war, geschlossen hatte, und setzte sich auf das Mäuerchen am ehemaligen Wasserbecken. Erst mal tief durchatmen.

Nicht schlecht, ihre Reaktion vorhin, doch zum Glück war es nicht zum Kampf gekommen, immerhin lag ihr Selbstverteidigungskurs schon Jahre zurück. Aber wie sie den Mann angebrüllt hatte! Wer war der Typ? Warum wollte er Aziz entführen? War etwas Besonderes an dem Jungen? Er war arm wie eine Kirchenmaus, das nahm sie zumindest an. Der Kleine sah so aus wie alles hier: abgerissen und verwildert. Sollte man nicht doch die Polizei hinzuziehen? Schließlich hatte erst gestern jemand am Zaun he-

rumgelungert. Lahzen und Zouzou diskutierten auf-
geregt, doch in diesem Punkt waren sie sich offenbar
einig: Keine Polizei! Nun gut, was wusste sie schon,
wie das hierzulande gehandhabt wurde? Zum Glück
kam Charlotte gleich.

Karim ging immer noch nicht ans Telefon. Schon
morgens hatte sie versucht, ihn zu erreichen, um das
mit ihrem Umzug hierher zu verhandeln, war aber
auch da gleich bei der Mailbox gelandet. Wenigstens
hatte die Umbuchung des Rückflugs auf Anhieb ge-
klappt. Der junge Mann hatte prima Englisch gesprochen. No problem, makhel mushkil, hatte er gesagt,
und Schwupps war die Bestätigung auf dem Handy.
Sie hatte alles sogleich an den TV-Sender weiterge-
leitet, zusammen mit ein paar erklärenden Worten.
Erstaunlich, wie flott sich manches regeln ließ. Es
kamen lediglich Bearbeitungskosten auf sie zu, aber
das waren Peanuts.

Endlich erschien Charlotte und bemühte sich um
Klärung der Angelegenheit. War der Entführungsversuch echt gewesen, warum Aziz, wer war der Mann,
was hatte er gesagt, was für ein Auto, welche Marke?
Aziz hatte alles vergessen. Lahzen und Oum Zouzou
beantworteten Charlottes Fragen eher einsilbig und
zuckten auffällig oft mit den Schultern. Und nun?

»Sie spekulieren, wissen aber nichts. Einig sind sie
sich nur darin, dass Karim informiert werden sollte.«

»Er nimmt ja nicht ab!« Sie wedelte mit dem
Handy.

»Weil er heute in Casablanca zu tun hat«, erwiderte Charlotte. »Er kommt erst am Abend zurück,

ruft mich aber von unterwegs an. Hat er gestern jedenfalls gesagt.«

Warum wurde sie rot dabei? Hatte sie endlich selbst bemerkt, dass Karim sie auf diese ganz besondere Weise ansah? Zu dem Thema würde sie jedoch hübsch den Mund halten, wie sie Charlotte einschätzte, war sie in Gefühlsfragen heikel.

»Also abwarten? Na gut. Übrigens habe ich meinen Rückflug verschoben. Ich möchte unbedingt wissen, wie es mit diesem Hotel weitergeht.«

»Einfach so? Das geht?« Charlotte sah überrascht auf.

»Klar. Zu Hause ist das Wetter mies, ich habe noch Urlaub, und es wartet nichts auf mich, jedenfalls nichts Verlockendes. Also bleib ich noch ein Weilchen.«

»Und unsere Zimmer? Sind die denn nicht schon wieder vergeben?«

»Vermutlich. Aber ich kann ja auch hier im Haus schlafen und bei der Gelegenheit … Du weißt schon, in den Ecken stöbern, vielleicht auch anfangen, alles ein bisschen auf Vordermann zu bringen. Mir fehlt nur noch Karims Einwilligung. Hoffentlich stimmt er zu.«

»Du hast Ideen!« Charlotte schüttelte den Kopf.

»Überleg doch: Ein paar Tage Sonne dranhängen, hier etwas klar Schiff machen, vielleicht rausfinden, wer oder was hinter der Entführungsgeschichte steckt – das ist auf jeden Fall interessanter als Nebel und der ganze andere Frust zu Hause. Wär das nicht auch was für dich? Rückflug verschieben, weiter in der Stadt fotografieren und dabei das Bildmaterial für den Kalender aufstocken?«

»Ach Claire, bei dir klingt alles immer so einfach.«

»Kompliziert war das mit der Umbucherei nicht, ehrlich.«

Beide sahen sie zu Oum Zouzou, Lahzen und Aziz. Der Kleine sprach nicht, umklammerte nur seinen Ball, während Zouzou verbissen an einem Herd scheuerte und der alte Lahzen ins Nichts starrte. Die Ärmsten. Sie taten ihr leid, so leid.

Warum nicht schon heute hier übernachten? Falls es dem Entführer einfallen sollte wiederzukommen, konnte er sich auf was gefasst machen!

Karim

Kein Krebs, keine Geister mehr! Plötzlich hielt die Welt unendlich viele Möglichkeiten bereit, die nur darauf warteten, umgesetzt zu werden. Alles konnte ihm jetzt gelingen, alles! So fühlte er sich jedenfalls ... Na ja, man würde sehen.

Die Ärzte waren wirklich gründlich gewesen. Einige Laborergebnisse standen zwar noch aus, doch Husten und Heiserkeit seien eindeutig die Folge von geschwollenen Stimmlippen und einer hartnäckigen Kehlkopfentzündung, hatten sie festgestellt, und das ließe sich bestens mit Antibiotika behandeln.

Er hatte es sich ja gleich gedacht, sich insgeheim

aber offenbar doch für das Schlimmste gewappnet. Kein Wunder, dass er sich jetzt um so vieles leichter fühlte als auf der Herfahrt.

Das Telefon zeigte mehrere Anrufe in Abwesenheit an, darum würde er sich später kümmern. Auch im Büro wartete nichts, das nicht bis nächste Woche Zeit hatte. Gut so, denn jetzt lag ihm etwas auf der Seele, das er eiligst in die Wege leiten musste. Vorhin in der Röhre, während sein Körper auf dem Computerbildschirm in feinste Scheibchen zerlegt wurde, hatte er ganz plötzlich gewusst, was zu tun war.

Er rief seinen Assistenten an und beauftragte ihn, das alte Grandhotel mit Strom und Wasser zu versorgen, notfalls provisorisch mittels Tankwagen und Generator, Hauptsache sofort. Einwände ließ er nicht gelten. Die unmöglichen Zustände dort mussten auf der Stelle ein Ende haben. Über das weitere Vorgehen würde er nachdenken, auch darüber, wie und wo die beiden Alten mit dem Jungen – ihrem Enkel? – in der Zwischenzeit beziehungsweise dauerhaft leben könnten.

Als er kurz darauf Lâlla Fatimas Stimme hörte, die ungewohnt müde klang, war er froh, sie aufmuntern zu können. Natürlich freute sie sich, dass er gesund sei, da sie jedoch keine Ahnung von dem ursprünglichen Krebsverdacht hatte, blieb sie gelassen. »Ich wusste, dass Allah seine Hand über dich hält. In seiner Weitsicht wird er dir auch sicher schon bald eine Frau zur Seite stellen, die dir gesunde Söhne schenkt. Kennst du eigentlich die Töchter von Oum Mariam, der Frau des ...«

Er musste sie ablenken. »Mutter, viel lieber möchte ich über etwas anderes mit dir sprechen. Gestern hatte ich Gelegenheit, das Les Almohades zu inspizieren.«

Stille. Dann ein Seufzer. »Du warst dort! Ach, wenn ich denke …«

Er konnte hören, dass sie mit Tränen kämpfte. Konnten gute Nachrichten schaden?

»Ja. Lahzen und Oum Zouzou führten mich herum. Die beiden kümmern sich zwar um alles, aber eigentlich haben sie das Alter …«

Lâlla Fatima hörte ihm nicht zu. »Ach, unser wunderschönes Haus! Hab ich dir eigentlich je von den Teppichen erzählt, die für uns auf Maß gefertigt wurden, und dass unser Porzellan extra aus Frankreich geliefert wurde? Und der kühle Park erst, die Gärtner … Und obgleich ich es besser wissen müsste – schließlich habe ich am eigenen Leib – doch nein, er existiert nicht, der Fluch. Ich hör erst gar nicht auf das Gerede!«

Schon wieder dieser ominöse Fluch, der angeblich auf der Familie lastete. Konkret wurde Mutter jedoch auch diesmal nicht, driftete stattdessen wieder nur durch ihre Erinnerungen. Er lauschte auf das Gemurmel, verstand etwas von früheren Heimsuchungen. Verschmolzen für Mutter Vergangenheit und Gegenwart, durchlebte sie alles noch einmal oder fürchtete sie, ein Unglück könnte die Familie treffen?

Familie. Diese untrennbar miteinander verbundenen Menschen, ihre immerwährenden Verflechtungen, diese gegenseitige Verantwortung bis in entfernteste Zweige des Familienclans, mit der sie alle groß geworden waren – nach Mutters Worten war die Familie eine Säule von unendlicher Tragkraft. Jeder lebte mit der Verpflichtung, sie nach außen zu schützen und sich innerhalb des Clans zu unterstützen. Vor Generationen war diese unlösbare Bindung überlebenswichtig gewesen und bedeutsamer als jede andere Tradition, aber heute?

Schließlich schien sie sich gefasst zu haben. »Du warst also dort, Allah sei Dank!« Ihre Stimme zitterte noch, klang jedoch zum Glück wieder kräftiger. »Wie sieht es aus? Ist es schrecklich heruntergekommen? Und der Garten? Mach mir Hoffnung, ich flehe dich an! Ich will es nicht sehen, wenn alles kaputt und verwahrlost ist.«

»Du musst es nicht sehen, nicht, bevor ich…« Er brach ab. Bevor er was?

Es knisterte in der Leitung.

»Du wirst es herrichten lassen.«

»Langsam, davon hab ich nichts gesagt!«

»Oh doch, mein Sohn, oh doch, du Licht meiner Augen, das hast du. Vielleicht nicht mit Worten, aber ich hab es dennoch gehört, sehr deutlich sogar. Gelobt sei Allah!« Sie legte auf.

Du wirst es herrichten lassen – das hatte sie herausgehört? Er lächelte. Wie das wohl wäre, sich des alten Hauses anzunehmen, es herzurichten, auch den Park wieder nutzbar zu machen? Die Substanz war nicht schlecht, im Gegenteil, und bei allen Schwierigkeiten und Mühen – inklusive der zweifellos immensen Kosten – könnte aus dem Les Almohades wieder ein Schmuckstück werden. Überraschend, wohin seine Gedanken offenbar tendierten, ohne dass es ihm bewusst gewesen war. Mutter dagegen hatte es gespürt. Sie war alt, manchmal sogar kraftlos, zugleich aber verfügte sie über eine ausgeprägte Vorstellungskraft. Ihr Wille vereint mit seiner Kompetenz – Berge könnte man damit versetzen! Er schüttelte den Kopf über sich.

Endlich lagen die Außenbezirke von Casablanca hinter ihm, der Verkehr wurde ruhiger. Er beschleunigte das Tempo. Ob er jetzt Charlotte anrufen sollte?

Die ganze Zeit war sie ihm nicht aus dem Kopf gegangen, weder beim Ultraschall oder Röntgen noch während der Wartezeiten. Ihm war sogar gewesen, als spüre er ständig ihre Nähe.

Ob sie wegen der Scheidungssache fest geblieben war? Sollte er sie darauf ansprechen, oder trat er ihr damit zu nahe? Sie fasste langsam Vertrauen. Hatte sie sich nicht gestern Abend sogar von ihm in den Arm nehmen lassen? Ein wundervoller Moment. Verschrecken durfte er sie auf keinen Fall, auch wenn es ihn drängte, ihr näherzukommen.

Ernsthaft? Und was dann? War er überhaupt zu einer Beziehung fähig, nach allem, was hinter ihm lag?

Immerhin war er ungebunden, einigermaßen wohlhabend und offenbar gesund. Warum sollte er seine Zukunft allein verbringen müssen?

Und das Risiko? Er konnte sich irren, konnte abgewiesen werden, seine Hoffnungen enttäuscht werden, außerdem waren selbst glückliche Paare nicht immer nur glücklich. Und was, wenn ihm seine Erleichterung einen Streich spielte? Trotzdem. Er neigte nicht zu Überschwang, aber heute, und wenn er an Charlotte dachte ...

Er tippte ihre Nummer ein, zögerte jedoch, die Verbindung herzustellen. Keine Illusionen, warnte er sich, bloß wegen dieses momentanen Hochgefühls. In Wahrheit war er nicht unbesiegbar, auch wenn es ihm jetzt so vorkam, außerdem wusste er viel zu wenig über ihre Gefühle. Aber er könnte sich um ihr Vertrauen bemühen und dazu mit gutem Beispiel vorangehen. Zum Beispiel indem er ihr den wahren Grund seines Aufenthalts in Casa erklärte, von den Untersuchungen berichtete, aber auch von seinen Befürchtungen und wie er versucht hatte, sie zu leugnen.

Würde sie solche Offenheit erwidern? Er schaltete das Telefon ab.

Er musste gründlich nachdenken.

Der Halaiqi

Abderrahim stellte seine Laterne ab, breitete die Arme aus und rief: »Bismillah, meine Freunde, kommt zusammen und lauscht auch heute der Geschichte von Hassan, seiner Palastherberge und seiner Liebe zu der schönen Latifa! Tretet näher.«

Das Gedränge rund um die Garküchen ließ trotz

des kalten Winds aus den Bergen auf Publikum hoffen. Sobald der Hunger des Leibes gestillt war, meldeten sich erfahrungsgemäß Kopf und Herz und wollten ebenfalls gefüttert werden. Und hatte denn nicht gerade seine Geschichte – neben den Lehren, die man daraus ziehen konnte und sollte – alles, um dem Herzen Nahrung zu geben?

Wirkliche Neuigkeiten hatte er nicht erfahren, abgesehen von dem Kahlschlag auf dem Platz vor dem alten Grandhotel. Der Ladeninhaber erwähnte zwar den einen oder anderen größeren Einkauf, gehört aber hatte er angeblich rein gar nichts. War diese Ahnungslosigkeit gespielt, oder wusste tatsächlich niemand, was sich im Les Almohades tat? Noch war Zeit, seine Geschichte anzupassen und den Schluss zu aktualisieren, doch einstweilen würde er wie geplant weitererzählen. Abenteuern und herzzerreißender Liebe, die sich gegen widrige Umstände durchsetzte, widerstanden die Leute selten, das wusste jeder erfahrene Geschichtenerzähler, sei er nun Dichter, Fernsehproduzent oder Halaiqi auf dem Djema el Fnaa.

»Wie gestern angekündigt missachtete Hassan den Rat seines Djinn, der es im Grunde doch nur gut mit ihm meinte, und setzte sein Leben aufs Spiel. Ihr fragt, wie das geschah? Nun …«

Abderrahim umrundete seine Laterne und nickte den Männern zu, die sich, eingepackt in wollene Umhänge oder wärmende Steppjacken, zum Zuhören eingefunden hatten. Abdul, der Bote, war nicht unter ihnen, doch einige Gesichter kannte er bereits von den vorangegangenen Abenden. Weitere Männer fühlten sich von der Gruppe angezogen, kamen näher und reckten die Hälse, um zu sehen, was hier geboten wurde. Immerhin, mit ein paar Münzen war wohl zu rechnen.

»Wie gesagt traf er die schöne Latifa und ihren Vater, den Baumeister Al Arbi, nicht zu Hause an. Die Nachbarn aber hatten nur Widersprüchliches parat. Die einen wussten von heißen Quellen, die Al Arbi seines Rheumas wegen aufsuchen wollte, andere dagegen behaupteten, Vater und Tochter hätten sich auf die kleine *hadsch* nach Kairouan begeben. So oder so – mit leeren Händen und übervollem Herzen, daher tief betrübt, schlich Hassan zurück zur Baustelle. Was nun? Zu seinem Glück wusste Mustapha, der Aufseher und enge Mitarbeiter Al Arbis, wo sich der Baumeister aufhielt.«

Kurze Pause, um die Spannung zu erhöhen, dann fuhr er fort: »Ein Befehl des Paschas hatte ihn Hals über Kopf ins Tal des Draá beordert. Zum Schutz gegen aufständische Berber und räuberische Nomaden aus der Wüste plante der Pascha den Ausbau seiner Kasbahs in den Oasen an Draá und Dades. Stellt euch Hassan vor, als er begriff, was das bedeutete: Wieder warf ihm der Pascha Knüppel zwischen die Beine, denn ohne Baumeister keine Palastherberge, Genehmigungen hin oder her! Und als genüge das nicht, hatte er ihm jetzt auch noch den Weg zu Latifa versperrt.

Erschüttert stand er vor den Mauern des bereits mehr als halb fertigen Hauses. Bis hierher hatte er es geschafft, sollte ihn der Pascha nun etwa doch noch bezwingen, ihn, den Letzten der Aït El-Cherifas?

Vor seinem inneren Auge tauchten die Stätten seiner Kindheit auf. Er sah die verwüsteten Dörfer und Felder vor sich, dachte an die Verzweiflung in den Augen der Menschen, an den alten Vater, der die Toten beweint und um das Leben des Sohnes gefürchtet hatte, und sein Zorn erwachte. Und noch ehe er sich dessen ganz bewusst geworden war, hatte er beschlossen, die Baustelle sich selbst zu überlassen und dem Baumeister und seiner Tochter nachzureisen. Er würde sie zurückholen, würde Latifa heiraten, und er würde seine Herberge fertigstellen, jawohl!

In dieser Nacht tobte und drohte sein Djinn wie selten zuvor. Ob er komplett den Verstand verloren habe, schrie er und riss Hassan an den Haaren und kniff ihn in Nase und Ohren. Wer sich mutwillig in solche Gefahr begebe, sei entweder irre oder sehne sich nach dem Tod, und sollte er tatsächlich dorthin reisen, wo ihn jeder Zweite erkennen und an die Schergen des Pascha verraten könnte, werde er ihn verlassen. Mit Lebensmüden gebe er sich nicht ab und damit basta, und so ging es in einem fort. Nun, um es kurz zu machen: Hassan hörte nicht auf ihn.

Er wusste, jede Straße ins Draá-Tal und jeder halbwegs gangbare Weg wurden überwacht und kamen für ihn nicht infrage. Er kaufte also Pferde und heuerte zwei Begleiter an, kräftige, mutige Männer, erfahren im Umgang mit Waffen. Sodann bekniete er den Vorarbeiter, die Baustelle zu bewachen, und nach einer weiteren schlaflosen Nacht brachen sie auf, so unauffällig, dass nicht einmal die boshaften Djinn etwas davon bemerkten. In hohem Tempo ging es Richtung Süden, über das Gebirge, der alten Heimat entgegen. Vor jedem Nomadenzelt und jedem Hirtenknaben nahmen sie sich in Acht, wussten sie doch, das alles bis tief in die Wüste hinein Eigentum des Paschas war, jedes Tal und jeder Berg, alle Dörfer und Menschen, sogar sämtliche Ziegen. Während dieses Ritts entrückte ihm sein Traumpalast und wurde mehr und mehr zu dem, was er für alle anderen ohnehin schon immer gewesen war: zu einem Gebäude, einem Haus, das einem bestimmten Zweck dienen sollte, nicht mehr und nicht weniger. Mit Allahs Hilfe würde es irgendwann weiterwachsen oder auch nicht. Statt an seinen Traum dachte er jetzt unentwegt an Latifa, an ihr Lachen, ihr hübsches Gesicht, ihre weichen Arme, und er träumte von ihrem gemeinsamen Leben, das ihm mit jedem bezwungenen Bergpass verlockender erschien. Ein Haus ist doch immer nur ein Haus, nicht wahr? Ein Mensch jedoch mit warmem Blut in seinen Adern, mit Herz und Seele, mit Augen, die auch das Verborgene im anderen sehen, und mit Händen, die ihn halten, trösten und seine Sorgen fortstreicheln können ... Ach ja!

Hassan und seine Männer erreichten also unentdeckt und in kürzester Zeit – sagen wir, innerhalb von fünf Tagen? – einen Ort, von dem aus sie auf das glitzernde Band des Draá hinunterblicken konnten, der sich sein Bett durch Schluchten und Felsen gemeißelt hatte. An dieser Stelle, wo der Fluss die Berge verließ und sich zu der Oase verbreiterte, die uns bis heute verzaubert, lagen die kleine Garnisonstadt, die fruchtbaren Palmengärten und die Lehmkasbah, in der die Aït El-Cherifa über Generationen zu Hause gewesen waren und in der jetzt El Glaouis Soldaten hausten. Auf dem Hügel in der Nähe der Furt durch den Fluss, der hier flach über Steine und Wehre sprudelte, thronte weithin sichtbar die französische Kommandantur, zu ihren Füßen die Kasernen ihrer Garnison sowie das ummauerte Marktgelände, die Läden und Häuser der Bewohner. Alles wie damals! Hassan schlug das Herz bis in die Kehle, und er musste schlucken, war ihm doch auch nach all den Jahren hier jeder Fußbreit vertraut.

Unten staubten Militärlastwagen und Bauernkarren auf dem Weg zum Markt, er aber und seine Begleiter schlugen sich weiter querfeldein. Gehöfte kamen in Sicht, Hunde schlugen an, doch Hassan trug den Chêche nach Tuareg-Art vor Mund und Nase geschlungen, zudem hatte er sich den Bart seit Tagen nicht rasiert. Niemand würde ihn erkennen.

Hassan wusste es nicht, aber inzwischen war er, gerade mit den dunklen Bartschatten, seinem Vater ähnlicher denn je, und hätte er sich selbst anschauen können, hätte ihn das verwirrt, wenn nicht gar erschreckt. So ergeht es vielen, denn bei aller gebotenen Kindesliebe: Wer will schon dem Vater gleichen und nicht dem Bild, das er von sich selbst geschaffen hat? Doch hier die Form der Hände, der Ohren, dort der Gang oder eine charakteristische Geste, bezeich-

334

nend bereits für Vater und Großvater – nichts ist je wirklich vergangen im Umlauf der Zeiten, nicht Gestalt oder Wesen, nicht das Schicksal der Vorfahren. Nun, Hassan machte sich solche Gedanken nicht, daher lasst auch uns nicht abschweifen.

Ihn beschäftigte vielmehr, ob Latifa und ihr Vater wohlauf waren, wo er sie finden und wie er es anstellen sollte, sie unter den Augen des Paschas von hier fortzubringen? Musste er Latifa dazu nicht in die Geschichte seiner Familie einweihen, ihr gestehen, dass er als Ausgestoßener unter falschem Namen lebte, und – ihr könnt euch denken, diese Frage beschäftigte ihn ganz besonders! – wäre sie unter solchen Umständen überhaupt bereit, seine Frau zu werden? Während ihm das im Kopf herumging und während seine Begleiter auf dem Markt und in den Kaffeehäusern die Ohren aufsperrten, näherte sich Hassan auf Umwegen der stolzen Lehmburg seiner Familie.

Seinen Augen entging kaum etwas, dennoch bemerkte er keinen der Blicke, die ihm folgten. Was er dagegen sah, war, dass die Alten wie früher im Schatten des Gemäuers den Lauf der Welt besprachen, dass Jungen wie immer auf den Gassen spielten und Mädchen ihren Müttern bei der Hausarbeit halfen oder ein paar Ziegen zum nächsten Grün trieben. Und hätten nicht Autos vor dem mächtigen Tor der Kasbah gestanden und wären nicht Teile ihrer Mauern hinter Baugerüsten verborgen gewesen, hätte er meinen können, die Zeit sei seit damals stehen geblieben.«

Er hob die Arme, sah in die Gesichter rundum und ließ in einer Geste der Resignation die Hände wieder sinken. »So ergeht es uns allen, die wir einst fortgingen und irgendwann zurückkommen: Wir sehen durch sämtliche Veränderungen hindurch, glauben stattdessen das verlorene Land unserer Kindheit zu erblicken und spüren erst allmählich, dann aber umso schmerzlicher, das Vergehen der Zeit. La illah illalah. Unserem Hassan erging es nicht anders. Er brachte sein Pferd im Schatten eines Baumes vor der Kasbah zum Stehen, lauschte auf das Quietschen eines Wasserrads in der Oase und auf das Gemecker der Ziegen, atmete Hitze und Staub und den Duft der Gärten am nahen Fluss. All das war ihm so vertraut, dass sein Herz schmerzte.

Plötzlich kam ein Junge angerannt und sagte: ›Komm mit. Du sollst kommen, sagt Großvater Ali.‹

Hassan fragte sich, was das bedeuten könne, folgte aber dem Knaben.

Großvater Ali, stellte sich heraus, war ein ehemaliger Stallknecht der Familie, der ihn trotz Gesichtsschleier sofort erkannt hatte. ›Und zwar von hinten‹, wie er stolz behauptete. ›Kein Wunder, schließlich sitzt du zu Pferde wie einst dein armer Vater.‹

Ich will es kurz machen, denn ihr könnt euch wohl denken, dass Hassan jede Menge Fragen beantworten und etliche Gläser Tee trinken musste! Doch nach einigem Hin und Her wurde der Junge losgeschickt, um Al Mehdi ins Haus zu holen. Natürlich geheim, denn vergesst nicht: In der Stadt hatten sich ja neben den Franzosen auch die Beamten des Paschas breitgemacht. Doch während jene, die Franzosen, lediglich unbequem waren, hatten diese ein Netz aus Schnüfflern gesponnen, in dem man sich nur allzu leicht verfing. Nur die Alten nicht, die der nachsichtigen und klugen Führung der alten Caïds aus der Familie der Aït El-Cherifa nachtrauerten und – obwohl inzwischen blind, lahm, taub oder alles zusammen – ihre eigenen Wege gefunden hatten, des Paschas Denunzianten zu entgehen.«

Abderrahim beugte sich zu dem Nächststehenden und flüsterte ihm deutlich hörbar zu: »Du fragst dich, woher ich das alles so haargenau weiß? Das ist leicht zu beantworten: Ich selbst war dieser Junge, ich selbst brachte Hassan zu Großvater Ali, Allah ist mein Zeuge! Am eigenen Leib erlebte ich damals in jener Oasenstadt, wie die Bevölkerung gespalten wurde, und ich lernte, meine Zunge zu hüten. Weil, wie mir Großvater Ali einbläute, Worte töten können, sogar solche, die man in bester Absicht ausspricht! Erst später, als ich hierher zur väterlichen Familie und in die Obhut meines anderen Großvaters kam, lernte ich die weitaus erfreulicheren Seiten von Sprache und Geschichten kennen, al hamdullilah.« Er blickte zum Himmel und murmelte ein rasches Gebet.

Ein kalter Windhauch fuhr unter seine Djellabah und um seine nackten Füße und ließ ihn erschauern. Auch den Zuhörern wurde es kalt. Die ersten verließen bereits seinen Kreis, andere rieben die Hände aneinander oder schlugen die Arme unter.

»Für heute mache ich besser Schluss. Nur noch

dies: Hassan, dem alles, was er hier sah, doch mehr ans Herz griff als erwartet, traf also Al Mehdi, seinen Baumeister, und erfuhr von ihm dreierlei: Erstens habe der hiesige Baumeister viel unnötiges Tamtam veranstaltet, als er seine Hilfe erbat, in Wahrheit seien die Probleme überschaubar, weshalb der Auftrag auch schon so gut wie erledigt sei. Und daher werde er zweitens gemeinsam mit Latifa in zwei, drei Tagen nach Marrakesch zurückkehren. Und drittens – und wenn ihr bedenkt, dass seine Tochter eine kluge und zumindest für damalige Verhältnisse recht moderne junge Frau war, werdet ihr das verstehen –, drittens also könne und wolle er Latifa nicht vorgreifen, ihm als Vater sei Hassans Heiratsantrag jedoch durchaus willkommen! Damit will ich für heute schließen, denn der Wind ist kalt, und ich sehe euch frieren.«

Mit ausgestreckter Hand schritt er von einem zum anderen, dankte jedem Einzelnen und nahm seine Münzen entgegen. Und wie immer wünschte er allen einen guten Heimweg und angenehme Träume und versprach wärmeres Wetter für morgen, inshallah. Morgen nämlich werde er berichten, wie denn nun Latifa über eine Ehe mit Hassan dachte.

Claire

Was hatte der Mann zu ihm gesagt, was verlangt? Doch statt einer Antwort schüttelte Aziz nur den Kopf und schaute zu Boden. Hatte er vor lauter Schreck überhaupt etwas mitbekommen? Wenn das T-Shirt verrutschte, sah man rote Flecken auf seinen dünnen Armen. Druckstellen, der Mann musste fest zugepackt haben…

Eigentlich war sie ja ein friedlicher Mensch, aber im Nachhinein kochte erst recht die Wut in ihr hoch. Schade, dass sie dem Kerl keine reingehauen hatte, wirklich sehr schade! Wenn er jetzt vor ihr stünde, könnte er was erleben! Charlotte sprach beruhigend auf den Jungen ein, lachte, machte Fotos und zeigte sie ihm auf dem Display der Kamera. Hoffentlich wirkte diese Ablenkung. Sie dagegen brachten solche sanften Töne eher noch mehr auf die Palme.

Sie zog die Seite mit dem »Glückshoroskop der Woche« einer deutschen Zeitschrift, die es am Bahnhof gegeben hatte, aus der Tasche. »Ehrgeiz und Zuverlässigkeit zahlen sich aus« stand da. »Samstag/Sonntag sind die richtigen Tage, um in Verhandlungen Ihre Wünsche durchzusetzen. Ihre Lust auf Abenteuer steht in dieser Woche auf Platz 1. Integrieren Sie Freunde. Kreative Ideen tun sich dann im Doppelpack auf, und Sie schaffen das Unmögliche.«

Kreative Ideen und Lust auf Abenteuer? Durchaus nach ihrem Geschmack, auf das »Abenteuer« der versuchten Entführung hätte sie allerdings gut verzichten können! Hoffentlich erreichten sie Karim bald.

In der Zwischenzeit tat Oum Zouzou, als begreife sie nicht, warum sie heute hier schlafen wollte. Lag das denn nicht auf der Hand? Was, wenn der Typ in der Nacht wiederkam? Sie und Lahzen konnten den Jungen ja wohl kaum allein beschützen. Ab übermorgen wollte sie sowieso hier einziehen, da konnte sie auch gleich heute in Aziz' Nähe bleiben. Aber die alte Köchin hatte auf stur geschaltet.

Charlotte erklärte, Oum Zouzou verteidige lediglich ihr Hausrecht. Schon klar, aber lieber Himmel, war denn nicht sowieso alles kompliziert genug?

Als sie jedoch gemeinsam die Gasflasche installierten, die Flamme dann auch tatsächlich ansprang und der alte Herd zu fauchen begann, lächelte Oum Zouzou und gestattete sogar, dass Putzwasser erwärmt wurde. Gleich darauf seufzte sie aber wieder, rang die Hände und murmelte in einem fort unverständliches Zeug, und der alte Lahzen starrte stumm ins Leere. Die beiden waren ziemlich angeschlagen, umso mehr Grund, heute Nacht hierzubleiben.

Während das Wasser warm wurde, suchte sie auf dem Handy Fotos von den Hefekringeln in Honig, die ihr nicht mehr aus dem Sinn gingen, und zeigte sie der alten Köchin. Selbst bei diesen verwackelten Bildern lief ihr das Wasser im Mund zusammen.

Oum Zouzou nickte jedoch nur, sagte »Beignets« und »Sfenj« und machte Knetbewegungen mit den Händen. Als ob sie nicht selbst wüsste, dass Hefeteig geknetet werden musste! Fragen nach dem Rezept wurden überhört. Gut, irgendwie kam sie schon noch daran.

Dann würde sie jetzt eben putzen, nur gab es entweder tatsächlich keine Putzmittel und Wischmop im Haus oder Oum Zouzou wollte sie nicht verstehen. Aber aufgeben? Soweit kam es noch! Also warmes Wasser in einen Eimer gefüllt und Besen und Putzlappen geschnappt. Charlotte stellte sich ihr in den Weg. »Sie möchte wissen, was du vorhast«, sagte sie.

»Soll ich stundenlang warten, bis sich Karim meldet? Ich muss was tun, dieses Rumhocken ist nicht auszuhalten!«

Der Speisesaal lag im Dämmerlicht. Sie stieß die Fenster auf. Wohin waren der Glanz und die Blumen verschwunden, die leisen Gespräche und das Klingen hauchdünner Gläser? In Wahrheit gab es statt schöner Bilder nichts als Staub und Verfall. Und Arbeit für Tage. Tja, das war nun mal der Nachteil von Realität.

Doch das deprimierte sie nicht, im Gegenteil. Wenn sie die Ärmel hochkrempelte, musste sie wenigstens nicht andauernd an die Angst des Kleinen denken und an die Druckstellen auf seinen Armen, die spätestens übermorgen in allen Farben schillern würden.

Energisch und in weiten Schwüngen nahm sie das Parkett in Angriff, das – wie erwartet – traumhaft aussah ohne all den Dreck. Doch schon beim dritten Putzeimer blockierten Lahzen und Oum Zouzou die

Küche und redeten auf sie ein. Was hieß: zu wenig Wasser?

»Sie sagen, wenn du mehr brauchst, musst du zum öffentlichen Brunnen«, erklärte Charlotte.

»Und wo ist der?«

»Gegenüber vom Laden, sagen sie.«

»Und wie kriege ich das Wasser hierher?«

Charlotte beriet sich mit Lahzen und Oum Zouzou. Es dauerte, Lahzen kratzte sich unter der Mütze, und die Köchin schien sich zu entschuldigen.

»Sie weigern sich, das Haus zu verlassen und dich zum Brunnen zu führen. Auch Aziz darf nicht raus. Ihrer Meinung nach lauert der Entführer draußen nur auf die nächste Gelegenheit. Deshalb bitten sie dich übrigens auch, die Saalfenster wieder zu schließen.«

Wo sie gerade so schön in Schwung gekommen war! Auf der anderen Seite … »Also gut. Und jetzt?«

Ihr Handy klingelte. Alain? Einen Moment zögerte sie, dann drückte sie den Anruf weg. Für freundliches Geplauder war sie jetzt wirklich nicht in der Stimmung.

»Wie gesagt: warten. Inzwischen probiere ich weiter, Karim zu erreichen.«

Sie deutete auf Aziz. Er kauerte unter dem großen Tisch und umklammerte seinen Ball. »Was machen wir solange mit ihm? Ob er mir Fußballtricks zeigen mag? Jungs dribbeln doch gern, schlagen Haken, schießen Tore, solche Sachen. Frag ihn mal.«

»Fußballspielen, hier?« Charlottes Armbewegung umfing Herde, Arbeitstische und Spülen.

»Im Saal, der Fußboden ist schon einigermaßen sauber.«

Aziz kickte den Ball jedoch derart lustlos hin und her, dass sie heilfroh war, als Oum Zouzou sie zu sich in die Küche winkte. Unter einem Tuch lag ein Teigklumpen in einer Schüssel, Honig stand bereit, und in einem hohen Topf auf dem Herd wurde Öl erhitzt.

»Sfenj?«, fragte sie, »Hefekringel?«

Oum Zouzou nickte.

Rasch musste sie sie einmal ganz, ganz fest umarmen. In der Küche werkeln war jetzt genau das Richtige!

~

Sfenj (marokkanische Hefekringel)

Außen leicht knusprig und triefend von Honig, innen luftig und weich – eine klebrige, aber herrliche Angelegenheit!

Zutaten

250 g Mehl

250 g feiner Grieß

1 TL Meersalz

15 g Hefe, aufgelöst in 125 ml lauwarmem Wasser

1 Ei

3 EL Sonnenblumenöl für den Teig

180 ml warmes Wasser

Öl zum Formen

reichlich Öl zum Ausbacken

erwärmter Honig oder Zucker

Mehl, Grieß, Salz, Ei, gelöste Hefe und 3 EL Öl vermengen. Nach und nach das warme Wasser einarbeiten, bis ein glatter Teig entsteht. Diesen Teig kräftig kneten, bis er viel Luft aufgenommen hat und glatt und elastisch ist.

Zugedeckt an einem warmen Ort ca. 2 Stunden gehen lassen, bis sein Volumen verdoppelt ist.

In einem hohen Topf das Öl zum Ausbacken erhitzen.

Mit geölten Händen ein hühnereigroßes Stück Teig zu einer Kugel formen, in die Mitte ein Loch drücken, das nach und nach auf bis zu ca. 8 cm erweitert wird.

Den Teigring ins heiße Öl geben und in ca. 3 Minuten goldbraun backen.

Auf Küchenpapier abtropfen lassen und noch heiß in Zucker oder flüssigem Honig wenden. Warm serviert schmecken sie am besten!

~

Alain

Gleich einundzwanzig Uhr. Jetzt war Hochbetrieb in der Küche, und auch der Service hatte wahrscheinlich alle Hände voll zu tun. Angenehmes Summen und Gläserklirren erfüllte das Restaurant, aber keine Musik. Natürlich nicht, niemals, das hatte er von Anfang so festgelegt. Die Gäste sollten sich mit Essen und Wein und miteinander beschäftigen, sie sollten schmecken, riechen, reden und sich entspannen und gut fühlen. Musik lenkte nur ab.

Ob man diese Abstinenz auch weiterhin beibehalten würde, war allerdings nicht gesagt. Nicht, wenn im Hintergrund ein Insolvenzfachmann die Ansagen machte und Martin den Geschäftsführer gab. Und er sollte als angestellter Küchenchef nach Martins Pfeife tanzen, sollte womöglich Salat putzen und Steaks brutzeln? Sonst noch was? Wollte ihn diese Weißhart entmündigen?

Die Bank machte jedenfalls Ernst. Statt eine weitere Hypothek zu gewähren, setzte sie einen Finanzexperten ein – und Martin. Das kam einer Hinrichtung gleich.

Rucksack packen, Reisetasche schnappen, Martin die Schlüssel in die Hand drücken, dann hatte auch schon das Taxi gehupt. Wo er hinwolle? Als ob er das wüsste! Erst mal weg.

»Zum Flughafen.« Vielleicht Hamburg, wieder zur See fahren? Umgeschaut hatte er sich nicht.

Heute gab es allerdings keinen Direktflug mehr nach Hamburg, die nächste Maschine ging nach Zürich. Auch gut, von dort kam er überallhin.

Der Kaffee hier in der Transitzone war nicht schlecht, Schocki und Kaffee, das konnten die Schweizer. Diese Sandwiches mit angetrockneten Tomaten und schlaffen Salatblättern jedoch – was für ein grauenhafter Fraß! Dann lieber nichts.

Langsam kam er wieder zu sich. Ohne groß zu überlegen und ohne dass Martin widersprochen hätte, hatte er ihm die Geschäfte übergeben, hatte die von dieser Weißhart vorbereiteten Papiere unterschrieben und dem Personal die neuen – vorläufigen! – Arbeitsverträge ausgehändigt. Im Service änderte sich erst mal nichts, und was die Küchencrew anging – sie würden unter sich ausmachen, wer den Küchenchef gab.

Martin hatte ein, zwei wachsweiche Versuche unternommen, ihn umzustimmen. Ob es sein Ernst sei, was er denn jetzt vorhabe und wo er überhaupt hinwolle? Alibifragen, nichts weiter. Erstens war Martin ehrgeizig, zweitens hatte er womöglich längst geahnt, wie es um die Herzogstube stand, und drittens hielt er sich schon immer für den besseren Geschäftsmann. Damit lag er nicht mal falsch. Klar, dass einer wie Martin zugriff, wenn sich die Chance bot. Verhandlungen, Steuern, Zinsen, Termine – mit der Bank an seiner Seite kein Problem. Der Finanztyp und er würden den Laden am Laufen halten, während sich die Weißhart um den Verkauf der Immobilie kümmerte.

Und was war mit der Qualität, dem Ansehen seiner Küchencrew oder der Herzogstube als künftiges Sternerestaurant? Das konnte er vergessen! Auch seine Träume, seinen Leumund und was er sonst noch so gegen die Wand gefahren hatte, vergaß er am besten. Immerhin standen seine Leute erst mal nicht auf der Straße, und er kam vorerst mit heiler Haut davon. Der Rest würde sich finden.

Er holte sich einen zweiten Kaffee.

Die Weißhart und Martin als Geschäftsführer würden bestens zurechtkommen. Womöglich gefiel ihm die angedachte Umstrukturierung ja sogar, inklusive Tanz von Molkereigenossen und glühweinseligen TSV-Weihnachtsfeiern? Martin spielte jedes Spiel mit, das ihn in den Augen der Bank oder eines zukünftigen neuen Eigentümers gut aussehen ließ ... Stopp! Pragmatismus mit einem Schuss Bauernschläue, dazu Zuverlässigkeit und Fleiß, was gab es daran auszusetzen? Nichts, er war nur schlecht drauf, sehr schlecht. Martin war soweit ganz okay, nur leider ohne das allerkleinste Fitzelchen Esprit. Kreativität, Innovation oder eigene Ideen? Nada, nichts. Nun ja, das alles war nicht mehr sein Bier.

Bis auf die unsäglichen Kredite. Dieses Forum, auf das er im Internet gestoßen war ... Dort hatte man sich ausführlich über diverse Kreditgeber ausgetauscht, und es hatte nur so gewimmelt vor Begriffen wie Daumenschrauben, ruinös und Schlimmerem, sogar Aktenzeichen gab es. Wenn er davon nur schon früher wenigstens den Hauch einer Ahnung gehabt hätte!

In diesem Forum hatte er auch Details über die Arbeitsweise von Inkassofirmen gefunden. Die seriösen arbeiteten zusammen mit Anwälten und Gerichten, andere aber seien im Milieu etabliert, hieß es. Manche waren bandenmäßig organisiert, setzten Schlägertypen ein, arbeiteten mit Einschüchterung oder Gewalt ... Danke schön, der Eindruck von gestern reichte ihm!

Jedenfalls brauchte er Abstand, musste überlegen, wie er aus dieser Scheiße wieder rauskam. Und mit jemandem reden musste er! Allein schaffte er es nicht, unmöglich.

»Ihre Maschine steht nun für Sie bereit«, quäkte die Durchsage und wünschte in drei Sprachen – mit unverkennbar schweizerischem Zungenschlag – einen angenehmen Flug. Die Zeiger der Uhren im Boardingbereich rückten vor, die Passagiere nahmen ihr Handgepäck auf und machten sich zum Einsteigen fertig.

Er hätte jeden Flug genommen, aber dann hatte er gesehen, der nächste Flug auf der Anzeigetafel ging über Zürich nach… Überlegt hatte er nicht. Einen Wimpernschlag später hatte er auch schon das Ticket in der Tasche. Zweimal umsteigen, ziemlich umständlich und mit ewiger Warterei verbunden, die ganze Nacht in Fliegern und Transitbereichen – doch irgendwann morgen Mittag würde er ankommen.

Sollte er es noch mal bei Claire probieren? Vorhin hatte sie ihn weggedrückt. Noch mal brauchte er das nicht, nicht, wenn ihm sowieso alles bis obenhin stand! Er schaltete das Telefon aus.

Dann warf er den Rucksack über die Schulter, wies seine Bordkarte vor und blickte nicht zurück, als er zum Flugzeug ging.

Der Halaiqi

»Tatsächlich traten Al Mehdi und Latifa zwei Tage später die Rückfahrt nach Marrakesch an«, setzte Abderrahim seine Geschichte an der Stelle fort, an der sie am Vorabend geendet hatte. »Komfortabel mit Chauffeur und Auto. Ihnen stand natürlich die sichere Piste über das Gebirge zur Verfügung, von den Franzosen erst kurz zuvor fertiggestellt. Wir benutzen diese Straße bis heute, die inzwischen breiter und sicherer ist als seinerzeit, und natürlich asphaltiert, kein Vergleich mit damals! Hassan und seine Begleiter hingegen mieden diese Route, die von El Glaouis Leuten überwacht und hauptsächlich vom französischen Militär genutzt wurde. Sie schlugen sich also wieder durch gewundene, von Bachläufen durchzogene Täler, erstiegen Berge und Geröllfelder und überwanden den Hohen Atlas auf Hirtenwegen. Eine Tortur, wahrhaftig, nicht nur körperlich! Selten fühlt man sich unbedeutender und Allahs Vorsehung mehr ausgeliefert als inmitten der hohen schneebedeckten Berggipfel oder der grenzenlosen Weite der Wüste. Man hört den Wind, jeden bergab rollenden Stein und jeden Vogel, ansonsten aber ist da nichts als der eigene Herzschlag. Damals hatten Reisende zudem noch mit Berglöwen zu rechnen, mit Luchsen und räuberischen Überfällen, außerdem mit Steinschlag und Felsabbrüchen und wer weiß was. Das ist Vergangenheit, denn heute ist diese Wildnis gezähmt. Allerdings lärmen jetzt Menschen auf geführten Trekking- und Mountainbike-Touren durch die abgelegendsten Winkel, fotografieren sich selbst vor als ›spektakulär‹ gekennzeichneten Panoramen und behaupten, diese Begegnung mit Natur und Gefahr bewege sie zutiefst. Doch würdigen sie Allahs überwältigende Schöpfung, sind sie dazu überhaupt in der Lage?«

Oh, wie konnte er sich über Leute aufregen, die mit dem Geldbeutel winkten und glaubten, dadurch berechtigt zu sein, sich jedes gewünschte Fleckchen Erde untertan zu machen. Ebenso empörten ihn örtliche Bergführer, die solche Spielchen mitmachten und für Geld auch Alte und Lahme bis zum höchsten Gipfel schleppten, notfalls auf dem eigenen Rücken!

»Verzeiht, meine Freunde, ich sollte mich besser beherrschen. Kehren wir also zu Hassan zurück. Wir kennen ihn nun ja schon recht gut, doch erwähnte ich bereits seine Neigung, für sich allein zu bleiben? Zwar lobten alle, mit denen er verkehrte und Geschäfte machte, seine Ehrlichkeit und vornehme Zurückhaltung, doch hatte er Freunde, echte Freunde? Dabei sagt ein kluges Sprichwort: Ein Mann ohne Freunde ist wie ein Garten ohne Blumen. Hassan aber, gezwungen, allein auf sich zu bauen, hatte das Miteinander in den Jahren seiner Wanderschaft verlernt. Auch war er sich der Gefahr, in der er sich trotz seines neuen Namens nach wie vor befand, nur allzu bewusst. Wohlgemerkt, gefühllos oder gar abgebrüht war er keineswegs, doch was in seinem Herzen vorging, behielt er für sich. Nur so fühlte er sich sicher. Wer aber den offenen Austausch verlernt, wird einsam. Einsamkeit wiederum lädt die Djinn geradezu ein, es sich bei einem bequem zu machen. Wer ausschließlich mit ihnen oder mit sich selbst diskutiert, traut bald nur noch den eigenen Vorstellungen. Vielen mächtigen Männern, denen niemand zu widersprechen wagt und die allein ihrem Willen folgen, ergeht es so. Sprecht also über eure Gedanken und über das, was euch bewegt, öffnet eure Herzen und meidet die Einsamkeit! All das ist euch längst bekannt, sagt ihr? Al hamdullillah! Hätte doch unser guter Hassan ebenfalls davon gewusst! So aber... Zog er Latifa ins Vertrauen, sprach er über die Geschichte seiner Familie, über den Pascha und die über ihm schwebende Bedrohung? Nein. Ebenso wie ihm solche Geständnisse nicht über die Lippen wollten, waren ihm auch die schönen Worte fremd, wie sie die Frauen benötigen, um sich wertgeschätzt zu fühlen. Hassan sagte also nicht, dass es ihm den Atem verschlug, wenn er nur ihre Stimme hörte, wie sehr sein Herz klopfte, wenn sie unvermutet um die Ecke bog oder er ihren Duft in der Luft wahrnahm. So war die Lage, als er Latifa nach seiner Rückkehr nach Marrakesch unumwunden fragte, ob sie mit ihm als seine Frau leben wolle.

Latifa senkte den Blick und wartete, ob er noch etwas hinzusetzte, etwas Liebevolles oder Zärtliches, oder ob er gar auf die Funken zu sprechen kommen würde, die doch seit ihrer ersten Begegnung andauernd zwischen ihnen hin und her sprangen. Vergeblich. Stattdessen erklärte er, sie stets zu schützen und zu achten – zu mehr reichte sein Mut nicht.

Und Latifa? Klugheit und Liebe machten sie sehend, und so blickte sie durch den Schutzwall, den er um sich errichtet hatte, bis in sein Herz. Dort bewahrte er seine tiefsten Gefühle, seine schönsten Hoffnungen und größten Träume. Im Lauf der Zeit würde sie schon dorthin vordringen, dessen war sich Latifa sicher, doch vorerst mussten ihr seine dürren Worte genügen. Also willigte sie ein, und zum Dank überreichte Hassan ihr einen wunderschön gearbeiteten Silbergürtel.«

Abderrahim packte den Nächststehenden am Kragen und schüttelte ihn leicht.

»Merk dir meine Worte: Egal, was du denkst – Schweigen gegenüber deinen Liebsten und Nächsten ist falsch! Falsch, falsch, falsch, ganz und gar! Davon profitiert allein die Einsamkeit! Zuerst lähmt sie deine Zunge, dann wird sie größer und schwerer, bis sie dich vollständig erdrückt hat.«

Er ließ den Mann los, klopfte ihm auf die Schulter. »Verzeih, nicht du bist gemeint, ich spreche ganz allgemein. Während im Hotel also der Innenausbau begann und auch das Gartenhaus Form annahm, bestellte Latifa in Frankreich ganze Fuhren von Porzellan, Gläsern und Möbeln für das Hotel. Genaueres wissen wir darüber nicht, nur, dass das Beste gerade gut genug war. Denn Latifa, die sich auf geschicktes Ausfragen verstand, war nach und nach den Vorstellungen ihres Hassans auf die Spur gekommen. Entschlossen, seinen Traum Wirklichkeit werden zu lassen, und mithilfe ihrer Freundinnen und deren Mütter, verbreitete sie Gerüchte über venezianische Glasleuchter, seidene Teppiche und andere Details der Ausstattung, sodass Kolonialbeamte und sonstige französische Bewohner Marrakeschs schon bald ungeduldig den Tag der Hoteleröffnung erwarteten. Das galt besonders für die Ehefrauen und Töchter, deren Tage im öden Gleichmaß verliefen. Ihre Sehnsucht nach mondäner Zerstreuung war enorm, jetzt, da der große Krieg beendet war und man hier wie überall auf der Welt nach Heiterkeit und Vergnügen, nach Genuss verlangte.

Und was bekam man im Les Almohades, das allmählich vervollkommnet wurde, nicht alles geboten: moderne Zimmer und Suiten mit gediegenen Möbeln, einen Garten mit Wasserläufen und Tennisplatz, dazu gehobenes Personal, vom Impresario über den Concierge bis zum Küchenchef! All das trug Latifas Handschrift, ebenso wie die Flugblätter und Plakate, auf denen die Eröffnung des Hauses angezeigt wurde. Und als der Tag kam, wurden Blumen, Geschenkkörbe und Glückwünsche abgegeben, Fotografen hielten das Ereignis in Bildern fest und Zeitungen berichteten.

Hassan blieb möglichst im Hintergrund und schob Al Mehdi, den Hotelmanager und andere vor. Im Mittelpunkt zu stehen behagte ihm nicht. Bis hierhin war alles gut gegangen, doch man durfte den Pascha nicht unterschätzen. Zudem gab es ein weiteres ganz außerordentliches Ereignis zu feiern.

Während nämlich vorn festlich gekleidete Gäste in Limousinen und Kutschen vorfuhren und in der

Küche Hitze, Aufregung und Geschrei herrschten, damit alles wie erwartet klappte, während die Gäste tafelten, im Garten flanierten und in den Salons bei dezenter Pianomusik Champagner und Cognac gereicht wurde, unterzeichneten er und Latifas Vater vor dem Imam die Heiratsurkunde. Jawohl, ihr habt richtig gehört!«

Abderrahim strahlte, klatschte in die Hände und tat einen Hopser. Keinen echten Freudensprung, dazu taugten die Knie nicht mehr, aber seine Zuhörer wussten auch so, wie es gemeint war.

»In ihrem Elternhaus feierte derweil die Braut zusammen mit Tanten, Cousinen, Freundinnen und Nachbarinnen ihre Hochzeit. Sie hatten sich herausgeputzt mit Schmuck, mit feinsten Kaftanen und seidenen Tüchern, sodass die ganze Festgesellschaft in flirrenden Farben leuchtete. Die Braut aber – über und über mit glückbringenden Hennamustern verziert – gab sich bescheiden, um keine bösen Djinn anzulocken. Parfüm, Rosenöl, feine Cremes aus Mandelmilch und andere Geschenke wurden überreicht, Musik erklang, es wurde getanzt und gelacht, und die Luft bebte von hellen Freudentrillern. Drei Tage lang trugen Dienerinnen Lammbraten, Couscous, süßen Tee und kandierte Früchte auf, auch wurden die Armen, die sich an der Tür von Al Mehdis Haus einfanden, großzügig mit Speis und Trank bewirtet. Am vierten Tag jedoch – nun, ihr wisst es ohnehin, dass man am vierten Tag die Braut unter wirbelnden Trommelschlägen zum Haus ihres Mannes geleitet, wo ihr Leben als Ehefrau beginnt.«

Er seufzte, öffnete die Hände, sah zum Himmel hinauf, schüttelte den Kopf, seufzte erneut.

»Ach ja, es hätte wahrhaftig alles wunderbar sein können, wären da nicht die tückischen Djinn gewesen, die Hassans Anstrengungen von Anfang an mit Neid und Missgunst verfolgt hatten. Damals, als Latifa zum ersten Mal ihren Fuß auf Hassans Baugrundstück gesetzt hatte, waren sie noch mit brennenden *babouches* auf und davon. Gegen eine kluge und moderne junge Frau wie sie kamen sie nicht an, hatten sie gemeint. Inzwischen aber... Allahs Wege sind unergründlich, vergesst das niemals!«

Damit begann er seine Runde und nahm die Münzen der Zuhörer dankend entgegen.

»La illah illalah, freuen wir uns einstweilen, dass es Hassan trotz aller Widrigkeiten gelungen war, seinen Traum Wirklichkeit werden zu lassen.«

Charlotte

Claire hatte gesagt, sie wolle sich draußen umsehen, wolle Zahnbürste, Brot, Käse und Zeitung kaufen und danach im Haus Nachtwache halten. Ihr Entschluss stand fest. Fürchtete sie ernstlich, dass in der Nacht jemand einbrechen und versuchen könnte, sich des Jungen zu bemächtigen?

Lahzen und Oum Zouzou schwiegen, ebenso der Kleine. Niemand schien etwas zu wissen. Für sie jedoch endeten alle Fragen bei Karim. So er tatsächlich der biologische Vater des Jungen war, musste dieser Entführungsversuch mit ihm zu tun haben. Außerdem war sie fast sicher, dass Aziz den verhinderten Entführer erkannt hatte, so wie ihn vermutlich auch die beiden Alten kannten. Warum stemmten sie sich dann gegen eine polizeiliche Untersuchung? Wen schützten sie und warum, wenn doch zugleich ihre Angst vor dem Mann überdeutlich spürbar war?

Leider passte Claires Beschreibung – mittelgroß, schwarze Haare, nicht mehr jung, aber auch nicht alt, etwas korpulent, marokkanische Kleidung und goldene Uhr – auf viel zu viele Männer, außerdem hatte sie sich weder Marke noch Nummer des Autos gemerkt, nur, dass es sich um einen geländegängigen Wagen mit großer Heckklappe gehandelt hatte. Davon fuhren Tausende herum.

Sie beobachtete den alten Lahzen und Aziz, wie sie die Ziege melkten und fütterten und ihren Wassernapf auffüllten. Ein friedliches Bild.

Dennoch, und dazu hatte sie sich mühsam genug durchgerungen: Noch heute musste Karim von Astrids Brief erfahren. Lahzen und Oum Zouzou würden ihr Schweigen nicht brechen, also musste sie das übernehmen. Sie wünschte wirklich, es wäre anders, oder dass Oum Zouzou sie gar nicht erst ins Vertrauen gezogen hätte! Um keinen Preis wollte sie indiskret erscheinen, mit einer derart persönlichen Information trat sie Karim jedoch zwangsläufig zu nahe. Doch bei aller Diskretion: Unklare Familienangelegenheiten zogen nichts als Selbstzweifel und Leid nach sich, das hatte sie inzwischen verstanden.

Gestern war Karim ihr zu Hilfe gekommen, hatte ihr zugehört, und etwas war zwischen ihnen entstanden. Ein Band. Gab es vielleicht doch so etwas wie Grundvertrauen? Und setzte sie das nun nicht doch gleich wieder aufs Spiel? Das Risiko musste sie eingehen, auch um seinetwillen.

Wieder landete sie lediglich bei seiner Mailbox, doch für den Abend hatte er sich angekündigt. Es dämmerte bereits.

Wo blieb Claire? Deren Pragmatismus fehlte ihr. Vorhin hatte sie gebacken und versucht, die Stimmung aufzuheitern. Wenn sie es ihr doch gleichtun könnte! Doch in schwierigen Situationen fand sie selten die richtigen Worte, also schwieg sie lieber. Wenn es wenigstens irgendwelche Ornamente und Mosaike zu fotografieren gäbe, das würde sie ablenken, aber so fühlte sie sich überflüssig.

Ob die Schnappschüsse von Lahzen und Aziz etwas geworden waren? Aziz hatte der Schreck noch in den Augen gestanden, und Lahzens Sorgenfalten … Heimliche Porträts waren ihre Sache eigentlich nicht, aber in diesem Fall hatte sie nicht widerstehen können. Offene Blende, weicher Hintergrund und das natürliche Licht – im Display sahen die Bilder mehr als brauchbar aus. Vielleicht, wenn sie in dieser Richtung weitermachte, sich mehr mit Menschen befasste? Bei Lahzen und dem Kleinen kein Problem, aber sonst?

Die beiden kamen zurück, Lahzen am Stock und Aziz mit einem Becher frischer Ziegenmilch.

Und wenn es gar nicht um den Jungen ging, er nur Mittel zum Zweck war? Vielleicht spielte jemand falsch, sozusagen über Bande? Paul tat so etwas ständig, prahlte geradezu mit seiner, wie er es nannte, »machiavellistischen« Intelligenz. Vermutlich hatte auch ein Mann wie Karim Widersacher, sogar Feinde, wie wahrscheinlich jeder Geschäftsmann.

Sie wusste es nicht, wusste gar nichts. Außer, dass etwas zwischen ihnen existierte, das wuchs. Und dass ihr warm wurde, wenn sie nur an ihn dachte.

Karim

Noch einmal um den Kreisel, langsam durch die rückwärtige Straße, vorbei an Mohammeds neuem Haus. Zweimal hatte er das Areal des Les Almohades nun schon umrundet, dies war seine dritte Runde. Die Mauer, die Bäume, das Hotel mit der breiten Eingangstreppe, der abgeholzte und im Licht der Straßenlaterne wenig einladende Vorplatz.

Es war spät geworden, Baustellen und ein Unfall hatten die Rückfahrt verzögert. Aber er war nicht ungeduldig geworden, hatte im Gegenteil sogar seit langer Zeit das erste Mal keinen Druck verspürt. Immer noch fühlte er sich wie befreit. Mutters »Du wirst es herrichten lassen« klang in ihm nach. Was genau hatte sie aus seiner Schilderung herausgehört, während sich in ihm die Diagnose »kein Krebs« erst nach und nach festigte? Viel weiter als bis »neue Chance« war er doch noch gar nicht. Er bekam keinen Gedanken wirklich zu fassen, geschweige denn einen Plan. Immer wieder war Charlotte in seinem Kopf, und Mutter, die anscheinend große Erwartungen an ihn hatte. Sie wusste, wie sie ihn packen musste.

Ein Hund trottete über die Straße, im Grün der kleinen Parkanlage saßen Leute, die die Abendluft genossen.

Er fuhr mit offenen Fenstern, genoss die warme Luft, die nach Staub und Blüten duftete, sah die Bäume, die erleuchteten Straßen und Häuser, die nächtlichen Müßiggänger und kurvte weiter durch das Viertel.

Er musste Klarheit finden! Der Auftrag für die Wasserversorgung und den Generator für das Grandhotel – was hatte er damit angestoßen? Schufen diese Dinge lediglich eine temporäre Erleichterung, oder waren sie doch so etwas wie ein Startsignal? Gestern, heute Morgen noch war er davon ausgegangen, über das Les Almohades sachlich und neutral entscheiden zu können, während der Rückfahrt aber war ihm immer klarer geworden, dass er eigentlich in die entgegengesetzte Richtung tendierte. Hoffnung, neue Chancen, eine geschenkte Zukunft – und demgegenüber nüchterne Expertisen? Nach diesem Tag kam ihm das grundfalsch vor. Und mit einem Schlag wusste er: Folgte er diesem Gefühl, bedeutete das den Bruch mit den bisherigen Schwerpunkten seiner Firma, sogar mit allem, was noch gestern wichtig gewesen war.

Wie wäre das?

Zunächst fühlte es sich nicht schlecht an, die Frage war nur, was ergab sich daraus? Am besten eine interessante und machbare Perspektive…

Immer noch fühlte er sich hauptsächlich erleichtert. Die Angst vor Krankheit und Leid musste er sehr tief in sich versteckt haben, dass er jetzt so erleichtert reagierte. Oder war es eine kindische Überreaktion? Nein, danach fühlte es sich nicht an, im Gegenteil eher nach Ausweg…

Aber was hieße es konkret? Was wurde aus dem Golfresort, wenn er den Auftrag zurückgab? Fortan keine weiteren Aufträge aus den Emiraten, auch der Palast wäre zumindest irritiert, möglicherweise würde man sich dort sogar ganz von ihm abwenden, schließlich hatte der König höchstpersönlich die Bedeutung dieses Projektes betont. Also auch keine Großaufträge mehr, wie diese hypermoderne Reißbrettstadt, die irgendwo aus dem Boden gestampft werden sollte. Solchen Vorhaben aber stand er sowieso skeptisch gegenüber. Von all dem abgesehen, worin bestanden denn nun seine neuen Chancen, jetzt, da das Urteil »kein Krebs« lautete?

Plötzlich saß ihm ein unbändiges Lachen in der Kehle, und laut rief er aus: »Wie das wäre? Großartig wäre das, einfach großartig!« Er lachte und lachte und fühlte sich wie erlöst. Großartig, es gab kein treffenderes Wort.

Ein paar junge Männer unter einer Straßenlaterne drehten sich nach dem Gelächter aus dem langsam vorbeifahrenden Auto um.

»Jawohl«, rief er ihnen zu und winkte, »ich hab's!«

Sie reckten ihre Daumen in die Höhe, lachten und brüllten »Bravo!« und »Allah sei Dank!«.

Er bog ein in eine stille Gasse, parkte und stellte den Motor aus. Freude durchströmte ihn.

Also tatsächlich das Grandhotel, und danach weitere alte Häuser? Er fühlte sein Herz klopfen. Marrakeschs geschichtsträchtige Medina, ihre ganz eigene, in Jahrhunderten gewachsene Architektur, die bröckelte und verfiel – ein weites Feld für jemanden wie ihn. Möglich wäre es, und lohnend dazu. Das Alte bewahren und schützen, zu neuem Leben erwecken – dieser Gedanke erfüllte ihn schon jetzt mit Zufriedenheit.

Hatte er also eine Entscheidung gefällt?

Noch gestern hätte er nicht geglaubt, überhaupt zu einem Neuanfang fähig zu sein, und nun gab es ein Ziel!

Endlich war er auch so weit, Charlotte zurückzurufen. Offenbar hatte sie mehrmals im Lauf des Tages versucht, ihn zu erreichen, auch Claires Nummer erschien auf der Anrufliste, auf der Mailbox war allerdings nichts.

Während er Charlottes Nummer wählte, war ihm, als sei die Erfüllung seiner Wünsche nah.

Sobald sie sich meldete, platzte er heraus: »Gute Neuigkeiten: Das Les Almohades wird wiederauferstehen!«

»Sehr schön. Aber es gibt etwas anderes, sehr Dringendes.«

Sofort war er alarmiert. »Dein Mann?«

»Jemand hat versucht, Aziz zu entführen.«

»Lahzens Jungen?« Den Kleinen entführen? Wer sollte denn so etwas tun, und warum? »Ein Irrtum, oder?«

»Hoffentlich. Aziz ist übrigens nicht Lahzens Junge. Lahzen hat keine Kinder.«

Wie reserviert sie sich anhörte.

»Dann eben Zouzous, ist doch egal. Wurde jemand verletzt?«

»Oum Zouzou hat ebenfalls keine Kinder. Nein, es wurde niemand verletzt. Kannst du bitte herkommen, ins Riad? Möglichst schnell, es ist wichtig. Wirklich.«

Das klang nach Problemen. Und seine wunderbaren neuen Pläne, seine herrlich gelöste Stimmung? »Ich bin in der Nähe des Grandhotels. Ich könnte dort rasch selbst nach dem Rechten sehen.«

»Nein! Vorher musst du unbedingt etwas wissen… Am Telefon ist es zu schwierig. Bitte komm.«

»Es ist doch etwas passiert!«

»Komm einfach her.«

Überrascht von ihrer Hartnäckigkeit sagte er: »In zehn Minuten. Auf der Terrasse?«

»Ich warte dort.«

Oben stand Charlotte neben einem Sessel, dessen Lehne sie umklammerte. Sie wich unmerklich zurück, als er sie mit Wangenküssen begrüßte. Was war geschehen? Er legte den USB-Stick auf den Tisch. »Hier, für deine Bilder. Geht es dir gut?«, fragte er.

»Ja, danke, es geht«, sagte sie und schlug die Augen nieder.

Sie waren allein. Wie jeden Abend tauchten Laternen die Terrasse mit ihren Pflanzen und Sitzgruppen in sanftes Licht. Die Dächer der Stadt, ihr Schein und ihre Geräusche – alles wie immer, dachte er und wollte, dass es tatsächlich so war. Und doch lag Spannung in der Luft.

Charlotte sah an ihm vorbei und knetete ihre Finger.

Am liebsten hätte er sie in den Arm genommen …

Er räusperte sich, dann setzte er sich. »Also, da bin ich. Was war das mit der Entführung?«

»Es ist heute Mittag passiert, beim Hintereingang, Lahzen kam gerade vom Einkaufen. Ich selbst war nicht dabei, aber Lahzen und Claire berichten übereinstimmend, dass auf dem Parkplatz ein Mann Aziz an den Armen gepackt hielt, um ihn ins Auto zu zerren. Aziz wehrte sich, er rief um Hilfe. Claire hörte seine Schreie und stürzte sich auf den Mann. Zum Glück ließ er den Kleinen gleich los, sodass sich die drei in den Garten flüchten konnten.«

»Du liebe Güte, am helllichten Tag? Was für eine Geschichte! Was sagt Lahzen?«

»Nichts weiter. Claire bleibt heute Nacht dort und passt auf. Sicherheitshalber.«

»Kannte Lahzen den Mann?«

»Er sagt weder Ja noch Nein, Aziz auch nicht. Ich bin mir jedoch fast sicher, dass er kein Unbekannter für sie ist.«

»Und die Polizei?«

Charlotte schüttelte den Kopf. »Davon wollen sie nichts wissen.«

»Gibt es sonstige Zeugen?«

»Das weiß ich nicht. Vielleicht kann Claire dazu etwas sagen. Wie gesagt, sie hält jetzt Wache bei Aziz. Er ist ziemlich verängstigt.«

»Kann ich mir denken. Und wie mutig von Claire!«

»Ja. Was hältst du von der Sache?«

»Schwierig. Die Hauptfrage ist, warum jemand ausgerechnet Aziz entführen will? Der Junge stammt schließlich nicht aus dem Königshaus. Es muss sich um einen Irrtum handeln, oder sie haben das Ganze missverstanden. Gleich morgen rede ich mit ihnen.«

Charlotte sah ihn erstmals direkt an. In der Dunkelheit konnte er ihr Gesicht nicht deutlich erkennen, aber sie war offensichtlich noch nicht fertig. Er hätte zwar am liebsten das Thema gewechselt und ihr von Casablanca und seinen aufregenden Plänen erzählt, wollte sie jedoch nicht unterbrechen.

»Da ist noch mehr, oder? Nur zu, ich höre.« Er wollte nach ihrer Hand greifen, doch etwas hielt ihn zurück.

Charlotte

»Wie soll ich mich ausdrücken? Aziz ist kein Königssohn, stimmt, das nicht.« Kurz schloss sie die Augen und holte tief Luft. Sollte sie wirklich ...?

Sie gab sich einen Ruck. »Wenn ich es richtig verstanden habe, wurde er im Sommer vor sechs Jahren im Les Almohades geboren, seine Mutter stammt aus Schweden und heißt Astrid.« Hoffentlich waren das die passenden Worte. Dann konnte er die richtigen Schlüsse ziehen, und sie brauchte nicht deutlicher zu werden.

Bisher hatte er besonders gut gelaunt gewirkt, anscheinend war sein Tag erfolgreich verlaufen. Jetzt jedoch verging sein Lächeln. Er setzte sich in den Sessel.

»Welche Astrid? Meinst du Astrid Öbjerg? Du kennst sie?«

Er hatte nicht verstanden, also musste sie deutlicher werden. Wohl war ihr dabei nicht. Sie hatte Herzklopfen und weiche Knie… Sie setzte sich ihm gegenüber, zwischen ihnen ein niedriges Tischchen. Nah genug und zugleich mit ausreichendem Abstand.

»Nein. Aber ich habe einen Brief von ihr gelesen.«

»Ach ja? Und was schreibt sie? Wie geht es ihr?«

Sie ballte die Fäuste. Mildes Interesse, das war alles? Fast verlor sie die Geduld. »Begreifst du denn nicht?«

Er sah sie erstaunt an.

»Entschuldige, ich wollte nicht laut werden, womöglich ist ja alles auch ein Missverständnis. Jedenfalls las ich diesen Brief. Oum Zouzou bat mich eindringlich darum, möchte ich hinzufügen!«

Abwartend nickte er.

»Ja. Also dieser Brief – Oum Zouzou erhielt ihn bereits vor knapp sechs Jahren.«

Er war konzentriert. Offensichtlich verstand er nicht, was sie ihm möglichst schonend zu vermitteln suchte. Oder gab es gar nichts zu verstehen? Weil ihn das Ganze doch nicht betraf? Aber selbst wenn sie sich geirrt haben sollte, zurück konnte sie jetzt nicht mehr.

»Wie gesagt, sie hat ihn vor sechs Jahren geschrieben und an Oum Zouzou geschickt. Wenige Wochen nachdem sie Aziz hier im Les Almohades zur Welt gebracht hatte, allein, nur mit Oum Zouzous Hilfe. Wenn ich es richtig verstanden habe, fuhr sie kurz nach der Niederkunft zur schwedischen Botschaft in Rabat, um das Neugeborene dort registrieren zu lassen. Anscheinend konnte man ihr aber nicht helfen, sodass sie nach Stockholm weiterreiste. Verstehst du? Offenbar sollte der Junge keine marokkanischen, sondern schwedische Papiere erhalten.«

Karim öffnete schon den Mund für Nachfragen, dann schien es ihm plötzlich zu dämmern.

Er sprang auf. Mit zwei Schritten stand er an der Brüstung und wandte ihr den Rücken zu. Sie konnte sehen, dass er schwer atmete, sehr schwer.

Also doch.

Sie wandte den Blick ab.

Claire

Sie lag auf dem Treppenabsatz direkt vor Zouzous und Aziz' Zimmer auf mehrfach gefalteten Decken. Weich war was anderes, aber schlecht lag man auch nicht. Außerdem war sie ja keine Prinzessin, die sich an der kleinsten Erbse störte.

Ruhe fand sie dennoch nicht. Sie setzte sich auf und zog die alte Illustrierte hervor, die sie vorhin in dem kleinen Laden zwischen Zahnpasta und Käseecken entdeckt hatte. Glück muss der Mensch haben! Sie hatte das vergilbte Heft – in deutscher Sprache, obwohl sich in die Ecke wohl kaum Touristen verirrten – durchgeblättert und war auf ein längst überholtes Horoskop gestoßen. »Sie sind sehr herzlich und fließen fast über vor Gefühl«, stand hier unter Skorpion. »Das gilt vor allem in der zweiten Wochenhälfte. Zuvor könnten Sie erstaunlich nüchtern und vernünftig agieren. Auf jeden Fall fällt es Ihnen schwer, eine gesunde Balance zu finden. Aber bedenken Sie: Beziehungen sind nicht immer vernünftig. Bekennen Sie sich zu Ihren Gefühlen und wachsen Sie gemeinsam an den Herausforderungen.«

Wenn das nicht zu hundert Prozent auf sie zutraf! Einerseits gefühlvoll und herzlich und zugleich vernünftig – das kam hin. Nur was die Beziehungen und das »gemeinsam« anging… Na ja. An der gesunden Balance musste sie auch noch arbeiten, sonst wäre sie jetzt wohl kaum hier. Aber hätte sie den kleinen Aziz und die beiden Alten in einer solchen Lage allein lassen sollen?

Die Kerze in Lahzens Laterne neben ihr zuckte und warf merkwürdige Schatten an Wand und Decke, und manchmal knackten die Stufen der alten Treppe. Fast klang es nach Holzbein und Pirat. Und huschte da nicht irgendwelches Getier herum? Gruselig. Sie knipste ihre Taschenlampe an und leuchtete in jeden Winkel. Nichts zu sehen. Sie entspannte sich wieder.

Ob die anderen schlafen konnten? Die Verständigung war ziemlich schwierig, aber irgendwie schienen die beiden Alten doch froh zu sein, dass heute Nacht jemand Wache hielt. Bis jetzt hatte sich noch kein Entführer blicken lassen, hoffentlich blieb es dabei auch.

Da, ein Geräusch, Licht und Schritte! Jemand war im Haus! Mit einem Schlag hellwach sprang sie auf.

»Wer ist da?« Sie angelte nach ihren Schuhen. »Hallo? Ich warne dich!« Schon war sie auf der Treppe. »Noch einen Schritt weiter und du erlebst dein blaues Wunder!«

Auf Deutsch? Egal, Hauptsache, der Entführer kapierte, dass sie bereit war. Sie blockierte die Treppe und umfasste den Schaft der Taschenlampe. Damit konnte sie notfalls zuschlagen.

Das Licht tanzte, näherte sich, dahinter schemenhaft ein Mann. Himmel, was jetzt?

»Claire? Ich bin's, Karim. Keine Angst, alles in Ordnung.«

Der Mann trat an den Fuß der Treppe.

Tatsächlich, es war Karim!

»Hast du mich erschreckt! Was machst du hier? Weißt du, wie spät es ist?« Was für eine dämliche Frage!

»Ungefähr Mitternacht. Wo ist Zouzou? Ich muss sie sprechen. Sofort!«

»Sie schläft. Geht es um die Entführung?«

Hinter Karim kam Lahzen eilig angehumpelt.

Oben öffnete sich Oum Zouzous Tür. In einer Hand hielt die alte Köchin eine Laterne, deren Licht über Claires Deckenlager und die Treppe bis nach unten fiel, mit der anderen schob sie den Kleinen vor sich her. Aziz sah verschlafen aus, und Oum Zou-zou – hatte sie geweint? Sie stellte die Laterne ab und sagte etwas zu Aziz. Er setzte sich folgsam auf die oberste Stufe.

Oum Zouzou sah niemanden an, als sie mit schweren Schritten die Treppe herunterkam und auf Karim zuging. Schwankte sie, oder taten das nur ihre Schatten?

Karim sah ihr entgegen, seine Kiefer arbeiteten. Es fiel kein Wort.

Unten angekommen zog Oum Zouzou aus der einen Tasche einen Brief, aus der anderen einen großen Umschlag. Beides überreichte sie Karim. Wortlos.

Mit gerunzelten Brauen starrte Karim auf die Briefe in seinen Händen, blickte zu Aziz, räusperte sich. Lahzen und Oum Zouzou sahen zu Boden. Der Kleine gähnte verstohlen und rieb seine Arme. Immer noch sagte niemand etwas.

Dicke Luft, eindeutig. »Oje, schlechte Nachrichten?«, fragte sie, nur, damit etwas gesagt war.

»Das wird sich herausstellen.« Karim sprach leise, wie zu sich selbst.

»Ich könnte Tee kochen. Ein Herd funktioniert ja zum Glück bereits.« In Deutschland würde sie jetzt einen Schnaps anbieten, aber Tee tat es auch.

Niemand schien sie gehört zu haben. »Soll ich? Tee kochen, meine ich?«

»Ja, gut.«

Sie ging in die Küche, froh, der gespannten Atmosphäre zu entkommen. Die Gasflamme züngelte bläulich und spuckte, bevor sie Wasser aufsetzte und die Zutaten zusammensuchte.

Stimmen. Erst Lahzen, dann die alte Köchin, dann beide gleichzeitig, erregt und laut, danach wieder Schweigen. Nach einer Pause hörte sie Karim, dann Aziz mit seiner hellen Kinderstimme, danach erneut Lahzen und Oum Zouzou. Verstehen konnte sie natürlich nichts. Nur dass alle sehr erregt waren, das war sonnenklar.

Sie servierte den Tee, verzog sich aber angesichts der plötzlichen Stille schleunigst wieder in die Küche. Gern hätte sie jetzt Charlotte angerufen, um ihr das Neueste zu berichten, doch mitten in der Nacht? Lieber nicht. Dann vielleicht Alain? Vorhin hatte sie seinen Anruf weggedrückt und später nichts mehr von ihm gehört. Im Horoskop hieß es, Beziehungen sind nicht immer vernünftig... Und wie sollte sie ihm erklären, was hier los war? Sie blickte ja selbst nicht durch.

Sie schob das Telefon zurück in die Tasche, setzte sich auf die Schwelle der Küchentür und sah in den dunklen Garten. Was für eine verwunschene Wildnis. Früher war der Garten vermutlich einmal wunderschön gewesen. Ob man ihn je wieder herrichten würde? Überhaupt, was wohl aus dem alten Hotel wurde? Vermutlich war jetzt nicht gerade der beste Zeitpunkt, Karim darauf anzusprechen.

Sie schreckte auf, als Karim mit großen Schritten an ihr vorbeistürmte, »Gute Nacht, bis morgen« rief und durch den Garten hastete, als seien Furien hinter ihm her.

»Ja, gute Nacht«, rief sie ihm nach und sah, wie er irgendwelche Papiere an sich drückte. Das Licht seiner Lampe tanzte im Gebüsch, bis es verschwunden war.

Müde war sie kein bisschen, im Gegenteil, doch Lahzen murmelte etwas von Allah und Baraka und wollte die Tür abschließen. Also ging sie ins Haus, wartete, bis er den Schlüssel umgedreht hatte, und drückte zur Sicherheit die Klinke herunter. Verschlossen und gesichert. So weit, so gut. Und jetzt?

Stille im Haus. Das Teetablett stand unberührt da. Sie trug Kanne und Gläser in die Küche zurück. Noch einmal leuchtete sie alles ab. Oum Zouzou und Aziz waren wieder in ihrem Zimmer verschwunden. Sie hörte Seufzen und leises Murmeln hinter der Tür, sonst nichts.

Für sie blieb nur das Deckenlager. Hoffentlich würde Karim ihr morgen alles erklären.

Irgendwann war sie offenbar doch eingeschlafen, denn plötzlich schreckte sie auf. Sonnenlicht und Getöse und Männerstimmen, und der Rücken tat weh und die Hüfte ... Sie rappelte sich hoch.

Elektriker, Tankwagen? Was war denn nun wieder los?

Karim

Wie war er hierhergekommen? Er wendete auf dem Parkplatz des Casinos und fuhr weiter.

Es kam ihm vor, als rechne und grübele er seit Stunden. Ihr letztes Wochenende, damals im Winter – das musste 2010 gewesen sein. Danach hatten sie sich aber nicht mehr getroffen, oder? Hatten sie irgendwann noch mal telefoniert, hatte sie eine Andeutung gemacht? In ihrem Brief fand sich keine befriedigende Antwort. Was also wusste er?

Im Sommer vor sechs Jahren war Aziz zur Welt gekommen. Kurz darauf, im September, war Astrid über Rabat nach Stockholm gereist. Zur gleichen Zeit, Anfang September, hatten Rabia und er ihr gemeinsames Leben begonnen, voll Zuversicht und Vertrauen. Nur zwei Jahre später war es zu Ende gewesen ... Seither war er allein.

Dem Schreiben der Botschaft war eine amtlich beglaubigte Kopie aus dem Geburtenregister der Stadt Stockholm beigefügt. Sie lag auf dem Beifahrersitz, mal hell im Licht der Straßenlaternen, dann wieder unkenntlich im Dunkel. Er hielt an, studierte das Blatt erneut.

Kind: männlich, stand da, Name: Aziz-Magnus Öbjerg, Mutter: Astrid Märta-Luise Öbjerg, geboren am 22. März 1976 in Stockholm. Es folgten das Geburtsdatum des Kindes, der 25. Juli 2011, und der Geburtsort Marrakesch.

Juli 2011, und in der Rubrik »Vater« nur ein Strich...

Dieses Dokument, bezeugt durch einen Notar aus Stockholm, war an Astrids damalige Anschrift in Marrakesch adressiert. Hatte sie keinen schwedischen Wohnsitz gehabt? Und hatte sie den Jungen nicht hier registrieren lassen, damit er kein marokkanischer Staatsbürger wurde? Offenbar war das keine Option für die liberale und emanzipierte Astrid, trotz ihrer Liebe zu Marrakesch. Warum aber hatte sie sich danach nicht mehr um das Kind gekümmert?

Ursprünglich habe sie rechtzeitig vor der Geburt in die schwedische Heimat zurückkehren wollen, hatten Oum Zouzou und Lahzen gesagt. Dann aber war ihr anscheinend alles durcheinandergeraten. Wenn er richtig verstanden hatte, ging es um ein Projekt, das nicht fertig wurde, und um ihren Nachfolger, der auch ihr Appartement übernahm... Jedenfalls war sie kurz entschlossen ins Les Almohades umgezogen, nur für zwei Wochen, bis zum Termin des Rückflugs. So war es geplant gewesen, dann aber...

»Zwei Tage vor dem Abflug setzten die Wehen ein«, berichtete Zouzou. »Es war eine schwere Geburt, sie dauerte einen Tag und eine Nacht, und sie und ich allein... Wie oft rief ich Allah um Hilfe an! Aber ich durfte keine Hebamme holen, nicht einmal eine Frau aus der Nachbarschaft, die selbst Mutter war. Sie hat es verboten. Ich habe getan, was ich konnte, doch erst als die Sonne das zweite Mal aufging, war das Kind endlich da. Allah wollte, dass sie es hier bei uns zur Welt brachte. Frag nicht, warum, wir kennen die Antwort nicht, aber niemand durfte von dem Kind erfahren. So hat sie es bestimmt.«

Das Kind war also vorzeitig zur Welt gekommen, das hatte Astrids Pläne durchkreuzt. Der zeitliche Ablauf – die Geburt Ende Juli, danach Anfang September Astrids Besuch in der Botschaft in Rabat, anschließend ihr Flug nach Stockholm – ließ sich rekonstruieren, aber warum diese Geheimniskrämerei, und was konnte danach geschehen sein?

Irgendwann – Aziz konnte bereits krabbeln, wie Oum Zouzou sagte, und sie hatten immer noch nichts von Astrid gehört –, irgendwann also hatte der Concierge ihrer ehemaligen Wohnung diese amtlichen Papiere im Les Almohades abgegeben. Mehr wussten sie nicht, schworen aber, genau so habe es sich zugetragen.

Hatte Astrid damals im Winter 2010 doch nicht die Pille genommen? War also er der Vater? Warum hatte sich Astrid dann nicht an ihn gewandt? Vielleicht wollte sie kein »marokkanisches« Kind. Und was bedeutete das jetzt für ihn?

Er parkte direkt vor dem Eingang zum Grandhotel. In einem der Zimmer schlief Aziz. Aziz, der bald sechs Jahre alt wurde. Zumindest zeitlich käme es hin.

Im äußersten Notfall solle man ihn benachrichtigen, stand in dem Brief…

Er musste sie ausfindig machen.

Aziz-Magnus, bald sechs Jahre alt – sein Sohn? Wirklich begreifen ließ sich das kaum, Oum Zouzou und der alte Lahzen schienen sich jedoch sicher zu sein.

Der morgendliche Gebetsruf des Muezzins drängte sich in sein Bewusstsein. Geschlafen hatte er keine Sekunde. Wie auch?

Die gescheiterte Entführung fiel ihm ein. Hatte Astrid jemanden beauftragt, das Kind heimlich nach Schweden zu bringen? Warum jetzt, und warum auf derart spektakuläre Weise? Und warum kam ihm dabei der alte Halaiqi in den Sinn? Die Geschichten sind in uns, in jedem von uns, hatte er behauptet.

Er musste seinen Anwalt informieren, musste Nachforschungen über Astrid in die Wege leiten, die Vaterschaft klären… Schritt für Schritt, dann gewann er auch seine Fassung zurück. Er fuhr sich übers Gesicht, dehnte den Nacken, rieb die Nasenwurzel.

Ein Pick-up fuhr vor. Arbeiter in orangen Overalls stiegen aus, luden Schaufeln und Kisten mit Werkzeug ab…

Fast hätte er vergessen, wozu er sich gestern zwischen Casablanca und hier entschlossen hatte.

Aziz

Oum Zouzou seufzte. Dann streichelte sie ihm den Kopf, obwohl sie genau wusste, dass er das nicht leiden konnte. Im Moment konnte man nicht mit ihr reden, das spürte er. Er musste es allein herausfinden. Onkel Lahzen sagte immer, man sollte bei allem überlegen, was gut für einen war und was nicht.

Hatte ihm der Sîdi nicht den Ball geschenkt? Das war gut, eindeutig. Freundlich war er auch, eigentlich konnte er ihn sogar ziemlich gut leiden. War er wirklich sein Vater? Dagegen hätte er nichts, aber warum war nicht auch seine Mutter gekommen? Wie es sich wohl anfühlte, eine Mutter zu haben? War er wirklich schon zu groß für Weiberkram, wie Onkel Lahzen sagte? Mit ihm kam er klar, ihn konnte er alles fragen, zum Beispiel wozu er plötzlich einen Vater brauchte? Wahrscheinlich um zur Schule gehen zu können, aber sonst?

Letzte Nacht hatte er zuerst gedacht, der andere Mann habe sich ins Haus geschlichen, um ihn doch noch zu holen. Lâlla Claire hatte zwar aufgepasst, aber sie war nur eine Frau. Angst hatte er nicht gehabt, kein bisschen, etwas erschrocken war er, mehr nicht, bestimmt nicht! Dann war es aber Sîdi Karim gewesen, der alle geweckt hatte. Trotzdem hatte Oum Zouzou geweint. Aber das tat sie oft, dabei musste man sich nichts denken. Onkel Lahzen hatte nichts gesagt, jedenfalls zuerst, er hatte nur geschaut. Dabei sah er es seit langem vorher: »Mit Allahs Hilfe werden sie irgendwann kommen und dich zu sich holen«, hatte er oft gesagt, wenn er ihn nach Vater und Mutter gefragt hatte. »Du musst Geduld haben. Denn wann das sein wird, weiß allein der Allmächtige. Ich weiß nur, sie werden dich hier bei uns suchen, das ist sicher.«

So, wie er immer angekündigt habe, sei es nun zwar nicht, aber er müsse dennoch Sîdi Karim gegenüber respektvoll sein und tun, was er sage. Er sei sein Vater, hatte Onkel Lahzen gesagt, und Onkel Lahzen konnte er glauben. Dem anderen dagegen nicht! Seine Arme taten jetzt noch weh, und man sah die blauen Flecken, wo der Mann zugepackt hatte. Mit dem großen Auto wäre er zwar gern gefahren, aber bis in die Berge, wo angeblich sein Vater auf ihn wartete? Sein Vater…

Oum Zouzou wischte sich die letzte Träne aus dem Auge und seufzte. Konnte man wieder mit ihr reden?

»Muss ich jetzt mit ihm gehen?«

Oum Zouzou nickte. »Der Sohn gehört zum Vater.«

»Und die Hühner und die Ziege?«

Sie zuckte mit den Schultern. Sonst wussten Onkel Lahzen und sie doch immer alles…

Lâlla Claire hantierte am Herd. Oum Zouzou saß bloß auf ihrem Hocker, die Hände im Schoß, und sah zu. Das hatte es noch nie gegeben. Lâlla Claire war lustig mit ihren verwuschelten Haaren und wie sie Eier, Milch und Honig verrührte. Darin wollte sie das Brot von gestern einweichen und in der Pfanne braten? Sein Magen knurrte, und ihm lief das Wasser im Mund zusammen. Er mochte Lâlla Claire, auch wenn er kein Wort von dem verstand, was sie sagte, aber sie lachte viel, und oft musste er dann mitlachen. Sie war aber nicht seine Mutter, hatte Oum Zouzou gesagt, und dass es fürs Erste ja auch reiche, einen Vater zu bekommen.

Musste er jetzt »Vater« zu ihm sagen? Lieber würde er wie bisher »Sîdi« zu Sîdi Karim sagen.

Karim

Was für blaue Augen der Junge hatte, und dieser skeptische Blick...

»Und du bist ganz sicher?«

»Ja, Sîdi.«

»Woher kennst du ihn?«

»Als das neue Haus dort hinten gebaut wurde, war er öfter hier.«

»Was genau hat er gesagt?«

»Zuerst: ›Allah will, dass ich dich zu deinem Vater bringe, der in den Bergen auf dich wartet.‹ Da war er noch freundlich.« Der Kleine biss sich auf die Lippen. »Onkel Lahzen hat immer gesagt, dass eines Tages mein Vater und meine Mutter kommen und hier nach mir suchen werden.« Er zeigte auf den Boden. »Hier. Deshalb wollte ich ja auch nicht mit ihm mit.«

Diese Augen, diese Haltung! Er wich dem Blick des Jungen aus. »Aha. Und weiter?«

»Kinder müssen gehorchen, hat er gesagt, und dass ich mich nicht anstellen und endlich einsteigen soll. Und dann hat er mich gepackt und festgehalten, damit ich nicht weglaufe. Dann hab ich Onkel Lahzen gerufen, und gewehrt hab ich mich auch, und dann war mein Ball weg.«

»Du bist dir also ganz sicher, dass es sich bei dem Mann um Sîdi Mohammed handelt? Das ist wichtig, verstehst du?«

Der Kleine kämpfte mit den Tränen. Viel fehlte nicht, und er würde ihn in den Arm nehmen und trösten.

Lahzen, der bisher geschwiegen hatte, legte dem Jungen die Hand auf die Schulter. »Es ist genug, Sîdi. Auch ich habe deinen Bruder erkannt. Madame Claire kann Aziz' Worte ebenso bestätigen. Sie hat den Mann aus nächster Nähe gesehen und würde ihn auf einem Foto gewiss wiedererkennen.« Dabei senkte er taktvoll den Blick, wie es die Höflichkeit gebot. Mohammed – das Oberhaupt der Familie! – war in eine unehrenhafte Sache verwickelt. Das war peinlich für jeden, besonders aber für einen treuen Diener wie Lahzen. »Deshalb haben wir ja auch nicht die Polizei geholt«, setzte er hinzu.

»Schon gut, ich fragte nur, weil… Warum die Berge? Was wollte mein Bruder mit Aziz dort?«

Lahzen kratzte das unrasierte Kinn, schob seine Mütze zurecht und schwieg.

Aziz beobachtete ihn. Ihre Blicke trafen sich. Der

Junge sah rasch beiseite, betrachtete angelegentlich eine verschorfte Stelle am Knie.

Angenommen, Aziz war tatsächlich sein Sohn – was derzeit ja noch keineswegs sicher war! –, aber angenommen, dem war so, wie konnte Mohammed davon erfahren haben, und warum hatte er es verschwiegen? Sie waren sich fremd geworden, der Bruder und er, aber ein Kind verheimlichen, sogar entführen? Und was war mit Lâlla Fatima, was mit dem Rest der Familie? Niemand hatte je die geringste Andeutung gemacht.

Für Lâlla Fatima könnte der Sohn einer Ausländerin so etwas wie zweite Wahl sein, etwas, dessen man sich nicht rühmen konnte. Ihm zuliebe würde sie seinen möglichen Entschluss, das Kind anzuerkennen, vermutlich hinnehmen, Mohammed dagegen…

Was auch immer man gegen ihn vorbrachte, Mohammed war sein Bruder, und Blutsbande waren wie Stahl. Sie bogen sich, brachen aber nicht.

Einer der Arbeiter stand in der Tür. »Der Generator läuft, und was möglich war, haben sie angeschlossen, sagen die Elektriker. Ob sie jetzt einen Testlauf machen sollen?«

»Gut, lassen wir Licht ins Dunkel.«

Er stand auf, drückte Lahzens Schulter. »Danke, mein Freund.«

Dann reichte er Aziz seine Hand. »Ich danke dir ebenfalls. Wir werden uns schon aneinander gewöhnen, oder was denkst du?«

»Ja, Sîdi, inshallah.«

Claire

Der trockene Rest Fladenbrot saugte die Eiermilch nicht gut auf. Erst nachdem Oum Zouzou etwas Amlou, eine süße Mandelcreme darübergegeben hatte, schmeckten die Armen Ritter nach etwas.

~

Amlou

Erdnussbutter auf Marokkanisch schmeckt fein auf Toast, über Eiscreme oder mit Joghurt. Stückig oder glatt, je nach Mahlgrad der Mandeln, hält sie sich gekühlt ca. 2 Monate.

250 g Mandeln bei mittlerer Hitze 15–20 Minuten im Backofen rösten, im Mixer zerkleinern, mit
150 ml Arganöl und
4 EL klarem, flüssigem Honig verrühren.

~

Lahzen schleppte einen vollen Eimer Wasser aus dem neuen Tank neben dem Hühnerstall an, zum Putzen, sagten seine Gesten. Und genau das hatte sie vor.

Hoffentlich war Charlotte bald zurück, sie hatte versprochen, vom Supermarkt Besen, Schrubber, Wischtücher und Putzmittel mitzubringen. Das überraschende Erscheinen der Handwerker hatte sie ihr natürlich gleich mitgeteilt, aber Charlottes Reaktion war nicht ganz wie erwartet ausgefallen.

»Aha«, hatte sie gesagt und hörbar reserviert geklungen. »Interessant. Und die Nacht? War es ruhig?«

»Na ja, ruhig? Mitten in der Nacht hat Karim uns aufgescheucht, weil er irgendwelche Briefe brauchte. Und gleich in der Früh kam er mit den Handwerkern wieder. Sie haben bereits losgelegt.«

Sie käme so bald als möglich, hatte Charlotte erklärt. Ein bisschen mehr Begeisterung hätte sie schon erwartet, sie jedenfalls hätte Karim am liebsten abgeküsst!

Die beiden Alten dagegen wussten offenbar nicht, wie ihnen geschah, als er mit den Männern erschien und erklärte, das Grandhotel von Grund auf erneuern und zu alter Größe führen zu wollen! Oum Zouzou vergoss Tränen und rief Allah an, und Lahzen kratzte sich unter der Mütze und grinste zahnlückig, und beide versuchten, Karims Hände zu küssen.

Was für ein Tempo dieser Mann plötzlich entwickelte! Vor drei Tagen hatte er noch so getan, als ginge es lediglich um einen Gefallen für seine Mutter, vor zwei Tagen hatte er dann das Hotel zum ersten Mal nach Jahren betreten, und heute begann er mit der Renovierung? Alle Achtung, so viel Tatkraft hätte sie ihm nicht zugetraut.

Seit dem frühen Morgen beriet er sich nun schon mit den Bauleuten, ging mit ihnen durchs Haus, klopfte Raum für Raum Rohre ab, ließ Steckdosen prüfen und Fenster und Wände untersuchen. Als erste konkrete Maßnahme war die Stromversorgung dran, erst mal nur provisorisch, aber immerhin. Zumindest im Erdgeschoss funktionierte das Licht schon wieder, sogar etliche Steckdosen durfte man bereits benutzen. Staubsauger und Kühlschrank, Mikrowelle und andere Küchenmaschinen könnte man schon verwenden, falls man so etwas denn hätte. Sie seufzte.

Im Moment ging es offenbar um die Wasserversorgung und ob man die alten Rohre und Leitungen nach der langen Zeit, in der sie nicht benutzt wurden, überhaupt noch verwenden konnte. Wenigstens gab es jetzt also Gas zum Kochen und Licht. Dann könnte sie doch hier einziehen? Zum Beispiel in die hübsche Suite in Blau...

Zunächst aber würde sie sich um den Speisesaal kümmern, das wollte sie nicht den Männern überlassen. Fenster mussten geputzt werden, Spiegel und Kronleuchter ebenfalls, danach der Boden gründlich gewischt. Und zwar picobello, nicht wie gestern mit einer jämmerlichen Pfütze von Putzwasser! Türen und die schönen Möbel würde sie erst zum Schluss aufpolieren, quasi als Kirsche auf der Torte.

Als Erstes kamen die schweren Vorhänge dran. War das Seide? Womöglich konnte man sie reinigen und weiter verwenden? Sie stellte die Leiter auf und nahm den ersten Vorhang ab. Der Staub brachte sie zum Niesen, doch sie schob die Leiter von Fenster zu Fenster und befreite eines nach dem anderen von den Stoffbahnen. Und während sie die schützenden Tücher von Möbeln und Spiegeln zog, sah sie – durch Wolken von Staub – von ihrer luftigen Position auf einer der oberen Sprossen das Ebenmaß des Raumes. Wie harmonisch, und was man daraus machen könnte...

Bevor sie jedoch wieder einer ihrer geschönten Träume heimsuchen konnte, meldete sich das Telefon. Schwägerin Ursula, die sich über schlechtes Wetter beklagte und wissen wollte, wann sie endlich nach Hause käme? Daran wollte sie nun aber wirklich nicht denken! Sie tat schwer beschäftigt und verabschiedete sich schnell.

In der Lobby besprach Karim mit Lahzen anstehende Maßnahmen. Wenn sie richtig verstand, ging es also tatsächlich los. Das hieß Dreck und Lärm, hieß Handwerker, die schwer arbeiteten, die Hunger und Durst hatten und versorgt werden mussten. Was, wenn sie und Oum Zouzou einen Mittagstisch anbieten würden? Bauarbeiter waren keine echten Gäste, aber einfaches Essen für sechs, acht oder mehr Leute sollte kein Problem sein. Wasser war da, ein Herd funktionierte, es gab ausreichend große Töpfe, und essen könnten die Männer im Garten, dort gab es genug schattige Plätze. Vielleicht auch hier im Saal als eine Art Kantine? Jedenfalls hätte sie Gelegenheit, gemeinsam mit Oum Zouzou Variationen von Tajine zuzubereiten und Couscous und Harissa und alles über die Verwendung der Gewürze zu erfahren. Sie könnte sich Lieblingsgerichte abschauen und nachkochen, vielleicht auch deutsche Hausmannskost anbieten, Erbsensuppe oder Gulasch zum Beispiel. Schwein ging natürlich nicht, aber Rind und Lamm und Huhn, und dann das wunderbar knackige Gemüse … Das wär's!

Wie hatte Alain das genannt, deutsch-marokkanisches Allerlei? Warum nicht? Lust darauf hätte sie.

Außerdem hatte Oum Zouzou bestimmt so manchen Kniff für die hiesige gehobene Küche in petto. Schließlich hatte sie nicht umsonst – wie viele Jahre? – für eine anspruchsvolle Klientel gekocht.

Draußen fuhr ein Taxi vor. Das musste Charlotte mit dem Putzzeug sein. Sie lehnte sich aus dem Fenster, um ihr einen Gruß zuzurufen.

Nicht Charlotte, ein Mann stieg aus dem Wagen. Groß, schlank, mit dunklen, sehr kurzen Haaren, in Jeans und Boots. Diese Haltung…

Halluzinierte sie etwa?

Der Taxifahrer holte eine Reisetasche aus dem Kofferraum, der Mann zahlte und schwang einen Rucksack über seine Schulter. Dann drehte er sich um.

Charlotte

Die halbe Nacht hatte sie das Internet nach Tipps zur Bildbearbeitung, nach Programmen, Objektiven und guten Kameras durchforstet. Damit hatte sie sich ablenken wollen, doch so richtig gut war ihr das in der Einsamkeit der Nacht nicht gelungen. Hatte sie überhaupt ein Auge zugetan?

Sie horchte auf den Muezzin und die Geräusche aus den Gassen und dem Hof. Es wurde gerade hell, alles erwachte.

Sie fühlte sich zittrig. Kein Wunder. Wenn sie

nur ihre Gedanken besser im Zaum halten könnte! Hatte Karim zwei Beziehungen parallel gelebt, hier die Ehefrau und dort diese Astrid? Bei traditionell denkenden Muslimen war das vermutlich akzeptiert, aber Karim? Falls ja, war er wohl doch nicht der fortschrittliche Mann, für den sie ihn hielt. Und dann davonrennen, nachdem er endlich verstanden hatte – war das etwa eine angemessene Reaktion? Was würde er anfangen mit dem neuen Wissen? Immerhin ging es um ein Kind, nicht zu vergessen den Entführungsversuch.

Außerdem hatten sie die Fragen wach gehalten, wie es für sie weitergehen würde. Bisher war ihr Weg vorgezeichnet gewesen. Höhepunkte gab es für sie schon lange nicht mehr, auch keine Ziele, alles war berechenbar und letztlich ohne Störungen abgelaufen. Mittelmaß, unauffällig und trotzdem gescheitert. So zumindest fühlte es sich jetzt für sie an, wenn sie ehrlich war. Und in Zukunft? Die Scheidung würde kommen. Was folgte danach? Immer wieder hörte sie Claire mit ihren »eigenen Belangen«. Das klang nach Kalenderspruch und fühlte sich zugleich doch irgendwie richtig an. Aber wie sollte das gehen – mit bald fünfzig?

Sie griff nach ihrer Kamera und setzte den über Nacht aufgeladenen Akku ein. Sie sollte sich einen zweiten besorgen, oder besser gleich eine zweite Ausstattung.

Eigene Belange – das ließ und ließ sie nicht los. Was bedeutete es anderes als sich selbst ernst zu nehmen? Alle taten das, insbesondere Paul. Seine Interessen, seine Bedürfnisse, seine Ansichten – das alles stand für ihn selbstverständlich an erster Stelle.

Auf sie übertragen hieße das, sich endlich einzugestehen, dass sie sich ernsthaft wieder mit Fotografie beschäftigen wollte. Hatte sie nicht schon am ersten Tag hier in Marrakesch insgeheim Überlegungen angestellt, wie das wäre? Und befand sie sich nicht bereits auf einem guten Weg? Ausprobieren, Analysieren, Ändern – sie war doch rasch sicherer geworden, manche Aufnahmen waren gelungen, zumindest vielversprechend. Und sobald sie eine der Kameras mit Messsucher und lichtstarkem Weitwinkel besaß, die in den einschlägigen Tests als gut bewertet worden waren, wie diese Leica zum Beispiel…?

Natürlich musste sie noch viel über die Bearbeitung lernen, sehr viel, und einschlägige Computerprogramme ausprobieren – aber dann? Ein Buch oder ein Kalender, hatte Claire vorgeschlagen. Sicher, Claire neigte zu Übertreibungen, andererseits dachte sie praktisch. Warum also nicht? Nur weil sie fünfzig wurde? Sie war gesund, hatte keine wirtschaftlichen Sorgen und war bald wieder ungebunden. Nur durfte sie nicht zu viel erwarten, zwanzig war sie eben auch nicht mehr. Junge Leute konnten sich ausprobieren, Risiken eingehen, für sie waren wohl eher kleine Schritte angebracht.

Ein bisschen fühlte sie sich, als befände sie sich mitten im Labyrinth der Medina zwischen plötzlich abbiegenden Gängen, dämmrigen Torbögen und engen Durchlässen, wo immer das Unverhoffte, das Fremde warten konnte. Wer sich in Marrakesch nicht verirrte, kam der nicht mit allem klar? Gern hätte sie sich mit Claire besprochen, doch nebenan war niemand.

Duschen, Haare föhnen, ein leichtes Make-up auflegen, welche Hose und welche Bluse – Handgriffe und kleine Entscheidungen, die beruhigten. Solange sie nicht doch wieder über Paul und ihre Zukunft grübelte oder an Karim dachte, sollte sie einigermaßen durch den Tag kommen.

Claire hatte sie gebeten, jede Menge Putzzeug einzukaufen. Dabei hatte sie sich heute eigentlich vom Les Almohades und von Karim fernhalten wollen... Wie dem auch sei, erst mal würde sie das Morgenlicht nutzen und in der Kasbah fotografieren. Die mächtigen Storchennester auf der Mauer des ältesten Stadtviertels hatten es ihr angetan. Leider hatte man Mauer und Tore überrestauriert, oder sah sie das zu kritisch? Zumindest gab es überhaupt konservatorische Bestrebungen, das musste man anerkennen. Und oft ergaben sich gerade durch restaurierte Häuser neben vernagelten Ruinen spannende Kontraste. Sie kontrollierte die Kamera, reinigte die Objektive, verstaute alles sorgfältig in der Tasche. Viel praktischer wäre ein Rucksack...

Plötzlich dachte sie: Emil. Emil, wie sich Eckhard Miller-Lippers nannte, ihr früherer Agent. Wäre er nicht der Richtige? Er kannte die Branche, wusste, was der Markt verlangte und welche Veröffentlichungen die Verlage planten. Und sollten ihre Bilder noch nicht gut genug sein – sein ehrliches Feedback konnte ihr nur weiterhelfen. Emils Adresse hatte sie stets aktualisiert, als habe sie geahnt, dass sie ihn irgendwann wieder ansprechen wollen würde.

Der Entschluss kam wie von allein. Sie öffnete ihre Bilddateien, traf eine Auswahl der gelungensten Aufnahmen, dann zögerte sie. Wie würde er nach dem langen Schweigen reagieren? Und wenn er ihr eine Absage erteilte?

Rasch verfasste sie ein kurzes Anschreiben, setzte »Wiedereinstieg?« in die Betreffzeile und klickte auf Senden.

Sie hatte den ersten Schritt gewagt! Fast setzte ihr Herz aus, und zugleich war ihr, als schwebe sie.

Gerade hatte sie ein paar Freundlichkeiten mit Abdul ausgetauscht und sich von Nabil Espresso und Croissant zum Frühstück servieren lassen, als auf dem Handy bereits die Antwort aufblinkte: »Hola, was für eine Freude, you made my day!! Melde mich allerbaldigst! Ciao, bella! Emil.«

Unwillkürlich musste sie lachen. Vor Erleichterung, aber auch, weil der gute Emil anscheinend noch genauso überdreht wie früher war, obwohl er mittlerweile auch schon über sechzig sein musste.

Als kurz darauf Paul anrief, lächelte sie immer noch.

»Deine Gründe sind für mich unerheblich«, unterbrach sie ihn schon nach wenigen Sätzen. »Wie du weißt, möchte ich inzwischen die Scheidung sobald wie möglich vollzogen haben.« Sie kam sich geradezu kühn vor.

»Aber, also, ich … Wann kommst du eigentlich zurück?«

Ja, wann? Rückflug umbuchen sei einfach, hatte Claire betont. »Bald.«

Zweimal versuchte es Paul danach noch, aber sie ging nicht dran. Alles war gesagt.

Immer noch fühlte sie sich, als schwebe sie.

Claire

»Alain!«, rief sie und rannte aus dem Haus. »Alain!« Nahezu ungebremst fiel sie ihm um den Hals, sodass er ins Schwanken kam.

»Hey!«, sagte er.

Die Arbeiter, beschäftigt mit dem Weg und den restlichen Wurzelstöcken, ließen ihre Hacken sinken und sahen interessiert herüber.

»Hey«, sonst nichts?

»Wo kommst du denn her?« Sie trat einen Schritt zurück.

»Von da, glaube ich.« Er zeigte Richtung Flughafen.

Musste er witzig tun, wenn ihr die Knie zitterten? »Und was machst du hier?«

»Lange Geschichte. Die Kurzversion ist, nachdem du meine Anrufe neuerdings wegdrückst, hab ich gedacht, ich schau lieber mal selbst, wie's dir geht.«

»Veräppel mich nicht!« Wie gut er aussah! Zwar blass und unrasiert und mit müden Schatten um die Augen, aber davon abgesehen…

Die Knie wurden ihr weich, und es summte in ihren Ohren, doch nicht vom Dauerlärm des Kreisverkehrs! Sie starrte ihn an. Alain? Unmöglich, dazu kannten sie sich viel zu gut…

»Tu ich nicht. Wohnst du in diesem alten Kasten, oder putzt du hier?« Alain deutete auf das löchrige Wischtuch in ihrer Hand.

Sie nahm sich zusammen. »Beides. Ich bin Gast und zugleich Parkettpflegerin im Sonderauftrag.« Kokett ließ sie den alten Lappen herumwirbeln, dann aber bemerkte sie plötzlich, wie verschwitzt sie war und wie staubig Hose und Bluse. Sie musste wie der letzte Waldschrat aussehen! Und wenn schon, sollte er doch denken, was er wollte.

Sie reckte ihr Kinn vor, stemmte die Hände in die Hüften und pustete eine Locke aus der Stirn. Abschneiden oder du gehst, hatte er gesagt. Daran sollte sie denken und nicht daran, dass sie seinetwegen plötzlich in Wallung kam.

»Sag schon, was machst du hier?« Seit sie Alain kannte, hatte er sich keinen Urlaub gegönnt, war höchstens am Ruhetag mal ins Kino gegangen oder hatte ein paar Mußestunden am See verbracht.

»Halt still, du hast da was.« Er zupfte Spinnweben und ein Blatt aus ihrem Haar. »Okay, alles wieder hübsch. Was ich hier mache? Nach dem Rechten schauen, hab ich doch gesagt.«

Ein Hauch von Schweiß, ein bisschen Rasierwasser – wie gut er roch! Aber zugeknöpft war er wie immer, wenn es nicht gerade um Filet, Rübchen und Co. ging, dachte sie. Irgendwann würde er schon mit dem wahren Grund rausrücken. Hatte er wirklich »hübsch« gesagt? Sie spürte die Hitze im Gesicht aufsteigen. Sicher sah sie jetzt auch noch aus wie eine Tomate.

»Na gut. Das ist es übrigens, das Grandhotel, von dem ich erzählt habe. Sieht es nicht toll aus? Es soll nun doch renoviert werden, seit heute Morgen sind Handwerker im Haus und installieren Licht und Wasser. Ich helfe ein bisschen mit.«

Um Alains Augen bildeten sich Lachfältchen. »Installateurin kannst du also auch?«, fragte er in gespieltem Erstaunen.

»Spinner! Komm mit, ich stell dich Karim und den anderen vor und zeig dir alles.«

Wie würde er auf die Lobby mit der kleinen Kuppel reagieren, und ob er das großartige Potential des Speisesaals erkannte? An die alte Küche mochte sie allerdings nicht denken. Für Alain mussten Küchen perfekt sein. Kannte er überhaupt Kompromisse?

»Claire, warte.« Er nahm ihre Hand, suchte nach Worten.

Keine Lachfalten mehr. Jetzt würde er reden. Dass etwas passiert sein musste, lag auf der Hand. Schließlich war es mehr als ungewöhnlich, dass er die Herzogstube alleinließ und hier auftauchte, bei ihr! Ihr Herz machte wilde Extraschläge.

Die Arbeiter, gestützt auf ihre Hacken und Schaufeln, sahen ihnen aufmerksam zu. Solange sonst nichts Spannenderes geschah, würden sie weiter glotzen. Sie entzog ihm ihre Hand und schnappte sich Alains Reisetasche.

»Komm erst mal rein.« Sie öffnete das Portal. »Drinnen redet es sich besser.«

Aber kaum standen sie in der Lobby, brach im Bereich hinter der Rezeption ein Höllenlärm aus Geschrei, Maschinengeräuschen und Gehämmer los.

»Die Küche. Ich sagte ja, es wird gearbeitet. Also?« Sie setzte die Tasche ab und deutete auf die Sitzgruppe. »Setz dich. Du wolltest etwas erzählen?«

Alain sah sich um. »Ruft da nicht jemand?«

»Oum Zouzou, die Köchin.«

»Oum Zouzou? Klingt wie süßer Grießbrei …« Und schon ging er in Richtung des Krachs.

»Alain!«

»Was denn? Geht es hier nicht zur Küche?«

»Doch, aber ich warne dich, diese Küche ist – speziell! Sie war jahrelang außer Betrieb und dein ›süßer Grießbrei‹ musste mit Holzkohle kochen.«

»Auch für Gäste?«

»Keine Ahnung. Hier geht's lang.«

Plötzlich kamen zum Kompressorlärm noch lautes Zischen und übler Gestank hinzu, der sich schnell ausbreitete.

Alain stieß die Schwingtür auf. Die Wasserhähne spuckten stinkende, braunrote Brühe in die Spülbecken. Sie hielt sich die Nase zu. Der alte Lahzen und Oum Zouzou hatten sich in den Garten geflüchtet und beobachteten das Geschehen aus sicherem Abstand.

»Sag bloß, das ist ein Molteni-Herd?« Alain deutete auf einen der Herde in der Mitte des Raums. Auch er atmete flach.

»Das Riesending? Könnte sein.«

»Wenn, dann stammt er noch aus der Vorkriegs-
zeit. Die Dinger waren unverwüstlich, wahrscheinlich könnte man sogar den hier wieder flottmachen.
Wie lange, sagst du, stand hier alles still?«

Weder Naserümpfen noch hochgezogene Augenbrauen, der Zustand der alten Hotelküche stieß ihn
offenbar nicht ab. Ging es ihm etwa ähnlich wie ihr?
»Vierzig Jahre, vielleicht länger.«

»Verstehe. Deshalb auch die Druckluft. Sie reinigen die Leitungen, das stinkt natürlich. Danach prüfen sie, ob alles dicht ist, und erst dann wird das Wasser angeschlossen. So lief es jedenfalls damals in der
Herzogstube. Wer sind die beiden Alten da draußen?«

»Hotelköchin und Faktotum, sie leben schon ewig
im Haus. Leider können sie kein Englisch.«

»Aber kochen kann sie offenbar.« Auf dem Arbeits-
tisch standen Öl, Mehl und Eier sowie eine Schüssel
mit gehacktem Fleisch, außerdem eingelegte Tomaten und Zitronen, Zwiebeln und frische Kräuter.

»Klar! Heute soll es pikant gefüllte Hefekuchen
geben.«

»Dann ist das also die hiesige Kochschule. Keine
Waage? Alles aus dem Handgelenk? Die Mengenangaben hast du neulich ja anschaulich geschildert.«

Er wies auf die rissigen Arbeitsflächen, auf die
alten Herde unter den vergilbten Plastikhüllen und
auf den einen, der bereits funktionierte. »Aber Don-
nerwetter, ich muss sagen, dein Fernsehsender hat
sich wirklich mächtig ins Zeug gelegt, alle Achtung!«

Er neckte sie, wie so oft. Allein wie er grinste ... Aber diese Spöttelei war nichts als eine Maske, hinter der er etwas verbarg. Wann rückte er damit raus, weshalb er wirklich gekommen war?

Alain

»Quatsch!«

Claire boxte ihn leicht auf den Arm, lachte, spielte mit, ging ein auf seine Fopperei. Er fühlte sich gut. Endlich. Eigentlich wunderte ihn das nicht, in Claires Gesellschaft fühlte er sich fast immer gut, auch wenn er das meistens nicht zeigen konnte. So richtig gemerkt hatte er es selbst erst, als er sie verscheucht hatte. Wegen ihrer Haare – er musste verrückt gewesen sein! Keine Frau ließ sich das gefallen, und erst recht nicht Claire. Er kannte keine, die ihr glich. Sie hatte ihm gefehlt, das stand fest. Nun war ihm leichter.

Umso wichtiger, dass er ihr nichts vormachte und sie über die völlig veränderte Lage informierte. War er nicht deswegen gekommen? Aber wie sprach man von Fehlern, von falschen Entscheidungen und all dem Mist, den er angestellt hatte? Er würde es tun, allerdings nicht sofort. Später, nahm er sich vor, später war noch früh genug.

Das Zischen in den Rohren wurde leiser, der Kompressor verstummte, doch der Gestank hing noch in der Luft. Claire warf ein Tuch über das Fleisch in der Schüssel, dann zog sie ihn nach draußen.

Ein Mann mit Rohrzange trat zu ihnen, ein Typ mit goldener Uhr und Jeans, zwar staubig von oben bis unten, aber eine Präsenz hatte der!

Er streckte ihm die Hand entgegen. »Dein Mann?«, fragte er Claire. »Willkommen!«

Claire errötete. »Das ist Alain, mein Chef. Alain, das ist Karim El-Kharaoui, ihm und seiner Familie gehört das Hotel.«

»Na ja, Chef?«, wehrte er ab. »Mehr ein guter Freund.« Sie schüttelten einander die Hände, lächelten und tauschten höfliche Floskeln aus.

Dieser Karim sah gut aus und wirkte souverän. Wie stand er zu Claire? Und wie Claire zu ihm?

Sie deutete auf die beiden Alten. »Das sind Oum Zouzou und Lahzen, die sich bis jetzt ganz allein um alles gekümmert haben. Außerdem wohnt noch Aziz hier, ein kleiner Junge. Wo ist er, sollte er nicht in der Nähe bleiben?« Sie sah sich um.

»Aziz!«, rief sie in den Garten. Sie schien beunruhigt, ebenso Karim und der Alte mit der Wollmütze.

»Er muss im Garten sein, wir suchen ihn. Kommst du mit?«

Garten nannte sie das? »Sicher. Wobei es in dieser Wildnis Verstecke ohne Ende geben muss.«

»Trotzdem. Gestern hat nämlich jemand versucht, den Kleinen zu entführen, vor meinen Augen! Aber der Möchtegernentführer hat sich nicht schlecht gewundert!« Sie zeigte ihm ihre geballten Fäuste.

»Du hast ihn verhauen?«

»Beinahe.« Sie kicherte. »Er hat sich noch rechtzeitig verzogen, aber es war knapp.«

Eine Entführung – und Claire mittendrin? Typisch! Wo sie war, waren Drama und Chaos nicht weit. »Okay, dann los.«

Sie lief voraus über einen schmalen Trampelpfad, und wenn ein Sonnenstrahl das dichte Grün durchdrang, leuchtete ihr Haar auf.

»Ich gönne mir übrigens eine Auszeit«, sagte er zu ihrem Rücken, »bis zum Herbst oder so. Mal sehen.« Den Anfang hatte er geschafft.

»Wegen des Gourmetkritikers?«, fragte sie ihn über die Schulter.

»Auch. Martin hält als Geschäftsführer die Stellung.«

»Aha. Da ist er ja! Aziz!«

Neben einer eingefallenen Wasserrinne kauerte ein Junge, neben sich zwei Eier und einen Fußball, und beobachtete vor sich in der Pfütze eine Kaulquappe. Beim Näherkommen erkannte er, dass der Junge ein verheultes Gesicht hatte. Als Claire sich zu ihm hinunterbeugte, zeigte er auf das zappelnde Tierchen und sagte etwas. Claire verstand kein Wort, erkannte aber das Problem. Er hatte Sorge, dass die Kaulquappe zu wenig Wasser hatte.

»Wir müssen Wasser holen. Hilfst du mir? Dort hinten steht ein Tank.«

Seine praktische Claire, auch für solche Probleme hatte sie sofort eine Lösung parat.

Mit Steinen, Blättern, Rinde und Erde teilten sie

und der Junge einen Bereich der Rinne ab, füllten Wasser hinein und schufen so einen Tümpel. Klein, doch hoffentlich ausreichend für die Metamorphose der Kaulquappe zum Frosch.

»Du musst täglich den Wasserstand überprüfen.« Claire sprach mit Händen und Füßen. »Notfalls füllen wir nach. Dann wird es schon klappen.« Der Junge nickte, doch seine Zweifel schienen zu bleiben.

Sie rupfte etwas Grünzeug, putzte ihre Hände daran ab und quakte plötzlich wie ein Riesenfrosch.

Der Kleine lachte, schmiegte sich kurz an Claires Seite, dann nahm er Eier und Ball und lief zum Haus.

»Netter Kerl. Kein Wunder, dass jemand ihn für sich haben wollte.«

»Ja. Aber niemand weiß, was dahintersteckt. Gut, dass ich da war, um dazwischenzugehen.«

»Und wie hast du das gemacht?«

Sie fuhr imaginäre Krallen aus, verzog das Gesicht zu einer gefährlichen Grimasse und kam drohend auf ihn zu. »Erschreckt hab ich ihn. Und gebrüllt, ›Finger weg‹ und ›Polizei‹ und so Sachen. Was genau, weiß ich nicht mehr, aber es hat gewirkt.«

Ihre Sommersprossen tanzten. Waren sie nicht viel zahlreicher und dunkler als noch vor einer Woche? Und wie ihr Haar leuchtete, und was für eine Power sie hatte …

Er atmete tief durch. Dann fing er ihre Hände ein, führte sie nach unten und bog sie sanft hinter ihren Rücken. Er spürte ihre Wärme, ihre Brüste, ihre Hüften.

»Dein Gefuchtel hat eine sonderbare Wirkung auf mich, weißt du das? Bis eben dachte ich, ich hätte keinen Plan, aber gerade merke ich, ich habe doch einen. Ich werde dich nämlich küssen, und zwar jetzt!«

Ein vorsichtiger erster Kuss.

Von Claire ein Seufzer, dann sank sie ihm entgegen und öffnete ihre Lippen.

Viele weitere Küsse folgten, und von Mal zu Mal fühlte es sich besser und richtiger an. Zwischendurch verschaffte sie sich Luft, sah ihm in die Augen, halb prüfend, halb lachend, um gleich darauf wieder ihre Arme um ihn zu schlingen und sich an ihn zu schmiegen. So hätte es ewig weitergehen können.

Doch irgendwann schob Claire ihn von sich und lehnte sich gegen einen Baum. Hatte sie ebenso weiche Knie wie er? Ihr Gesicht leuchtete jedenfalls.

Er strich ihr eine der widerspenstigen Locken aus der Stirn. »Ich sag's dir lieber gleich: Du kannst noch so gefährlich mit den Augen rollen, ich werde dich dennoch wieder küssen.«

Claire lachte. Ihre Grübchen vertieften sich, und ihre Augen strahlten. »Bist du etwa deswegen gekommen?«

»Sagen wir so: Es ging mir ziemlich mies, als du plötzlich weg warst. Ich will nicht mehr ohne dich sein.« Es war ihm ernst damit.

Claire schmiegte sich an ihn. »Wer hat denn gesagt, ich soll gehen?«

»Ich. Ich Idiot.«

Sie nickte. Ihre Finger krochen unter sein T-Shirt und streichelten seine Brust. Kleine Schauer liefen ihm über die Haut. »Ich bin übrigens auch nicht sonderlich gern ohne dich.«

»Gut. Aber dann sag ich dir lieber gleich, dass ich es hasse, wenn du meine Anrufe unterdrückst!«

»Verstanden.«

Ein Schweißtropfen rann ihm den Nacken hinunter. Jetzt, dachte er, jetzt, sonst schaffte er es nicht mehr. Er löste sich von ihr, zog T-Shirt und Jeans zurecht und trat einen Schritt zurück.

»Ja, ich habe dich vermisst, sogar sehr, und jetzt, genau in diesem Augenblick, ist alles wunderbar. Da gibt es allerdings noch was anderes.« Er zögerte.

»Du hast das Dessert ruiniert, die Sauce versalzen, einen Gourmetkritiker beleidigt, du hast …«

»Schlimmer. Ab sofort gehört die Herzogstube der Bank. Erst hab ich geschludert, dann richtig Mist gebaut, und jetzt hat man mir die Sache aus der Hand genommen und so was wie einen Insolvenzverwalter bestellt. Martin macht den Geschäftsführer.«

Das war geschafft! Er sah an ihr vorbei, wusste, dass er wie ein geprügelter Hund vor Claire stand, aber er konnte ihr jetzt einfach nicht ins Gesicht schauen. Ausgeschlossen.

»Du meine Güte, warum denn das?« Sie klang ehrlich verblüfft.

»Warum? Weil ich mit den verdammten Krediten und Hypotheken nicht klarkomme, weil ich pleite bin! Weil es aus ist mit Haute cuisine, mit Sternen und Spitzengastronomie und dem ganzen Kram.«

Nun sah er sie doch an. »Verstehst du? Aus. Finito, erledigt!«

»Du lieber Himmel! Ich meine, es lief doch gut, oder?«

Er zuckte mit den Schultern.

»Verstehe. Dann bist du also frei?«

»Frei, mit all den Schulden am Hals?« Er lachte bitter. »Ich brauche einen Job, um alles abzustottern, einen gut bezahlten. Aber wenn das erst rumgeht in der Branche...« Er fuhr sich mit dem Daumen quer über die Kehle. »Ach Claire, du hast keine Ahnung, wie blöd ich sein kann! Und wie feige. Siehst du ja schon daran, dass ich mich hierher zu dir flüchte.«

»Rede nicht so! Wir finden eine Lösung.«

»Wir?«

»Jawohl, wir!«

Sie zog eine zerknitterte Zeitungsseite aus der Hosentasche. »Hier, bitte sehr, da steht's schwarz auf weiß: ›Bekennen Sie sich zu Ihren Gefühlen und wachsen Sie gemeinsam an den Herausforderungen.‹«

~

Reghaif (gefüllte Hefeküchlein)

Pikant als Snack oder Hauptmahlzeit und leicht nach eigenem Geschmack zu variieren; besonders lecker mit knackfrischem Salat oder süß zu Kaffee und Tee und als Dessert.

Zutaten Hefeteig

360 g Mehl

2 TL Trockenhefe

1 TL Zucker (für die süße Variante 1–2 EL)

½ l lauwarmes Wasser

½ TL Salz (für die süße Variante 1 Prise)

Öl zum Formen und Frittieren

Zutaten Keftamischung für die pikante Variante

80 g Butterschmalz

250 g Rinderhack

4 Knoblauchzehen, fein gehackt

2 EL Zwiebel, fein gehackt

je 2 TL gemahlener Koriander und Kreuzkümmel

Salz, Pfeffer

500 ml Wasser

Zutaten Marzipanfüllung für die süße Variante

250 g Marzipanrohmasse

150 g Puderzucker

50 g gehackte Pistazienkerne

50 g gehackte Mandeln

3 EL zerlassene Butter

1 Teeglas (ca. 30 ml) Rosenwasser

½ TL Zimt

1 Messerspitze Nelkenpulver

Zubereitung Hefeteig

Mehl in eine Schüssel sieben, Vertiefung hinein-
drücken, Hefe in 250 ml lauwarmem Wasser auflösen, Zucker dazu und beides zum Mehl geben.

Mit den restlichen 250 ml lauwarmem Wasser und
Salz zu einem dünnen Teig verrühren.
Abgedeckt ca. 15 Minuten gehen lassen.
Durchkneten, bis der Teig glatt und elastisch ist,
evtl. noch etwas Wasser hinzugeben.
Abgedeckt weitere 30 Minuten an einem warmen
Ort gehen lassen.

Zubereitung Keftamischung

Butterschmalz in der Pfanne erhitzen, Hackfleisch
darin bei starker Hitze anbraten.
Hitze herunterschalten, Zwiebeln, Knoblauch und
Gewürze untermischen, kräftig durchkochen.
Das Wasser zugießen, abdecken.
30–45 Minuten köcheln lassen, bis das Wasser
verdampft ist.
Fleischmischung evtl. nachwürzen, abkühlen lassen
und pürieren.

Zubereitung Marzipanfüllung

Gehackte Pistazienkerne und Mandeln in einer
Pfanne mit Butter bräunen, anschließend im Mörser
zerkleinern.
Marzipanrohmasse in eine Schüssel bröseln und
mit Pistazien und Mandeln, zerlassener Butter,
Puderzucker, Rosenwasser und Gewürzen vermischen.
Ist die Masse zu fest, mehr Rosenwasser hinzufügen, ist sie zu weich, fügt man Puderzucker dazu,
bis man mit Geschmack und Konsistenz zufrieden
ist.

Auf leicht geölter Arbeitsfläche ausrollen und in 12 gleich große Stücke schneiden.

Formen und Backen

Mit geölten Händen 12 Teigkugeln formen, dünn ausrollen (je ca. 18 x 18 cm), mit je 1 EL Keftamischung bestreichen bzw. mit der Marzipanfüllung belegen.

Seiten einschlagen, dabei in der Mitte überlappen lassen.

Pfanne ca. 1 cm hoch mit Öl füllen, stark erhitzen. Auf mittlere Hitze zurückschalten, nacheinander die Küchlein hineingeben und backen, bis sie braun, knusprig und gar sind (ca. 2 Minuten).

Heiß servieren.

Die süßen Teilchen werden mit Puderzucker bestreut oder in Zuckersirup getunkt. Dazu Zucker und Wasser zu gleichen Teilen unter Rühren so lange kochen, bis der Sirup sämig wird. Nach Gusto mit Rosenwasser, Orangenblütenwasser o. Ä. würzen.

~

Charlotte

Die Mauer hatte sie fotografiert, das rissige Holz der Pforte, die Störche auf ihren Nestern und das Gewölbe des Torbogens, hatte andere Touristen beobachtet und Mauersegler, die ihren Hunger im Flug stillten. Und dann die Händler, ihre Rufe und Trommeln, dazu dieses Licht, diese Farben – der Prospekt aus dem Altpapier hatte wirklich nicht übertrieben. Was ihr zunächst überladen erschienen war, kam ihr inzwischen wie ein kunstvolles Mosaik vor, in dem sie sich verlieren konnte.

Heute war sie nicht bei der Sache. Immer wieder landete sie bei Paul und der Vergangenheit, bei Emil, aber auch bei Karim. Viele Fragen, auf die sie keine Antwort wusste ...

Emil meldete sich. »Never say never, das hab ich damals gesagt, oder? Und, habe ich recht behalten? Gut, ein bisschen arg viel Zeit hast du dir gelassen, aber immerhin bist du jetzt wieder da. Das ist wunderbar, ich bin begeistert!«

Er plauderte und lachte, und sie lachte an den passenden Stellen mit. Sie war heilfroh über seinen Anruf und ging nur zu gern auf sein Geplänkel ein. Irgendwann aber drängte es sie, sein Urteil zu hören, und sie bekam plötzlich eiskalte Hände. »Und die Bilder?«

»Ja«, antwortete er gedehnt, »dein Bildmaterial. Also. Diese Kleinserie ab Nummer einhundertdrei zum Beispiel, außerdem das Werbeschild eines Zahnarztes, die Nummer hab ich grad nicht im Kopf. Dabei denke ich an ein Touristikunternehmen, Abteilung höheres Preissegment. Es offeriert einen Mix aus Kultur, Geschichte und Lokalkolorit und könnte interessiert sein. Die anderen – ehrlich gesagt, ich weiß nicht. Bis auf zwei, drei Porträts und diese Serie aus dem Innenhof. Speziell die Porträts sind voll

Kraft, vielleicht, weil sie sichtlich spontan entstanden sind. Damit solltest du unbedingt weitermachen. Aus dem Stegreif fällt mir zwar nicht ein, wem ich sie anbieten könnte, aber keine Bange, mir kommt schon die richtige Idee! Ich finde jedenfalls, wir sollten einen neuen Vertrag abschließen. Denn insgesamt, meine Liebe, insgesamt sehe ich dich wieder on board!«

Ihr rutschte fast das Telefon aus der Hand. Bei all seinem Getue war Emil Realist, und wäre er nicht von ihren Möglichkeiten überzeugt, würde er ihr keinen Agenturvertrag anbieten. Was für eine Bestätigung!

Viele »Ciao, bella« und Luftbussis später wurde ihr klar, dass nur Intuition sie geleitet hatte. Und eine im tiefsten Inneren schlummernde Überzeugung, ihr Talent sei immer noch vorhanden. Beides hatte dafür gesorgt, dass sie die Kamera gekauft hatte, hatte ihr den Mut gegeben, sie auch in die Hand zu nehmen, hatte dafür gesorgt, sich bei Emil zu melden.

Das Unbewusste war so eine Sache, war vage und unzuverlässig. Andererseits steckte wohl gerade im Unbewussten besonders viel Inspiration. Wahrscheinlich ließ sich selbst ihre spontane Reise hierher nur so erklären. Früher, während ihrer künstlerischen Phase, hatte sie sich – neben solide durchgeplanten Aktionen – gelegentlich darauf verlassen, aber heute? Verlor sich intuitives Handeln nicht mit den Jahren? Und doch hatte sie es gewagt...

Abduls Spruch »Folge deinem Herzen und lächele« kam ihr in den Sinn. Ein weiser Rat.

Der Supermarkt in der Shopping-Mall führte ein modernes Sortiment, und bald ließ sie sich schwer beladen vor dem Grandhotel vorfahren. Flaschen mit diversen Putzmitteln sowie Bürsten, Besen, Schrubber, Schwämme, Tücher, sogar Trittleiter und Flaschenbürste – was ihr sinnvoll erschienen war, hatte sie ins Taxi geladen. Stufe für Stufe arrangierte sie nun alles auf der Treppe, sodass es aussah, als hätte hier jemand einen der überquellenden Souk-Läden ausgeleert.

Sie bat die Arbeiter vom Vorplatz, sich zwischen den Dingen aufzustellen. Der Kontrast zwischen dem Putzkram, der streng gegliederten, sandfarbenen Hauswand und den Handwerkern, die sich wichtig fühlten und in Positur warfen – etliche charmante Aufnahmen entstanden, darunter auch ein paar Nahaufnahmen von den Gesichtern. Emil hatte ihre Porträts hervorgehoben …

Sie dankte den Männern, drückte jedem einen kleinen Geldschein in die Hand, und nach wenigen Augenblicken stapelten sich die Einkäufe in der Lobby.

Im ersten Stock staubte es, sie hörte Bohrlärm und Karims Stimme. In der Küche klapperten Töpfe, und aus dem Speisesaal drang Claires Lachen. Sie würde Augen machen, wenn sie ihr von Emils Angebot berichtete!

Mit allem hätte sie gerechnet, aber nicht damit, Claire in enger Umarmung vorzufinden. Ein Mann hielt sie umschlungen, küsste sie, sah ihr in die Augen, küsste sie wieder, sagte etwas, das sie zum Lachen brachte. Die beiden sprachen Deutsch? Sollte sie sich zurückziehen? Doch Claire hatte sie bereits gesehen. Ihre Augen funkelten, und ihre Wangen glühten.

Charlotte räusperte sich vernehmlich. »Da bin ich wieder.«

Der Mann fuhr herum. Er war groß und schlank, mit dunklem Dreitagebart und kurzen Haaren.

»Sieh nur, wer gekommen ist!« Claire und der Mann kamen auf sie zu, Claire strahlend, der Mann ernst.

»Ich sehe.« Sie reichte dem Mann die Hand. »Herzlich willkommen. Ich bin Charlotte, und Sie dürften Alain sein, Claires Chef.«

»Ihr Chef – hat sie das gesagt?«

»Bei jedem Ihrer Anrufe. Wobei sich die Gespräche für mich allerdings eher nicht nach Personalabteilung anhörten.«

Karim

Praktische Entscheidungen mussten getroffen werden, das war vertrautes Gelände und bereitete ihm kein Kopfzerbrechen. Daneben aber gab es Astrid und Aziz und seine mögliche Vaterschaft, Fragen, an die er noch gestern nicht im Traum gedacht hätte. Und es gab Charlotte…

Noch war nicht abzusehen, wohin das alles führte und wie es endete, er wusste nur, dass mit dem heutigen Tag etwas Neues begann.

Was für ein Tag gestern, und erst die Nacht! Immer noch fühlte er sich leicht desorientiert, gleichzeitig jedoch voller Tatendrang. So lange Zeit hatte er seinem Leben bloß zugesehen und war Umwege gegangen, und erst die falsche Krebsdiagnose hatte ihn wachgerüttelt. Das Leben war endlich, das hatte er begriffen, und plötzlich gab es viel Neues zu entdecken.

Sein Anwalt hatte ihm zu einem Vaterschaftstest geraten, ihm ein seriöses Labor empfohlen und sich erboten, einen Termin für ihn zu vereinbaren. Der Gentest benötige ein paar Tage, parallel könne man aber schon mal Nachforschungen über Astrids Verbleib anstellen. Gleich morgen früh würde er die schwedische Botschaft kontaktieren. Über Schweden wisse er leider kaum etwas. Hatte es dort nicht vor fünf, sechs Jahren mal ein grauenvolles Fährunglück mit schrecklich vielen Toten gegeben, in einem Meer, das »Ostsee« genannt wurde? Allah gebe den Ertrunkenen ihren Frieden. Für welche Behörde oder Organisation habe sie damals gearbeitet? Behörden seien heikel mit Informationen, doch notfalls werde er eine Detektei beauftragen. Falls auch das nicht weiterführe, könne man immer noch über ein offizielles Amtshilfeersuchen um Auskunft bitten.

Danach war der Anwalt auf weitere Konsequenzen zu sprechen gekommen. »Gesetzt den Fall, der Labortest ergibt, der Junge ist tatsächlich mit dir verwandt – könnte dir die schwedische Mutter das Kind streitig machen? Vorausgesetzt, sie ist geschäftsfähig und am Leben. Und weiter: Wie, denkst du, wird deine Familie auf ihn als neuen Erben reagieren?«

»Das ist derzeit meine geringste Sorge!«, hatte er abgewehrt und ihm Aktenzeichen und Daten des Geburtenregisters genannt. So schnell wie möglich brauchte er Klarheit! Andere Väter hatten neun Monate Zeit, sich auf ihre Kinder vorzubereiten, er hingegen… Der Anwalt hatte seine Instruktionen, ein Anfang war gemacht.

Claire und ihr Besuch diskutierten in der Küche, Lahzen kümmerte sich um die Elektriker, irgendwo auf dem Gelände rumpelte ein Bagger. Er drehte sich zu Aziz um, der ihm scheinbar zufällig folgte, und lächelte. Rasch blickte der Junge beiseite. Auch seine Welt stand Kopf.

Er betrat das Gartenhäuschen. Zwei Räume unten, zwei oben, dazu Küche und Nebenraum, das war ohne großen Aufwand herzurichten. Oum Zouzou und Lahzen könnten hierbleiben, falls sie das wollten. Sie hatten diesen Ort seit Jahren gehütet, waren hier zu Hause.

Vom oberen Stockwerk aus blickte er durch grünes Dickicht auf die Rückseite des Hotels. Gegen erhebliche Widerstände hatte Großvater Hassan hier einst seinen Traum verwirklicht, und nun rückte es ins Zentrum auch seines Lebens. Noch vor wenigen

Tagen hatte es ihn nicht interessiert, und jetzt? Was würde der Großvater von Familiensuiten halten, mit denen man das Haus ausstatten könnte? Man könnte Türen versetzen und Wände, um drei, vier Räume miteinander zu verbinden, dazu je zwei Bäder pro Suite... Die Bauweise des Les Almohades ließ das zu. Auch der Garten könnte nach der Sanierung ideal für Familien mit Kindern geeignet sein. Marokkanische Familien liebten es, Zeit miteinander zu verbringen, besonders wenn Mitglieder, die irgendwo in Europa lebten, in den Ferien die Heimat besuchten. Zusätzlich könnte man Appartements mit Schlafzimmer, Salon, Teeküche und Bad für Reisende einplanen, die längere Zeit in Marrakesch blieben, und damit die Ursprungsidee wieder aufgreifen. So viele Ideen, so viele Möglichkeiten! Dabei ging es nicht nur um das Les Almohades, es ging auch um seinen Sohn.

Sein Sohn... Hatte er sich in den wenigen Stunden bereits an diesen Gedanken gewöhnt?

Mutter lebte vorwiegend in ihrer Welt, sie würde sich über das Aussehen des Jungen mokieren und dass seine Mutter keiner der alten Berberfamilien entstammte. Ihrer Zustimmung zur Instandsetzung des Grandhotels konnte er sich hingegen sicher sein, und auch Rashid und Selim würden sich nach kurzem Disput damit arrangieren. Und Mohammed? Angeblich bereitete er sich auf die Pilgerreise nach Mekka vor, es wäre seine dritte...

Mohammed würde das Grundstück meistbietend verkaufen wollen und alle Hebel in Bewegung setzen, um ihn von der Renovierung abzuhalten. Hatte

Mohammed wirklich versucht, Aziz zu verschleppen? Eigentlich klang das mehr nach einem Fiebertraum oder nach Kino als nach realem Geschehen! Die ominöse Entführung und der Wiederaufbau des Hotels konnten jedenfalls nichts miteinander zu tun haben, schließlich hatte er selbst bis gestern mit keinem Gedanken an so etwas gedacht.

War das alles tatsächlich erst gestern geschehen? Es fühlte sich immer noch wie ein Dammbruch an, und er wusste kaum, wohin mit seinen Ideen und Gefühlen.

Nach dem Umbau des Les Almohades, diesem ersten großen Schritt, würde er sich der Medina annehmen. Zumindest beginnen würde er damit, dieser Entschluss stand fest. Touristenresorts und Shopping-Malls konnten ab sofort andere bauen, er würde das nicht mehr tun. Auch darüber musste er die Familie informieren.

An jeder Ecke in Marrakeschs alten Gassen wartete Geschichte, spiegelten sich die Stadtgeschichte und die Lebensbahnen von Generationen in alten Mauern und ehemals prächtigen Häusern. Alles richtig, aber davon durfte er sich nicht allzu sehr einnehmen lassen. Vor allem musste er nämlich auf marode Bausubstanz gefasst sein, auf Kapitalmangel, auf zeitraubende Genehmigungsverfahren, auf womöglich unklare Eigentumsverhältnisse, die zu lösen waren – ein steiniger Weg, den er sich aussuchte! Daneben galt es, geeignete Handwerker zu finden, die noch die alten Techniken beherrschten… Doch ein ordentlich restauriertes Les Almohades könnte die Experten aus Stadtmarketing und Tourismus überzeugen, könnte Kapitalgeber akquirieren, auch die Bürger müssten eingebunden werden. Und der Palast. Hatte der König nicht schon in der Vergangenheit die traditionellen Handwerkskünste gefördert?

Der Bedarf war da, die Möglichkeiten ebenfalls, und er war der Richtige. Es war noch nicht zu spät, er war noch nicht einmal fünfzig. Alles änderte sich jetzt, alles!

Wo steckte Aziz eigentlich? Ob er das konnte — ihm ein Vater sein, ein Vorbild, eine Hilfe? Er musste schlucken. Der Anwalt hatte den Erbfall angesprochen. Bisher wäre nach seinem Tod sein Vermögen den Brüdern zugefallen, und nun kam er plötzlich mit Aziz an? Welche Bedeutung hatte das für Rachid und Selim? Erfreut wären sie sicher nicht, doch nur Mohammed hatte seinen Nachlass vermutlich bereits verplant.

Was wusste Mohammed? Er war notorisch misstrauisch, oft klangen seine Vorstellungen geradezu mittelalterlich, und vermutlich würde er jede Veränderung ablehnen. Hatte er den Jungen tatsächlich in die Berge verfrachten wollen, womöglich in eine seiner Minen, nach El Glaouis Vorbild? Mohammed bewunderte den alten Pascha, aber würde er sich die Hände derart schmutzig machen? Er versäumte doch keine Gebetsstunde...

Ein Anruf des Anwalts. »Du erinnerst dich an das Fährunglück, von dem ich sprach? Im Internet gibt es eine Liste der damals zu Tode gekommenen oder seither vermissten Passagiere.«

»Und?«

»Ihr Name war Astrid Öbjerg, oder?«

»Ja. Astrid Märta-Luise Öbjerg aus Stockholm, Mitte dreißig, denke ich.«

»Allah, was soll ich sagen? Natürlich muss man noch genauer nachforschen, amtlich ist es nicht, was ich jetzt sage. Aber eine Frau dieses Namens scheint an Bord des verunglückten Schiffes gewesen zu sein. Sie wird als vermisst geführt ... Ich bleibe dran und melde mich wieder.«

»Mach das. Bis dahin behalt es für dich, bitte.«

»Natürlich. Au revoir.«

Er massierte seine Schläfen und zwang sich, tief Luft zu holen.

Lahzen

Es wurde gehämmert, Sîdi Karim stapfte mit Handwerkern durch das Gartenhaus, am alten Pool schob ein Minibagger Steine, Erde und Pflanzen zur Seite.

Er wusste nicht mehr, wo ihm der Kopf stand, seit Sîdi Karims Tatendrang über ihn und Oum Zouzou hereingebrochen war wie der gefürchtete *chamsin*. Wie aus dem Nichts kam dieser Wüstenwind, entwurzelte Bäume, begrub Brunnen und Dörfer unter Sand und formte nach Belieben neue Landschaften.

Zouzou trat aus der Tür. Ihre Augen waren gerötet.

»Zwiebeln«, behauptete sie, wischte die Tränen weg und zupfte das Kopftuch zurecht.

Er tat, als glaube er ihr.

»Allah meint es gut mit uns: Endlich gibt es wieder Wasser!«, sagte sie.

Er nickte. »Und Gas, al hamdullillah.«

»Bald haben wir auch wieder Strom.«

»Inshallah.«

»Es wird leichter werden.«

Glaubte sie das tatsächlich? »Inshallah.«

»Hast du schon mit ihm gesprochen?«

Sie meinte Sîdi Karim, der seit dem Morgengrauen das Haus auf den Kopf stellte, pausenlos mit Baufirmen und Handwerkern telefonierte, von »dringend« und »Priorität« sprach und mit allerbester Bezahlung lockte. Etliche hatten sich schon überreden lassen, weitere würden folgen.

»Gesprochen? Worüber?«

Zouzous Hände beschrieben einen Bogen. »Das alles.«

Und über uns. Sie sprach es nicht aus, doch sicher fragte auch sie sich, was der Umbau für sie beide bedeutete. Er schüttelte den Kopf. »Er ist zu beschäftigt.«

Zouzou seufzte, murmelte etwas, seufzte wieder.

»Was?«

»Nichts. Wo ist Aziz?«

»Bei ihm. Er ist Sîdi Karims Schatten.« Er hörte selbst, wie verletzt seine Stimme klang.

Zouzou strich über seine Schulter und seufzte leise.

Sie hatte recht, er wusste, dass sie recht hatte. Ihre Aufgabe war abgeschlossen, der Junge gehörte zu seinem Vater. Und zu seiner Familie, zu Sîdi Mohammed und Lâlla Fatima. Beide kannten sie Aziz – schließlich hielt man kein Kind all die Jahre im Verborgenen – wenn sie auch über seine Herkunft nichts Genaues wussten. Vermutlich hegten sie aber einen bestimmten Verdacht, dazu musste er nur an Sîdi Mohammeds quälende Fragereien denken. Beim letzten Mal hatte er nach erfolgloser Durchsuchung davon gesprochen, solange sie schwiegen, liege alles in Allahs Hand…

Lâlla Fatima dagegen hatte nie auch nur eine Andeutung gemacht. Solange man über etwas nicht sprach, so lange existierte es nicht, musste demnach nicht einmal geleugnet werden, da allein Allah davon wusste. Und Sîdi Karim? Er kannte Aziz gerade mal ein paar Stunden…

»Allah ist gnädig. Es hätte schlimmer kommen können.«

Oum Zouzou

Oh ja, viel schlimmer! Wenn sie nur daran dachte, was Sîdi Mohammed alles mit Aziz hätte anstellen können! Hatte er nicht früher mal betont, ein unregistriertes Kind existiere nicht? In der Wüste hätte er den Jungen verschwinden lassen können, als Handlanger auf Baustellen oder in seinen Minen versklaven, und niemand außer ihnen beiden hätte ihn vermisst, niemand hätte suchen geholfen... Sie seufzte.

Diese Gefahr war nun gebannt, Allah sei gepriesen, aber eben nur diese, andere Hindernisse waren längst nicht aus dem Weg geräumt. Warum, zum Beispiel, nahm Sîdi Karim den Jungen nicht gleich in seine Obhut? Statt mit Handwerkern sollte er lieber mit seinem Sohn sprechen. Wusste er denn nicht, dass alte Familiengeheimnisse und Verwicklungen nur die Djinn anlockten? Rasch spreizte sie die Finger und murmelte einen Abwehrspruch.

Al hamdullillah, wenigstens würde es Aziz gut gehen. Er würde die Schule besuchen, was er sich gewünscht hatte, würde gute Kleidung tragen, in einem schönen Haus wohnen und immer ausreichend zu essen haben. Und Lâlla Fatima? Gewiss würde sie ihn an ihr Herz nehmen, ihn trösten und sich um ihn kümmern, schließlich wusste sie am besten, was es hieß, ohne Mutter aufzuwachsen. Würden sie und Lahzen ihn überhaupt noch zu Gesicht bekommen oder würde er sie schnell vergessen? Und Lâlla Astrid, falls sie irgendwann doch zurückkam? Wieder musste sie seufzen und ein paar Tränen trocknen.

Lahzen griff nach ihrer Hand. »Niemand kennt Allahs Plan.«

Er hatte recht. »La illah illalah, aber alles gerät durcheinander! Wo soll das hinführen, das mit dem Umbau? Und dann Madame Charlotte. Hast du gesehen, dass er immer schaut, wo sie ist und was sie tut? Dabei macht sie sich nichts aus dem Haus, anders als diese Claire. Und was will der seltsame Mann hier? Er sei ein berühmter Koch, behauptet sie.«

Mit der Rothaarigen kam sie inzwischen zurecht, vielleicht war sie ja doch kein Djinn. Vorhin waren beide in der Küche aufgetaucht, Claire und dieser Mann, hatten die Herde untersucht und in der Kammer zwischen Töpfen und Pfannen gestöbert. Dagegen hatte sie nichts einzuwenden, nicht, solange sie die Finger von ihrer Tajine ließen, die sachte vor sich hin köchelte.

»Immerhin spricht er Französisch.«

»Trotzdem, was hat ein Koch hier verloren?«

Lahzen zuckte die Schultern.

Was sollte aus ihnen werden? Mussten sie das Les Almohades verlassen? Würde Allah sie dafür strafen, dass sie ihr Versprechen letztlich doch gebrochen hatte? Schließlich war sie es gewesen, die dafür gesorgt hatte, dass Lâlla Astrids Geheimnis aufgedeckt wurde, zwar über einen Umweg, aber Allah machte man nichts vor.

Nichts davon sprach sie aus. Doch vorbei war es noch nicht, das spürte sie.

Charlotte

Bis auf zwei Elektriker, die noch im Keller arbeiteten, waren alle Handwerker gegangen. Die Dämmerung zog herauf. Ihr Großeinkauf an Putzutensilien stand unbeachtet in der Halle, Claire streifte mit Alain auf dem Grundstück herum.

Die beiden wollten allein sein, hatten anscheinend jede Menge zu bereden. Claires strahlendes Gesicht zu sehen war einfach schön... Sie gönnte ihr das Glück.

Lahzen und Aziz kümmerten sich um die Hühner, und Zouzou rumorte in der Küche. Von Zeit zu Zeit warf sie einen Blick nach draußen, dann verschwand sie wieder.

Sie saß neben Karim auf der Mauer. Er war angespannt. Verständlich. Nur zu gut wusste sie, wie sich Veränderungen anfühlten, wenn sie schlagartig über einen hereinbrachen.

Gerade erläuterte er seine Umbaupläne, bei denen es um die grundlegende Ausrichtung seines Vorhabens ging. Schon eine ganze Weile sprach er davon.

»Also Familiensuiten, dazu die Räumlichkeiten im Erdgeschoss«, überlegte er halblaut. »Ein gutes Restaurant, ein Tennisplatz für die Eltern und Badebecken und Spielgeräte für die Kinder – schon hätte das Les Almohades einen ganz eigenen Charakter. Was meinst du? Übrigens habe ich mit Claire und ihrem Alain gesprochen. Sie wären bereit, mich bei der Instandsetzung der Küche und der Neugestaltung des

Restaurants zu beraten. Womöglich, also vielleicht – das überlegen sie noch – könnten sie sich sogar vorstellen, für eine Zeit das Restaurant zu übernehmen. Wäre das nicht großartig?«

»Ja, wirklich. Da ist ja schon einiges in Bewegung gekommen, und das in so kurzer Zeit!«

»Konkret ist allerdings noch nichts. Einstweilen sammele ich überwiegend Ideen.«

»Verstehe. Jede grundsätzliche Orientierung will sorgfältig durchdacht und vorbereitet werden. Aber willst du dieses Projekt nicht in die Hände eines deiner Angestellten übergeben? Du bist dem zu nah, und es könnte Konflikte mit deiner Mutter geben. Außerdem würde es dich entlasten, und du könntest dich um – andere Dinge kümmern.«

Sie sagte es so beiläufig wie möglich. Waren all diese Pläne nicht zweitrangig? Wie kam er mit der neuen Situation zurecht, mit Astrids Brief, mit Aziz? War das denn nicht viel wichtiger? Für sie wäre es das. Außerdem fühlte sie sich verantwortlich, immerhin hatte sie ihn erst auf Astrids Geheimnis hingewiesen. Steckte sie also nicht sogar tief mit drin in dieser Geschichte?

Karim starrte vor sich auf den Boden. »Du denkst, ich sollte andere Prioritäten setzen.«

Sie lächelte entschuldigend. »Diese Sanierung ist natürlich ein großes und wirklich verlockendes Projekt, aber ja, ehrlich gesagt denke ich das.«

Er nickte. »Du hast wahrscheinlich recht, sicher sogar, aber… Ich versuche mal, es dir zu erklären.« Sein Blick schweifte ins Nirgendwo.

»Gestern«, sagte er nach einer Weile, »den Tag gestern werde ich niemals vergessen!« Er rieb Augen und Stirn. Dann griff er nach ihrer Hand.

»Mein Termin gestern in Casablanca hatte keinen geschäftlichen Anlass, vielmehr gab es einen medizinischen Grund, einen Verdacht. Ich war also dort, um mich gründlich untersuchen zu lassen, um mir Gewissheit zu verschaffen, verstehst du? Aber keine Angst, die Onkologen am Klinikum dort stellten schnell fest, dass ich doch nicht an Krebs erkrankt bin, wie ein Arzt hier in Marrakesch zuvor vermutet hatte.«

Erschrocken zuckte sie zusammen, und der Mund wurde ihr trocken.

Karim umfasste ihre Hand fester. Bevor sie etwas sagen konnte, sprach er schon weiter. »Kein Karzinom, keine Metastasen, nichts, bloß eine besonders hartnäckige Halsentzündung. Eine Runde Antibiotika, und alles wird wieder okay sein. Klingt gut, nicht wahr?«

»Mehr als gut, ganz wunderbar! Doch welche Ängste du vorher ausgestanden haben musst!« Sie drückte seine Hand.

Er lächelte, wurde gleich darauf aber wieder ernst. »Ja. Aber so eine brutale Erschütterung braucht man anscheinend, sonst schafft man es nicht, notwendige Änderungen anzugehen. Bei mir zumindest war das so. Vorher hatte ich vieles weggeschoben und verdrängt, aber … Jetzt jedenfalls sieht alles anders aus!«

Weggeschoben und verdrängt – wie gut sie das kannte! Aber was für ein Bekenntnis aus dem Mund eines Mannes, der doch allem Anschein nach erfolgreich war und mitten im Leben stand. »Ich glaube, ich weiß, was du meinst.« Seine Ehrlichkeit stand ihm gut, dachte sie.

»Ja. Ich hatte gehofft, dass du mich verstehst.« Er hauchte einen Kuss auf den Rücken ihrer Hand.

»Jahrelang hatte ich vor mich hin gelebt, ohne zu begreifen, dass ich statt auf der Überholspur auf dem Standstreifen unterwegs war. Zu dieser Erkenntnis kam ich erst nach dem Schock mit der Verdachtsdiagnose und der Entwarnung durch die Ärzte in Casa gleich darauf. Von einem Extrem ins andere innerhalb weniger Tage... Wie ein Spielball kam ich mir vor! Unter solchen Umständen ist es wohl nicht verwunderlich, dass ich während der Rückfahrt heftig zu denken begann und eine Art Bilanz zog. Du kannst mir glauben, unbedingt angenehm war das nicht, aber nun ja.«

Er zuckte mit den Schultern. »Kurz gesagt: Ich begriff, dass ich die letzten Jahre in einer Art Vakuum gelebt hatte. Und dass ich das ändern wollte. Unbedingt, verstehst du?«

Eigene Belange, dachte sie, auch hier wieder, und in seiner Lage besonders nachvollziehbar. Sie fühlte ihr Herzklopfen bis in die Kehle. »Ja«, hauchte sie, »ich verstehe.«

Er zeigte auf das dunkle Hotel. »Dort«, sagte er, »liegt mein Ausweg, mein neues Ziel, dort, direkt vor meinen Augen! Schon länger war mir so etwas im Kopf herumgegeistert, doch erst gestern ist es mir ganz klar geworden. In Marrakesch gibt es nicht nur dieses eine alte Hotel, wir haben viele Häuser mit Geschichte, Häuser, die aus mehr als nur Stein und Mörtel und Balken bestehen. Leider fallen nicht wenige von ihnen in sich zusammen, weil sich die Eigentümer – teils aus Altersgründen und Geldmangel, aber auch wegen unklarer Besitzverhältnisse – den Erhalt nicht leisten können oder wollen. Andere Familien sind schlichtweg ausgestorben. Genaues muss man von Fall zu Fall natürlich herausfinden, aber ...«

Sie hatte einige der verfallenden und notdürftig gesicherten Gebäude in spärlich beleuchteten Gässchen gesehen und nickte.

»Die Alten sagen, wenn ein Haus lange leer steht, kommen die Djinn herein, Geister, die seine Wände bevölkern und unter der Oberfläche von stehendem Wasser leben ... Anstatt also weiterhin mondäne Neubauten zu errichten werde ich in Zukunft solche betagten Bauwerke zu bewahren versuchen, und mit dem Les Almohades beginne ich. Noch während der Rückfahrt von Casablanca habe ich die ersten Maßnahmen eingeleitet, und jetzt kann ich es kaum erwarten. Viel zu lange habe ich mich nicht darum gekümmert!«

Sein Leben erfuhr gerade eine tiefgreifende Neuorientierung.

Wie gut sie seine Aufregung nachfühlen konnte! Vorhin erst hatte sich Emil erneut bei ihr gemeldet und den Vertrag gemailt. Oh ja, sie wusste, wie sich eine neue Chance anfühlte!

Sie sah das Glitzern in seinen Augen, aber auch,

wie heftig seine Kiefer mahlten, und hatte doch keinen Zweifel, dass er seine Pläne verwirklichen würde. Dann aber ging eine weiche Regung über sein Gesicht.

»Noch etwas ist gestern mit mir geschehen. Wie soll ich mich ausdrücken? Es ist nicht einfach zu erklären, zumal wir uns ja erst seit wenigen Tagen kennen. Jedenfalls, auch du hast etwas in mir ausgelöst, nicht nur die Ärzte in Casa.«

Für einen Moment versagte ihm die Stimme. Dann straffte er sich und fuhr fort: »Während der Rückfahrt drehte sich bei mir alles und sortierte sich neu, verstehst du? Aber die ganze Zeit war ich dabei von Zuversicht getragen, und von dem Gedanken, dir sofort davon berichten zu wollen. Von allem, angefangen bei der Diagnose bis zur Rettung der Medina.«

Kein Wort hätte sie jetzt herausgebracht! Sie konnte nur seine Hand drücken.

»Ja. Und dann… Also, bevor ich dazu kam, von mir zu sprechen, eröffnetest du mir, dass ich…« Er räusperte sich. »Inzwischen habe ich die Briefe gelesen. Verstehst du?«

Ob sie alles verstand, wusste sie nicht, nur, dass ihn Astrids Schreiben tief getroffen hatte und dass er zurzeit Dinge erlebte, an denen er sie teilhaben ließ.

Sie sah ihm in die Augen. »Es muss sich wie ein Erdbeben anfühlen.«

Er suchte nach Worten. »Mindestens. Einerseits diese Art Freispruch durch die Ärzte, dann meine neuen geschäftlichen Pläne, und jetzt auch noch…«, Karims Stimme wurde immer leiser, »…der Junge.«

Sie fühlte, diese Offenheit ihr gegenüber war ihm ein Bedürfnis.

Für sie war sie ein Geschenk.

Am liebsten hätte sie seine Stirn geglättet und seine Augen geküsst, aber das ging ja wohl nicht an. So drückte sie nur seine Hand und strich über seinen Arm. Wie sollte sie ihre Anteilnahme sonst zeigen? Nicht, dass er später bereute, sich ihr anvertraut zu haben.

Sie musste etwas sagen, etwas Ermutigendes. »Jetzt begreife ich auch, warum du dich zuerst auf die eher praktischen Dinge stürzt.«

»Das habe ich gehofft. Danke.« Er nahm ihre Hände, hob sie an seine Lippen und küsste sie.

»Dennoch...«

»Die Prioritäten stimmen trotzdem nicht, ich weiß.«

Wie furchtbar müde er aussah! Und wie schnell ihr Herz schlug!

»So ist es. Um die alten Häuser geht es auch, aber vorrangig ist die Zukunft. Das Vergangene ist auch morgen noch da, mitsamt allen begangenen Fehlern wird es für immer Teil unserer Geschichte bleiben. Heute jedoch ist heute. Und du und der Junge – jeder einzelne Tag ist wichtig für euch!«

Sie schluckte. Immer wieder die Vergangenheit, die Enttäuschungen und falschen Entscheidungen. Wenn sie an sich und an Paul und seine Verena dachte... Dabei waren die beiden eigentlich schon längst in den Hintergrund gerückt. Für sie ging es zwar immer noch um Versäumnisse, aber zugleich eben auch um die Zukunft und darum, ob sich womöglich doch noch einmal etwas Außergewöhnliches in ihrem Leben ereignete.

Auf Karim warteten eine Menge ungelöster Fragen, die Episode mit Astrid zum Beispiel, die er seit Jahren als abgeschlossen betrachtet hatte. »Lässt du nach Aziz' Mutter suchen?«

»Mein Anwalt übernimmt das, es ist kompliziert.«

Wenn die Identität des Jungen geklärt und die Mutter wiederaufgetaucht war, würde Karim dann mit ihnen als Familie leben? Sah so seine Vorstellung von Zukunft aus? Danach fragen konnte sie nicht. Sie konnte ihn noch nicht einmal ansehen, aber immer noch lagen ihre Hände in den seinen, und immer noch fühlte sich das gut an.

»Ich wünschte, wir könnten so bleiben.«

Ein Stoßseufzer aus purer Erschöpfung? Und obwohl sie gerade das Gleiche gedacht hatte, musste sie nachfragen. »Wie meinst du das?«

»Deine Hand in meiner, deine Klugheit, dein Mitgefühl und Verständnis – das fühlt sich gut an. Ich meine, dass du hier bist, an meiner Seite.«

Und er an ihrer!

Leute ihres Alters seien nicht am Ende, nur weil die Hälfte ihrer Lebenszeit hinter ihnen lag, hatte er gesagt. Sollte er recht haben? Sollte die andauernde, unbestimmte Leere vorbei sein?

Sie nickte.

Karim

Ein Erdbeben, hatte sie gesagt. Eine passende Metapher, da sie das innere Beben einschloss, das ihn in ihrer Nähe erfasste. Ihre großen, dunklen Augen, die nichts verbargen, ihr fein geschnittenes Gesicht, in dem er alles lesen konnte... Es offenbarte ihre Unsicherheit, aber auch ihr Verständnis und ihre Zuwendung, und davon wollte er mehr, viel mehr.

Wie war das möglich? Erst vor ein paar Tagen hatte er sie kennengelernt! Doch jetzt war ihm gleich, ob sich sein Chaos verschlimmerte und ob es sich überhaupt jemals wieder entwirren ließ. Er stand auf, zog Charlotte mit sich und legte seine Hände um ihr Gesicht. Sie reichte bis zu seiner Schulter. Rabia damals war ihm bis zur Brust gegangen... »Ich muss das jetzt tun. Vielleicht bringe ich sonst den Mut nie mehr auf«, flüsterte er dicht an ihrem Ohr.

Sie sah ihn nur an. Dann schloss sie die Augen, und er küsste sie. Zuerst scheu, doch als sich ihre Lippen öffneten, mit sanfter Leidenschaft. Er schlang die Arme um sie, küsste sie, atmete ihren Duft, presste sie an sich, und in seinen Lenden zog es. Er wünschte, er müsste sie niemals wieder loslassen.

In der Küche flammte Licht auf. Die Elektriker hatten Erfolg gehabt, der Generator funktionierte. Oum Zouzou stellte trotzdem an der Hintertür ihre Laternen auf. Es kümmerte ihn nicht, dass die Alte sie so eng umschlugen sehen konnte, dazu fühlte es sich viel zu gut an, Charlotte im Arm zu halten. »Kannst du nicht hier bei mir bleiben?«

Sie hob den Kopf. »Und Astrid?«

Das beunruhigte sie? Fast hätte er gelacht. Behutsam löste er sich, hielt sie auf Armlänge von sich. »Astrid? Was immer wir über sie herausfinden, sie ist kein Teil meiner Zukunft. Für Aziz werde ich tun, was ich kann, unabhängig davon, zu welchem Ergebnis der Gentest kommt, aber sonst? Nein. Ich bitte dich, bleib bei mir. Ich bin frei, du wirst es bald sein, und beide sind wir hier. Jetzt ist unsere Zeit. Und ich habe mich verliebt. Ist das albern?«

Charlotte lächelte, forschte in seinen Augen, streichelte sein Gesicht. »Nein, überhaupt nicht albern. Und falls doch, so sind wir es wohl beide.«

Sie lachte! Dann zog sie ihn an sich, ganz eng, und küsste ihn. »Ich glaube nämlich, ich hab mich ebenfalls verliebt.«

Er stöhnte leise. »Dann bleib, ich bitte dich. Gib uns eine Chance.«

Ihre Stimme zitterte. »Wie soll das gehen? Wir kennen uns kaum. Vielleicht könnte ich meinen Rückflug verschieben, aber mehr? Das macht mir Angst.«

»Verzeih, das will ich nicht.« Er hauchte einen Kuss auf ihren Kopf.

Ihr Kopf lag an seiner Schulter, als gehöre er dorthin, und seine Arme fühlten sich nicht länger leer an.

Das ferne Rauschen der Stadt, ein Nachtvogel, die Palmen, die wie Schattenrisse gegen den dunkler werdenden Himmel standen, und das Licht aus der offenen Küchentür, das bis zu ihnen beiden reichte – langsam zog so etwas wie Ruhe in ihm ein.

Charlotte reckte sich und küsste ihn rasch, dann wand sie sich aus der Umarmung. »Aber wiederkommen und eine Weile bleiben, ich glaube, das geht. Wahrscheinlich brauche ich sowieso weitere Fotos.«

»Bestimmt. Bestimmt brauchst du noch viele, viele Fotos!«

»Das denke ich auch. Marrakesch steckt schließlich voller Überraschungen.«

Der Halaiqi

Über den Garküchen stiegen die Dampfschwaden in den sonnenuntergangsfarbenen Himmel, wie jeden Abend brachten Trommeln die Luft zum Pulsieren, und als sich wie auf ein geheimes Zeichen immer mehr Zuhörer um ihn sammelten, meinte er bereits ihre Münzen in seiner Tasche klimpern zu hören. Alle waren gut gelaunt, alle würden bis zum Ende bleiben, denn heute hatte jeder mehr Zeit als sonst. Morgen, am Sonntag, konnte man es ruhig angehen lassen. Außerdem hatte er ihnen das schicksalhafte Ende der Geschichte zu bieten. Oder wie es inzwischen aussah: wohl eher ihr vorläufiges Ende.

»Bismillah, meine lieben Freunde. Sagte ich nicht zu Beginn, dass nichts je vergessen ist? Dass Lebenswege nicht gerade, sondern in Kreisen verlaufen und sich mit Vergangenem überschneiden?«

Mit beiden Händen wedelte er vor seinem Gesicht und zeichnete Linien, Kreise und Ellipsen in die Luft.

»Auf unseren guten Hassan trifft dies jedenfalls zu. Wir erinnern uns: Das Hotel wurde mit illustren Gästen und feinen Speisen eröffnet, zugleich feierten Latifas Tanten, Cousinen und Freundinnen Hochzeit in Al Mehdis Haus, während Hassan im Gartenhaus seine engsten Freunde bewirtete. An diesem Tag fühlte sich Hassan gesegnet, das kann man wirklich sagen. Und als in der vierten Nacht des Festes Latifa in das liebevoll hergerichtete Gartenhaus geleitet wurde, schwelgte er im Glück, und sein Djinn schnurrte vor Behagen. Was wollte Hassan mehr? Sein Palasttraum war wahr geworden, und mit dieser Frau an seiner Seite – und natürlich mit Allahs Hilfe – ging er einer wunderbaren Zukunft entgegen. Rastlosigkeit und Ängste früherer Jahre lagen hinter ihm, er hatte seinen Platz gefunden, zumindest glaubte er das. Aber wo viel Licht, da viel Schatten, sagt man nicht so? Vor allem, wenn drei besonders bösartige Djinn nur auf den richtigen Augenblick lauern. Einst hatten sie sich bei Latifas Anblick noch ohnmächtig gefühlt, inzwischen jedoch... Ach ja, Gottes Wille geschieht! Was die drei Djinn sich ausgedacht hatten, wollt ihr wissen? Jedenfalls nichts mehr mit magischen Zeichen im Fundament oder einer toten schwarzen Katze am Fuß einer Mauer, nein. Was sie jetzt taten, war kein Dummejungenstreich!«

Sein Gesicht legte sich in Kummerfalten, er rang die Hände, sah sich um, flüsterte laut: »Sie stahlen das Laken, das befleckte Laken aus der Hochzeitsnacht!«

Die meisten Umstehenden schauten ratlos, nur ein paar Alte verzogen das Gesicht, als hätten sie auf einen schmerzenden Zahn gebissen.

»Warum, fragt ihr? Um es mit einem enorm wirksamen Zauber zu belegen! Wisst ihr es denn nicht? Jungfernblut, vermischt mit Samen – mächtiger ist nur die Verwünschung jener Lebensader, die die Kinder im Mutterleib mit ihren Müttern verbindet.«

Einige der Zuhörer waren ehrlich erschrocken, andere eher unsicher oder ungläubig, doch fast allen entfuhr ein Stoßgebet.

Abderrahim gönnte seinem Publikum eine Pause. Diese Geschichte war bald zu Ende erzählt, da schadete etwas Dramatik nicht.

»Natürlich ahnten weder Hassan noch seine junge Frau etwas von einer drohenden Gefahr. Wie auch? Da waren die zufriedenen Gäste, die sich an Musik und feinen Speisen erfreuten, an dem Komfort ihrer Zimmer, an Tanz und Gesprächen. Und es gab die Wonnestunden zu zweit. Die erste Zeit der jungen Liebe... ach ja! Doch schon bald nahmen nicht nur die lebensfrohen Franzosen Anteil an Hassans Grandhotel. Immer mehr interessierte auch die Leute des Paschas, wer im Les Almohades ein und aus ging

431

und wer mit wem speiste und konferierte. Zunächst beobachteten sie das Haus aus der Ferne, allmählich aber fand man sie auch im Garten und im Restaurant. Und während Hassan nichtsahnend in Latifas weichen Armen die Freuden der Ehe genoss und man im ganzen Land den Beginn einer neuen Epoche feierte, die von dauerhaftem Frieden gekennzeichnet sein würde, sah Jalid, der Djinn, schwarze Raben über Hassans Hotel kreisen.«

Ein junger Mann in Lederjacke in der vordersten Reihe stöhnte auf.

»Ich verstehe dich«, sagte der Halaiqi zu ihm, »denn als mein Großvater mir seinerzeit diese Geschichte zum ersten Mal erzählte, dachte ich das Gleiche wie jetzt du: Kann Hassan denn nicht einfach mal in Frieden seine Tage genießen? Von Herzen hätte ich es ihm gegönnt! Geht es dir auch so?«

Der junge Mann nickte.

Die anderen sahen ihn an, lächelten wissend, nickten sich zu: verliebt, bis über die Ohren. Mit hochroten Wangen schob sich der junge Mann ein wenig in den Hintergrund.

»Ginge es nach deinen und meinen Wünschen, täte ich uns den Gefallen, aber leider…« Abderrahim hob seine Hände und ließ sie schicksalsergeben wieder fallen. »Von welchen Unglücksboten sprach Jalid? Nun, in Marrakesch und auch am Hof des Paschas tummelte sich alles mögliche Volk. Da gab es fette französische Beamte, die ihren marokkanischen Adepten vormachten, wie man hier eine unsaubere Geldquelle anzapfte und sich dort einen Vorteil verschaffte, daneben Postenjäger, wie stets im Umfeld von Mächtigen. Es gab Besucher, die sich in des Paschas Glanz sonnten, und natürlich leibeigene Sklaven, die für das bequeme Leben am Hof sorgten. Aber auch Bittsteller kamen zum Pascha, zumeist einst wohlgenährte, jetzt hohläugige Bauern, denen man den letzten Acker gepfändet hatte. Auch aus dem Draá-Tal hatten sich einige nach Marrakesch aufgemacht, auf einen Akt der Gnade hoffend. Sie warfen sich vor dem Pascha zu Boden und erniedrigten sich derart, dass sie danach ihren Söhnen nicht mehr in die Augen sehen konnten! La illah illalah. Was aber hätten sie anderes tun können, frage ich euch? Um wenigstens ein kleines Stück Land mit Hirse und Bohnen für ihre hungernden Kinder beackern zu dürfen, waren sie zu allem bereit, selbst zu Verrat. Und Aushorchen und Erpressen – wie kein anderer beherrschte der Pascha das Spiel aus Drohung und Belohnung, um möglichst alles über alle zu erfahren. Wissen bedeutet Macht, das gilt bis heute. El Glaoui also strafte Widerständler, beschenkte Spitzel und belohnte Denunzianten. So machte er aus aufrechten Männern geifernde Hunde.«

Er musste erneut eine Pause einlegen. Worüber er jetzt zu berichten hatte, empfand er, der einst selbst im Draá-Tal groß geworden war, immer noch fast als persönliche Schande. Er nahm einen Schluck Wasser und rückte seinen Chêche zurecht.

»Ich sage es ungern, und welcher der Männer es war, wird man wohl niemals erfahren, aber jemand aus Hassans alter Heimat verriet, wer sich hinter dem Namen Aït El-Kharaoui verbarg.«

Einer der Alten, die sich Abend für Abend eingefunden und seiner Geschichte gelauscht hatten, murmelte etwas von »Hunger ist ein grausamer Lehrmeister«, sein Nebenmann pflichtete ihm bei: »Für seine Kinder tut man, was man kann, auch Verwerfliches.«

Abderrahim hörte es wohl, ging jedoch darüber hinweg. Darin lag ja gerade die Stärke von Geschichten, dass jeder zum Nachdenken gebracht wurde, die verschiedenen Aspekte abwog und seine eigenen Schlüsse zog. Seine Erzählungen spiegelten das Leben wider, und was könnte wechselhafter und vielfältiger sein?

»Denkt euch einen Tobsüchtigen mit Schaum vorm Mund, dann wisst ihr, wie sich der alte Pascha El Glaoui bei dieser Nachricht aufregte! Den Überbringer der Botschaft ließ er übrigens in den Kerker werfen.«

Er breitete seine Arme weit aus, und erst nach einer dramatischen Pause fuhr er fort: »Aber trotz seiner nahezu uneingeschränkten Machtfülle konnte auch El Glaoui unserem Hassan nicht auf direktem Wege ans Leder, stand jener doch unter dem Schutz der Franzosen, bei denen auch der Pascha die Regeln der Diplomatie einhalten musste. Immerhin erreichte er durch Druck und Verleumdungen, dass Gouverneur und Protektoratsverwaltung nach und nach einige der erteilten Genehmigungen widerriefen. Beinahe hätte das Grandhotel Les Almohades mitsamt der

Lieblingsbar der Franzosen schließen müssen! Damit es jedoch weiterhin existieren konnte – irgendwann mussten ja wieder bessere Zeiten kommen, inshallah –, stimmte Hassan einer Steuer von zwanzig Prozent zu, zahlbar an El Glaouis Beamte. Außerdem akzeptierte er, dass man ihm einen Vertrauten des Paschas als Direktor vor die Nase setzte. El Glaouis würgender Griff war nun deutlich zu spüren, vor Latifa jedoch verschwieg Hassan seine Sorgen. Das Schweigen war ihm schon lange Gewohnheit. Statt also gemeinsam mit seiner Frau nach einer Lösung zu suchen, gab er sich heiter. Woher sollte er auch wissen, wie man sich öffnet und wie man einander vertraut, frage ich euch? In all den Jahren hatte er alles ausschließlich mit sich allein abgemacht. Sagte ich eigentlich schon, dass Einsamkeit niemals eine gute Gesellschafterin sein kann? Jedenfalls verschonte er Latifa mit seinen Sorgen und verwöhnte sie lieber mit ihren Leibspeisen, lud ihre Freundinnen zu Besuch, kaufte ihr Süßigkeiten, schöne Stoffe und Schuhe und rare Früchte. Sorgenfrei und unbekümmert sollte sie die Geburt ihres ersten Kindes – seines Sohnes! – erwarten und einer glücklichen Zukunft entgegensehen können. Und zunächst ging ja auch alles gut.«

Mittlerweile hatte sich die Dunkelheit über den ganzen Platz gesenkt, aus sämtlichen Garküchen dampfte es, und alle Lampen brannten. Er musste sich beeilen. Wenn der Muezzin zum Abendgebet rief, würde seinen Zuhörern die fortgeschrittene Stunde bewusst werden und dass nicht nur Herz und Kopf, sondern auch der Bauch gefüttert werden wollte. Und bevor der Kreis zu bröckeln begann…

»Bald aber sollte es schlimmer kommen, sogar sehr viel schlimmer. Erinnert ihr euch, was ich über die Djinn sagte, jene Wesen, von Allah selbst aus waberndem Feuer erschaffen? Es gibt harmlose und missgünstige, aber auch bösartige, und nach Hassans Hochzeitsnacht hatten drei der schlimmsten Sorte das Laken seines Brautbettes an sich gebracht. Jalid, Hassans nörglerischer, im Grunde jedoch freundlicher Djinn, wusste nichts Genaues, hatte aber etwas von Zauberwerk läuten hören, das im Gange sei. Er riet zur Flucht, doch Hassan wollte ihm kein Wort glauben. Was sollte er auch tun, wohin sollte er fliehen? Er war nicht mehr allein, hier stand sein Haus, hier lebte er mit Latifa, seiner hochschwangeren Frau. Hassan blieb also auf dem Hotelgelände, regelte die Dinge, ohne groß in Erscheinung zu treten, und kümmerte sich um Latifa.«

Er öffnete die Hände und murmelte ein Gebet.

»La illah illalah, Gottes Wille geschieht, daher will ich es kurz machen. Hassans Kind kam in der Nacht des vierzehnten Juli zur Welt. Einer Nacht, in der Reden gehalten wurden, der Himmel über Marrakesch im Schein eines Feuerwerks erglühte und das Hotel vor Lachen und Musik überquoll: Man feierte ausgelassen den französischen Unabhängigkeitstag. Zuerst sah Hassan in der Fröhlichkeit ein gutes Omen. Doch als Latifa immer mehr Blut verlor und keiner der französischen Ärzte Zeit fand, ihr beizustehen, als ihre Schmerzen kein Ende nahmen und ihre Schreie allmählich schwächer wurden, brach etwas in ihm entzwei. Nach Stunden und mit letzter Kraft schenkte Latifa einem Kind das Leben, selbst aber schloss sie zu Tode erschöpft für immer die Augen. Allah gebe ihrer armen Seele Frieden.«

Er schritt den Kreis seiner Zuhörer ab und blickte in betroffene Gesichter. Keiner sprach, keiner hantierte mit seinem Smartphone.

»Nichts und niemand konnte Hassan Kraft und Lebensmut zurückgeben. Nicht seine kleine Tochter Fatima – leider doch kein Sohn, aber immerhin ein gesundes, kleines Mädchen – und auch nicht der Umstand, dass bald darauf der Pascha entmachtet und verbannt wurde. Sagte ich schon, dass El Glaoui enteignet und seine Söhne aus dem Land gejagt wurden und er selbst nur drei Monate später einsam in seiner alten Bergfestung starb? Nun, so war es. Aber was half das unserem Hassan? Auch dass Marokko die Kolonialmacht Frankreich abschüttelte, berührte ihn kaum, oder dass ihm sein Grandhotel in aller Form zurückgegeben wurde. Äußerlich betrachtet ging er durch den Tag wie eh und je, seine Lebensgeister aber hatten ihn verlassen. Gelegentlich noch besuchte ihn sein Djinn Jalid, angesichts von Hassans Gleichgültigkeit schwand jedoch der Reiz, den Ärmsten zu foppen und zu traktieren. Eines Nachts suchte er ihn ein letztes Mal auf, verpasste ihm ein paar Ohrfeigen, damit er keines seiner Worte vergaß, dann erklärte er ihm, was er inzwischen über den Fluch der drei Djinn herausgefunden hatte. Danach kehrte er nie mehr zurück.«

Die Leute lauschten gespannt. Das sollte das Ende der Geschichte sein? Die ersten wurden unruhig, sahen einander fragend an und tuschelten miteinander. Hatten sie etwas nicht mitbekommen?

Abderrahim El Moukouri, einer der letzten Geschichtenerzähler Marrakeschs, wartete. Er sah in ratlose Gesichter, bis sich einer schließlich ein Herz fasste.

Laut fragte der Mann: »Diese Sache mit den Djinn und dem Laken und dem Fluch – jeder weiß natürlich, dass es so etwas heutzutage nicht mehr gibt, aber was sagte Jalid denn nun zu Hassan?«

Der Halaiqi nickte. »Geduld. Übrigens hatte diese Geschichte noch vor ein paar Tagen einen schmerzlichen Schluss, aber inshallah, vielleicht endet sie nun doch gut! Also, seit Latifas Tod hatte sich Jalid verstärkt unter seinesgleichen umgehört, denn diese Sache mit dem Laken kränkte ihn persönlich. In jener Nacht flüsterte er Hassan also alles, was er erfahren hatte, ins Ohr. Im Umfeld des Paschas waren diese drei teuflischen Djinn geradezu übermächtig geworden, und Hassans Fall, beziehungsweise der seiner ursprünglichen Familie, der Aït El-Cherifas, galt unter ihnen als unerledigt, quasi als beständig pochende Eiterbeule. Deshalb, und weil sie den alten Pascha zu erfreuen hofften, hatten sie sich zu ihrem grausigen Fluch entschlossen. Aber wie das so ist, wenn mehrere gemeinsam ein Werk vollbringen wollen: Sie verzettelten sich. Dabei eilte es, sie mussten sich des noch frischen Lakens bemächtigen, sonst ... Schließlich einigten sie sich darauf, dass neugeborene Söhne vom Blut der Aït El-Cherifas sterben sollten. Und die Töchter? Nun ja, die hatten sie in der Eile vergessen. Aber auch so würde die Familie der Aït El-Cherifas in kürzester Zeit aussterben und der Pascha über den Tod hinaus gesiegt haben. Ungeheuerlich, nicht wahr? Und warum musste Latifa, Hassans Frau, sterben? Damit hätten sie nichts zu tun, behaupteten die Djinn. Ja, liebe Freunde, das war es, was Jalid auf Umwegen ergründet hatte und an Hassan weitergab.«

Mit geöffneten Händen schickte er ein rasches Gebet in den Himmel, nahm einen Schluck aus der Wasserflasche und fuhr fort: »Hassan, der letzte Aït El-Cherifa, fühlte sich verantwortlich für Latifas Tod und all das Leid, das daraus folgte und noch kommen sollte. Aber ihn traf doch keine Schuld, sagt ihr? Ihr habt recht, doch vergesst nicht: Djinn richten nicht, das ist nicht ihre Sache. Sie ergötzen sich an Leid und haben Spaß an ihren herzlosen Launen. Denn so hat Allah, Herr über das Gute wie das Böse, sie erschaffen, ihr Wesen und ihr Wirken liegt allein in seiner Hand. Konnte man denn nichts gegen diesen Fluch unternehmen, fragt ihr, gab es keinen Gegenzauber? Ein Ende konnte ihm nur durch fremdes Blut gesetzt werden, aber davon wusste oder ahnte nicht einmal Jalid, der mitfühlende Djinn, etwas. Und wie ging es mit Hassan weiter, ohne Latifa? Fand er ins Leben zurück, heiratete er wieder? Nichts dergleichen. Er sah nicht nach rechts oder links, kümmerte sich nur um seine Tochter Fatima und betrieb sein Hotel. Nur selten sah man ihn lachen. Aber er pflegte die schönen Zimmer und die elegante Ausstattung des Hauses, von Latifa mit so viel Sorgfalt ausgewählt, und führte das Grandhotel zu glanzvollen Höhen. So hatte er es sich einst erträumt, doch nun hatte er wenig Freude daran. Und als er seine Tochter Fatima mit Amrane verheiratet hatte, dem Sohn eines Freundes aus den Bergen der Kabylei, jener Region, in der man erbittert für die Unabhängigkeit der Berber in Algerien kämpfte – davon zu erzählen, würde jetzt allerdings zu weit führen –, erbaute er ein Haus in der Palmeraie für sie und ihren Ehemann. Hassan sorgte für seine Tochter, ihren Mann und ihre Kinder so gut wie möglich, und nachdem das geschehen war, verriegelte er den Eingang des Les Almohades, zog sich ins Gartenhaus zu seinen Architekturstudien, Büchern und Erinnerungen zurück und überließ Haus und Park sich selbst. Hatten die Djinn und somit Pascha El Glaoui also gesiegt?«

Abderrahim spreizte die Finger zur magischen Fünf und murmelte die gebräuchlichen Abwehrworte, dann breitete er wie ein Prediger seine Arme weit aus.

»Oder hatte Hassan mit Amrane, einem Kabylen, also einem Mann fremden Blutes, den Fluch der drei Djinn gebrochen, als er ihm seine Tochter zur Frau gegeben hatte? Sozusagen intuitiv das Beste und einzig Wahre getan? Das weiß Allah allein. Jedenfalls überlebten zu Hassans Freude die Söhne seiner Tochter Fatima! Noch vor der Geburt seines jüngsten Enkels aber starb Hassan Aït El-Kharaoui, der letzte der Aït El-Cherifa, Allah gebe ihm Frieden.«

Er sah sich um unter den Männern, sah in nachdenkliche und grüblerische, sogar bekümmerte Gesichter.

»Ja, liebe Freunde, bis vor zwei Tagen hätte ich meine Geschichte an diesem Punkt beenden müssen. Einige Einsichten meines Großvaters hätte ich euch noch mit auf den Weg gegeben und mich ansonsten für eure Aufmerksamkeit und großzügigen Spenden bedankt und euch Allahs Schutz anempfohlen. Seit heute aber, das schwöre ich bei Allah und den Kochkünsten meiner guten Frau, seit heute weiß ich, allen Schatten der Vergangenheit zum Trotz macht sich das Leben auf, in das schöne, alte Grandhotel Les Almohades zurückzukehren! Al hamdullillah!«

ENDE

Glossar

Wörterverzeichnis

arabische und berberische Begriffe in vereinfachter Schreibweise

Al hamdullillah	Gott sei Dank
Babouches	Pantoffeln
Baraka	Segen; kann eine Handlung sein, aber auch Regen
Bismillah	im Namen Gottes (zu Beginn einer Handlung)
Caïd	Bürgermeister/Landrat o. ä.
Chamsin	heißer Wind aus der Sahara
Chêche	Kopfbedeckung, Turban
Djellabah	langes, hemdartiges Männergewand
Djema el Fnaa	zentraler Platz in Marrakesch
Djinn	Geist(er)
Habibi	Schätzchen, Liebling, guter Freund
Hadsch	Pilgerreise
Halaiqi	Geschichtenerzähler
Inshallah	so Gott will, vielleicht
Kan hatta kan	es war einmal
Kabylei	Bergregion in Algerien
Kasbah	Burg aus Lehmziegeln und Stampflehm
Koutoubia	berühmte Moschee in Marrakesch

La illah illalah	Gottes Wille geschieht
Lâlla	Anrede: Frau (respektvoll)
Makhel mushkil	kein Problem, alles in Ordnung
Makhzen	»Der Staat« im weitesten Sinn
Moulay	Prinz
Palmeraie	Villenvorort von Marrakesch
Pascha	Minister
Salaām u aleïkum	Friede sei mit dir (Gruß-formel)
Sîdi	Anrede: Herr (respektvoll)
Souk	Markt
Sultan	König, Herrscher
Tajine	Kochgeschirr aus Ton; Eintopfgericht
Tamazight	eine der Berbersprachen
Wa aleïkum salaām	auch mit dir sei Friede (Grußformel)
Yallah	Los geht's!
Zellij	farbige Fliesen, Mosaikfliesen

Der historische Pascha El Glaoui von Marrakesch:

Die Herkunft von Thami El Glaoui liegt im Ungewissen. Als Findelkind wurde er im Jahr 1870 im Alter von nur wenigen Tagen auf den Stufen der größten Moschee in Marrakesch aufgefunden. Vom Berberstamm der Glaoua, einem der einflussreichsten Clans in Südmarokko, wurde er adoptiert und aufgezogen; im Jahr 1918 brachte er es zum Führer dieses Clans. Als Pascha von Marrakesch unterstützte er mit seiner profranzösischen Politik von Telouet aus das im Jahr 1912 oktroyierte Protektorat Frankreichs über Marokko. Im Gegenzug überließen die Franzosen ihm eine faktisch unabhängige Herrschaft über weite Teile Süd- und Südostmarokkos, die er immer weiter ausdehnte, sodass er schließlich etwa ⅛ des Landes beherrschte. Während dieser Zeit ließ er mehrere Festungen (*kasbahs*) errichten bzw. ausbauen, darunter die von Telouet, Ouarzazate, Skoura, Boumalne Dadès und Tinghir. Mit der Unabhängigkeit Marokkos von Frankreich (1956) verlor El Glaoui seinen mächtigsten Verbündeten und musste sich Sultan Muhammad V. unterwerfen. El Glaoui starb noch im selben Jahr im Alter von 85 Jahren; die Macht seines Clans in Südmarokko war gebrochen.

Auszug aus https://de.wikipedia.org/wiki/Thami_El_Glaoui (März 2019)

Liebe Leserinnen und Leser,

ihr liebt Bücher und verbringt
eure Freizeit am liebsten
zwischen den Seiten? Wir auch!
Wir zeigen euch unsere liebsten
Neuerscheinungen, führen euch
hinter die Verlagskulissen und
geben euch ganz besondere
Einblicke bei unseren
AutorInnen zu Hause.
Lasst euch inspirieren, wir
freuen uns auf euch.

Euer

Blanvalet Verlag

blanvalet.de

@blanvalet.verlag

/blanvalet